탄생 100주년 문학인 기념문학제
논문집

2019

전후 휴머니즘의 발견,
자존과 구원

탄생 100주년 문학인 기념문학제
논문집

2019

전후 휴머니즘의 발견,
자존과 구원

고형진·이지엽 외

민음사

차례

폐허 위에 가꾼 언어의 정원

고형진 | 고려대 교수

1 1950~1960년대 신세대 작가의 운명

1919년도에 태어나 2019년인 올해 탄생 100주년을 맞는 주요 문인들은 구상, 김종문, 정완영(이상 시인), 김성한, 전광용(이상 소설가), 권오순, 박홍근(이상 아동문학가), 정태용(평론가) 등이다. 이들은 대체로 일제 강점기에 학창 시절을 보내고, 1950년 이후부터 문학 활동을 펼쳤다. 일제 강점기와 1940년 전후, 그리고 해방 직후에 등단한 작가들도 있지만, 그들도 본격적으로 작품 활동을 펼쳐 나간 것은 1950년도부터이다.

이들이 나이에 비해 다소 뒤늦은 1950년대부터 문학 활동을 펼친 것은 우리의 어두운 역사와 그들의 삶의 편력과 관련된다. 이들이 학업을 마치고 사회에 나와 작품 활동을 시작할 무렵인 1940년 전후는 일제 강점기 중에서도 가장 엄혹한 시기였고 문화적으로 극도의 암흑기였다. 1940년 8월에《조선일보》와《동아일보》가 일제에 의해 강제 폐간되고, 이듬해인

1941년 4월에 《문장》도 같은 일을 겪어 문인들의 중요한 발표 지면이 사라졌다.

이 문인들의 특별한 삶의 이력도 본격적인 문학 활동을 늦추는 요인으로 작용했다. 이들 중에는 이북에서 태어나 해방 직후와 6·25 전쟁 중에 월남한 이들이 많다. 구상, 김종문, 전광용, 권오순, 박홍근[1] 등이 그러하다. 그들은 분단과 이념과 전쟁의 상처를 누구보다 깊이 입은 채 새로운 삶의 터전에서 문학을 이어 나갔거나, 뒤늦게 시작했다. 평론가인 정태용은 1930년대에 시를 발표하고, 해방 직후에 평론을 발표한 바 있지만, 평론가로 입지를 굳힌 것은 1955년 「김유정론」을 발표한 이후부터이다. 1950년에 일어난 6·25 전쟁이 그의 뒤늦은 평론 개시를 더욱 늦춘 것이다. 한편, 김성한은 일본 동경대학 법대를 중퇴하고 1950년 《서울신문》 신춘문예를 통해 작품 활동을 시작했고, 정완영은 1960년 《국제신보》와 1961년 《조선일보》 신춘문예를 통해 작품 활동을 본격화했다. 정완영은 8명의 문인 중 유일하게 1960년 이후에 등단한 시인이지만, 오래전부터 창작을 해 왔고 그의 등단작에는 이전 연대의 삶의 풍경이 담겨 있어 그도 다른 작가들과 함께 한 시대의 문학사 군에 묶일 수 있을 것이다.

1950~1960년대에 본격적으로 문학 활동을 펼친 이들은 운명적으로 '전후 신세대 작가'의 짐을 짊어지게 되었다. 이들 앞에는 지난 1940년대의 10년 동안 단절되거나 희미하게 연명했던 우리 문학을 정비하고 새로운 문학의

---

1) 구상은 함경남도 원산에서 살다가 1947년에 월남했고, 김종문은 평안남도 평양에서 태어나(월남한 김종문이 호적에 출생지를 이렇게 등록했음. 동생 김종삼 시인도 장녀인 김혜경의 말에 따르면 출생지가 평양이라고 함) 1945년 해방 후에 월남했고, 권오순은 황해도 해주에서 태어나 1948년 11월 월남했으며, 박홍근은 함경북도 성진에서 태어나 1950년 12월 흥남에서 철수하는 국군을 따라 월남했고, 전광용은 함경남도 북청에서 태어나 서울의 경성경제전문학교에 다니던 중 분단을 맞았고, 그 후 부인과 첫째 딸이 월남하여 남편인 전광용과 함께 지냈다고 첫째 아들인 전호경 씨가 술회하고 있다. 그는 아버지 전광용의 호적상 출생 연도는 1919년생이고, 실제 생년은 1918년이라고 증언하고 있다. 전광용의 출생 연도에 대해서는 안리경, 「전광용 문학 연구」(서울대 대학원 석사 학위 논문, 2014)에서도 이처럼 조사된 바 있다.

질서를 세워야 할 과제가 놓여 있었다. 해방 직후 모국어를 되찾으며 출판의 문예 부흥이 이루어졌으나, 대체로 지난 연대의 문학을 수면 위로 올린 것이 많았고 그마저 이념 대립과 분단과 6·25 전쟁으로 계속되지 못했다. 1919년산 '전후 신세대 작가'들은 시대적으로 특별한 위치에 놓여 있는 이들이다. 그들은 전 시대와 차별되는 1950~1960년대의 문학사를 채울 '신문학'의 주인공이 되어야 하지만, 역사적 파란 속에서 다소 뒤늦게 문단에 등장했고, 모국어를 빼앗겼던 과거 일제 강점기에 문학적 수련을 쌓은 '구세대'들이었다. 본격적인 한글 세대는 그다음 연대에 등장하게 된다. 1950년대의 '구세대적 신세대' 작가들은, 그러나 일제 강점기에서부터 시작된 고난의 역사를 문학적 체험으로 승화시키고, 일어가 지배하는 시대를 살아오면서도 모국어를 조탁하며 한국 문학의 미적 갱신을 시도하여 전후 1950년대의 우리 문학을 개척해 나갔다. 1950년대 그 황량한 폐허 속에서 그들이 경작한 우리 문학의 새로운 영토를 검토해 보도록 한다.

2 구상과 김종문, 기어(綺語)의 경계(警戒)와 새로운 모더니즘

구상은 1957년 《문학예술》에 발표한 「우리 시의 두 가지 통념」이라는 글에서 전통 서정시와 주지적인 모더니즘의 두 갈래 길이 굳건히 자리 잡힌 채 서로 반목과 대립을 보여 온 우리 시의 역사를 돌아보며 시와 시어의 새로운 길을 모색해야 한다고 역설했다.[2] 1946년 북한의 원산에서 시집 『응향』의 필화 사건을 겪은 후 월남하여 신문사(《연합신문》, 《영남일보》 등)와 대학(효성여대)에 재직하며 『구상』(1951), 『초토의 시』(1956) 등의 시집을 펴냄으로써 1950년대 문단에 등장한 구상은 시와 시 쓰기에 대한 자의식을 누구보다 강하게 드러낸 시인이다. 그는 우리 시의 역사적 흐름을 성찰하고, 시의 정체성을 재검토하면서 우리 시가 나아갈 방향에 대해 숙

---

2) 구상, 「우리 시의 두 가지 통념」, 『구상 문학선』(성바오로 출판사, 1975), 468~471쪽.

고했다. 모든 시인들이 '시론'에 대한 시를 쓰곤 하지만, 구상에게는 「시」, 「시론」, 「시어」, 「시법」, 「시심」 등 이와 관련된 시편들이 특히 많으며, 「현대시와 난해」, 「시와 실재 인식」, 「나의 시작 태도」 등 현대시의 오랜 쟁점과 시 쓰기에 대해 자기 입장을 적은 글들이 다른 시인들에 비해 월등하게 많다. 그는 이러한 시와 산문에서 보통의 다른 시인들처럼 에둘러 말하거나 함축적으로 진술하지 않고 분명하고 직설적인 언어로 자기 생각을 나타냈다.

그는 전통 서정시와 주지적 모더니즘의 쌍갈랫길을 넘어서기 위해 무엇보다 언어가 지닌 '생명의 동정성(童貞性)'을 회복해야 한다고 역설했다.[3] 인간이 감성에 치우치거나 지성에 기대는 것이 모두 인간의 본질은 아니어서 '생명의 충족성'을 회복하는 것이 필요하며, 그래서 시의 언어도 '생명의 동정(童貞)'을 되찾아야 한다는 것이다. 이에 따라 그는 꾸미고 가꾸는 언어들을 싫어했다. 심지어 비유와 이미지의 구사도 멀리했다. 그는 현대시의 난해성도 기본적으로는 예술의 속성 가운데 하나여서 독자의 감상력이 요구되는 것이라고 하면서도 더 근본적으론 애매한 비유의 구사에 문제가 있는 것으로 보았다. 그는 시의 문장도 정확하고 반듯한 것을 선호했다.

구상의 이러한 특별한 시어관은 그가 추구하는 시 세계와 밀접히 연관되어 있다. 그는 "시를 쓴다는 것은 필경 인간이나 자연이나 사물의 본래적 모습을 밝혀 놓으려는, 즉 존재에 대한 물음인 것이다."[4]라고 말한 적이 있다. 그는 시 쓰기 작업을 존재의 물음에 대한 탐구로 규정한 것이다. 그의 시편에서는 생활을 노래한 작품들을 거의 발견하기 어렵다. 자연을 노래한 서정시인들도 생활 현장을 담은 시들을 더러 쓰거나 나이를 먹으면서 일상의 소회를 그린 시들을 쓰기 마련인데 구상은 후기에 가서도 존재의 본질에 대한 탐구에 집중했다. 다만 초기 시집 중 『초토의 시』의 경우 6·25 전쟁의 참상을 다루고 있어 역사 인식을 전면에 드러내고 있는

---

3) 위의 책, 같은 곳.
4) 구상, 「시와 실재 인식」, 위의 책, 372쪽.

데, 여기에서도 시인은 현실의 재현에 몰두하기보다 생명의 본질을 성찰하는 데 더 많은 시적 노력을 기울였다.

> 한 알의 사과 속에는
> 구름이 논다
>
> 한 알의 사과 속에는
> 대지가 숨쉰다
>
> 한 알의 사과 속에는
> 강이 흐른다
>
> 한 알의 사과 속에는
> 태양이 불탄다
>
> 한 알의 사과 속에는
> 달과 별이 속삭인다
>
> 한 알의 사과 속에는
> 우리 땀과 사랑이 영생(永生)한다.
>
> ─「한 알의 사과 속에는」

구상의 언어관과 그가 추구하는 시 세계를 단적으로 보여 주는 작품이다. 비유와 이미지는 일체 구사되어 있지 않다. 시의 언어도 단순하고 담백하다. 대상에 대한 묘사도 시도되지 않는다. 사과라는 사물의 본질에 대한 시인의 '사유'만이 나타날 뿐이다. 시의 언어는 오직 사물의 본질 탐구를 위해 봉사해야 하므로 수사(修辭)가 있어서는 안 되며 최대한 세속의 때가 묻지 않은 천진한 언어여야 한다. 그 결과 시 특유의 미묘한 정서와 여운은 증발되고 존재 탐구를 위한 시인의 사유만이 전면에 노출되고 있다. 그의 시는 철학이나 명상적인 언어에 가깝다.

이렇게 언어의 장식을 모두 제거하고 사유의 명증함을 위해 정확하고 정연한 문장이 구사되어야 하므로 그의 시는 길어지면 설명조의 진술이 되기 쉽다. 그래서 그의 시는 짧을수록 시적 탄력이 생기고 언어의 생명력이 유지된다. 평명하고 건조한 위의 인용 시의 진술에서 돌연 주의를 집중시키며 긴장을 조성하는 것은 마지막의 "영생"이라는 구절이다. 이 언어에 많은 것들이 함축되고 시인의 사유가 집약된다. 이 언어가 명상적인 진술을 시로 승화시키고 있다. 그의 시 중에는 길게 진술되는 작품들이 많은데, 인용 시는 상대적으로 짧은 편에 속한다. 인용 시에서 "영생"이라는 시어에 시적 긴장이 발생하는 것은 이 시가 비교적 짧아서 마지막에 위치한 이 시어에 무게 중심이 놓이기 때문이다.

> 시인이여, 그대들은 기어(綺語)의 죄를 범하여
> 저 무간지옥(無間地獄)에 떨어질까 두려워하라!

'시어'란 시의 마지막 구절이다. 기어를 경계하라는 시어관의 표출도 그렇지만, 그 생각을 전하는 시적 진술도 이례적으로 분명하고 단호하다. '기어(綺語)'는 불교의 10악(十惡) 중의 하나이며, 기어로 진실을 왜곡하는 사람은 무간지옥에 떨어진다고 한다. 구상은 불교 공부를 하며 이 말을 배웠다고 한다. 그는 불교의 금언을 불교의 어법 그대로 시로 옮긴 것이다. 구상은 모태 가톨릭 신자이고, 일본 대학에서 종교학을 공부했다. 그는 일본 대학의 종교학 시간에 배운 내용 대부분이 불교 경전에 주석을 다는 일이라고 했다. 신자이자 철학자인 그는 시를 쓰면서도 그 직분을 그 둘과 동일하게 보았다. 그는 신자의 일과 철학자의 일과 시인의 일을 다르지 않게 본 것이다. 이 점에서 그는 승려이면서 시를 쓸 때에는 시인의 얼굴로 변신한 만해와는 다른 길을 간 시인이다. 구상 특유의 시적 태도는 우리 시 일부에 끼어 있던 언어의 거품과 분식을 제거하고 시적 언어의 또 다른 길을 열어 주었다. 그리고 시적 사유와 인식이 주는 시의 무게감을 일깨워 줌으로써 향후 우리 시의 지평을 넓히는 데 많은 기여를 했다.

김종문은 1953년에 간행된 두 번째 시집 『불안한 토요일』의 후기에서 "나는 지금껏 모더니티 유파와도 더욱이나 인생파적 유희와도 먼 딴 방위각에서 현대시란 것을 시험해 온 것을 나 스스로 수긍한다."[5]라고 언급한 바 있다. 구상이 서정시와 모더니즘을 넘어서는 새로운 시를 모색했다면, 김종문은 인생파 시와 모더니즘을 넘어서는 시를 쓰고자 했다. 김종문은 1950년대의 우리 시는 1950년대가 겪고 있는 리얼리티나 세계의 불안에 대한 태도를 드러내야 한다고 말했다.[6] 그도 구상과 마찬가지로 1950년대 시인으로서의 자의식을 깊게 드러내면서 시를 쓴 것이다. 그는 시 이전에 평론을 발표하며 등단했는데,(「문학의 문화에 미치는 영향에 대하여」, 《백민》, 1948) 그래서인지 남달리 시론을 앞세우며 시를 써 나가는 경향을 보였다.

〈평화〉는
50년대는 시간에 부조된 대문자
수없는 얼굴은 하나 또 하나
뒤이어 감염되어 가는 순간마다……

수없는 소년들의 피로 물든
적색 〈리뽕〉
평화 조인서는 드디어 철(綴)해졌습니다

최후의 총성이 내뿜는 포연은

5) 김종문, 『불안한 토요일』(보문각, 1953), 64쪽.
6) 위의 책, 같은 곳.

회색 비둘기의 공중산포(空中散布)

4km×155Mile＝x

권내

모오든 계곡을 소요(逍遙)하는 날……

——「불안한 토요일」 부분

「불안한 토요일」의 일부이다. 이 시는 장시로서 시집 전체가 이 시 한 편으로 짜여 있다. 시집이 간행된 것은 1953년 9월 10일이다. '6·25 정전 협정'이 조인된 것이 1953년 7월 27일이니까 그 후 한 달 남짓 지난 이후에 나온 시집이다. 인용한 대목의 "평화 조인서"는 이것을 가리킨다. "4km×155Mile＝x"는 휴전선을 가리킬 것이다. 그는 군인 신분으로 이 시를 썼다. 당시에 그는 육군 대령이었다. 이 장시는 남쪽으로 길게 이어지는 피난 행렬을 연상시키는 이미지로 시작된다. 인용한 대목은 정전 협정이 맺어지고 평화가 찾아온 상황을 그리고 있지만, 이 시집이 이렇게 풍경의 세목을 얌전하게 묘사하고 있는 것만은 아니다. 시인은 그 앞에서 피난 행렬을 그로테스크하게 묘사한다. 시인은 피난 행렬 중의 공기, 피난민의 면면들, 아이의 시체, 버려진 소와 뱀 등의 동물들을 강렬하고 자극적인 이미지로 그린다. 그 이미지들은 전쟁의 참혹함과 전쟁 통의 혼란하고 불안한 내면을 여실히 보여 준다.

이 시의 기법은 김기림의 이미지즘 시에 닿아 있다. 비약적인 비유와 글자의 시각적인 배열들이 특히 그렇다. "불안한 토요일"이란 제목도 김기림의 시 「일요일 행진곡」을 떠오르게 한다. 그런데 김기림은 현대의 풍경을 경쾌하게 그린 데 반해, 김종문은 어둡고 무겁고 그로테스크하게 그렸다. 또 현실의 재현과 내면 심리가 반영된 묘사를 병행하여 1950년대의 불안한 상황을 담아냄으로써 김기림과는 다른 새로운 모더니즘 시를 추구했다. 다만, '50년대의 모더니즘'에 대한 의욕이 지나친 탓인지 현실의 불안을 나타내고자 하는 언어 표현들이 과도하게 시도된 대목이 종종 눈에 띈다. 오렌지색 공기의 질감을 나타낼 때 쓴 "농창(濃瘡)", 갈라진 땅의 의미로 쓴 "구열(龜裂)된" 등 사전에 등재되어 있지 않은 이런 말들은 과잉 조어이며, "혓바닥은 유연탄의 연소", "투명된 지구는 〈피타고라스〉의 음계", "자극(磁極)의 망명설" 등도 과도하게 구사된 비유로 보인다.

그의 첫 시집 『벽』은 1952년 3월에 간행되었다. 그는 당시에 정훈 장교로 6·25 전쟁에 참전 중이었다. 이 첫 시집은 그의 등단작이기도 하다. 그는 군인 신분으로 전쟁에 참여하면서 처음으로 시를 쓰고, 그 후 시인의 길로 나선 드문 예에 속하는 문인이다. 이 시집의 제일 마지막에는 맥아더 장군의 인천 상륙 작전을 구체적으로 그린 시가 놓여 있다. 이 시집은 일종의 종군 시집의 성격이 짙고, 기록 문학으로서의 가치를 지니고 있다. 주목되는 것은 이 시집 1부에 소월이나 윤동주의 시를 연상시키는 순수 서정시들이 배치되어 있는 점이다. 여기에서 우리는 참혹한 전쟁 중에서도 인간 내면에 흐르고 있는 순수한 아름다움에 대한 그의 믿음과 시에 대한 열정을 감지하게 된다. 그는 그 후 시에 대한 사랑과 집념을 모더니즘 시의 개척으로 밀고 나갔는데, 여기에는 일본 유학 시절 '아테네 프랑세'에서 받은 서구 문화의 세례가 한몫했을 것으로 짐작된다.

3 김성한과 전광용, 소설 미학의 쌍갈랫길

1950년 벽두에 문단에 나온(1950년 《서울신문》 신춘문예) 김성한은 처음부터 기존의 소설 형식에 도전했다. 데뷔 후 곧바로 쓴 두 번째 소설 「김가성론」(1950)에서 그는 논설을 소설의 형식으로 차용했다. 이 소설은 신문 배달부인 '나'가 어릴 적 친구인 명문대 출신의 교수인 '김가성'의 동정을 서술하는 형식으로 짜여 있다. '김가성'은 외국 책을 베껴서 권위자 행세를 하고 출세한 동창만 가까이하며 학문보다 외부 감투에만 신경 쓰면서도 겉으로는 도도한 학자인 체하는 위선적인 속물 교수여서 주변인들은 모두 그를 손가락질하지만, '나'는 그를 높이 평가한다. 세상 물정에 어둡고 지적 수준이 낮은 인물이 교활한 상대의 위선적인 행동을 알아채지 못하고 칭찬으로 일관하여 대상을 조롱하고 있다는 점에서 이 소설은 채만식의 풍자 소설의 형식에 닿아 있다. 그런데 작가는 그 위에 새로운 서술 방식을 입힌다. 이 소설을 끌고 나가는 것은 인물 사이의 갈등이 아니다. '나'는 언제나 '김가성'을 상찬하고, 그의 주변 인물은 그를 싫어하지만 그저 수군거리기만 할 뿐이다. 이 소설은 시종일관 '나'가 그의 행색을 서술하는 방식을 취하고 있다. 이 소설에서 인물 사이의 '대화'는 그의 위선적인 행동을 고발하는 증거 자료일 뿐이다. '김가성'이란 인물에 대한, '나'의 일방적인 서술에 크게 의존하고 있다는 점에서 이 소설은 '소설보다 '논설'에 좀 더 가깝다. 그런데 작가는 작품 서두에 신문이나 잡지에 많이 쓰이는 '론'을 쓰겠다고 선언했고, 작품 제목도 '김가성론'이라고 붙여 놓았다. 정통 소설에서 터부시되는 '논설'의 형식을 소설의 '형식'으로 차용함으로써 그는 소설의 형식을 전복시켰다. 몽매한 '나'가 '논'을 쓴다는 것은 희극적인 것이며, 그것은 곧 지식인의 허위위식에 대한 냉소이다. 작가는 전복된 형식으로 주제를 강렬히 드러내고 있는 것이다.

　김성한 소설의 형식적 갱신은 6·25 전쟁 이후 1950년대 중후반에 발표한 작품들에서 더욱 과감해진다. 그는 리얼리즘 소설을 탈피하고 사람 대신 동물을 내세워 인간 세계를 풍자하는 '우화 소설'을 시도한다. 「제우스의 자살」, 「중생」, 「풍파」 등의 소설이 대표적이다. 이 중에서 제일 먼저 발표된 「제우스의 자살」이 가장 성공적인 작품으로 꼽힌다. 작가는 개구리들과 독수리를 비롯한 여러 종류의 새들, 사자, 황새 등의 인물로 이야기를 만들고 모종의 메시지를 전한다. 개구리들이, 지도자를 중심으로 일사분란하게 움직이는 독수리와 사자들의 생활을 목격하고 자기들도 지도자를 옹립하고 조직을 건설해야 한다는 생각을 가지면서 일어나는 개구리들 사이의 갖가지 의견 충돌과 여러 해프닝들이 흥미롭게 전개된다. 또 '지도자'와 '신'의 존재를 둘러싼 개구리와 신과의 대화가 진지하게 서술되기도 한다. 작가는 동물들의 이야기를 통해 인간 사회에 존재하는 정치의 가치, 정치와 자유의 길항 관계, 그리고 인간의 온갖 욕망과 본능-권력욕, 호가호위 근성, 노예 근성 등을 들춰내며, 또 신의 존재와 그 본질에 대한 질문을 던진다.

그의 또 다른 성공작인 「바비도」는 1410년도 영국이 배경이고, 영국인 재봉 직공, 당시 왕인 헨리 4세의 태자, 종교재판정의 사교(주교)가 등장 인물이다. 서양의 중세를 한국 단편 소설의 배경으로 삼은 것은 전에 볼 수 없던 혁신적인 기획이다. 작가는 영국인 재봉 직공과 사교/태자와의 대립을 통해 억압적이고 타락한 교회와 그에 결탁된 왕권을 고발하고 개인의 자유로운 종교 향유를 강조한다. 하지만 이 소설은 종교 문제만을 겨냥한 작품이 아니다. 이 소설의 배경은 15세기 초 영국이지만, 그런 역사적 배경이 이 소설의 캐릭터와 주제 전달에 의미 있는 역할을 하지 않는다. 이 소설에서 시대적 배경과 인물들은 어디까지나 작가의 주제 전달을 위한 '형식적 장치'일 뿐이다.[7] 작가는 특정한 상황 설정을 통해 권력의 타락과 부패, 도그마가 된 정치적 이념, 국민의 행복과 자유로부터 멀어진 정치를 고발하고 있는 것이다. 이 소설은 일종의 '변형된 우화 소설'이라고 할 수 있다. 동물이나 사물이 아니라 '외국의 과거 인물'을 통해 현실 세계를 풍자하고 있다는 점에 이 소설의 참신함이 놓여 있다.

김성한 소설이 추구하는 형식의 새로움은 「오분간」에서 절정을 이룬다. 이 소설의 주요 등장인물은 '프로메테우스', '천사', '신'이다. 프로메테우스가 2000년간 묶여 있던 쇠사슬을 끊고 나오자, 신이 전령사인 천사를 보내 하늘로 돌아오라는 지시를 내리지만 프로메테우스는 이를 거부하고, 양자는 천상도 지상도 아닌 제3지대인 구름 위에서 만나 자기 입장을 주장하는 토론을 벌이다 협상이 결렬되어 신과 인간이 아닌 제3존재의 출

---

7) 박유희는 "이 작품의 어느 부분에서도 당대의 구체적인 현실은 찾아볼 수 없을 뿐 아니라, 중세 영국의 역사적 진실과도 관련이 없다. 주제를 위해 이국의 공간과 인물이 차용되었을 뿐이다."라고 말한 바 있다. 박유희, 「관념적 비판 의식과 다양한 기법의 채택 ― 김성한론」, 송하춘·이남호 편, 『1950년대의 소설가들』(나남, 1994), 103쪽.

현을 꿈꾸는 것으로 소설이 끝난다. 프로메테우스와 신과의 협상 중간중간에 지상에 있는 인간 군상들의 타락한 모습이 서술되는데, 그것은 양자의 협상 필연성을 부각시키고 협상 진행에 긴박감을 조성한다. 인간의 세계와 신의 세계가 하나의 소설 공간 안에서 긴밀하게 움직이는 이 작품의 형식은 매우 특이하다. 이 소설은 리얼리즘의 세계를 크게 벗어나 있지만, 그렇다고 '공상 소설'로 보기도 어려우며, '우화 소설' 안에 넣기도 애매하다. 이 소설의 형식은 작품 안의 발언을 빌리면 기존의 소설 형식으론 분류되지 않는 '제3존재의 소설'인 것이다.

그의 새로운 소설 형식은 모두 관념적인 상상으로 이루어진 것이다. 동물이나 역사적 인물이나 신화적 인물을 내세우고 지상과 천상을 마음대로 오가며 전개되는 이야기들은 구체적인 현실 세계를 넘어서 있다. 그런데 주목되는 것은 그런 것들이 문학적, 문화적 상상과 연동되어 있다는 점이다. 개구리가 중심인물인 「제우스의 자살」은 기본적으로 '우물 안 개구리'라는 우리의 속담과 연계되어 있다. 이 소설은 다음과 같은 문장으로 시작된다.

개구리들은 제멋대로 살았다.
아늑한 골짜기 잔잔한 연못에 자리 잡은 그들은 아름다운 화초가 우거진 물가에서 노래 부르고, 피곤하면 푸른 하늘 바윗등에서 마음 놓고 낮잠을 잤다. …… 아득한 옛날 그들의 조상이 땅 위에 삶을 시작한 이래 이 연못가에는 일찍이 이렇다 할 풍파조차 일어난 일이 없었다.

아무리 깊숙한 골짜기에 있는 연못이라도 아득한 옛날부터 지금까지 아무런 풍파가 일어나지 않을 수는 없는 일이다. 이 소설은 처음부터 작위적이다. 하지만 우리는 이 장면을 수긍하게 되는데 그것은 이 상황이 '우물 안 개구리'라는 속담에 접맥되어 있기 때문이다. 우리는 '우물 안 개구리'가 외부와 차단된 채 자족하며 외부 사정에 눈이 어두운 것을 가리키는 말이라는 것을 속담을 통해 알고 있고, 그래서 이 장면을 거부감 없이 수용하게 된다. 이 소설의 뒷부분에 가면 개구리가 하늘로 올라가 신과 대화를 나누는 극단적인 관념의 세계가 펼쳐지는데, 그것이 거부감을 일으키지 않는 것도 이 소설이 속담이라는 '구비 문학'과의 연동에서 시작되어 초반부터 독자와의 거리감을 좁혀 놓았기 때문이다. 「오분간」은 서양의 고전인 '그리스 신화'와 한국의 고전인 「구운몽」의 세계에 닿아 있어 그토록 특이한 관념의 세계가 소설적 정당성을 확보하고 독자에게 친근하게 다가오며, 「바비도」는 중세의 교회 사회라는 문화적 배경을 도대로 한 것이어서 작위적 설정에도 불구하고 문학적 흥미를 유발시킨다.

관념적 사유와 고전 문화와의 연동으로 짜인 그의 소설은 학문의 탐구처럼 지적 작업의 특성을 드러낸다. 소설은 발로 쓰는 것이라고 하지만, 그의 소설은 머리를 통해 나온다. 그는 기존의 소설과 역사와 문화를 빌려 새로운 형식을 창조하고, 정해진 주제를 논리적으로 펼치기 위해 소설의 인물을 동원한다. 그래서 그의 소설에서 인물의 대화는 토론으로 전개되는 경우가 많다. 소설적 주제도 거시 담론이 많다. 정치, 권력, 국가 질서, 신의 존재, 양심, 자유, 정의 등이 그의 소설 주제의 주류를 차지한다. 그는 자잘한 일상에서 일어나는 인간 내면의 미묘한 감정 변화보다 거시적인 정치, 사회 구조와 그러한 제도적 질서 안에 직면해 있는 인간 내면의 문제를 다룬다. 그리고 그는 이에 대해 작품 속에서 분명하게 답을 제시한다. 그의 소설의 결말은 대체로 주어진 주제를 논리적으로 전개시킨 후에 작가가 내린 결론으로 채워져 있다. 선명한 주제의 설정, 논리적인 전개, 결론의 제시 등 논설의 영역에 속하는 것들을 문학의 질서 안에 용해시킴으로써 그는 전후 1950년대에 우리 소설의 새로운 길을 제시했으며, 그중 「오분간」(1955)이나 「제우스의 자살(개구리)」(1955) 같은 단편 소설들은 당대 우리 문학사에 지울 수 없는 자취를 남긴 것으로 평가된다.

1955년(《조선일보》 신춘문예)부터 문학 활동을 본격화한 전광용은 김성한과 대척점에 놓여 있다. 그는 관념적인 사유를 멀리하고 구체적인 삶의 현장을 좇아간다. 그는 스스로 술회한 것처럼[8] 발품을 팔아 생활 현장의 구석구석을 찾아다니며 땀 냄새 나는 삶의 정글 속에서 맞부딪치며 살아가는 사람들의 애환을 이야기로 풀어낸다. 소설의 형식도 단편 소설의 규범적인 문법을 충실하게 따른다. 그의 소설은 인물, 사건, 배경이 잘 맞물려 있고, 이야기 전개가 언제나 인과적이다. 그는 현진건에서 이태준으로 내려온 한국 단편 소설의 전통적인 불씨를 살려 나갔다.

그는 다양한 직종의 사람들을 소설 속에 등장시켰지만, 주로 많이 다룬 인물들은 하층민이거나, 자기 분야에서 낙오된 이들이다. 특히 1950년대에 발표된 소설에서 이러한 특징이 두드러진다. 소설 「지층」의 인물은 탄광촌의 광부들이고, 「G. M. C」의 인물은 청소차로 분뇨를 푸면서 생계를 유지하는 사람이며, 「해도초」의 인물은 울릉도에 사는 품팔이 어부이고, 「크라운 장」의 인물은 비어홀 밴드의 악사며, 「바닷가」의 인물은 막벌이 노인(울진 노인), 가난한 해녀(제주 모녀), 허름한 바닷가 가설 주막의 주인(원산댁), 실업자 청년 등이다.

이들의 가난과 직업적 몰락은 해방 직후의 혼란한 정국에서 분단과 전쟁으로 이어진 한국의 어두운 현대사와 연관되어 있다. 「지층」의 '권 노인'은 함경도 서호진에서 딸과 함께 '마지막 철수선'을 타고 월남하여 거제도에 짐짝처럼 내려져 별다른 일거리를 구하지 못하다 호구지책으로 탄광 일을 시작했고, 「크라운 장」의 '문호'는 촉망받는 명지휘자였지만 정치적 이념의 강요로 인한 월남과 전쟁의 소용돌이 속에서 비어홀 밴드의 악사로 전락했으며, 「해도초」의 어부들은 미군의 독도 폭파 연습에 희생당하고 있다. 그리고 「바닷가에서」의 '울진 노인'은 아들이 군에 가서 절름발이가 되어 돌아왔고, '제주 해녀'는 제주 4·3 사건으로 남편과 아들을 잃었고 딸은 허벅다리에 총알 상처가 있으며, '원산댁'은 해안선을 타

---

8) 전광용은 자신이 쓴 작품에는 현지의 답사에서 힌트를 얻거나 취재한 것이 적지 않다고
    말한 바 있다. 전광용, 「구슬이 서말이라도」, 『전광용·정한숙』(신구문화, 1968), 488쪽.

고 3·8선을 넘어와 남편이 품팔이 고역에 시달리다 세상을 떠났고, 실업자 청년은 남만주 여순에 있는 공업학교 재학 중 해방을 맞아 걸어서 서울까지 와 장사를 시작하여 돈을 좀 벌게 될 즈음 6·25 전쟁이 터져 후퇴길에 방위군에 끌려갔다가 전투로 인한 파편이 아직도 배 속에 박힌 채 살아가고 있다.

전광용은 당대의 사회, 정치, 역사적 파행으로 삶이 파탄 나고, 변방으로 내몰린 사람들을 소설의 인물로 다루고 있지만, 그들의 삶의 모습을 사회, 정치적 상상력으로 풀어내지 않는다. 소설 속에서 그들은 짐짝처럼 던져지고 나락으로 떨어져 있지만, 그들을 그렇게 만든 사회를 향해 분노하거나 그것에 맞서 싸우지 않는다. 그들은 삶의 막장 속에서도 어떻게든 동료들과 함께 삶을 꾸려 나간다. 가난한 보통 사람들에게 정치는 멀리 떨어져 있으며, 그런 복잡한 문제를 분석하기엔 하루하루의 삶이 너무 빠듯하고 빡빡하다. 그들은 당장 입의 풀칠이 시급하며 그러기 위해선 일을 해야 한다. 누추하고 처량한 일터라 하더라도 삶의 보람과 환희는 있으며, 따뜻한 동료애가 오가기 마련이다. 불우한 자신의 신세를 한탄하며 밖으로 화를 내기도 하지만, 그들을 정말로 분노케 하는 것은 사회 제도나 정치 이념이 아니라 제때 월급을 주지 않는 작업장 사장이고, 자신의 일을 모욕하는 친구이며, 자기 몫을 가로채 가는 옛 동료다. 작가는 인물의 직업적 환경, 그들의 동료들, 일과 후의 휴식처 등 그들 일상의 동선을 따라가며 그 누추한 곳에서 땀 흘리며 일하고, 술 마시며 풀고, 웃고, 울고, 싸우며, 또 서로 위하고 사랑하면서 지내는 그 끈적끈적한 삶의 체취와 속살을 생생하게 그려 낸다. 전광용은 밥벌이하며 살아가는 불우한 이들의 생의 현장 속으로 걸어 들어가 눈을 크게 뜨고 고단하지만 인정 어린 삶의 디테일을 하나하나 떠 내고 있는 것이다. 그의 소설의 결말들은 대체로 온갖 역경 속에서도 자기 생업을 꿋꿋이 지켜 나가는 것으로 끝난다. 그는 1950년대의 일그러지고 먹먹한 삶 속에서도 육신을 이끌며 생을 꾸려 나가는 인간의 구체적인 생존 현장을 애정

어린 시선으로 바라보며, 억척스러운 그들 삶의 미래에 건강한 믿음을 보내고 있다.

한편 「사수」와 「꺼삐딴·리」는 언뜻 보아 전광용 소설의 이단처럼 느껴진다. 전자는 특정되지 않은 인물이, 후자는 출세한 의사가 주인공이어서 불우한 특정 계층을 다룬 그의 일반 소설과 다르게 보인다. 또 둘 다 구체적인 삶의 디테일 묘사를 중심으로 하지 않는 것도 이 작품들이 그의 소설의 예외처럼 보인다. 하지만, 두 작품 모두 거친 삶의 정글에 '던져진 존재'로 생을 이어 나가는 인간의 내면을 다루고 있다는 점에서 그의 작가적 태도에서 벗어나지 않는다. 차이가 있다면 두 작품이 인간의 보편적인 내면 심리를 천착하는 데 집중하고 있다는 점이다.

먼저 「사수」를 보자. 두 주인공인 '나'와 'B'는 초등학교 수업 시간에 선생님의 벌로 상대의 뺨을 번갈아 때리는 대결을 하고, 중학교에 올라가서는 더 좋은 성적을 받으려고 경쟁하고, 또 '경희'라는 여자 친구를 차지하려고 경쟁하며, 그 일환으로 참새 잡이 시합을 하고, 상대를 나무에 세워 두고 그 옆의 나무통을 총으로 맞히는 위험한 결투를 벌인다. 그리고 군대에 가서는 이적 행위로 사형 선고를 받은 'B'의 사형 집행의 사수로 지명되어 그를 죽이는 일을 함으로써 그와 마지막 대결을 한다. '나'와 'B'는 친한 친구이면서도 초등학교부터 군에 입대해서까지 지속적으로 대결을 벌인다. 대결은 시간이 지날수록 더 크고 위험한 대결로 치닫고 마침내 한 사람이 죽음으로써 결판이 난다. 초등학교에서 군 생활까지는 한 아이가 성장하여 성인이 되기까지의 생활 과정에 해당한다. 이 소설은 한 사람의 성장 과정 속에 숙명적으로 드리워져 있는 대결 국면을 상징적으로 보여 준다. 대결은 공부와 사랑처럼 자의적인 욕망에 의해 발생하기도 하고, 선생님의 벌이나 사수의 지명처럼 외부인에 의해 불가항력적으로 생기기도 하며, 친한 사이일수록 더 치열한 대결이 벌어짐을 이 소설은 함축한다.

이 소설에선 대결 국면 속에서 촉발되는 인간 내면 심리의 표출도 빼어나다. 선생님의 강요로 인한 것이어서 처음엔 'B'의 뺨을 살살 때리려 했지만 그가 세게 때리는 바람에 화가 나 더 세게 때리는 '나'의 행동이나, 분단의 와중에 'B'의 아내가 된 '경희'와 'B'를 놓고 '나'가 드러내는 증오심의 교차, 또 'B'의 사형 집행의 사수로 차출되어 한순간 그와의 대결에서 이길 수 있다는 기쁨이 솟는 마음의 표출 등은 끔찍할 정도로 사실적이다. 전광용은 인간 내면에 도사린 경쟁 심리의 무서운 본능을 잘 보여준다.

이러한 소설의 의미 전달은 잘 고안된 형식 덕택이다. 이 작품에서 '나'와 'B'의 대결은 '나'의 기억을 통해 하나의 장면으로 소환되어 서술된다. 그리하여 초등학교, 중학교, 군대 생활로 이어지는 한 아이의 긴 성장 과정 속에서 벌어진 대결의 역사가 압축적으로 제시된다. 또 '나'의 기억이 병상 속의 무의식 안에서 진행됨으로써 대결 심리가 '나'의 내면에 깊숙이 드리워져 있음을 전하고 있다. 과거와 현재를 교차시키는 전광용 특유의 서사 진행 방식은[9] 이 작품에서 가장 큰 성공을 거두고 있다. '사수'라는 작품 제목도 대결 심리를 드러내는 이 소설의 주제를 날카롭게 환기시키고 있다.

「사수」에서 시도한 소설 방법은 「꺼삐딴 · 리」에서 그대로 재현된다. 「사수」에서 초, 중, 군대로 이어진 주인공의 삶의 역정은 「꺼삐딴 · 리」에서 '왜정 시대', '소련군 치하', '미국 영향 아래의 현재'로, '경쟁 심리'는 '처세술'로 대치되고, 회상을 통해 지난 삶을 한 장면씩 서술하는 방식은 똑같이 구사된다. 현재 상황에서 시작해 과거로부터 현재로 거슬러 와서 첫 장면과 마지막 장면이 일치하는 「사수」의 서사 전개 방식이 「꺼삐딴 · 리」에서도 약간의 장면 이동만 있을 뿐 거의 그대로 시도된다. 다만, 대결과 경쟁이 심리적인 영역이라면 처세술은 세상살이의 방법에 해당하는 것이어서

---

9) 조남현은 "전광용의 소설 대부분은 서두를 떼는 자리에서 작중 '현재'를 제시하고 곧바로 '과거'로 소급해 가는 방법을 보여 주고 있다."라고 말한 바 있다. 조남현, 「전광용 단편 소설의 특징」, 『한국 현대 소설의 해부』(문예출판사, 1993), 223쪽.

「꺼삐딴·리」에 좀 더 사회적인 요소가 개입되어 있다는 점 정도가 차이점이다. 주인공 이인국은 어느 시대를 막론하고 당시의 지배층만을 골라 치료함으로써 자신의 특기와 기술을 최대로 이용하여 그들의 환심을 사는데, '왜정' 때는 특별히 일어 사용을, 월남 후에는 한국의 국보급 청자를 미 대사관의 권력자에게 건네며 자신의 이득을 취한다. 주인공 이인국은 민족의 얼과 혼이 담긴 언어와 국보를 자신의 이익과 교환함으로써 탐욕과 처세의 극단적인 경지를 드러낸다.

이러한 주인공의 처세에서 좀 더 주목해야 할 점은 '언어'이다. 그가 소련 치하에서 소련군 장교를 치료할 수 있는 기회를 얻을 수 있었던 것은 당시 곤경에 처해서도 짧은 기간 안에 소련 말을 공부했기 때문이고, 월남 후 미 대사관의 고위층과 교제할 수 있었던 것도 재빨리 영어를 배웠기 때문이다. 주인공 이인국에게 처세의 도구는 궁극적으로 언어였던 셈이다. 작가가 이 소설의 제목을 "꺼삐딴·리"라는 소련 치하의 러시아 말로 삼은 것은 이러한 작품의 주제를 반영한 것이라고 할 수 있다. 오늘날 영어가 출세와 계층 상승의 큰 무기가 되고 있음을 감안하면 이 소설의 울림은 지금까지도 이어지고 있다고 할 수 있다.

「사수」와 「꺼삐딴·리」는 1950년대와 1960년대 초 우리 문학사에 남겨 놓은 전광용의 가장 뚜렷한 문학적 업적이다. 그가 이렇게 오래 기억될 작품을 쓸 수 있었던 것은 데뷔에서부터 삶의 구체적인 현장을 누비며 인물의 내면을 응시해 왔기 때문이다. 한국 단편 소설의 전통을 계승하고 소설의 형식을 존중하는 그의 장인 정신이 두 편의 명작을 탄생시킨 것이다.

4 정완영, 정형(定型)의 틀 안에 가꾼 모국어의 꽃

정완영은 42세 되던 해인 1960년 《국제신보》 신춘문예에 시조 「해바라기」가, 그리고 2년 후인 1962년 《조선일보》 신춘문예에 「조국(祖國)」이 당선되면서 문단에 나왔으니 꽤 늦은 나이에 시조 시인으로 출발한 셈이다. 하지만, 그가 뒤늦게 시조에 관심을 갖기 시작한 것은 아니었다. 연보에 따르면 그는 1941년에 「북풍」이란 시조로 일경에 끌려가 고문을 받은 적이 있으며, 1946년 고향인 김천에서 "시문학 구락부"를 발족하여 활동했고, 1947년에는 동인지 《오동》을 창간했으며, 그 후 20여 년 동안 300여 편의 작품을 지었다고 전한다.[10] 그는 젊은 시절부터 줄곧 시조 창작에 매진했으며, 그가 문단에 나올 무렵에는 문학적 훈련이 상당히 이루어진 상태였던 것이다. 그의 데뷔작 중 하나인 「조국」은 신인의 첫 작품이라기보다는 문학의 정점에 도달하여 쓴 원숙한 경지의 시라는 느낌을 준다. 이 작품엔 시조에 대한 그의 문학적 신념과 가치도 담겨 있어 여러모로 그의 시조 세계를 이해할 수 있는 중요한 작품이다.

> 행여나 다칠세라 너를 안고 줄 고르면
> 떨리는 열 손가락 마디마디 에인 사랑
> 손 닿자 애절히 우는 서러운 내 가얏고여
>
> 둥기둥 줄이 울면 초가삼간 달이 뜨고
> 흐느껴 목메이면 꽃잎도 떨리는데
> 푸른 물 흐르는 정에 눈물 비친 흰옷자락
>
> 통곡도 다 못하여 하늘은 멍들어도
> 피맺힌 열두 줄은 구비구비 애정인데
> 청산아 왜 말이 없이 학처럼만 여위느냐
>
> ―「조국」

---

10) 백수 정완영 선생 고희 기념 사화집 간행위원회, 『백수 정완영 선생님 고희 기념 사화집』
     (가람문화사, 1989), 501~502쪽.

작품의 제목은 '조국'인데, 시인이 말하고 있는 대상은 가야금이다. 1연은 가야금 연주를 위해 가야금 줄을 매만질 때의 느낌을, 2연은 가야금 연주에서 촉발되는 느낌을, 3연은 가야금 연주곡을 들은 후의 여운과 가야금 줄의 형상에 대한 모습을 나타낸다. 시인은 가야금 연주의 전 과정을 전하면서 가야금 줄과 그 곡조에 대한 느낌을 집중적으로 형상화하는데, 그 형상이 우리 강토와 우리 민족의 심성을 환기시킨다. '조국'이란 관념을 이미지로 빚어내는 감각과 솜씨가 '모더니즘 시'를 방불케 할 정도로 현대적이다. 그런데 그렇게 현대적인 시의 기법을 수용하면서 형식적으로는 시조의 규범을 착실하게 따르고 있다는 점에 이 시조의 매력이 있다. 이 작품은 '3·4·3·4. 3·4·3·4. 3·5·4·3'을 기본으로 하는 시조의 운율 형식에서 거의 벗어나지 않는다. 특히 전통 시조에서 반드시 유지하는 종장의 음수율을 이 시조는 거의 지켜 내고 있다.

그런데 이렇게 엄격한 형식적 구속 안에서도 시적인 진술은 자유시에서처럼 막힘없이 편안하고 자연스럽게 진행되고 있으며, 그런 가운데서도 강약의 변화가 이루어져 중요한 시어들에 의미의 무게가 놓이고 있다. 이것은 시인의 뛰어난 언어 운용에서 비롯된 것이다. 이 시는 매 연마다 모두 구문이 다르고,(가령 1연은 ~라. ~면. 명사. ~여. 2연은 ~면 ~면 명사. 3연은 ~도 ~인데~ 느냐) 시행 끝의 시어의 품사들도 전부 다르다. 그래서 한 행씩 넘어갈 때마다 다양하게 변화되는 어법의 매력을 발산한다. 어법 변화의 즐거움 속에는 운율 효과가 내장되어 있다. 명사와 형용사가 교대로 구사되고, 서술형 어미가 다양하게 변주되면서 말소리의 지속과 막힘이 교차하여 강약과 고저와 장단의 운율이 발생한다. 이 작품에는 의성어와 의태어가 딱 하나씩 구사되는데, 그 시어의 위치가 절묘하다. "둥기둥"은 "가얏고여"라는 호명에 이어 2연 첫 구절에 등장함으로써 가야금 연주의 시작이 전하는 감격적인 소리 공명을 생동감 있게 드러내고, "굽이굽이"는 끝 행의 바로 전 행에 놓여 있어 마지막 대목에 이르러 폭발적으로 터지는 조국에 대한 영탄을 자연스럽게 이끌어 내고 있다. 정완영은 "우리 모국어에는 흘림새(流)가 있고, 엮음새(曲)가 있고, 추임새(節)가 있고, 풀림새(解)가 따로 있으니 이 경계를 다 돌아 나와야 비로소 시조의 진경은 열리는 법"[11]이라고 말한 적이 있다. 우리말의 어법과 품사에 배어 있는 은밀한 매력을 최대로 활용하여 시조의 언어로 풀어내야만 시조의 묘미가 살아난다는 것을 지적한 말이다. 정완영은 시조 창작 내내 이러한 신념을 실천해 나갔다.

한편 이 시조는 제목이 명시하는 바와 같이 '조국'에 대한 강한 애정을 나타낸 작품이다. 시조는 원래 성리학을 받드는 조선 사대부들에 의해 성행되어 온 문학 양식이었다. 그래서 조선 전기까지 시조는 유학의 이념과 군주에 대한 애정과 사람의 도리와 자연 예찬을 읊은 것들이 많았다. 그런가 하면 일제 강점기에는 시조가 한국인의 심성을 가장 집약적으로 드러낸 문학 양식으로 재조명되어 민족의식의 실천으로 간주되었다. 정완영은 「조국」이후 50년 동안 방대한 양의 시조를 썼는데, 그가 즐겨 다룬 것들은 역사, 유물, 유적, 자연, 고향, 가족 등이다. 또 그는 시조의 기본 율격을 최대한 존중하며 시조의 정형성을 견지해 나갔다. 그는 한 음보에 최대 6, 7음절까지 구사하기도 했는데 어디까지나 한두 구절 정도만 제한적으로 허용했고, 전체적인 시조 운율은 엄격하게 유지했다. 그는 시조의 전통 형식과 주제의 범주 안에서 모국어의 아름다움을 최대치로 끌어올렸으며, 이를 통해 옛 시조 양식을 현대시와 어깨를 나란히 하는 시의 반열 위에 올려놓았다.

그는 동시조를 창작하여 시조의 향수 영역을 확장시켰을 뿐 아니라, 시조의 내용도 크게 변화시켰다. 동심을 겨냥한 동시조는 그 특성상 고전의 색채가 옅어질 수밖에 없다. 그래서 동시조에서는 역사, 유물, 유적 대신에 아이들의 일상을 노래하게 되고, 자연을 다루는 경우에도 동화적인 상상을 펼침으로써 새로운 감각의 시조를 낳게 된다.

---

11) 정완영, 「모국어의 순도」, 『정완영 시조 전집』(도서출판 토방, 2006), 816쪽.

아빠가 읍내에 가서 새로 사 온 새 자전거
학교길 꽃길을 달리면 꽃 타래로 감겨온다
햇살도 바퀴에 감기고 콧노래도 감겨온다

—「자전거」 부분

자전거는 아이들이 가장 갖고 싶어 하는 물건중의 하나이다. 자전거를 타며 달릴 때 주위의 모든 사물이 자전거 속으로 감겨 오는 느낌을 감각적으로 그리고 있다. 여기에서 시조의 정형적인 율격은 자전거의 운행과 맞물려 시의 느낌을 생동감 있게 전해 주는 데 큰 효과를 내고 있다. 「겨울 갯마을」이라는 동시조에서는 바닷가에 있는 시골 마을을 가리켜 밀물과 썰물이 버리고 간 것이며, 소라처럼 눈을 감고 있는 모양인데 파도 소리엔 귀를 연다고 말하고 있다. 자연을 노래하고 있지만, 아이들의 무구한 상상을 산뜻한 비유로 나타내고 있다. 여기에서도 시조의 정형성을 견지하고 있는데, 일정하게 반복되는 리듬이 밀물과 썰물의 반복으로 밀려나는 갯마을의 모습을 생동감 있게 전해 준다.

정완영은 1960년 이후 작고할 때까지 줄곧 시조만 썼다. 그가 활동하기 시작한 1960년대는 현대시의 현대화가 강력하게 추진되기 시작한 때이지만, 정완영은 시조의 고전적인 정형성을 지키며 모국어의 세련을 통해 시조를 현대화시켜 나갔다. 그는 시조의 정형이 우리말의 묘미를 살리기에 적합한 틀이며, 우리말의 아름다움은 시조의 정형 안에서 더욱 광채를 띠게 된다는 것을 시조 창작으로 보여 주었다. 그는 시조가 우리의 옛 시가 중 왜 유일하게 지금까지 이어져 오고 있는지를 다시 한번 일깨워 주었고, 앞으로도 지울 수 없는 우리의 소중한 문학 양식임을 확인시켜 주었다.

5 정태용, 시 품격의 발견과 '현대시인론'의 작성

1955년 「김유정론」을 필두로, 「민족 문학론」(1956), 「순수문학론」(1957) 등을 발표하며 1950년대 비평계에 뚜렷한 목소리를 내기 시작한 정태용은 이후 1960년대까지 많은 비평문을 발표했다. 그는 주로 《현대문학》에 비평문을 발표했지만, 특정한 문학 이념이나 문학적 가치를 표방하는 그룹 안에 머물러 있지 않았다. 그는 기질적으로 타고난 외골수에다 자유로운 영혼을 가진 글쟁이로서 스스로 학습한 문학론과 작품에 대한 이해력을 바탕으로 문학에 대한 자신의 생각을 좌고우면하지 않고 거침없이 토로했다.[12] 그의 비평문은 때론 거칠고 둔탁하지만 한편으로 문학청년 같은 순박한 열정과 청신한 감성을 담고 있다.

정태용은 시, 소설, 비평, 문학 일반론 등 문학 장르 전반에 걸쳐 비평문을 작성했는데, 그 가운데 비평 일반론을 조리 있게 정리하고 이를 바탕으로 비평을 실천한 「비평의 기능」이라는 글이 먼저 눈길을 끈다. 그는 비평의 기능을 '감상적 기능', '입법적 기능', '지도적 기능'으로 유형화했다. 그가 분류한 비평의 세 종류는 비평의 정점으로 가는 단계적인 설정에 해당한다. '감상적 기능'은 비평의 1단계이자 비평의 정체성을 좌우하는 첫 째 요소이다. 그는 비평가의 전제 요건으로 예술에 대한 고도의 감수성을 꼽았다. '입법적 기능'은 비평의 2단계로서 시론, 문학사, 문예사조사 서술처럼 문학을 학문으로 체계화하는 것을 가리킨다. 그는 '비평'의 기능을 '학문'의 영역으로까지 밀고 나갔다. '지도적 기능'은 그가 추구하는 비평의 가장 높은 단계이다. 그는 "문학자는 누구나 그 시대 사회의 적극적 지도자"라고 말한다. 문학에는 예술성과 사상성이 있는데, 사상성이 문학자를 정신적 지도자로 만든다는 것이다. 그리하여 비

---

12) 김유중은 정태용이 타고난 성격상 문단 내에서 폭넓은 친분 관계를 형성하지 못하고 제한된 범위의 문우들과만 어울렸으며, 비교적 친했던 몇몇 문우들조차 그를 깊이 사귀기 어려운 인물로 기억한다고 적고 있다. 김유중 엮음, 『정태용 평론 선집』(지식을만드는지식, 2015), 309쪽.

평가는 작품에 대한 평론을 통해 자신이 올바르다고 생각하는 '문학 정신'을 만들어 내야 하고, 그것이 바로 생활 정신과 시대정신이 되어야 한다고 주장했다.

그는 문학과 비평을 예술로 한정하지 않고 사회, 역사적 영역으로까지 넓혔으며, 비평가를 정신적 지도자로 치켜올려 비평가에게 과도한 권위를 부여했다. 당대가 요구하는 정의로운 시대정신의 모색을 비평가의 최고 역할로 규정한 그의 비평관에는 조선 시대 사대부에서 춘원 이광수까지 내려온 문학과 정치의 미 분리 의식이 잠재되어 있다. 그는 이광수의 「흙」에서 작가의 과도한 이상주의가 낳은 문학적 결함을 자주 지적하고 있지만 그 역시 이광수의 문학적 신념이었던 계몽주의 의식으로부터 자유롭지 못했다. 그가 연약하고 섬세한 언어의 생명체인 시를 분석하며 간혹 가다 갑자기 커다란 목소리로 나무라곤 하는 것은 이러한 그의 문학 의식에서 비롯된 것이라고 할 수 있다. 애매하고 다층적인 비평의 정체성을 세 가지로 일목요약하게 잘 정리했음에도 불구하고, 그것을 '입법', '지도'와 같이 정치적인 용어로 규정한 것에서도 문학에 대한 그의 계몽주의 의식을 엿보게 된다.

하지만 그가 비평의 기능으로 '예술적 감수성'과 '문학 정신' 두 가지를 내세운 것은 그의 비평에 안정감을 부여하고 작품에 대한 실제 비평을 문학적으로 수행할 수 있는 길을 터놓는 바탕이 되었다. 그는 자기가 입론화한 두 가지 비평의 원칙을 흐트러트리지 않고 비평 작업 내내 밀고 나감으로써 적지 않은 문학적 성과를 거뒀다. 그중에 가장 눈에 띄는 것이 신석정의 첫 시집 『촛불』에 대한 비평이다. 그는 한국의 전원적 서정시 가운데 드물게 서구적 분위기가 감도는 이색적인 신석정의 시편들을 섬세한 감수성으로 명쾌하게 분석해 낸다. 그는 이 시편들에 배어 있는 이국적이고 환상적인 정서의 비밀이 은밀하게 구사된 시적 언어에 있는 것임을 부드러운 비평 언어로 밝히고 있다. 그의 자상하고 감성적인 작품 분석으로 신석정의 일부 시편들은 실제 이상으로 거듭나고, 시보다 시를 분석한 비평이 더 문학적인 결과를 낳기도 했다. 이 글이 비평의 "감상적 기능"을 가장 잘 구현한 예라면, 「이육사론」은 문학 정신의 제시를 비평의 최고 단계로 본 그의 비평관이 낳은 의미 있는 결과물이라고 할 수 있다. 그는 육사의 시 「광야」가 "우렁찬 목소리, 우주를 흔들 듯한 호협(豪俠)한 기개, 장대한 도량과 기품"을 가진 작품으로 이 정도의 품격을 가진 시를 우리 근대시에서 찾아보기 어렵다고 고평하고 있다. 현대시에서 시의 '품격'에 주목하며 육사 시를 호평한 것은 의미 있는 비평적 안목이다. 정태용이 지목한 시의 '품격(品格)'은 지용이 제기한 시의 '위의(威儀)'와 함께 시의 예술적 가치를 재는 주목되는 비평적 기준이다.

그는 처음 시를 발표하며 문단에 나온 문인답게 시 분석에서 비평적 역량을 발휘하며 시인 연구에 많은 노력을 기울였다. 1957년 8회에 걸쳐 「현대시인 연구」를 발표한 이후 작고하기 이태 전인 1970년까지 그가 작성한 수많은 시인론은 한국의 주요 시인들을 망라한 것으로 '한국 현대시인론'과 '한국 현대시사' 분야의 선구적 업적으로 꼽힌다. 그는 신문학 출발기부터 해방 이전까지 진행된 한국 현대시의 역사적 흐름과 미적 성과를 정리함으로써 전후 우리 시의 나아갈 방향을 가늠하게 해 주었다.

6 권오순과 박홍근, 동시의 깊이와 동요의 선율

권오순은 일반인들에게 다소 생소한 이름이지만, 그가 쓴 동시 「구슬비」를 모르는 한국인은 거의 없을 것이다. 이 동시는 시인이 1937년에 써서 《아동문예》에 투고했지만 일제에 의한 잡지 폐간으로 발표되지 못했다. 그러던 중 당시 잡지 편집자가 만주 용정에 가던 길에 그곳에서 발간되던 《가톨릭소년》(1937년 5월)에 실어서 세상에 빛을 보게 된 작품이다. 권오순은 1933년 《어린이》에 「하늘과 바다」가 입선된 이후 동시, 동요, 소년 소설 등을 발표했으며, 해방 후 월남하여 고아원 보모와 재속 수녀 등을 지내며 작품 활동을 했다. 세 살 때 소아마비가 발병돼서 지체장애를 갖게 되었으며 평생 독신으로 살았다. 그녀는 1983년에 첫 시집인 『구슬비』를 펴냈지만, 1940년대 중후반부터 꾸준히 작품을 썼다.[13]

「구슬비」는 동요로 널리 애송되고 있지만,[14] 언어 예술인 시로서 높은 예술성을 갖추고 있는 작품이다. 비 내리는 모습을 나타낸 소품이지만, 시적 묘사와 인식이 단아한 시 형식 안에 꽉 채워져 있어 단단하면서 예리한 광채를 뿜어내는 보석 같은 작품이다.

> 송알송알 싸리잎에 은구슬
> 조롱조롱 거미줄에 옥수슬
> 대롱대롱 풀잎마다 총총
> 방긋 웃는 꽃잎마다 송송송
>
> 고이고이 오색실에 꿰어서
> 달빛 새는 창문가에 두라고
> 포슬포슬 구슬비는 종일
> 예쁜 구슬 맺히면서 솔솔솔
>
> ─「구슬비」

자연의 미세한 생명체에 맺혀 있는 빗방울이 "은구슬"과 "옥구슬"에 빗대지고, 그것이 다시 맺히고(송알송알), 매달리고(조롱조롱), 흔들리는(대롱대롱) 모습의 의태어로 묘사됨으로써 지상의 자연물은 전신에 투명한 구

---

13) 권오순의 작품 연보와 생애에 대해서는 전병호 엮음, 『권오순 동시선집』(지식을만드는지식, 2015) 참조. 이 시선집에는 작품 일부에 발표지와 발표 지면이 명기되어 있는데, 이를 통해 권오순이 1940년대 이후 1950년대를 빼곤 1960년대와 1970년대까지 꾸준히 작품을 발표했음을 알 수 있다.
14) 이 시가 노래로 작곡된 것은 해방 후 작곡가 안병원에 의해서이다. 그는 해방 후 '봉선화 동요회'를 조직하여 동요를 지도하고 권오순의 「구슬비」, 윤석중의 「푸른 바람」 등에 곡을 붙였다. 안병원, 『한국 동요 음악사』(세광음악출판사, 1994), 102쪽.

슬이 걸쳐진 아름다운 모습으로 거듭난다. 2연에선 창문가에 구슬이 걸쳐진 모습이 그려지는데, 이 대목에서는 단순한 풍경 묘사를 넘어선다. 시인은 오색실에 꿰어서 창문가에 두라고 하늘이 그렇게 구슬을 보내 준 것이라고 말한다. 비 구슬은 하늘이 지상의 인간들에게 내리는 선물이며, 그것을 목걸이 같은 장신구로 아름답게 만들어 간직하는 것이 인간에게 부여된 숙제이자 하늘에 대한 보답이라는 뜻이 함축되어 있는 것이다. 자연과 모국어의 아름다움을 드러낸 것만으로도 이 시는 주목에 값한다. 하지만, 이 시는 여기에 머물지 않고 사연의 아름다움에 대한 경이와 감사, 그리고 세상을 아름답게 보아야 하는 이유와 사명감까지 담고 있다.

아름다운 자연물 가운데 시인이 가장 많이 그린 것은 '꽃'이다. 시인은 월남한 이후 북녘에 두고 온 고향과 엄마에 대한 그리움, 그리고 통일에 대한 염원을 담은 시들을 많이 썼는데, 그 작품들 대부분이 꽃의 이미지로 채색되어 있다. 고향 집은 꽃 울타리로 둘러싸여 있고, 집으로 들어오는 길가엔 꽃이 만발해 있으며, 저녁 노을은 샐비어 꽃으로 물들어 있다. 시인은 어릴 적 민들레꽃으로 베갯속을 만든 꽃 베개로 잠을 잤고, 엄마 품은 늘 꽃 내음으로 가득 차 있다. 꽃은 봄볕을 머금고 있어 포근하고 다정한 느낌을 주기 때문에 엄마와 고향 이미지를 불러일으킨다. 시인에게 꽃은 하늘이 지상에 내려 준 또 하나의 큰 선물이다. 시인은 그것들을 하나하나 자신의 시 안에 심어 놓는다. 그녀의 시집에는 "들국화, 돌배꽃, 장미꽃, 나리꽃, 민들레, 코스모스, 박꽃, 복숭아꽃, 찔레꽃, 유채꽃, 동백꽃, 샐비어, 과꽃, 봉숭아꽃, 개나리, 분꽃, 목련꽃, 진달래, 콩꽃, 원추리꽃, 달맞이꽃, 억새꽃, 달리아, 백일홍, 맨드라미, 쪽도리꽃, 분꽃, 국화, 채송화, 용설란, 실란, 선인장, 나팔꽃, 무궁화, 해바라기" 등 온갖 꽃들이 만발해 있다. 그녀의 시집은 각종 꽃들로 가득 찬 정원이다. 그런데 시인은 "구슬비"에서 그랬던 것처럼 여기에서도 꽃을 보며 꽃의 아름다움에만 취해 있는 것이 아니라 그것이 피게 된 이치를 '발견'해 낸다.

파아란 봄 들판에/ 하얀 나비 노랑 나비/ 꽃방석일까?

밤새 풀숲에서/ 구슬치기하며 놀다 간/ 아기별이 떨군/ 비늘 조각일까?

아니야!

눈보라 이긴 푸른 가슴에/ 봄님이 달아/ 준/ 훈장일 거야

——「민들레」

　파란 봄의 들판을 수놓은 민들레는 나비들의 꽃방석이 아니고, 작은 별이 떨어트린 비늘 조각도 아니라고 시인은 말한다. 민들레는 아름다운 장식물이 아니며, 우연히 생긴 것이 아니라는 말이다. 봄의 개화는 필연적인 이유가 있는데 그것은 겨울의 혹독한 추위와 싸워 이긴 민들레에게 봄이 달아 준 훈장이라는 것이다. 개화는 꽃나무가 스스로 겨울을 이긴 결과이지만, 외부의 비와 바람과 태양의 도움 없이는 불가능한 일이다. 그러니 봄은 훈장을 달아 줄 자격이 충분하다. 그러고 보면 민들레는 훈장과 모양이 비슷하다. 시인은 「목련꽃」이라는 시에선 봄에 피는 목련을 가리켜 긴 겨울 얼어붙은 가지마다 눈을 내려 준 것에 대한 고마움을 못 잊어 봄 하늘에 그 모습을 수놓아 그리움의 꽃잎 편지를 띄우는 것이라고 말한다. 봄의 목련에서 겨울의 눈과의 관계를 인식하며 목련의 개화를 고마움과 그리움의 꽃잎 편지로 보는 것은 아름답고 날카로운 상상이다.
　그녀의 시에는 아이들이 어릴 적 가지고 놀던 물건과 기초 생활에 밀착되어 있는 시어들이 많이 등장한다. 구슬, 꽃씨, 풀각시, 색동옷, 베개, 편지, 조약돌 등이 그러하다. 시인은 전 생애를 거쳐 시종일관 아이들의 꿈과 웃음이 배어 있는 예쁜 말들로 투명한 동심의 세계를 그려 냈다. 그녀의 시들은 모든 작품들이 소풍 나온 아이들이 그려 놓은 수채화 같다. 그렇다고 시인이 세상 풍경에 맑고 고운 색깔만을 입혀 놓고 있는 것은 아니

다. 시인은 아름다운 풍경의 진짜 아름다운 모습을 발견하고, 그렇게 아름다운 모양을 갖추게 된 자연의 질서를 느끼고 생각해 냈다. 그것은 시인이 한시도 잊지 않고 진정으로 동심의 맑은 마음이 되어 세상을 투명하게 바라보았기 때문일 것이다.

박홍근은 1930년대에 고향인 함북의 성진에서 신문과 잡지에 시를 발표한 적이 있고, 해방이 되던 해인 1945년 《문화》에 「돌아온 길」을, 그 이듬해인 1946년 《새길신문》에 동시 「고무총」을 발표하여 문단에 나왔지만, 그가 본격적으로 작품 활동을 시작한 것은 월남한 이후부터이다.[15] 1960년에 간행된 그의 첫 동요·동시집 『날아라 빨간 풍선』(신교출판사, 1960)에는 수록 작품 밑에 발표 연대와 지면이 명기되어 있는데, 이를 참고해 볼 때 그는 1953년부터 1960년까지 열정적으로 동요와 동시를 써 나갔음을 확인할 수 있다.

박홍근은 개미, 쓰르라미, 귀뚜라미, 다람쥐, 논두렁의 개구리 등 당시 아이들에게 친근한 동물과 눈싸움, 고무총, 연 등 그들의 일상적 놀이들을 주로 노래했다. 여리고 예쁜 아이들 놀잇감을 주로 다룬 권오순에 비하면 박홍근은 활동적인 아이들 놀이에 시선을 집중한 편이다. 그는 '구공탄'과 '청소차' 같은 대상들도 다룸으로써 1950년대의 생활 현장으로까지 동시의 공간을 넓혔다. 시 「바람개비」에서는 부둣가에서 바람개비를 파는 소녀가 등장하여 고단한 생활 전선이 나타나기도 한다. 그런데 시인은 이 시에서 색색의 모양을 한 채 저마다 바람에 돌아가고 있는 바람개비의 아름다운 모습과 신나는 움직임을 드러내는 데 집중한다. 시인은 부둣가의 봄볕이 엄마처럼 다정하다고 노래하는데, 그것은 소녀의 팍팍한 생활이 반영된 것이 아니라 바람개비의 아름다움이 투영된 것이다. 시인은 아이의 생활 현장에서 일터의 현실보다 아이들 마음속에 보편적으로 잠재

---

15) 박홍근의 작품 연보와 생애에 대해서는, 전병호 엮음, 『권오순 동시선집』; 김종헌, 「박홍근의 월남 동기와 월남 직후 동시의 주체 형성」, 《한국 아동 문학 연구》(5-33)(한국아동문학학회, 2016) 참조.

되어 있는 투명한 아름다움을 보고 있는 것이다. 시인은 시집의 자서에서 "길거리에서나 골목 안에서 놀고 있는 어린이들에게서 때 묻지 않은 깨끗함과 웃음을 찾아보곤 한다."[16]라고 술회한 바 있다. 그는 아이들의 천진한 마음에서 1950년대의 척박한 현실을 넘어서는 희망의 빛을 찾아보려고 했던 것 같다.

그런데 시인이 그렇게 의도적으로 그려 낸 투명한 세계가 모두 작품으로 잘 구현되었다고 보기는 어렵다. 그것은 무엇보다도 원활한 리듬 운용의 부재에서 기인한다. 특히 그의 동시는 운율이 단속적으로 진행되는 경우가 많으며, 의미와 운율이 어긋나는 경우도 종종 발견된다. 그의 동시의 이러한 산문적 경향을 특징으로 꼽기도 하지만,[17] 그렇다고 그의 동시가 산문시는 아니며, 산문의 특성을 잘 살렸다고 보기도 어렵다. 일부 운율이 매끄러운 동시에서는 의미가 뒷받침되지 못한 아쉬움이 뒤따르기도 한다.

반면에 곡이 수반된 동시들, 즉 동요에는 전반적으로 운율이 살아 있고 투명한 동심이 잘 실려 있는 작품들이 많다. 박홍근은 '동시'보다 '동요'에서 의미 있는 문학적 성과를 내고 있다. 이 중에서 가장 성공적인 작품이 그의 대표작으로 한국인들에게 널리 애송되고 있는 동요 「나뭇잎 배」[18]이다.

> 낮에 놀다 두고 온
> 나뭇잎 배는
> 엄마 곁에 누워도
> 생각이 나요
> 푸른 달과 흰 구름

---

16) 박홍근, 『날아라 빨간 풍선』(신교출판사, 1960), 120쪽.
17) 이재철, 「박홍근론」, 『한국 아동 문학 작가론』(개문사, 1995), 199쪽.
18) 이 작품은 1955년경 중앙방송국(KBS)의 어린이 프로그램 「이 주일의 동요」의 방송을 위한 제작자의 요청에 의해 쓰인 동요이다. 이 작품은 박홍근이 최초로 창작한 동요이다. 동요의 곡은 작곡가 윤용하가 썼다. 박홍근, 『한 편의 동화를 위하여』(배영사, 1982), 96~99쪽.

둥실 떠가는
연못에서 사알살
떠다니겠지

연못에다 띄어 논
나뭇잎 배는
엄마 곁에 누워도
생각이 나요
살랑살랑 바람에
소곤거리는
갈잎 새를 혼자서
떠다니겠지

─「나뭇잎 배」

연못 안의 "나뭇잎 배"는 엄마 곁에 누워 있는 아이에 대한 비유어이다. 이 나뭇잎은 가랑잎일 것이다. 그 이미지는 가볍고 연약하며 순수한 아이의 모습을 반영하며, 자연 속에서 자연의 일부가 되어 버린 아이의 모습을 연상시킨다. 나뭇잎은 연못가에서 살살 움직임으로써 마치 아이가 엄마 품에서 흔들리고 있는 것 같은 느낌을 불러일으킨다. 연못 안에 있는 나뭇잎 같은 아이는 엄마 배 속에 잠들어 있는 태아처럼 원초적인 안온함을 전해 준다. 엄마 품에서 느끼는 아이의 편안하고 푸근함은 일정하게 진행되는 소리마디의 반복에다 유성 자음의 반복으로 조성된 부드러운 소리 결이 더해져 깊고 그윽하게 전해진다. 이 동요가 잔잔하고 포근한 자장가로 들리는 것은 '엄마 품'이 연못처럼 아늑하게 느껴진 것도 있지만, 엄마 배 속 같은 안온함이 소리 결을 통해 은은하게 울려 퍼지기 때문이다.

이 시의 감성과 선율은 소월의 「엄마야 누나야」에 닿아 있으며, 음악적 효과만 놓고 보면 목월의 「나그네」에 연결되어 있다. 박홍근은 이 동요 외에 크게 성공한 작품은 잘 눈에 띄지 않는다. 하지만 그는 이 작품만으로도 동요의 문학적 아름다움을 선명하게 보여 주었으며, 1950년대 우리 문학사를 밝히는 데 일정한 기여를 했다.

7 문학 형식의 존중과 휴머니즘 정신

올해 탄생 100주년을 맞는 8명의 문인들은 개인적인 삶의 이력과 역사의 파란으로 상대적으로 늦은 시기인 1950~1960년대 문단에서 본격적으로 문학 활동을 펼치게 되었고, 이에 따라 전후 신세대 작가의 운명을 짊어진 채 한국 문학사를 새롭게 개척해야 할 상황을 맞게 되었다. 1950년대는 우리 문학사에서 특별한 시기와 공간을 지닌 연대이다. 1920년대에 본격적으로 출발한 한국의 현대 문학은 1930년대에 크게 발달해 나갔지만 1940년대에 접어들어 발표 지면의 상실로 공백을 맞게 되었고, 일제 강점기 말에서 시작해 해방과 이념 대립, 그리고 6·25 전쟁과 분단을 겪으면서 문학의 혼란과 문인들의 상실까지 초래되었다. 그 단절과 폐허의 대지 위에서 8명의 신세대 문인들은 우리 문학을 재건하고 개척해 나갔다. 문학의 형식을 소중하게 여기며 새로운 미학을 추구해 나갔고, 문학의 언어를 끊임없이 성찰하여 모국어의 활용 가능성을 크게 확장시켰다. 또 역사의 비극을 온몸으로 겪고도 휴머니즘 정신을 잃지 않으며 인간 삶의 내면을 탐색해 들어갔고 인간의 자유와 정의에 대한 본질적인 물음을 제기했으며, 그것들을 문학적으로 형상화할 수 있는 최적의 방법을 모색했다. 그들은 우리 문학의 잃어버린 10년을 빠르게 회복시키고 한국 문학의 중흥기인 1960~1970년대 문학으로 안전하게 건너갈 수 있는 튼튼한 다리를 놓아 주었다.

기어(綺語)의 기피와 관입실재(觀入實在)의 행방

이영광 / 고려대 교수

1 들어가며

여러 기록들을 볼 때 구상은 품 넓은 온정의 소유자이자 남다른 인품을 지닌 인물이었던 것 같다. "그가 자신의 취조관이었던 김이석조차도 보살펴 왔다는 것, 기타 정보 관계에서 그가 이데올로기를 초월하여 문인을 보호, 옹호했다는 사실"[1]이나 '인정과 사랑과 아량으로써 남을 포용하고 소수자를 도왔으며, 권력과 거리를 둔 염결한 지식인이었다는 회고[2] 등에서 이 점은 두루 확인된다.

전기에 기대어 볼 때, 구상은 가톨리시즘을 중추로 삼은 신앙인이자 구도자의 풍모를 지녔고, 우익의 정견을 지녔으되 양심을 사고와 행동의 준

---

1) 김윤식, 「구상론·중(中) ─ 역사 너머의 소리, 역사 안의 소리」, 《현대시학》, 1978. 7, 128쪽.
2) 이승하, 「시인과 인간이 일치된 큰 어른」, 《현대시》, 2004. 6, 28~30쪽.

거로 지키는 건전 보수의 인상을 지니고 있다.[3] 남한 사회의 부패와 질곡에 대한 비판을 서슴지 않았으며, 이로 인해 도피와 옥고[4]를 겪기도 했다. 물론 이를 어떤 정치 운동으로 모아 나가기보다는 내면적 성찰과 윤리의 회복을 촉구하는 편에 그는 서 있었다. 한편 좌파적 사상과 이념에 대해 강한 불신과 부정을 표명했고, 분단 현실을 괴로워하면서 동시에 북한 체제를 증오했다. 이는 월남한 기독교인으로서 그가 자신의 신앙 및 철학과 사회주의 독재 사이에 허물기 어려운 벽을 두고 있었다는 뜻도 된다.

더불어 구상은 인생사의 파란과 굴곡이 자심했고 깊은 병고에 시달렸음에도 오래 살고 또 많이 썼다. 구상의 전 작품을 놓고 생각할 때 우선 떠오르는 것은 그의 시가 시와 수필 또는 시와 산문의 경계에 서 있다는 인상이다. 그는 초기 『초토의 시』를 비롯하여 여러 시집들에서 산문 형식의 시를 많이 썼다. 또, 작품 속에 모호한 비논리의 지대를 잘 허용하지 않고 분명하고 이해 가능한 발화들을 선호한다. "지극히 주관적인 구상 산문시의 화자는 요즘 상황이나 과거의 기억을 직설적으로 전달"[5]하는 모습을 보인다.

이 짧은 글에서 구상의 시력 전체를 조감하는 일은 가능하지 않다. 얼마간 제한적이고 편의적인 접근에 기대어 그의 시 세계의 한 단면을 잘라 보여 주는 시도 정도가 필자에게 주어진 것 같다. 시어의 형상적 연마보다는 관념, 직정이 우세한 그의 작품들을 낱낱이 가리고 살피는 것이 꼭 유효한 접근법도 아닐 것이다. 시집 『인류의 맹점에서』(1998)에 실린 아래의 한 편은 구상 시의 성취와 실패를 내재적 규준에서 전형적으로 보여 준다.

---

3) 구상, 「에토스적 시와 삶」, 『모과 옹두리에도 사연이』(홍성사, 2002), 186~192쪽 참조.
4) 구중서, 「구상 시의 현대시사적 위상」, 『문겸 이영우 박사 화갑 기념 논문집』, 수원대 인문대학 국어국문학과, 1994, 7쪽.
5) 안선재, 「깊은 명상과 신비에 눈 뜬 시」, 『오늘 속의 영원, 영원 속의 오늘』(홍성사, 2004), 18쪽.

내가 다섯 해나 살다가 온
하와이 호놀룰루 시의 동물원,
철책과 철망 속에는

여러 가지 종류의 짐승과 새들이
길러지고 있었는데
지금도 잊혀지지 않는 것은
그 구경거리의 마지막 코스
"가장 사나운 짐승"이라는
팻말이 붙은 한 우리 속에는
대문짝만 한 큰 거울이 놓여 있어
들여다보는 사람들로 하여금
찔끔 놀라게 하는데

오늘날 우리도 때마다
거울에다 얼굴도 마음도 비춰 보면서
스스로가 사납고도 고약한 짐승이
되지나 않았는지 살펴볼 일이다.

—「가장 사나운 짐승」

　경험을 강조하는 그의 시론에 들어맞는 작품 사례이다. 시의 배경은 동
물원이고 대상은 그곳의 동물들인데, 세부 묘사를 생략하고 전체의 윤곽
을 제시하되 중심 대상에 초점을 두고 있다. 그것은 우리 속에 놓인 거울
로, 그리고 그 거울상을 통해 저 자신을 짐승으로 확인하게 되는 인간으
로 전환된다. 이 과정의 충격은 작품의 전언이 되어 읽는 이에게 전달된
다. 여기에서 그쳤으면 전언은 암시적인 방식으로 인간성의 성찰을 촉구
할 수 있었을 것이다. 문제는 마지막 연에 드러난 화자의 분명하고 엄숙한

얼굴이다. 논평하고 가르치고 계도하려 하는 화자의 얼굴은 실제 시인의 얼굴에 가깝다. 시는 마지막 연 없이 마무리되어야 했다. 정확히는, 2연 "찔끔 놀라게 하는데"보다 앞서 "놓여 있어"에서 그쳤으면 좋았을 것이다. 제목이 벌써 주제를 암시하고 있는 까닭이다.

시의 후반부는 췌언이다. 췌언의 분명한 내용과 화자의 개입으로 인해 시는 말미에서, 시적으로는 정확히 실패한다. 아니, 그보다는 3연의 성공 이후에 거의 의도적으로 실패하는 것 같다. 왜 이런 현상이 생기는 걸까. 이 시는 말이 모자라서가 아니라 말이 넘침으로써 평범해진 사례이다. 말함과 말하지 않음 사이엔 간격이 있다. 구상 시의 화자는 말을 멈춰야 할 때 말을 덧붙이는 미숙한 모습을 보여 준다. 물론 그의 시력 대부분의 시간에 그러하다. 이 습관적인 췌언의 원인과 표출 양상을, 그가 누누이 강조한 기어(綺語)의 기피와 관입실재(觀入實在)에 대한 소견을 중심으로 살펴보는 것이 이 글의 의도이다.

2 기어의 기피와 관입실재

구상이 기어를 기피하고 진술시를 썼다는 사실은 여러 차례 지적되었으나,[6] 이 사실의 맥락에 대한 검토는 소루하다. 앞선 논의들은 대체로 구상의 기어 회피를 사실로 인정하거나 개성으로 이해하고 있다. 기어의 사전적 뜻에는 세 가지가 있다. 첫째는 교묘히 꾸며 대는 말이고, 둘째는 소설, 시 등에서 묘하게 수식하여 표현한 말을 뜻하며, 세 번째는 불교의 10악(十惡) 가운데 하나로, 도리에 어긋나는 교묘히 꾸민 말 또는 진실이 없는 말을 뜻한다. 구상 본인의 설명은 이러하다.

---

6) 구중서, 「보편과 영원을 위하여」, 《문학사상》, 2004. 6, 38쪽; 김윤식, 「구상론 하(下) ─ 역사 너머의 소리, 역사 안의 소리」, 《현대시학》, 1978. 8, 116쪽; 김승구, 「구상 시에 나타난 영원성의 고찰」, 《국제어문》 39호, 2007, 79~82쪽; 김은경, 『구상의 연작시 연구 ─『그리스도 폴의 강』을 중심으로』, 호남대 석사 학위 논문, 2008, 29~32쪽.

이것은 비단 같은 말, 즉 꾸며 낸 말이라는 뜻이다. 이렇듯 교묘하게 꾸며서 겉과 속이 다른, 실재가 없는 말, 진실이 없는 말을 잘해서 기어의 죄를 가장 잘 범하는 게 누군가 하면 바로 종교가들이나 문학가들이라는 것이다. 그래서 많은 종교가들이나 문학가들은 이런 기어의 죄로 인해 죽은 뒤 무간지옥에 떨어져 요샛말로 하면 '혀가 만 발이나 빠지는 형벌'을 받으리라는 경고였다. 참말로 시에 있어서 실재가 없는 표상, 즉 비단 같은 말만 교묘히 꾸며서 시라고 내휘둘러 대는 시인들은 명심해야 할 잠언이라 아니할 수 없다.[7]

구상은 기어의 둘째와 셋째 의미를 결합한다. 문학의 기어는 종교적인 의미에서의 죄가 되기 쉽다는 것이다. 그러나 "교묘하게 꾸며서 겉과 속이 다른, 실재가 없는 말, 진실이 없는 말"의 위험성은 종교적 단죄의 문제이기 전에 문학적 진실성의 문제일 것 같다. "실재가 없"다는 단정도 지나치게 강하지만, 기어를 남발하는 시인들에 대한 규정도 매우 단호하다. 위의 언명에서 두드러지는 것은 도덕적 규범의식이다. 우리는 구상이 지목한 기어의 사례들을 살펴볼 필요가 있다.

주님,
7월에는 모든 살아 있는 것들의
소리를 듣게 하소서.

(……)

그래서 서로 사랑하게 하소서
햇살들이 강물에 쌓여 빛나듯

---

7)   구상, 「시의 표상과 실재」, 『현대시 창작 입문』(2006, 홍성사), 127쪽.

나뭇잎이 나뭇잎에 이르러 반짝이듯

우리 모든 생명들을 서로가 아끼게 하소서.

주님,

세상에는 작고 작은 목숨에 이르기까지

모두 당신의 손길이 닿고

아아 은혜가 넘치는 소리 소리들.

7월의 하늘을 향해

모든 소리들이 하나로 모이게 하소서.

하늘에 계신 우리의 주님.

—「7월의 기도」[8] 부분

살아 있는 모든 것들이 "주님"의 은혜를 받아 서로를 사랑하게 해 달라는 간구를 담은 작품이다. 하지만 그 내용은 통념을 벗어나지 못하고 있고, 시어 또한 겉으로 우아할 뿐 개성을 이룰 만한 고심을 담고 있지 못하다. 내용의 쇄신이 없는 클리셰이자 췌언에 그쳐 있다. 관습적 시어는 기어의 사례이다. 다음은 그가 기어를 설명하기 위해 지은 글이다.

교수는 파이프를 비스듬히 물고

내장(內藏)이 나온 창으로

상아연안(象牙沿岸)이 침몰하고 있는 것을

화석(化石)처럼 바라보고 있었다.

조난(遭難)하는 백합 한 송이……[9]

구상은 이 작문을 두고 "저 무의미한 표상의 나열이 결코 시가 될 수는

8)   위의 책, 125~126쪽. 이 책에 작품의 지은이는 밝혀져 있지 않다.
9)   위의 책, 123쪽.

없다."라고 말한다. 물론 인위적이면서도 상투성을 띤 이 시의 비유적 이미저리를 빼어나다고 할 수는 없을 것 같다. 우리는 이 문장들의 화려한 비유적 묘사가 숨긴 풍경이 바닷가의 것인지 대학 캠퍼스의 것인지 분간해 내기 어렵다. 구상은 시어의 파편성과 휘발성을 경계하고 시가 소통 가능한 언어 표현이어야 함을 강조한다. 그는 또 "꽃가루와 같이 부드러운 고양이의 털에/ 고운 봄의 향기가 어리우도다"를 포함한, 이장희의 「봄은 고양이로다」를 기교에 치우쳐 감각적 차원에 머문 시로 보아 기어의 혐의를 둔[10] 반면, 다음의 로버트 브라우닝의 「때는 봄」에서,

> 때는 봄
> 봄날은 아침
> 아침은 일곱 시
> 언덕에는 진주이슬
> 종달새 높이 날고
> 달팽이 가지에 오르고
> 하느님은 하늘에 계시니
> 세상만사 태평도 하여라.

제7연의 "하느님은 하늘에 계시니"를 감동적인 문장으로 지목한다. "다른 자연 현상이 그렇듯, 아주 당연하듯 이어져 나온 시구 한마디가 저러한 자연의 실재 위에 최고의 실재를 인식하고 있다."[11]라는 것이다. 확실히, 사물과 동물이 제 자연스러운 생리로 움직이는 모습처럼 하느님은 하늘에 계시고, 하느님이 하늘에 계시니 세상은 태평하다는 이 진술은 평범 속의 비범을 느끼게 한다. 기어를 넘어선 또 다른 사례로 영국 시인 프랜시스 톰슨의 「하늘의 사냥개」나 필리핀 시인 호세 리살의 시 「마지막 작

---

10) 구상, 「시와 형이상학적 인식」, 위의 책, 164쪽.
11) 위의 책, 같은 곳.

별」이 있다. 앞의 시는 신을 부정하려고 하나 부정하지 못하는 인간 내면의 절박한 혼돈을 담았고, 뒤의 시는 죽음을 앞둔 투사의 심경을 평명한 비유들로 비장하게 고백한 시이다. 구상은 내면적 진실을 정직하게 그렸고, 진실의 무게가 되는 경험의 부피를 지녔다고 하여 이 시들을 높이 평가했다. 그가 손꼽는 시들은 대개 완성도 높은 서정시들이다.

기어에 그친 작품 사례들은 겉치레 수사로 일관하는 무통 분만의 시들이고, 실재와 진실을 스치지 못한 관념의 기록물이다. 구상의 표현을 빌리자면, "메타포(은유)도 좋고 기경적(奇驚的) 이미지도 좋지만 그 표상의 실재가 등가량의 진실성을 지니지 않고 또 타인과의 상호 관련(공감)성을 지니지 않아 그것이 오로지 개인적인 일루전(환상)에 지나지 않"12)는 작품일 터이다.

그렇다면 구상이 추구하는 시는 어떤 것인가? 그것은 '실재의 시'라 부를 만한 것으로서 "언어 표상의 진실인 실재"가 "작가의 인식 추구의 치열성과 그 경험의 부피" 속에 드러난 작품을 말한다.13) 주목해야 할 것은 기어의 시와 실재의 시 사이의 간격일 것이다. 구상 시의 평면적 서술을 지적한 한 논의는, 현대시가 메타포와 거의 같은 의미로 파악되는 사정에서 볼 때 그의 시가 비현실적, 비시적일 수 있음을 주장한다.14) 이 비판은 기어의 기피가 곧 실재의 시를 보증하지는 않는다는 의미로 읽을 수 있다.

연작시에 대한 구상의 의도를 실재의 시를 위한 방법적 가설로서 검토해 볼 만하다. 연작의 분량이 300여 편이 넘고,15) 여타의 시집들에서도 연작시집이라 볼 만한 특징이 두루 관찰되므로 우리는 구상 시 전체의 형식적 특징을 연작이라 볼 수도 있다. 구상은 이같이 밝힌 바 있다.

---

12) 위의 책, 167쪽.
13) 구상, 「시의 표상과 실재」, 위의 책, 124쪽.
14) 김윤식, 「구상론 하(下) ― 역사 너머의 소리·역사 안의 소리」, 《현대시학》, 1978. 8, 116쪽.
15) 김은경, 앞의 논문, 42쪽.

아마 나는 한국에서 연작시를 의도적으로 시도한 효시의 사람일 것이고, 또 가장 많이 쓰기도 하였을 것이다. 그 이유인즉, 나같이 머리가 지둔한 데다가 끈기마저 없는 사람은 촉발생심(觸發生心)이나 응시소매(應時小賣) 격으로 시를 써 가지고선 도저히 사물의 실재를 파악하지 못할 뿐 아니라 존재의 무한한 다면성이나 복잡성을 조명해 내지 못하기 때문에, 한 제재를 가지고 응시를 거듭함으로써 관입실재(觀入實在)에 도달하려는 의도에서라고 하겠다. 또한 이러한 한 사물이나 존재에 대한 주의 집중에서 오는 투시력은 곧 모든 사물이나 존재에 대한 투시력을 획득할 수 있으리라는 열망에서라 하겠고, 이의 실천에서 어느 정도 자기 나름의 성과를 거두고 있기도 하다.[16]

"촉발생심"의 시는 영감의 엄습에 따른 직관의 기민한 움직임으로 쓰는 시를 뜻하는 듯하다. "응시소매 격"은 그때그때 써서 파는 식이란 뜻으로, 통상적인 시 창작 행위를 말한다. 그는 촉발생심이나 응시소매 격의 방식으로는 실재에 접할 수 없어, 사물을 오래 거듭 응시하는 가운데 존재의 다면성과 복잡성을 조명하는 관입실재의 자세를 고수했다고 한다. 그리고 그 의도와 결과가 그의 연작시집들이고 여기엔 나름의 성과가 들어 있다는 것이다. 기어를 꾸며 대는 것이 실재와의 조우를 방해하므로 관입실재의 과정에는 크게 두 방향의 모색이 깃들어 있으리라 추정할 수 있다. 하나는 기어를 넘어서려는 언어의 모색, 다른 하나는 본다는 것[관]의 방법론적 마련과 실천이다.

구상의 인식론에서 인간의 의식과는 독립해 존재하는 실재는 사물의 본성 그 자체로서 사물의 배후에 있다고 여겨지는 보편자를 뜻하는 것으로 보인다. 인식 대상으로 설정된 실재를 플라톤의 생각을 따르자면 사물을 초월한 이데아(Idea)가 될 것이고, 아리스토텔레스 식으로 생각하면 사물 속에 현현된 이데아, 즉 형상(Eidos)이 될 것이다. 플라톤의 이데아는

---

16) 구상, 『개똥밭』 자서(홍성사, 2004), 8쪽.

감각 세계를 넘어선 것이므로 감각 능력이 아니라 각고의 이성적 추구 가운데 인식되는 것이다. 사물을 바로 그 사물로 만들어 주는 형상은 질료와 결합해 사물의 동일성을 이룬다. 형상성의 표현에 치우친 시를 경계했던 그는 어떻게 질료들의 저항을 넘어 실재인 형상을 인식한다는 것일까.

구상은 스스로를 장인으로서의 시인은 아닐지 모르겠다고 말했다.[17] 실재를 표상에 오롯이 담으려 하되 기어를 포섭하는 장인, 즉 제작자 시인의 길을 피하고, 또 "이데아적 실재에 대한 선천적 접근 능력을 지닌 영감들린 시"[18]에 기대지도 않으면서 그는 어떤 실재의 시를 추구한다는 것일까. 그의 관심 세계가 긴 호흡의 관찰과 조망을 요구한다는 점, 그리고 한 제재를 두고 쓴 여러 시편들의 적공과 심화에 의해 점진적으로 거기 가닿는 작업이라는 점은 짐작해 볼 수 있다. 그러나 '응시', '투시력'이라는 말에서 알 수 있듯이 구상은 실재에 대해서 영감의 작동에 기대기보다 플라톤 식의 이성적 태도를 견지하는 듯하다. 시의 비의(秘義)를 꿈꾸면서도 그 비합리성에 대해선 부정적 태도를 취한 것이다.

눈을 어둠에서 밝은 곳으로 돌리기 위해서는 몸 전체를 돌리지 않으면 안 되듯, 혼에 내재하는 능력과 지적인 기관 또한 실재와 실재 중에서도 가장 밝은 것을 — 우리는 이것을 선이라고 주장하네 — 관조하며 이를 견뎌 낼 수 있을 때까지 혼 전체와 함께 생성의 세계에서 실재의 세계로 전향시켜야 한다는 것 말일세.[19]

플라톤에게 중요했던 것은 도덕의 보존과 건전한 치세였다. 우리는 구상의 시와 시론에서 현대의 플라톤을 떠올리게 된다. 구상의 시론에 대해

---

17) 구상, 「에토스적 시와 삶」, 『모과 옹두리에도 사연이』, 186~187쪽.
18) 블라디슬로프 타타르키비츠, 이용대 옮김, 『여섯 가지 개념의 역사』(이론과실천, 1993), 121쪽.
19) 플라톤, 천병희 옮김, 『국가』(도서출판숲, 2014), 391쪽.

이런 물음을 던져 볼 수 있겠다. 연작의 여러 시편들은 관입실재의 단계적 매듭이자 부분들일 텐데, 이 각각의 시편들은 촉발생심과 무관한가. 연작이기 때문에 오히려 각각의 시편들은 촉발생심의 계기에 충실해야 하지 않을까.

3 클리셰와 윤리적 주체

구상이 기어를 멀리한 것은 그것이 실재를 담지 못한다고 여겼기 때문이고, 관입실재를 위해서는 거듭 사물을 보아야 한다고 했으니, 그의 시에 기어는 희귀해야 하고 특별한 응시의 결과인 실재의 표상이 있으리라 추정하는 것은 자연스럽다. 그러나 그의 시편들에서 소수의 예외를 제외하고 이에 부응하는 사례를 찾기는 어렵다. 현대시의 지나친 기교주의와 난해성을 거부한 그의 시에서는 과연 말뜻 그대로의 기어들을 거의 찾아볼 수 없다. 그러나 기어를 수사법과 연관 지을 때 그의 시에 기어가 없다고 말할 수는 없다. 기어가 기교적 세련 유무를 떠나 실재에 적중하지 못한 수사라면, 구상은 바로 그걸 즐겨 썼다고 해야 한다. 시 전집 도처에서 낡은 비유들이 속출한다. 기어의 기피가 진부한 언어를 낳았다는 건 그의 방법론에 허점이 있었음을 말해 준다. 그저 교묘하게 꾸미는 수사를 경계한 결과로 그의 수사학의 품질이 저하된 것이다. 기어의 기피가 또 다른 기어의 양산으로 이어진 것이라 할 수 있다. 구상 시의 쉬운 은유는 사은유, 즉 클리셰의 세계를 연출한다.

동녘에는 쏟아지는 햇발이 부서져 튀고
남녘에는 나일론 망사(網紗) 같은 아지랑이
서향(西向) 고목 가지엔 물동이를 인
빨강 노랑 저고리가 꽃 피어 있고
북쪽마을 노르께한 볏지붕 굴뚝에선

아침 향연(香煙)이 일제히 오르고 있다.

눈앞에는 하루살이 떼들이
온실 속 먼지처럼 가물거리고
새들은 호들갑을 떨고 날며 지저귄다.

어디선가 햇닭 똥내음 같은
풋내가 풍겨 오는데
해토(解土)의 아침,
세상은 온통 염미(艶美)를 발산한다.
──「밭 일기 3」 부분

초록 제복(制服)의
여학생들이
한마당

일제히 「봄의 교향악」을
합창한다.

5월의 보리밭.
──「밭 일기 16」

가령 이 지구에
물과 강이 없다면

마치 저 가없는 하늘에
죽은 곰의 형상을 한 바위로

떠 있는 달처럼

이 지구는 또 하나
생물 하나 가꾸지 못하는
천형의 바위 더미와 흙무덤의
별.

—「그리스도 폴의 강 52」

이 작품들은 있는 그대로의 풍경을 그려서가 아니라, 이미 있어 왔던
풍경 묘사를 되풀이했다는 점에서 클리셰이다. 풍경 속의 사물들은 화자
의 흔연하거나 담담한 시선을 받고 있으나 그것은 자동화된 그의 의식이
그리는 주관성의 표상에 그쳐 있다. 그는 보이는 대로가 아니라 알려진 대
로 사물을 인식하고 있는 것이다. 다시 말해, 보이는 그대로가 아니라 보
고 싶은 대로 보는 것이다. 여기에 사물과 풍경의 실재는 없다고 해야 할
것이다. 이 인식론적 자기 복제 속에서 은유는 이미 알려진 은유에 그치
고 사물들은 익숙한 수식의 대상이 될 뿐 실재의 표상으로 떠오르지 않
는다. 즉, 화자는 말하고 사물들은 입을 다문다.

기어에 대한 기피, 좋은 시에 대한 명민한 통찰에도 불구하고 구상의
시는 스스로가 천명한 시의 목표점에 가닿지 못하는 것 같다. 그는 인간
삶과 의식의 움직임을 쉼 없이 자연과 유비하여 말한다. 하지만 이 은유
들에는 상상력의 개성적인 비거리가 대체로, 거의 없다. 시적 언어를 기
어로 격하시키고 그가 찾으려 한 건 후기로 갈수록 뚜렷해지는 바이지만,
궁극적·형이상학적 실재의 표상이었다. 그러나 궁극 실재의 언어적 표현
이 가능하지 않다는 경전의 말들이 뜻하는 바는, 그렇기 때문에 그것은
비유적 언어를 필요로 한다는 것이다. 도(道)와 신(神)에 대한 온갖 비유
적 언설들이 이를 증거한다. 구상은 시어를 단련하여 실재와 시적 언어를
형상적으로 매개하는 공정에 둔한한 모습을 보인다.

시여! 이제 나에게서
너는 떠나다오.
나는 너무나 오래
너에게 붙잡혔었다.

(……)

나의 입술에 담는 말이
치장이나 치레가 아니요
진심에서 우러나오게 되며
나의 눈과 나의 마음에서
너의 색안경을 벗어 버리고
세상 만물과 그 실상(實相)을 보게 해 다오.
오오, 시여! 나에게서 떠나 다오.
　　　　　　　　　—「시와 기어」 부분, 『한 알의 사과 속에는』

　그래서 이렇게 토로하게 되는 것 같다. 이 시에서 실상을 가리는 것은
시의 기어이기도 하고 시 자체이기도 하다. 시의 "색안경"은 실재의 추구
를 방해하는 것이다. "문학의 소재나 그 표현(형상화)만에 그토록 안달을
하고 있"는 시인들을 비판하고,[20] 직유든 은유든 아날로지를 담뿍 발라
놓은 시를 별로 좋아하지 않"[21]는다고 하면서도, 그는 기어의 세계를 떠
나지 못했고, 그의 비유는 실재의 적실한 표상이 되지 못했다.
　관입실재를 위한 구상의 노력이 경주된 것이 대표적으로 연작시집 『그
리스도 폴의 강』이다. 『밭 일기』 연작이 생성과 소멸이 번다한 밭에다 현
실이나 역사의 당위적 세계를 담았다면, 생성과 소멸이 눈에 띄지 않는

---

20) 구상, 「나의 문학적 자화상」, 『시와 삶의 노트』(홍성사, 2007), 160쪽.
21) 구상, 「나의 시작 태도」, 위의 책, 186쪽.

강에 존재와 실재에 대한 인식을 추구해 보려 했다는 그의 소회[22]가 있다. 실재에 대한 이 관심은 이후의 시집들에도 이어진다. 그가 "인식"이라고 한 것은 실재의 기미를 거듭 응시하는 관찰력에 경험에서 우러난 사유 과정을 더한 총체적 몰입을 뜻한다. 그러나 아래의 예시들에서 보이듯 그의 시도는 크게 성공적이지 않다.

> 내 앞을 유연히 흐르는
> 강물을 바리보며
> 증화(蒸化)를 거듭한 윤회(輪廻)의 강이
> 인업(因業)을 벗은 나와
> 현존(現存)으로 이곳에 다시 만날
> 그날을 생각는다네.
>
> ——「그리스도 폴의 강 9」 부분

> 나는 이제 한 방울의 물
> 거대하게 펼쳐진
> 흐름의 리듬 속에서
>
> 욕망도 없이
> 미혹도 없이
> 분별도 없이
>
> 투명한 실유(實有)와 하나가 되어
> 요람 속의 순한 아기가 된다.
>
> ——「그리스도 폴의 강 28」 부분

---

22) 구상, 「강, 나의 회심의 일터 ——『그리스도 폴의 강』 제1부를 끝내고」, 《시문학》, 1985. 7, 14쪽.

우리가 도달해야 할
어린이 마음이란

진리를 깨우침으로써
자기가 자신에게 이김으로써
이른바 '거듭남'에서 오는
순진이요, 단순이요,
소박인 것이다.

—「거듭남」 부분, 『유치찬란』

그리고 마치 자유의 복지(福地)를
찾아 나섰던 고대 이스라엘 백성들처럼
인간 삶의 바탕인 마음의 필수품들을
낡은 지팡이나 헌신짝처럼 팽개쳐 버리고
황금 송아지를 만들어 섬기고들 있다.

이 현상을 치유할 방법이 무엇이냐고?
저 시나이산에서 내려온 모세가
하느님에게서 받은 십계명판으로
그 황금 송아지를 내리쳐 부쉈듯

우리도 각자가 마음의 눈을 떠서
오늘의 삶의 허깨비인 황금 송아지를
한시바삐 쳐부수고 몰아내야 한다.

—「황금 송아지를 몰아내야」 부분, 『출애굽기 별장』

위의 인용 시편들에는 자연 서정과 내면적 성찰은 물론 종교적 교의의 전시와 타락한 문명에 대한 비판이 두루 들어 있다. 하지만 여기에도 실재에 대한 시적 인식은 희박하다고 해야 할 것이다. 즉, 관념이 실재를 덮고 있다고 해야 할 것이다. 앞의 두 편에서 화자는 강이라는 자연을 자신의 주관적 내면을 표백하기 위한 소재로 삼고 있다. 이를 서정적 동일화로 볼 수도 있다. 하지만 이것은 관념에 의한 과격한 동일화이다. 이들은 각각 통념적 윤회관의 표백, 해탈 관념의 언어적 변주이다. 여기에 자연은 없다. 주관과 사물의 관습적 유비가 있을 뿐이다. 이 익숙한 견줌에는 사물에 대한 응시와 응시의 결과가 희미하다. 그로 인해 이 시편들은 낯익은 관념의 범상한 진술이 된다. 뒤의 두 편은 주관의 압도적 우위가 시를 깨뜨리는 사례에 해당한다. 그것은 높은 곳에서 내려지는 가르침의 목소리이거나, 현실 문제의 실제적 해결을 위해 시의 바깥에서 던져지는 당위적 언명에 해당한다. 구상은 이렇게 작품 내적 잉여를 창조하기보다 작품 외적 잉여를 증가시키는 쪽으로 나아갔다.

구상 시의 대표적인 관념들, 영원, 무아, 구원 등은 그 자체로 어떤 수행자적 성찰이 얻어 낸 정신적 경지를 내걸고 있으나, 왜 굳이 그걸 시를 택해 드러내야 하는지에 대한 대답을 일러 주지 않는다. 이 관념들과 시를 매개하는 형식화의 공정이 취약해 보이기 때문이다. 그는 경전의 개념적 진술이나 논리적 표현들을 인유의 방식으로 자주 차용했다. 이로 인해 자연히 그의 시는 현저히 관념성을 띠게 된다. 그의 정신적 깊이도, 그것에 이르는 과정의 어려움을 부지불식간에 내비친 드문 사례들에서 시의 윤곽과 세부를 갖출 뿐이고, 하나의 결론적 언어로 굳어진 사례에서는 대개 종교적 술어들의 열거에 그쳐 오히려 신비의 의장이 해진 경우가 많다. 그가 언어에 깃든 신령한 힘인 언령(言靈)을 믿는다고 하면서도 세계의 숨은 신비 앞에서 시의 무력감을 토로한 데서도 이를 확인하게 된다.

그러나 그 이야기가
물상(物象)으로 된 비유이기 때문에

내가 보는 바가 그 말의 실재(實在)인지

그 아닌지를 가늠할 바가 없습니다.

　　　　　　　　　　　　　　　　──「그리스도 폴의 강 33」 부분

　언어가 신비한 힘을 지니기 위해서는 "표상의 실재, 즉 그 말을 지탱할 등가량의 내면적 진실과 그 말의 개념이 지니는 등가량의 인식과 체험이 요구되는 것"23)이라 말하면서도 창작의 실제에서는 이를 실천하지 못하는 모습을 볼 수 있다. 언어는 신비의 비유인 물상, 곧 실재를 표현하는 데 무력하다는 것이다. 그는 보고 있지만 보지 못한다. 이처럼 관입실재가 막히는 지점에서 구상의 시는 역력히 진술 취향을 보인다. 진술시는 구상의 시 전체를 놓고 볼 때 종교, 철학의 교의와 담론을 정론적으로 도입하여 수필의 성격이 두드러진 작품들과 이야기 및 극의 기법을 차용한 산문시들을 포함한다.

　그는 언어 표상이 실재의 진실과 등가량의 내용을 담고 있어야 한다고 주장했음에도 언어 표상의 가능성을 크게 신뢰하지 않았다. 시인으로서의 그 책임을 기어의 부정성에 돌리고 자신만의 언어를 발견하는 데 큰 노력을 기울이지 않았다. 대신에 형상적 언어의 가능성을 탐색하기보다 손쉬운 유추와 개념의 전시에 기대었다. 즉, 기어를 기피하면서 기어를 사용했다. 또, 실재를 보는 일 대신에 실재에 대한 담론에 의존했다. 따라서 그가 인생과 자연을 보고 그린 시들의 주요 국면마다 실재의 예술적 표현 대신에 실재의 담론적 인용과 주석에 치우친 것은 예견된 결과였다.

　기어의 기피나 관입실재에 있어 그의 시가 마땅한 성취에 이르지 못한 이유는 지나치게 높이 설정된 의식적 주체, 윤리적 주체에게서 찾아야 할 것 같다. 이들은 규범적인 목소리를 발한다. 인간과 현실, 역사와 종교에 대해 이 주체가 발하는 목소리의 성격을 요약하면 그것은, 옳음의 주장이

---

23)　구상, 「시의 표상과 실재」, 『현대시 창작 입문』, 132쪽.

라 할 것이다. 규범적인 목소리는 그의 작품에서 비판자, 설교자의 모습으로 나타난다. 이 화자는 도덕적·종교적 깨달음을 소개하고 반성하면서 동시에 독자의 반성을 촉구한다. 추궁하고 권유한다. 이는 진리를 전제하고 내는 목소리로서 분명한 논리를 담고 있지만 시적으로는 무력한 전언에 그친다.

구상 시의 주체들은 분단과 전쟁을 어렵게 버텨 내며 형성된 그의 보수적 민족주의, 이를 내면에서 지탱해 온 가톨릭 신앙으로부터 형성된 듯하다. 그는 필화를 입어 가족을 북에 두고 월남한 가톨릭 신자였다. 초기에 그가 해방의 감격에 취하지 않고 민족의 어두운 앞날을 예언자적 목소리로 읊은 것은 북한 체제에 대한 불신과 거부 때문으로 보인다. 월남 이후 한국 전쟁기와 분단을 거치는 동안의 종군 활동과 언론 활동 속에서 그의 반공주의는 굳어졌다. 구상은 부패한 사회 현실에 대해 비판적 태도를 견지했으나 그의 신념과 문학관은 당대 민족 문학과는 대척적인 자리에 있었다. 그는 한국 사회의 구조적 모순과 민중 현실에 대한 문학적 천착을 보여 주기보다는 그가 수행의 도량으로 마련한 강, 특히 한강 너머로 현실을 멀리 건너다보았다. 이러한 시야에서 현실은 윤곽만이 비치거나 욕망의 아수라장 또는 도덕적 타락의 장으로 개괄되었다. 개괄은 관념과 통한다.

가톨리시즘은 그의 시작의 윤리적 토대였다. 그의 신앙시편들이 한국 시에 종교적 성찰의 길을 연 성과를 일부 인정할 수 있겠으나 시의 미적 성취에는 방해가 된 바가 적지 않다. "구상은 시라는 양식을 신앙심을 표출하기 위한 도구로 이용한 시인은 아니었기 때문"[24]이라는 김승구의 견해는 구상의 '시'를 종교에서 떼어 내 옹호하지만, 작품의 실상은 이와 사뭇 달라 보인다. 1960년대 이후 구상의 종교 시편들은 시의 독자성이 지켜지기보다는 종교적 교화 의지를 전경에 내세우는 식으로 전개되었다. 시집 『구상』(1951)과 『초토의 시』(1956)의 현실, 정치, 역사의 자리를 신앙적

---

24) 김승구, 앞의 논문, 77쪽.

성찰이 들어서면서 이런 현상은 짙어진다. 이는 시를 종교적 수행과 깨달음을 위한 방편으로 여긴 결과이다.

4 고통과 천진의 시

역설적으로, 구상 시의 진경은 초자아의 대리인에 방불한 윤리적 주체의 간섭이 중지되고 잊힐 때 펼쳐지는 것 같다. 시적 화자가 타락한 내면을 솔직히 토로할 때나 고통 속에 있을 때, 그리고 어린아이의 심성을 적절히 연출할 때가 그런 순간들이다. 그것은 전쟁의 참상을 반영한 『초토의 시』의 시편들과 일신의 병통을 담은 시편들을 비롯하여 그의 시 전편에 산재해 있다. 가령 몇몇 투병 시들과 함께 「밭 일기 40」은 기나긴 병고를 자연의 순리에 비추어 수습하는 빼어난 회복 기록이다. 이 작품군에서 고통은 소재에 그치지 않고 내면의 갈등과 긴장을 높이는 정신적 동력으로 작용한다. 이 모순과 싸우며 어렵사리 넘어서는 과정 자체가 시화될 때 그의 시는 면모 일신하는 것 같다. 이때에는 지식과 관념이 들어설 자리가 거의 없다. 요컨대, 의식적·윤리적 주체의 작품 내적 간섭이 최소화될 때 시는 실재에 가까워지고 내면적 진실의 표현에 성공하는 듯하다. 구상은 그의 대표작의 하나로 「적군 묘지 앞에서」를 꼽은 바 있다.[25]

오호, 여기 줄지어 누워 있는 넋들은
눈도 감지 못하였겠구나.

어제까지 너희의 목숨을 겨눠
방아쇠를 당기던 우리의 그 손으로
썩어 문드러진 살덩이와 뼈를 추려

---

25) 구상, 「적군 묘지」, 『시와 삶의 노트』, 17쪽.

그래도 양지바른 두메를 골라
고이 파묻어 떼마저 입혔거니.

죽음은 이렇듯 미움보다도, 사랑보다도
더 너그러운 것이로다.

이곳서 나와 너희의 넋들이
돌아가야 할 고향 땅은 삼십 리면
가로막히고, 무주공산(無主空山)의 적막만이
천만 근 나의 가슴을 억누르는데,

살아서는 너희가 나와
미움으로 맺혔건만,
이제는 오히려 너희의
풀지 못한 원한이
나의 바램 속에 깃들여 있도다.

손에 닿을 듯한 봄 하늘에
구름은 무심히도
북(北)으로 흘러가고,

어디서 울려오는 포성(砲聲) 몇 발,
나는 그만 이 은원(恩怨)의 무덤 앞에
목놓아 버린다.

　　　　　　　　　　　　　—「적군 묘지 앞에서」

적이었던 인민군의 유해를 수습해 준 뒤의 소회를 적은 작품이다. 서로 죽이고 죽던 악연에서 생겨난 회한을 힘겹게 누르고 있는 화자의 태도가 눈길을 끈다. 시신 수습과 감정 수습은 다 같이 죽음의 신비에 힘입어서이다. 그것은 곧 화자가 죽음이라는 실재의 엄습 가운데 전쟁의 참상을 다스리고 있다는 뜻인데, 원한과 애도가 고열의 정념에 녹는 가운데도 죽은 이의 넋을 고향으로 인도하려는 화자의 "바램"은 한탄에 그치지 않는다. 생과 사, 남과 북, 전쟁과 정전의 갈등들이 어느 것 하나 해결되지 않은 채로 화자의 실존적 동요를 증폭시키고 있기 때문이다. 한탄할 겨를 없이 터지는 울음은 이성적 분별의 가면을 찢고 거역할 수 없는 진실의 얼굴을 드러낸다.

고통을 설명하지 않고 전쟁을 논평하지 않고 이데올로기를 내세우지 않은 데 이 시의 미덕이 있다. 우리는 이 작품에서 구상 시의 논리적이고 도덕적인 목소리를 거의 느끼기 어렵다. 그것은 전쟁과 죽음이라는 체험의 압도적인 힘 때문이다. 고통의 한가운데서 그의 의식이 작동을 멈출 때 확보되는 판단 정지 상태에 힘입어 그는 그가 실재라고 부르는 차원에 가까이 갈 수 있었다.

밭에서 싹이 난다.
밭에서 잎이 돋는다.
밭에서 꽃이 핀다.
밭에서 열매가 맺는다.

밭에서 우리는
심부름만 한다.

―「밭 일기 1」

이 짧은 시에서는 구상이 평생 내세워 온 시론의 강령적 조목을 하나도 찾아볼 수 없다. 실재의 개념적 추론과 실재에 대한 강박 자체가 없고,

산문을 방불케 하는 따분한 설명적 진술이 없고, 강력한 윤리적 주체의 목소리가 없다. 곡식들은 산간의 초목들이 그러하듯 극히 자연스럽게 싹과 잎과 꽃과 열매를 맺는다. 농사는 자연 또는 자연 너머의 다른 손이 짓는다. 그 손의 주도 아래 그저 심부름에 그치는 것이 인간의 농업이란 것이다. 그러나 여기엔 구상의 시적 강령이 또한 고스란히 육화돼 있다. 우선, 기어의 지혜로운 기피가 들어 있다. 전체가 하나의 은유인 이 시엔 겉만 번지르르한 장식적 수사가 놓일 자리가 없다. 또, 안 보이는 손의 임자인 실재의 아우라가 밭고랑, 즉 행간에 두루 스미어 있다. 그것을 더 추상화하면 신의 섭리와 같은 것이 될 것이다. 그리고 사방에 지시하고 심부름시켜 대는 가장의 센 목소리를 대신해 암묵적 '당위'를 겸허히 따르느라 허드렛일에 만족하는 천진한 화자가 있다. 그가 제 소임을 작지만 충만한 마음의 심부에 둘 때, 이 심부름은 실재에 대한 깊은 부름이 된다.

당위를 당위로 설득하려 할 때 구상의 시는 시의 본령에서 멀어진다. 이 점은 우파의 문학이나 좌파의 문학이나 다르지 않다. 구상의 미학적 보수주의에는 형식과 기법의 탐구가 들어설 자리가 마땅치 않았다. 그가 부정확한 것을 (개념적으로) 정확하게 시로 적으려 했을 때, '부정확한 것=실재'는 그 모습을 감추었다. 그에게 필요했던 것은 부정확한 것을, (형상적으로) 부정확하게 정확히 적어 내는 일이었다. 구상에게는 이 언어가 낯선 것이었지만, 그가 시와 삶에 대한 완강한 신념을 부지불식간에 내려놓았을 때 비로소 삶의 신비와 사물의 실재에 접할 수 있었던 것은 아이러니한 일이다. 이것은 시의 신비일 것이다. 이를 구상 자신의 표현을 빌려 말하자면, 촉발생심의 우연적 장(場)과 관입실재의 유장한 호흡이 하나 될 때 찾아오는 세계의 열림이 될 것이다.

제1주제에 관한 토론문[1)

이승하 / 중앙대 교수

이영광 시인의 발제문을 잘 읽어 보았습니다.

대산재단에서 마련한 '탄생 100주년 작가 기념 문학제 심포지엄'에 올 해는 시인 구상·김종문, 소설가 김성한·전광용, 시조 시인 정완영, 평론가 정태용, 아동문학가 권오순·박홍근 등이 선정되어 오늘 이렇게 한 자리에서 논의하게 되었습니다. 올해는 3·1 운동 100주년이기도 하여 더욱 뜻깊은 심포지엄 자리가 아닌가 합니다.

이영광 님의 발제문「기어(綺語)의 기피와 관입실제(觀入實在)의 행방」은 그간의 구상 시인론이 지나치게 온정적이었다고 생각한 듯 여러 가지 불만 족스러운 점을 지적하면서 날카롭게 비판하고 있습니다. 제목에 나와 있는 '기어'라는 용어는 구상 시인이 살아생전에 여러 차례 글을 통해 밝힌 것으로, "교묘하게 꾸며서 겉과 속이 다른, 실재가 없는 말"로서 불교에서 나온 것입니다. 일본의 니혼 대학 종교학과에 다닐 때 어느 스님 교수가 기어

---

1) 이 토론문은 발제자가 문학제 행사 당일에 발표한 초고를 읽고 작성한 것이다. 그러므로 이후 수정, 보완하여 이 책에 수록한 발제문과 이 글은 다소 차이가 나는 부분이 있을 수 있다.

의 죄를 가장 많이 짓는 이가 종교인과 문인이라고 했다고 하지요.

발제자는 구상의 시야말로 "내용의 쇄신이 없는 클리셰이자 췌언에 그쳐 있는" 관습적 시어들을 사용함으로써 기어의 사례를 보여 준 것으로 냉정하게 평가했습니다. 기어의 죄를 짓지 않으려고 구상 시인은 과도한 메타포를 배격했는데 바로 그것이 비판의 이유가 되어 있습니다. 정직함이나 솔직함이 시인으로서는 미덕이 아니라고 발제자는 생각하고 계신 듯합니다.

시인 본인이 연작시를 쓰게 된 이유를 설명하면서 사용한 용어인 '관입실재'란 사물을 오래 응시하는 가운데 존재의 다면성과 복잡성을 조명하는 창작 방법론으로서 '촉발생심'이나 '응시소매 격'의 반대되는 뜻으로 사용했는데 발제자께서는 연작이기에 오히려 '관입실재'로 쓰면 안 되는 것 아니냐고 비판을 했습니다.

독자들에게 익숙한 은유들, 관념어들, 그리고 규범적인 목소리도 비판의 대상이 됩니다. 구상 시의 특징으로 여겨져 온 '신앙적 성찰'도 역사의 자리를 대신했다는 이유로 비판했습니다. "시를 종교적 수행과 깨달음을 위한 방편으로 여긴 결과"로 보아 계속해서 실패를 노정한 것으로 보기도 했습니다. 다만 시적 화자가 타락한 내면을 솔직히 토로할 때나 심신의 고통을 표현할 때, 어린아이의 심정을 적절히 연출할 때 간간이 성공작이 나온다고 보았습니다. 발제문 전체를 통해 좋게 본 시는 「적군 묘지 앞에서」와 「밭 일기 1」 두 편입니다. 「적군 묘지 앞에서」는 "고통을 설명하지 않고 전쟁을 논평하지 않고 이데올로기를 내세우지 않은 데"에 미덕이 있다고 했습니다. 즉, 구상의 시는 "설명하고" "논평하고" "내세우기"에 발제자는 불만스러웠던 것입니다.

저는 구상 시인의 작품 세계에 대해 이렇게 혹독하게 비판한 글을 본적이 없었기 때문에 이 발제문으로 말미암아 구상에 대한 논의가 동어 반복이 되지 않고 진일보할 수 있다고 생각합니다. 제가 이영광 님의 글을 읽고 궁금하게 여기게 된 것은 대체로 세 가지입니다.

시인 자신은 '어떻게 표현하느냐'보다 '무엇을 지향하느냐'를 중시했는데 발제자께서는 전자를 중시하고 있습니다. 구상이 가족을 북한에 두고 단신 월남한 것은 원산 지역 문인들이 낸 광복 기념 문집인 『응향』에 실은 「여명도」, 「길」 등의 시가 필화를 입어 인민재판에 회부될 상황에 이르렀기 때문입니다. 어찌 보면 한 시인의 생애를 바꾼 문제적인 작품인데 구상의 시를 논하면서 왜 제외되었는지 궁금합니다. 아마도 이런 시에 내린 북조선문학예술총동맹의 철퇴, 그리고 신부인 작은형의 순교, 일본 유학을 갔던 큰형의 관동대지진 이후의 행방불명, 북에 두고 온 어머니의 아사 추정 등이 시인의 시에 미친 영향도 있을 법합니다. 즉, 이런 경험이 창작의 동기가 되어 궁극적으로 종교적 메타포를 사용하게 된 시는 고려의 대상으로 삼지 않았는데, 그 이유가 궁금합니다. 발제문은 시의 내용보다는 형식적 측면에서 소박하고 투박한 것에 대해 비판을 가하고 있습니다. 구상은 형식보다는 내용을 시의 중요한 요소로 보았습니다. 즉 말의 치장이 아니라 의미나 주제를 중시했는데 왜 이것에 대해서는 연구를 하지 않았는지 우선 궁금하여 여쭤 봅니다.

'고통과 천진'의 시에 대해서는 다소 좋게 보기도 했는데 단 두 편의 시만 인용하고 논의를 아주 간소화하고 있습니다. 이런 점은 문제가 있다고 지적하는 한편 이런 점은 장점으로 취할 수 있다고 말할 수도 있을 텐데 "타락한 내면을 토로할 때"의 시와 심신이 "고통 속에 있을 때"의 상태를 표현한 시, "어린아이의 심성을 적절히 연출할 때"의 시는 제목조차 나오지 않습니다. 구상의 시에는 이런 긍정적인 면이 있다고만 언급했을 뿐 작품의 예는 들지 않았고 논의도 하지 않았는데 그 이유가 무엇인지 또한 궁금하여 여쭤 봅니다.

한국 현대시사에 있어서 기독교적 세계관을 보여 준 시인으로 흔히 윤동주와 김현승과 말년의 박목월을 꼽습니다. 기독교와는 여러 가지 점에서 다른 천주교 신앙 세계를 시에 담은 시인으로 한때의 정지용을 꼽을 수 있을 뿐 거의 없는 편입니다. 시인은 어느 자리에서 천주교가 타력에 의한 종교라면 기독교는 자력에 의한 종교라고 두 종교의 차이점을 말한 바 있습니다. 발제자는 구상 시의 종교적인 측면, 혹은 형이상학적인 측면에 대해서는 언급을 하지 않았는데 어찌 보면 구상 시의 진면목은 여기에 있지 않은지 모르겠습니다. 구상의 시가 호교(護敎)나 포교(布敎)의 차원에서 쓴 것이 아님은 발제자도 동의할 것입니다. 구상은 예수의 생애를 평전의 형식으로 쓴 『나사렛 예수』를 간행한 적도 있고 신앙심에 입각해서 많은 에세이를 썼고 희곡, 시나리오, TV 드라마까지 쓴 적이 있습니다. 구상의 시를 논하면서 '신'과 '신앙'을 배제하면 시 창작의 근본적인 동기를 무화시키게 되는데, 이것을 구상 논의에서 배제한 이유가 무엇인지 궁금합니다.

이상 제가 궁금히 여기게 된 것 세 가지를 질문했습니다.

1919년	9월 16일, 서울에서 출생. 네 살 때 가족을 따라 함남 원산 덕원으로 이주. 본명은 구상준. 문학을 좋아하고 숭상하던 어머니의 영향을 받아 어린 시절 한문을 빨리 익히고 시조를 외우는 등 문학적 감수성을 키움.
1931년	소학교 6학년 때 애독하던 《가톨릭소년》(북간도 용정 천주교 연길교구에서 발행)에 동요 「아침」을 투고하여 지면에 작품이 실림.
1938년	덕원 성베네딕도수도원 부설 신학교 중등과 입학. 3년 후 수료. 중학 과정을 다니는 동안 방인근이 주재하던 잡지 《학우구락부》에 시편 「하루살이」를 투고, 삽화와 함께 실리며 주목을 받음. 메이지 대학 문예과와 니혼 대학 종교과, 두 곳에 합격했으나 종교를 중시하는 가치관에 따라 니혼 대학 종교과를 선택.
1941년	일본 니혼 대학 전문부 종교과 졸업. 대학 시절 프랑스 주일 대사 폴 클로델의 영향을 받아 일본 가톨릭 신문에 일본어 시를 몇 편 발표.
1942년	《북선매일신문》 기자로 근무.(~1945년) 기자로 활동할 당시 동료들의 권유로 「세레나데」, 「예언」, 「수난의 장」 등을 써서 발표.(시집 『구상』에 수록) 시 창작에 있어 형이상학적 인식을 출발점으로 삼음.
1944년	대건의원에 근무하던 의사 서영옥과 결혼.

1946년	원산문학가동맹에서 해방 1주년을 기념하고자 펴낸 시집『응향』에「여명도」,「길」,「밤」등을 발표.
1947년	『응향』에 발표한 작품들로 인한 필화 사건을 겪고 2월에 월남.《해동공론》에「북조선 문학 여담」이라는 제목으로 필화 사건에 관한 경위를 밝힘. 당시 우익 진영의 유일한 문학지인《백민》에 시「발길에 채운 돌멩이와 어리석은 사나이」를 발표함으로써 서울 문단에 입참.
1948년	《연합신문》문화부장으로 근무.(~1950년) 김기림 시인과 함께 서울예술학원(서라벌예술대학의 전신)에서 시 창작법 강의.
1950년	국방부 기관지《승리일보》주간으로 근무.(~1953년)
1951년	시집『구상』출간. 육군종군작가단 부단장을 맡음.(~1955년)
1952년	효성여자대학교 문리과대학 부교수로 재직.(~1956년)
1953년	사회평론집『민주 고발』출간.(이 책으로 필화를 입어 약 6개월 투옥 당함) 영남일보 주필 겸 편집국장으로 근무.(~1957년)
1955년	금성화랑 무공훈장을 받음.
1956년	동란 중에 쓴 시들을 묶어 시집『초토의 시』출간. 시집을 통해 전쟁 중 느낀 섭리와 자유, 선과 악, 이념과 민족 등을 표현. 서울대학교 문리과대학 강사로 재직.(~1958년)
1957년	시집『초토의 시』로 서울시 문화상을 받음.
1960년	서강대학교 문리과대학 강사로 재직.(~1961년)
1961년	수상집『침언부어』출간.《경향신문》논설위원 겸 동경지국장으로 근무.(~1965년)
1964년	한국문인협회 시분과위원장을 맡음.
1965년	희곡「수치」발표.
1967년	《주간한국》에 연작시「밭 일기」를 총 101편 발표. 한 제재에 대해 거듭 응시함으로써 실재를 인식하고자 연작시 창작에 골몰.(「강」,「까마귀」,「모과 옹두리에도 사연이」등) 시나리오

「갈매기의 묘지」 발표.

1969년	시나리오 「단군」 발표. 《현대시학》 편집위원으로 활동.
1970년	국민훈장 동백장을 받음. 하와이대학교 극동어문학과 조교수로 재직.(~1974년)
1973년	가톨릭대학교 신학부 대학원 강사로 재직.(~1975년)
1975년	성바오로출판사 수녀님들의 권유로 시문이 혼합된 선집 발간을 기획, 연작시 30편, 단시 50편, 희곡과 시나리오 각 1편, 그리고 시화나 평론을 몇 편 골라 『구상 문학선』 출간.
1976년	수상집 『영원 속의 오늘』 출간. 중앙대학교 예술대학 및 대학원 대우교수로 재직.(~1999년)
1977년	수필집 『우주인과 하모니카』 출간.
1978년	교회 생활을 소재로 삼은 신앙 에세이집 『그리스도 폴의 강』 출간. 현대시인협회 명예회장을 맡음.
1979년	묵상집 『나자렛 예수』 출간. 대한민국 예술원 회원으로 등록.
1980년	희곡 「황진이」 발표. 시선집 『말씀의 실상』 출간. 전쟁 체험에 대한 자전시편 「모과 옹두리에도 사연이」로 대한민국 문학상 본상을 받음. 국방부 정신교육지도위원을 맡음.
1981년	시집 『까마귀』, 시·수필집 『그분이 홀로서 가듯』 출간.
1982년	수상집 『실존적 확신을 위하여』 출간. 어린 시절 겪은 일을 바탕으로 하여 동화 『우리 집 털보』 출간. 하와이 대학교 부교수로 재직.(~1983년)
1983년	「모과 옹두리에도 사연이」 연재를 마침. 가톨릭문우회 고문을 맡음.
1984년	시선집 『드레퓌스의 벤취에서』, 자전시집 『모과 옹두리에도 사연이』 출간. 《시문학》에 연작시 「그리스도 폴의 강」 연재. 한국문예진흥원 이사를 맡음.
1985년	수상집 『한 촛불이라도 켜는 것이』, 연작시집 『구상 연작시

집』출간. 일본에서 폐 수술을 받고 병상에 머물던 시절과 하와이 대학교에 교수로 재직하던 시절 가족에게 부친 편지를 추려 서간집『딸 자명에게 보낸 글발』출간. 하와이 대학교 부설 동서문화연구소 예우 작가로 활동.(~1986년)

1986년   수상집『삶의 보람과 기쁨』, 전집『구상 시 전집』출간. 파리에서 불역 시집『TERRE BRÛLÉE(타 버린 땅)』출간. 제2차 아시아시인회의 서울대회장을 맡음.

1987년   자연 서경에 주목한 시집『개똥밭』출간.

1988년   수상집『시와 삶의 노트』, 시선집『다시 한번 기회를 주신다면』, 시론집『현대시 창작 입문』, 이야기 시집『저런 죽일 놈』출간.

1989년   런던에서 영역 시집『Wastelands of fire: selected poems of Ku Sang(타 버린 땅)』출간. 시화집『유치찬란』출간.

1990년   한영대역 시집『Mysterious Buds: selected poems of Ku Sang(신령한 새싹)』, 영역 시화집『Infant Splendor(유치찬란)』출간.

1991년   런던에서 영역 연작시집『A Korean Century-River and Fields(강과 밭)』출간. 펴낸 열두 권의 시집에서 형이상학적 인식이 짙은 시편을 추려 시선집『조화 속에서』출간. 세계시인대회 명예대회장을 맡음.

1993년   자전시문집『예술가의 삶』출간. 제5차 아시아시인회의 서울대회장을 맡음. 대한민국 예술원상을 받음.

1994년   아흔에서 독역 시집『Auf der Bank von Dreyfus(드레퓌스의 벤취에서)』출간. 희곡·시나리오집『황진이』출간.

1995년   수필집『우리 삶, 마음의 눈이 떠야』출간.

1996년   연작시선집『오늘 속의 영원, 영원 속의 오늘』출간.

1997년   파리 La Différence(라 디페랑스) 출판사로부터 세계 명시선

의 하나로 선정되어 한불대역 시집『Ajourd'hui l'éternité(오
늘·영원)』출간. 스톡홀름에서 스웨덴어역 시집『Det Eviga
Livet: Dikter av Ku Sang(영원한 삶)』출간. 영국 옥스퍼드
대학교 출판부에서 출간한 시선집『신선한 영감 ── 예수의 삶
을 그린 세계의 시』에 신앙시 네 편이 수록됨.

1998년   시집『인류의 맹점에서』출간. 도쿄에서 일역 시집『韓国三人
詩集(한국 3인 시집) ── 구상·김남조·김광림』출간.

2000년   영역 총서『Wasteland poems(초토의 시)』출간. 이탈리아
시에나 대학교 비교문학연구소에서 시선집『구상 시선』출간.

2001년   신앙시집『두 이레 강아지만큼이라도 마음의 눈을 뜨게 하소
서』출간.

2002년   『구상 문학 총서 제1권: 자전시문집』출간. 경북 칠곡군 왜관
동에 구상 문학관 개관.

2004년   『구상 문학 총서』제2권, 제3권 출간. 영역 시집 *Even the
knots on quince trees: Poems*(모과 옹두리에도 사연이) 출
간. 5월 11일, 사망.

구상 작품 연보*

발표일	분류	제목	발표지
1946	시	길/여명도/밤	동인 시집 응향
1951. 5. 10	시집	구상	청구출판사
1953. 6. 10	사회평론집	민주고발	남향문화사
1956. 12. 20	시집	초토의 시	청구출판사
1961. 5. 10	수상집	침언부어	민중서관
1963	희곡	수치	자유문학
1963. 6. 1	논쟁집	예술과 인생의 시비◆	자유문화사
1967	연작시	밭일기	주간한국
1969. 4~6	시나리오	단군	월간문학
1975	수상집	영원 속의 오늘	중앙출판공사
1975. 7. 5	선집	구상 문학선	성바오로출판사
1977. 10. 5	에세이집	아직도 우리에게 소중한 것★	청조사
1977. 11. 15	수필집	우주인과 하모니카	경미문화사
1977. 12. 30	에세이집	그리스도 폴의 강	성바오로출판사
1978	수필집	찬란한 기적★	샘터사
1979. 4. 30	묵상집	나자렛 예수	성바오로출판사
1979. 12. 30	희곡집	민족 문학 대계 18★	동화출판공사

---

* ★: 공저, ◆: 편저, ◇: 공편저.

발표일	분류	제목	발표지
1980	에세이집	오늘을 살며 영원을 밝히며★	예찬사
1980. 1. 10	에세이 선집	한국 에세이 문학 선집 1★	중앙출판공사
1980. 12. 20	시선집	말씀의 실상	성바오로출판사
1981. 12. 15	시집	까마귀	홍성사
1981. 8. 13	에세이집	내가 생각하는 멋진 사람들★	자유문고
1981. 11. 30	시·수필집	그분이 홀로서 가듯	홍성사
1982	희곡집	대한민국연극제 희곡집 제4회★	한국문화예술 진흥원
1982. 4. 20	에세이집	사랑이여, 빛일레라★	홍성사
1982. 5. 25	수상집	실존적 확신을 위하여	홍성사
1982. 11. 1	시선집	나는 너에게 너는 나에게★	큰손
1982. 2. 25	동화	우리 집 털보★	동화출판사
1983	에세이 선집	한국에세이 문학 선집 10: 영원 속의 오늘	중앙출판공사
1983. 8. 25	전집	아시아의 마지막 밤 풍경: 공초 오상순 시 전집◆	한국문학사
1983. 12. 1	에세이 선집	만나며 그리고 기다리며★	제삼기획
1984. 10. 10	총서	한국의 멋★	한국의 멋사
1984. 5. 25	시선집	드레퓌스의 벤취에서	고려원
1984. 6. 11	자전시집	모과 옹두리에도 사연이	현대문학사
1985. 1. 10	수상집	한 촛불이라도 켜는 것이	문음사
1985. 11. 10	연작시집	구상 연작 시집	시문학사
1985. 12. 10	서간집	딸 자명에게 보낸 글발	범양사
1985. 12. 25	에세이집	삶이 그대를 속일지라도★	학원사
1986	기도시집	주여 영원히 노래하게 하소서★	종로서적

발표일	분류	제목	발표지
1986	선집	명강의 선집 4★	중앙공무원 교육원
1986	수상집	현대 한국 수상록 28★	금성출판사
1986	불역 시집	TERRE BRÛLÉE(타 버린 땅)	Thésaurus
1986. 10. 25	선집	조국 송가◦	홍성사
1986. 10. 30	수상집	삶의 보람과 기쁨	자유문학사
1986. 11. 30	전집	구상 시 전집	서문당
1987. 2. 25	논문집	삼십 년대의 모더니즘◦	범양사 출판부
1987.0 2. 27	수필 선집	다정한 말 한마디★	현대문학사
1987. 11. 15	시집	개똥밭	자유문학사
1987. 11. 15	사진·수필집	오늘은 나 내일은 너★	서울국제출판사
1987. 11. 20	에세이집	사랑의 이름으로★	친우
1987. 12. 30	시선집	말하라 백두산 천지여: 조국과 통일★	민족통일중앙 협의회
1988	에세이집	길을 묻는 젊은이에게★	삼원출판사
1988	시인 공초	오상순: 현대 한국의 초인♦	자유문학사
1988. 6. 20	수상집	시와 삶의 노트	자유문학사
1988. 8. 20	시선집	다시 한번 기회를 주신다면	종로서적
1988. 10. 20	시론집	현대시 창작 입문	현대문학
1988. 11. 15	이야기시집	저런 죽일 놈	지성문화사
1989	영역 시집	Wastelands of fire: selected poems of Ku Sang(타 버린 땅)	Forest Books
1989	시선집	희망을 나누어 가집시다★	평야
1989. 11. 20	시화집	유치찬란(글 구상, 그림 중광)★	삼성출판사

발표일	분류	제목	발표지
1990	한영대역 시집	Mysterious Buds: selected poems of Ku Sang(신령한 새싹)	세명서관
1990	영역 시화집	Infant Splendor(유치찬란)	Samseong Pub.
1990	서간집	사랑한다는 말을 하지 않고는★	한국중앙문화공사
1990	에세이집	홀로와 더불어★	여원출판사
1991	시선집	바다 환상곡★	민들레
1991	평론집	종교와 문학★	소나무
1991	영역 연작시집	A Korean Century-River and Fields(강과 밭)	Forest Books
1991	산문집	종교와 문학적 고뇌	대한민국 예술원
1991	에세이집	시간은 여기 남고, 흘러가는 것은 우리들이다★	서울문화사
1991	에세이집	내일이 오는 길목에서★	고려출판문화공사
1991	에세이집	너에게 전할 수 있는 진실과 축복★	친우
1991. 11. 15	시선집	조화 속에서	미래사
1992	총서	인생 파라다이스 4: 사랑한다는 말을 하지 않고는★	청화
1993	인생론	인생을 말한다★	자유문학사
1993	자전 시문집	예술가의 삶	혜화당
1993	산문집	행복하여라 사랑하는	국민일보사

발표일	분류	제목	발표지
		이들이여!★	
1994	독역 시집	Auf der Bank von Dreyfus (드레퓌스의 벤취에서)	Karin Fischer Verlag
1994. 4. 15	에세이집	저 바람 속에 불꽃이★	문예한국사
1994.0 9. 10	연작시집	그리스도 폴의 강	삼성출판사
1994. 9. 20	희곡· 시나리오집	황진이	백산출판사
1995. 1. 28	수필집	우리 삶, 마음의 눈이 떠야	세명서관
1996	영역 문예지	Korean Literature Today Volume No 3, Winter, 1996(오늘의 한국 문학)★	The Korean Center International P.E.N
1996. 3. 25	연작시선집	오늘 속의 영원, 영원 속의 오늘	미래문화사
1996. 12. 15	산문집	어머니★	자유문학사
1997	한불대역 시집	Ajourd'hui l'éternité (오늘·영원)	La Différence
1997	스웨덴어역 시집	Det Eviga Livet: Dikter av Ku Sang(영원한 삶)	VUDYA KITABAN
1997	시선집	신성한 영감 ― 예수의 삶을 그린 세계의 시★	옥스퍼드 대학교 출판부
1997	일역 문예지	詩と思想 1997年 4月号 (시와 사상)★	土曜美術社 出版販賣
1997. 9. 13	시선집	내린천 너, 영원하라★	천우
1998 5. 27	시집	인류의 맹점에서	문학사상사

발표일	분류	제목	발표지
1998	일역 시집	韓国三人詩集(한국삼인시집)★	土曜美術社 出版販賣
1999. 7. 20	에세이집	삶을 꽃피운 사람 이야기★	신지성사
2000	에세이집	어머니 찾아가기★	혜화당
2000	오페라	황진이: 오페라 전4막 (글 구상, 작곡 이영조)★	작은우리
2000	시선집	구상 시선	시에나 대학교 비교문학연구소
2000	영역 시집	Poems(시)	Peperkorn
2000. 5. 25	영역 총서	Wasteland poems (초토의 시)	답게
2001	악보	황진이: trumpet in Bb 1/2/3 ★	아브라함음악 사: 한국오페라 편찬위원회
2001. 3. 15	신앙시집	두이레 강아지만큼이라도 마음의 눈을 뜨게 하소서	바오로딸
2002	시집	초토의 시	시에나 대학교 비교문학연구소
2002. 6. 1	시선집	홀로와 더불어	황금북
2002. 10	총서	구상 문학 총서 제1권: 자전시문집 모과 옹두리에도 사연이	홍성사
2003. 10. 1	문집	오직 올바르게 살자★	나산출판사
2003. 12. 15	선집	이 땅을 빛낸 문인들★	천우
2004. 2. 25	시집	공간시★	들꽃

발표일	분류	제목	발표지
2004. 1	총서	구상 문학 총서 제2권: 시 오늘 속의 영원, 영원 속의 오늘	홍성사
2004. 2	총서	구상 문학 총서 제3권 연작시 개똥밭	홍성사
2004. 3	영역 시집	Even the knots on quince trees: Poems(모과 옹두리에도 사연이)	답게
2005	이탈리아어역 시선집	Il fiume di cristoforo: raccolta di poesie con testo a fronte a cura di vincenza d'urso(구상 시선)	CAFOSCARINA
2005	불역 시선집	DOUZE POÈTES CORÉENS CONTEMPORAINS★	Noroît
2005	영역 시집	Eternity today: selected poems by Ku Sang (오늘 속의 영원, 영원 속의 오늘)	Seoul Selection
2005. 4	총서	구상 문학 총서 제4권: 희곡·TV 드라마·시나리오 황진이	홍성사
2006. 7	총서	구상 문학 총서 제5권: 시론집 현대시 창작 입문	홍성사
2007. 2	총서	구상 문학 총서 제6권: 에세이 시와 삶의 노트	홍성사
2008. 3	총서	구상 문학 총서 제7권: 사회평론 민주 고발	홍성사
2008. 9	총서	구상 문학 총서 제8권: 신앙 에세이·묵상집	홍성사

발표일	분류	제목	발표지
2009	시집	그분이 홀로서 가듯 그리스도 폴의 강: 구상 선생 탄신 90주년 '구상문학상' 제정 기념시집	홍성사
2010. 2	총서	구상 문학 총서 제9권: 에세이 침언부어	홍성사
2010. 2	총서	구상 문학 총서 제10권: 에세이·동화·서간집 삶의 보람과 기쁨	홍성사
2011	신앙시문집	오늘서부터 영원을	홍성사
2011	시선집	한 알의 사과 속에는	홍성사
2012	시선집	구상 시선	지식을만드는 지식
2013	시선집	나는 혼자서 알아낸다	시인생각
2014	시선집	구상 무상	시월
2014	시선집	초판본 구상 시선	지식을만드는 지식
2015	영역 시집	Songs of Thorns and Flowers Vol. 5: Alone With Myself(구상 무상)	Foreign Language Publications: The Ohio State University
2016	산문집	아직 펴 보지 않은 책, 죽음★	신앙과지성사
2017	산문 선집	한 촛불이라도 켜는 것이	나무와숲

작성자 이승원 고려대 문예창작과 대학원 석사 수료

현대적 불안을 투시한 전후 모더니스트의 자기 구원

곽명숙 / 아주대 교수

1 서론

우리 현대 시문학사에서 전쟁시 혹은 전후시를 말할 때 김종문 시인의
작품을 빼고 말하기는 어렵다. 월남민이면서 육군 정훈장교 출신의 시인
으로서 전쟁의 한복판에서도 시를 놓지 않고 끝내 시인의 길을 선택했던
그의 존재는 매우 드문 사례였기 때문이다. 김종문은 1919년 평남 평양에
서 태어난 것으로 되어 있는데, 이것은 월남 이후 자신이 직접 본적지로
적어 넣은 듯하다. 부친이 동아일보 평양지국장으로서 집안이 어느 정도
경제적 문화적으로 윤택했던 것으로 보인다. 시인은 평양 숭문중학을 졸
업한 후 일본으로 건너가 도쿄 '아테네 프랑세'를 졸업하고 1942년에 돌아
왔다. 1945년 해방이 되자 월남 후 군에 입대하여 보도국장과 정훈국장을
역임했는데, 전쟁의 포연이 채 가시기도 전인 1952년에 당시 정훈장교였던
시인의 첫 시집이 나왔다.

예편하기까지 두 권의 시집을 더 출간한 시인은 집안의 반대에도 불구하고 군인을 그만둔 후 전업 시인의 길을 선택하여 세상을 뜨기까지 총 8권의 시집을 상재했다. 군에 있던 시절 김종문은 이병주를 비롯한 여러 문인들의 부역과 관련된 문제를 해결해 주기도 했고, 당시 시인으로서 문단에서 함께 활동하던 동생 김종삼과 대비되는 면모들로 인해 여러 일화를 남기기도 했다. 1957년 소장으로 예편한 후, 육사 교수와 대학 강사를 지내는 한편 국제펜클럽 한국본부 중앙위원, 자유문인협회 중앙위원, 문총 사무총장, 한국현대시인협회 회장 등을 역임하며 문단에서 왕성한 활동을 했던 그는 지속적으로 시작 활동을 하며 자유문협상, 한국문학상, 한국펜문학상을 수상했다.

1948년 《백민(白民)》지를 통해 등단하여 1981년에 작고하기까지 그가 남긴 시집은 『벽(壁)』(1952), 『불안(不安)한 토요일(土曜日)』(1953), 『시사 시대(詩史時代)』(1955), 『인간 조형(人間造型)』(1958), 『신시집(新詩集)』(1965), 공동 시집 『장시·시극·서사시(長詩·詩劇·敍事詩)』(1967), 『강신제(降神祭)』(1977), 그리고 합동 시집인 『전환』(1978) 등이다. 초기의 『벽』, 『불안한 토요일』이 전쟁의 참상을 모더니즘적으로 스케치하며 전후의 불안을 노래했다면, 중기의 『시사 시대』와 『인간 조형』은 신화적이고 상징적인 세계를 빌려 예술가로서의 자아의 내적 고뇌와 갈등을 노래했다. 후기인 『신시집』부터는 모더니즘적인 표현과 암시는 여전하지만 보다 간결해진 형태를 추구하면서 실존의 공허함을 드러내고 현대 사회의 부패상을 비판하는 모습을 보여 주었다. 시기적인 변화를 보면 파편적인 이미지들을 혼란스럽게 병치하던 장시 경향에서 대체로 연작시 경향으로 바뀌어 가기도 했다. 그의 시 세계를 종합하자면 무인의 길과 문인의 길을 함께 걸었던 초기 시집에서 그는 전쟁의 상흔과 전후 폐허 속에서 느끼는 불안을 누구보다 적극적으로 다루었고, 이중적인 위치에서 오는 내면의 예술가로서의 갈등을 고뇌하는 언어로 드러내는 시기를 거쳐 예술적 완성과 자기 구원에 이르는 도정을 보여 주었다고 할 수 있다.

김종문의 시편들을 읽어 보면 이국적이거나 신화적인 소재, 과학이나 수학의 용어와 현대적인 사물들이 혼재되어 난해하다는 인상을 주기도 한다. 그러나 주지적인 모더니즘의 시작 태도와 더불어 실존적 자아에 대한 성찰을 담지하고 있음을 볼 수 있다. 왜냐하면 그의 시에는 강인한 정신력과 지성으로 전쟁의 비극과 폐허를 직시하고 극복해 나가려 하는 한편, 그 내부에서 예술가적인 감성과 심안으로 불안을 투시하려는 자아의 분열된 양상과 고뇌가 드러나기 때문이다. 현대적 불안에 대한 직정적인 토로를 하면서도 이국적이고 난해한 모더니즘적인 구상과 표현으로 가득한 김종문의 시는 당대 문단을 양분하던 서정주 등의 생명파에도 속하지도 않고, 김춘수 등의 모더니즘에도 속하지 않는 어중간한 평가를 받게 했다. 그런 그의 시를 두고 김현은 김종삼이나 김춘수 등의 1950~1960년대 언어파의 암시적인 언어에 비해 본다면 직선적이고 기계적인 면이 없지 않고 "감정의 무게를 언어가 감당하지 못하고 무더기로 흘러"나오는 인상을 받는다고 평가했다.[1] 그 후 김종문에 대한 시사적 평가는 1950년대의 전쟁시로서 시집 『벽』이나[2] 1960년대에 나온 장시 「서울」에 대해 일부 언급되었다가,[3] 오윤정에 의해 전체적인 시인론과 연보에 대한 연구가 제출되었다.[4]

　김종문은 T. S. 엘리엇과 같은 주지주의의 시작법을 빌려 전쟁과 현대성으로 빚어진 불안을 다루면서 모더니스트의 태도를 가지고 세계를 투시하고자 했다. 그는 초기 시집부터 일관되게 자아와 세계의 불화와 분리를

---

1)　김현, 「암시의 미학이 갖는 문제점 ― 언어파의 시학에 관해서」, 『현대 한국 문학 전집』 18(신구문화사, 1981), 451쪽.
2)　이동순, 「한국 전쟁기의 순문예지 신문학 연구」, 『현대 문학 이론 연구』(2010); 한경희, 「종군시에 나타난 국가주의의 시선 ― 김종문 『벽』을 중심으로」, 《국어국문학》 139, 국어국문학회, 2005; 민두식, 「1950년대 김종문 전쟁시 연구」, 경남대 교육대학원 석사 학위 논문, 2017.
3)　여지선, 「한국 장시와 역사적 상상력의 다층성」, 《우리말글》 53, 2011.
4)　오윤정, 「이미지의 조형성과 공간의 시학 ― 김종문론」, 김학동 외, 『한국 전후 문제 시인 연구』 3(예림기획, 2005).

의식하면서 예술가로서의 자의식을 다양한 상징과 신화적 소재, 비유를 통해 드러내면서, 그러한 예술가의 시선으로 바라본 현대의 파편적인 풍경을 지성의 조형술로 빚어냈다. 이 글에서는 김종문의 예술가로서의 내면 풍경과 모더니즘 장시의 실험성에 대해 살펴봄으로써 기존 시문학 연구에서 조명 받지 못한 김종문의 시 세계를 다채롭게 열어 보고자 한다.

2 전쟁의 흔적과 불안에 대한 현대의 감각

김종문의 첫 시집 『벽』(문헌사, 1952)은 흔히 종군 체험의 기록으로 일컬어진다. 그런데 이 시집의 앞부분은 전쟁의 참상이나 비극을 직설적이거나 사실적으로 말하기보다는 그 흔적과 폐허를 바라보면서, 작지만 포기하지 않는 희망의 암시를 보여 준다. 대표적으로 이 시집의 표제시인 「벽」을 보자.

폐허 길에
타다 남은 두터운 집

거물고
습기에 젖은 주막 방 안
공기를 짖듯
착종(錯綜)된 혼성(混聲)

탄흔 자욱히 난
싸늘한 벽

구멍 하나 뚫린
동그란 볕

동그란 하늘빛과

호흡이 가닿는 곳
폐허를 뚫아 가야 할
머언 길

—「벽」

위의 시에서 화자는 전쟁으로 폐허가 된 주막집을 훑어보다가, "탄흔 자욱히 난" 벽에 뚫린 구멍으로 "동그란 별/ 동그란 하늘빛"을 바라본다. 별과 하늘빛은 지상과 세속에 대비되어 천상과 초월적인 세계에 있는 상징적인 표상이라 할 수 있다. 전쟁으로 시달리고 위태로웠던 목숨을 가다듬어 이 절망의 "폐허를 뚫아 가야 할" 것을 화자는 다짐하고 있다. 전쟁의 흔적인 벽의 동그란 구멍으로 저 먼 이상적 초월적 존재를 바라보며 그 지향의 마음으로 고난의 현실을 추슬러 나가고 의지를 북돋아 나가겠다는 태도를 볼 수 있다. 이러한 별빛에 대한 동경은 "별빛은 사랑의 연소인 양/ 품겨 오니// 내 맘 속엔 언제나/ 푸른 별의 세계 깃들어/ 별빛은 흐른다"(「별」)에서도 볼 수 있는 것처럼, 시인의 내면에 낭만적이고 이상적인 정서가 바탕에 깔려 있는 것이다. 그렇기 때문에 시인은 폐허가 된 서울에서도 "푸른 하늘가에 날으는 뮤-즈의 여신들을 찾아/ 높이 솟아라"라고 외치고, 폐허 위에 움이 터 "싹 돋"는 희망을 노래하려 했다.(「움은 터」)

제1시집 『벽』의 처음에 우리는 낭만적인 시인의 모습과 목소리를 마주하게 되지만, 이어진 2부와 3부에서는 보다 구체적으로 전쟁과 관련된 묘사와 발화들을 볼 수 있다. 이북의 공산당이 '녹초가 되어' 사라지면 바랄게 없다는 월남민 화자의 토로(「이북엘 가문」), 지리산 화엄사가 임진왜란부터 여순 반란을 겪고 중수한 뒤 다시 빨치산의 난변을 겪은 것을 노승의 입을 통해 한탄하기도 하며(「어떤 노승의 노래」), 아직 가시지 않은 전쟁의 기억으로 휴전의 긴장감이 도는 판문점을 그려 내기도 했다.(「판문점」)

전쟁 체험이 두드러진 것은 3부로 "자유 수호의 성좌 위에서" 진격하는 어린 전투병의 용맹함을 "행복된 소년/ 영원한 다뷔드"에 빗대어 찬양하기도 하며,(「다비드상」) "뇌 속에 탄환이 백힌" 17세 소년병을 인도주의적인 모습으로 치료해 내는 이국의 의무 장교의 말을 통해 "나의 소년이어 기억하라/ 그대는 영원히 죽지 않는다는" 격려와 위안을 전한다.(「소년의 크로쏘」) 시 「네게」에는 상이군인을 청자로 하여 '너'의 "상이기장"은 "푸른 별빛"처럼 찬란하고, "행상보자기"는 "강행군처럼" 미덥고, "판자집"은 "참호 속처럼" 정다웁다는 말을 건넨다.

눈길을 끄는 시는 맥아더의 인천 상륙 작전을 소재로 하여 해전의 광경을 그려 낸 「하나의 신화」이다. 2부로 이루어진 이 장시는 하늘과 바다를 "분간할 수 없는 카오스"와 같던 어두운 새벽의 바다에 전함들이 "하늘의 샛별들"이 제 위치를 찾듯 배치된 광경, 미조리함 위의 맥아더 장군과 그의 막료들을 중심으로 상륙 작전이 실행되는 상황을 그려 낸다. 시인은 "기적은 찾으리라 신이어 가람하소사"라는 기원을 드리며 이 신화적인 장면을 뮤즈의 힘을 빌려 읊었던 음유시인처럼 현재 시제로 말한다. 월미도 폭격과 상륙 작전의 모습을 그리는 「하나의 신화」는 맥아더의 파이프를 초점화시켜 전투의 정황들과 교차 편집하며 열거하고, 마지막으로 카오스 같던 "하늘과 바다는 갈라진 듯" 멀리 수평선이 다가오는 것으로 마무리 되면서 새벽에서 아침까지 시간적 질서를 따라 시가 전개된다.

『벽』에는 부상병, 상이군인, 전투 현장 등 여러 면모를 다룬 전쟁시가 나오지만, 현실을 구체적으로 묘사하기보다는 낭만적인 표상으로 비유하고 있다는 점에서, 시인이 몸담고 있었던 군인으로서의 사명과 책무가 우선적인 가치로 놓여 있었음을 유추해 볼 수 있다. 이러한 시들에서 전후 현실의 핍진한 모습은 이상적이거나 신화적인 세계로 치환된다.

제2시집 『불안한 토요일』(백조사, 1953)에서 김종문은 본격적으로 모더니즘적인 형태의 장시로 전쟁의 참상과 비극을 노래한다. 각 장이 100행 이상의 3장으로 된 이 시집은 모더니즘 장시의 특징적인 면모들을 보여 준다. 모더니즘 계열의 장시들을 '전위적 장시'로 명명한 박현수는 서정적 장시와 본질적으로 다르게 모더니즘 장시는 "통일성 및 완결성에 대한 거부, 불연속적 이미지의 사용, 언어 해체적 경향"을 지닌다고 정리한 바 있다.[5] 『불안한 토요일』의 각 장과 연은 시상이 불연속적이고 비약적으로 전개되며, 이미지들이 파편적으로 나열된다. 그러면서도 전체적인 구성은 신화적 발상과 소재를 중심으로 모여들어 인간의 불완전한 문명이 가져온 파국과 몰락을 그려 내려는 의도 아래 짜여 있음을 볼 수 있다. 시인은 이 시집의 후기에서 1950년대에 야기된 전쟁을 겪으면서 불안한 세계사의 운명에 공감하게 되었고 "우리는 이미 현대의 '열쇠'를 이양 받고 있다."라고 말한다. 우리가 맞이한 1950년대는 "불안한 현대가 집약된 '렌즈'"이며, 그러면서 "불안한 광속도가 방사되는 연속선의 착란" 속에서 "인간 정신의 영원한 광채"를 발견해야 한다고 말한다. 김종문은 이러한 불안을 감각화하는 방법으로 "불연속의 연속을 지속하고 있다는 지각"을 찾아냈다. 파편적이고 우연적인 경험을 이미지적으로 나열하는 것이 불연속적이고 불안한 세계를 비추는 것이라면, 그 안에서 연속의 감각을 회복하려 하고 인간 정신을 구현하려 한 것이었다.

이 시집의 처음은 전쟁의 불안을 포착한 전후 모더니즘의 대표적인 수사라 할 수 있는 다음과 같은 구절로 시작한다.

남쪽으로
나자빠진
천국에의 나선 계단
〈텅스텐〉의 촉매 작용을 이루었다.

경사진 과수원 사이를 뚫고

---

5) 박현수, 「현대 장시의 본질과 범주에 대한 재고찰」, 『한국 현대 문학 연구』 52(한국현대문학회, 2017), 421쪽.

그 아래 도시

그 너머 바다로 티인 길은……

불안한 토요일과 함께

수없는 사람들의 행렬

한곳으로 흘러갔다.

나도 수움을 이어 갔다.

─「불안한 토요일」1부 부분

　"남쪽으로/ 나자빠진/ 천국에의 나선 계단"은 반어적인 표현을 담고 있다. 천국에 오르는 계단임에도 불구하고 '나자빠져' 있다고 부름으로써 그 가치의 전락을 암시하고 있으며, '텅스텐'이라는 무기를 만드는 자원과 그 촉매 작용을 이룬다는 표현을 통해 전쟁과의 관련성을 드러내고 있다. 천국과 전쟁의 모순, 그 반어적 결합은 이 시의 제목처럼 '불안'한 현대적 상황, 한국 전쟁을 겪은 남한의 혼란을 내포하고 있다고 할 수 있다. 과수원 사이로 이어진 도시와 그 너머 바다로 트인 길이 공간적인 배경으로 등장하는데, 이 "불안한 토요일과 함께" 수많은 사람들의 행렬이 흘러갔다. 이 행렬은 아마도 전쟁으로 인한 피난민의 행렬일 것이며, 이 속에서 화자도 목숨을 부지해 간다.

　천국이라는 어휘에서 연상할 수 있듯이 신이 세상을 창조한 후 안식을 기리는 것이 일요일이라면, 천지 창조 후 마지막으로 사람을 창조한 것이 여섯째 날인 토요일이다. 그러므로 '불안한 토요일'은 지상의 인간과 관련된 불안과 불행을 의미한다. 그것을 시인은 전쟁의 참상을 보여 주는 유아의 부패한 시체, 피난 행렬 등을 열거하고, 이어서 전쟁, 평화, 휴전과 관련된 파편적이고 불연속적인 이미지의 병치와 대화를 붙이고 있다.

평화
평화

〈평화〉는
50년대의 시간에 부조된 대문자
수없는 얼굴은 하나 또 하나
뒤이어 감염되어 가는 순간마다……

수없는 소년들의 피로 물든 적색 〈리뽕〉
진공 지대란 걸 모르십니까?
나는 목자가 되려는 것은 아닙니다만
어서 일어서십시오.

우리에겐 적이란 것이 있읍니다.
(중략)
화평조인서는 드디어 철해졌읍니다.

최후의 총성이 내뿜는 초연(硝煙)은
회색비둘기의 공중살포
$4km \times 155Mile = x$
권내
모오든 계곡을 소요하는 날……

진공 지대는 〈에베레스트〉의 기복
목동은 〈아Q〉

―「불안한 토요일」 부분

시인은 1950년대 모더니스트의 시각에서 당대 전후의 불안과 잃어버린 평화를 포착해 내는데, 적과 이루어진 평화 조인과 휴전을 일종의 "진공지대"라고 부른다. "화평조인서"가 철해지고, 마지막 "총성이 내뿜는 초연"이 피어오르며, 휴전선을 의미하는 "4km×155Mile=x"라는 시어가 등장한다. 남북을 단절시키는 그 보이지 않는 장벽을 시인은 에베레스트 산맥의 일어남에 비유하고 있다. 시의 화자는 부패한 육체의 계곡을 "조심히 토파" 가겠다고 말한다. 1부의 마지막은 처음에 등장하는 "천국의 나선 계단"과 "〈텅스텐〉의 촉매 작용"이 다시 등장하며, 가장 마지막 행에는 "불안한 토요일과 함께"가 반복된다. 이 두 연의 사이에 "부서진 앵글들의 착종" 위로 영화 카메라 워크의 줌 인(Zoom in)과 같이 "바다의 함대"가 모여드는 '도시'를 포착하며 마무리한다.

2부는 이어서 도시의 번화한 모습과 더불어 핵을 연상시키는 노과학자와 "$E=MC^2$ 운명의 만핫탄"이 배경처럼 나열된다. 이 장에서는 취한 시인이 독재 정권들에 맞섰던 시인들이나, 자유를 노래한 아라공, 엘뤼아르, 아폴리네르 같은 초현실주의 시인들을 언급한다. 그러자 시인이자 화자를 향해 "집어쳐라 저놈은 이교도다/ 저놈패는 마술사다"라는 야유와 비난이 던져진다. 이 시집의 후기에서 밝힌바 2부 제목을 "시인의 장"으로 붙이고 싶었다고 말한 것을 염두에 둔다면, 이 장은 시인으로서의 입지와 시론의 방향을 밝힌 것이라고 볼 수 있다. 즉 획일적이고 폭압적인 권력과 이데올로기에 포섭되지 않고 시민적 가치와 민주주의를 예술적인 자유를 통해 추구하고자 한 초현실주의나 아방가르드(전위파) 같은 현대 시인의 길을 따르겠다는 것이다. 이들 시인의 미학은 기존 가치에 대한 부정과 전복이었고, 2부를 단독으로 발표할 때 김종문은 이 장의 제목을 저항을 뜻하는 "RESISTENCE"라고 붙였었다.

2부의 마지막에 구조적인 반복이 나타나는데, "남쪽으로 나자빠진 천국의 나선 계단"과 "불안한 토요일과 함께"가 반복되고 두 연 사이에 "바다"가 초점으로 잡힌다. 이어진 3부는 "이방 시인의 장" 또는 "길"이라고 제목을 붙였다고 하는데, 앞서 초점에 잡힌 것처럼 바다가 배경으로 나온다. 그리니치 천문대의 자오선, 에펠탑과 마천루가 흔들리고 피라미드가 전복되는 등 여러 세계의 혼란이 그려지다가 암흑으로 통하는 마지막 계단에서 만난 해골을 통해 돌연 화자에게 사랑의 진정성을 묻는 목소리가 들려온다. 이 목소리는 화자를 아득한 옛날의 동굴과 제단으로 소환하여 "나의 소녀"와 재회하게 한다. 올림푸스 신들의 음료를 마시고 춤과 노래를 즐기며 포옹했던 그 소녀를 찾아 화자는 과수원, 도시, 바다를 편력하지만 끝내 소녀는 돌아오지 않았다는 것이다. 이제 시적 화자는 "불안한 토요일이 침전한" 해변이자 "망각의 지점"에서 "이방시인(異邦詩人)"이라는 질시를 받고 쫓긴다. "깊어 가는 불안한 토요일 밤" 안식할 곳 없는 화자의 깊은 토로와 어느 먼 주점에서 화자를 대변하는 듯한 "술 취한 청년의 노기 찬 노래"가 나온다. 그리고 3부의 마지막은 다음과 같이 마무리된다.

> 나는
> 불안한 토요일을 한 아름 안고
> 다시금 토파 가야만 한다.
>
> 남북으로
> 기일게
> 늘어 자빠진
> 지옥에의 나선 계단
> 〈텅스텐〉의 촉매 작용(觸媒作用)을 이루었다.
>
> —「불안한 토요일」 부분

청년이며 "이방 시인"으로 표상된 시적 화자는 "불안한 토요일"이라고 표상된 현 상황을 감내하며 "토파 가야"만 한다고 스스로에게 다짐하고 있다. 이 시에서 인류의 문명이라고 하는 것들도 무너지고, 어떤 위험이 닥칠지 예측할 수 없는 세계는, 화자가 안식을 취할 곳도 없고 불화를 이루고 있는 세계로 인식되고 있다. '톺다'라는 말의 뜻이 가슴에 있는 것을 뱉기 위해 기침을 하거나 숨을 속에서부터 끌어올리는 것처럼, 화자는 이 불안한 세계에서도 자신을 포기하지 않겠다는 다짐을 한다.

1부에서 3부를 전체적으로 살펴보면 각 부를 마무리하는 3개의 연에 반복되는 표현이 나타나는데, '텅스텐'의 촉매 작용을 이루는 남쪽으로 향한 계단이 '남쪽으로' 나 있었다가 "남북으로 길게 늘어"지는 형상으로 바뀌고, "천국"을 향했던 나선 계단은 "지옥"에의 계단으로 바뀐다. 그리고 과수원에서 도시, 그리고 바다로 공간이 이동해 간다. '나선 계단'이라는 것은 현대 문명이 결국은 천국이 아닌 지옥에 이르는 파국에 도달해 가는 과정임을 내포하고 있는 상징이라고 할 수 있다. 이러한 상징적인 어구와 구절이 반복됨으로써 세 개의 부에 구조적인 반복과 통일성을 준다. 그러나 3부가 내용 면에서 어떤 유기적인 연결이나 서사적 발전, 사건이나 소재의 공통점을 찾기 어렵다. 1부는 전쟁으로 인한 황폐화된 상황과 현대 문명의 불안을 노래했다면, 2부와 3부는 보다 몽환적이며 '시인'이기도 한 화자를 서서히 드러낸다. 이 시는 엘리엇의 「J. 알프레드 프루프록의 연가」처럼 프루프록의 불안을 통해 절망적인 현대 사회를 드러내고, 자기를 상실한 현대인들의 실존 회복에 대한 모색을 보여 주고자 했다고 할 수 있다. 불안이란 실존론적 의미에서 세계를 이해하고 자신의 존재를 깨닫게 되는 기분이라고 할 수 있다.

김종문의 「불안한 토요일」은 모더니즘적 장시라는 형식에 '의식의 흐름'을 따르는 듯한 불연속적이고 파편적인 이미지와 실존론적 불안의 기분을 다루었다는 점에서 전후 모더니즘 장시의 계보에 속한다고 할 것이다. 이후 김종문의 탐색은 실존적 내면 탐구의 경향으로 기울어지고, 문명 비판에 가까운 모더니즘 장시는 1967년의 『서울』에 다시 나타난다.

3 예술가의 내면, 파르나스

실존론적 불안에 대한 기분을 탐색하던 김종문은 예술가로서의 자신에 대한 탐구를 심화시켜 가는데, 제3시집인 『시사 시대』(보문각, 1955)에서는 『불안한 토요일』의 3부를 연상시키는 1인칭 주인공이자 화자인 '나'를 등장시켜 출생으로부터 장년에 이르는 시기를 다루고 있다. 전체 15장으로 구성된 장시 형식의 이 시집은 화자가 동경하던 예술과 사랑을 잃고 방황하는 모습을 그려 내고 있다. '의식의 흐름'을 따라갔던 『불안한 토요일』의 혼란스럽고 난해한 이미지들보다는 한결 서사적인 흐름 속에서 불연속적이긴 하지만 상징적인 이미지들을 사용하고 있다.

이 시의 화자인 '나'는 모체로부터 수술을 통해 태어났고, 음악회를 즐기는 집안에서 풍요롭게 자라났다. 그의 행복한 유년은 화자가 포플러 나무에서 피리를 불면 새들과 염소들을 호응하는 모습에서 엿볼 수 있다. 그러나 카나리아의 노래를 사랑해 붙잡아 조롱에 가두었지만 노래 부르지 않던 새는 도망치고, 그 새를 쫓아 헤매며 '나'는 가시덤불의 고난을 겪는다. "푸른 꿈 그리워" 연을 만들어 띄웠지만 연도 끊어져 떠나가 버리고, '나'는 카나리아의 노래와 연을 뒤따라 헤맨다. 5장부터 20대 시절이 시작되는데, 이때를 두고 화자는 "파르나스 산 위의 실연"을 맞았다고 한다. 이 시집 전체에서 "파르나스 산"(파르나소스산, Parnassos)은 그리스 신화에서 아폴로와 뮤즈들이 사는 곳인 것처럼 음악과 예술을 동경하는 화자의 왕국을 상징한다. 그곳에서 화자는 "차갑고 아름다운 눈동자"의 여인 '국(菊)이'의 위로를 받는다. "몽유병자의 연대(年代)"같이 "파르나스"의 산속을 헤매던 '나'에게 예지로운 목소리를 들려주던 그곳의 "무단 입적자였던" 국이는 나에게서 이단의 허무주의(니힐, nihil)을 느끼고 떠나가고, 나는 "하이얀 꿈을 실고" 국이를 찾아 도시로 내려가면서 6장이 끝난다. 이어진 7장에서 그렇게 도시에 갔던 화자는 혼란스러운 도시에서 영화배우처럼 액션을 하다가 죽은 카나리아와 부서진 연, 빌딩 옥상에서 투신하는 국이의 장면을 보게 된다. 하얀 꿈이 깨져 버린 채 "파르나스 산"으로 돌아온 화자는 짐승들 보기도 부끄러워하며 자탄과 자학에 괴로워 하다가 그곳도 자신의 휴식처가 아니라고 자각하며 산을 다시 내려간다.(8장) 도시의 혼란과 방탕 속에 방황하기도 하는 30대를 보낸 시적 화자의 모습이 9장부터 13장까지 이어지다가, 14장과 15장은 이제 자신으로 침잠하는 모습을 자기 자신을 바라보는 시선을 통해 보여 준다. 카나리아도 연도 국이도 돌아오지 않는 속에서 오직 푸른 하늘과 지평선만이 화자를 감싸 준다. 이 자연의 품을 느끼며 모든 것이 떠나가는 가을의 계절에 화자는 '휴식'을 갈구한다.

> 봄이 오면/ 나와 내가 아닌 나도 아닌/ 또 하나의 내가/ 모름지기 새로운 의상을 걸치고/ 역사의 어느 지점엔가 위치할 나의 무태(舞台) 우에서/ 역사의 어느 길을 더듬어 온 나의 관중을 만나/ 유전이 가라치신 바 그대로 사지를 버둥칠 것이다// 그날까지 나에겐 휴식이 필요하다
>
> ―『시사 시대』부분

위의 시에서 보듯 "나와 내가 아닌 나도 아닌/ 또 하나의 내가" 분리되어 있다. 이 두 자아가 분리된 것은 "역사의 어느 지점"에 자신의 무대가 있고 자신의 관중이 있기 때문이다. 그 분리 과정에서 겪은 혼돈과 내면의 갈등을 시인은 "파르나스 산"으로 비유된 신화적 공간을 통해 들려 주었던 것이다.

『시사 시대』는 인류나 민족의 역사가 아닌 시인 자신의 예술과 시에 대한 동경과 환멸, 그 상실과 기다림에 대한 고백을 밝힌 개인적인 서사시라고 할 것이다. 이 시집의 후기에서 김종문 시인은 자신은 "살기 위해서" 시를 쓴다고 밝히며 현대에 살고 있는 인간은 "불안의 시대의식"을 갖지 않을 수 없다고 말하며, 사고는 이러한 현대의 현실적인 문제를 대상으로 대결하고 있는 것이라고 말한다. 현대시의 비극은 서정과 사고가 분리되었다고 인식되면서부터 시작되었다고 말하고, 서정이 사고를 방해해서

는 안 되고, 사고는 "서정의 인습성과 언어의 진부성과 부족성"을 타개하는 방향으로 가야 한다고 역설한다. 서정으로서 '노래하는 시'를 전제로 해서 '생각하는 시', '비평하는 시', 즉 "사고의 행동을 긍정"하게 되면 서정과 사고는 절교된 것이 아니고, 서정으로 표면을 이루고 내부에서 사고의 이미지가 조형성을 이루어 가는 시가 될 수 있다고 본다. 그것이 서정의 성질에 일종의 변형(variation)을 일으키고 있어야 한다고 밝힌다. 이러한 후기는 그가 「시사 시대」의 시를 단순한 서정시로 보기보다는 현대적인 문제에 대한 변형된 사고를 표출하는 방식으로 구상했음을 짐작하게 한다.

서정성과 사고의 균형과 사고에 의한 서정의 변형을 추구하면서, 서정시와 모더니즘의 중간적인 위치에서 주지적인 성격을 가진 짧아진 연작시들이 창작되기 시작한 것이 제4 시집인 『인간 조형(人間造型)』(보문각, 1958)부터이다. 이 시집에는 총 24편의 시편들이 수록되어 있고, 「인간 조형」과 「파이프」가 연작시로 수록되어 있다. "인간이 죽어 간 폐허 위에" 집을 짓고 정원을 가꾸며 "행복하다는 생각을 생각"하는 화자를 통해 근원적인 삶의 허무를 느끼면서도 실존의 조건을 수락하고 감내하는 모습(「샤보뎅」)이 시집 전체에 드리워져 있다. 그외 유학 시절 경험을 다룬 시(「아테네 프랑세」)와 5장으로 구성된 장시(「나의 부호를 위한 시론」), 시적 자아를 담배 파이프에 투사한 시편들을 통해 시인이 예술가적 태도로 자신을 관조하는 모습을 볼 수 있다. 시에서 화자는 "나의 내부를 보살피고 또 하나는 눈뜬 채 나의 외부를 두루 살핀다"(「파이프 4」)라고 하며, 자신의 삶을 "아스팔트의 길", "쇼윈도우의 중간 지대에서 팔고, 팔리우며" 살아온 삶이라고 말한다. 파이프의 형태처럼 "나의 외부가 나를 가두어 버린 내부"를 가진 그곳은 사화산(死火山)이라고 비유하기도 하고, "나의 내부가 나를 가두어 버린 외부는 무엇과 맞서고 있는가"(「나의 부호를 위한 시론」)라고 시인은 반문하기도 한다. '자아 분열'은 보통 무의식의 세계에서 억압된 근원적인 충동을 간직한 잠재적인 의식과 윤리와 도덕의 질서로부터 배제된 충동의 갈등하는 모습으로 나타난다. 그러나 김종문의 '파이프'에 드러나는 이중의 자아는 어떤 파괴적인 에너지나 충동은 거세되어 있는 듯하다. 마치 카메라에서 초점이나 빛 때문에 하나의 필름에 동시에 두 사물이 포착되는 '이중 노출'처럼 두 자아가 드러나는 정도라고 할 수 있다.

제4시집인 『신시집(新詩集)』(계명문화사, 1965)은 1958년에서 1965년 동안 쓴 31편의 시를 모았는데, 시집의 제목을 '신시집'이라고 한 것은 앞선 시집의 「파이프」 같은 연작시를 통해 새로운 주지적 서정시에 대한 창작 방향을 새롭게 정립했기 때문으로 보인다. 김종문은 후기인 「『신시집』에 부치는 각서」에서 시를 단순히 언어의 예술로 보며 시인을 언어를 순화하는 자나 언어 유희로만 보는 것에 반대하여, 시인은 "우연을 통해서 어떤 실재와의 새로운 관계를 추구한다."라고 말하고, "직감적 상상"에 의해 시의 소재와 주제를 얻으며 지성적이고 분석적인 비평의 논리를 가지고 주제로 집약되어야 한다고 강조한다. 비평을 동반하지 않는 시는 실재를 추구하는 능동성이 결핍된 시로 현대의 시가 되지 못한다고 말한다. 그러기 위해서 현대의 시인은 외부의 세계로부터 내부의 세계에 침몰하여 기억과 망각이 뭉친 해저와 같은 내부 세계의 참가자가 되어야 한다고 말한다. 그의 시론에서 지성과 정서의 관계는 꾸준히 언급되는데, 이 글에서는 지성은 시인의 감성을 제거하며 "사상은 그의 정서를 지양한다."라며 '이미지'를 강조한다. 심리 상태를 전적으로 표현하는 것은 불완전하기 때문에 은유의 방법을 통해 '이미지'로 전이시켜야 한다는 것이다. 내부의 감성과 정서만을 다루는 것이 아니라 현대의 시인은 외부의 세계에 나타나 있는 상태를 분석하고 실재를 추구하여 지성과 사상을 작동시키기 때문이다. 김종문은 이 지성과 사상을 시에 환원시켜 '흔적이 사라'지도록 융해시키는 역할을 하는 것이 시의 "이미지"라고 강조한다. 그러나 이러한 시의 원론에 대한 설명과 달리 이 시집에서 그의 시들은 보다 더 추상화되고 설교조와 설명조의 언설이 많아진다. 그리고 시어는 난해한 어휘는 줄고 한결 서정적으로 가라앉은 어조를 갖추고 나타난다. 대표적인 시가 「시를 쓰며」일 것이다.

> 시를 쓰며
> 인간에겐 아무런 목적이 없고
> 왜?라는 원인과 어떻게?라는 방법만이 있다,는 걸 느낀다. 나는
> 사랑의 원인이 되며,
> 미움의 원인이 된다
>
> 비애의 원인이 된다
> 고독의 원인이 된다. 나의
> 원인이되는 모든 건, 중간 스테이션,
> 그 너머
> 어딘지, 잘 모르지만,
> 누군지, 잘 모르지만, 나와는 명주실로 이어져 있다.
> 사랑하다 가슴이 터지는 미움에의, 비애에의, 고독에의
> 과정은 방법
> 방법은 시련,
> 거듭하며, 보다 큰
> 존재의 원인이 된다,는 영광을 누린다.
> 시를 쓰며.
>
> ──「시를 쓰며」

위의 시는 김종문이 탐구해 온 시론을 압축적으로 보여 준다고 할 수 있다. 비가시적인 세계와 물질적인 세계는 단절되어 있으며, 시인은 중간 세계, 중간 공간에 머문다. 시인은 명주실처럼 가느다랗게 이어져 있어 더 큰 존재의 원인이 되는 영광을 누린다. 시를 쓰는 과정과 방법, 즉 시련을 겪으면서도 말이다. 청춘의 방황과 갈등을 겪던 앞선 시집에서 갈구하던

물음들에 대해 김종문 시인이 시인으로서의 존재론적 응답을 스스로 구했음을 볼 수 있는 장면이라고 할 것이다. 시인의 모더니스트로서의 내적 방황과 시적 실험은 『인간 조형』과 『신시집』을 계기로 자기 구원에 이르렀다고 볼 수 있다.

4 모더니즘 장시 「서울」의 문명 비판

시사적 맥락에서 강조했듯이 김종문 시인을 평가한다면 1930년대로부터 이어진 모더니즘 장시 계열에 한자리를 마련해야 할 것인데, 그런 성격을 잘 보여 준 것이 장시 「서울」이다. 김종문, 홍윤숙, 신동엽이 함께 엮은 시집 『장시·시극·서사시』(을유문화사, 1967)는 제목처럼 각각의 시가 해당하는 장르를 밝히고 있다. 김종문의 시 「서울」은 장시, 홍윤숙의 「에덴」은 시극, 신동엽의 「금강」은 서사시라고 부르고 있는 것인데, 이것은 김종문이 자신의 시가 서사시처럼 서사적 사건과 인물의 등장이나 시간적 전개가 없다는 것과 연극화될 수 있는 드라마적 요소가 없다는 것을 충분히 인지하고 있었음을 알려 준다. 이 시집에는 장시 「서울」 외에도 김종문이 베트남전 취재를 위해 베트남에 다녀온 후 쓴 시들도 수록되어 있어, 당대의 시사성을 강하게 반영한 시기임을 볼 수 있다. 「서울」은 전체 4장, 각 4연으로 구성되어 총 16연으로 이루어진 장시이다. 제1시집의 후반부에 수록된 「하나의 신화」, 제2시집 『불안한 토요일』, 제3시집 『시사 시대』, 제4시집 『인간 조형』 중 「나의 부호를 위한 각서」 등이 그 길이의 차이는 있지만 전체적으로 장시 계열이었는데, 제각각 상이한 성격을 지닌 이 시편들과 비교했을 때 「서울」은 현실과 문명에 대한 비판적 성격이 매우 강하게 두드러진다.

김종문의 「서울」을 여러 장시들과 비교하며 다룬 한 논문에서는 이 작품을 벤야민의 미학에 비추어 근대의 상징적 공간이자 문명의 공간인 서울이 "폐허의 공간으로 전락하는 모습"을 파편적인 이미지의 연쇄로 포착하며 근대 의식에 대한 "종말론적 상상력"을 형상화했다고 평가한 바 있다.[6] 대체로 모더니즘 장시들이 갖는 특징이지만, 이 시를 두고 보다 구체적으로 말하면 서울은 난숙해 가는 근대화로 인한 오욕과 부패의 공간으로서 도덕적 윤리적 종말론에서 볼 때 파국을 맞이할 공간이라고 보는 것이 적절할 것이다. 그리고 시인은 이 근대화의 출발에 있어서 '차관 경제'와 서구의 '식민 도시'적 성격을 분명히 직시한다. 이 시는 모더니즘 장시의 성격을 갖고 있기 때문에 소재나 다루고 있는 문제에 대해 현실적인 재현과는 거리를 둔다. 모더니즘적인 실험을 마칠 무렵에 다시 이러한 파편적인 시를 쓰면서, 시인은 마치 술에 취한 듯 언어의 착란을 빌려 말하겠다고 표방한다. 과거가 된 전쟁의 기억들인 "유황 냄새, 지뢰, 탄피"들이 열거되고, 주정하듯 혼란스러운 언설들을 틈타 시인은 "과거에서의 독립 없고, 미래에서의 독립 없는 독립기념일"에 내거는 '민족, 저항, 혁명, 민주주의'라는 말들이 무언가 빈, 명목뿐인 공허하고 실질을 채우지 못하고 있다고 비판한다.

화자가 서울의 거리에서 본 것은 '오독의 영지', 타락으로 멸망한 '소돔과 고모라'이고, 근대화로 부패한 서울의 모습이었다. 호텔에서 '강령과 정관'을 나누는 속물성을 보며, "서반아인의 식민 도시 풍경"이라고 비판하고, '차관 서류'를 꼬집는가 하면, 서구화된 도시의 여러 풍경들을 언급하며 '바벨의 탑'처럼 오만해지고 '근대화의 최첨단' 속에 태고의 형상을 잃고 기쁨, 슬픔, 죽음마저 상실한 근대의 어둠을 본다. 시인은 이 "어둠의 망집"을 두고 "구더기의 진화"라고 신랄하게 비판한다.

마지막 장인 4장은 추악한 서울의 부패를 "쥐새끼들의 사육장", 인구의 두개골에 돋는 구더기의 털들로 묘사한다. "교각마다 독립의 찌꺼기가 전쟁의 누더기를 타고"라는 대목에서 유추해 볼 수 있듯이, 시인은 한국의 현대사에서 일본으로부터의 해방이라는 '독립'이 한국 전쟁을 겪으면서,

---

6) 여지선, 「한국 장시와 역사적 상상력의 다층성」, 《우리말글》 53, 2011, 321쪽.

그 잔재와 피폐함이 잔존하는 상황에서 근대화의 해악 속에 부패가 만연해진 상황을 비판적으로 인식하고 있다. 시인의 현실 비판은 역사에 대한 인식으로부터 비롯하고 있는 것이다.

> 청계천은 서울의 골짜기
> 인간이 인간의 육신 속으로 몰락하며
> 피가 핏줄 속에서
> 거품을 어기는 시간이
> 흐르는 권모(權謀) 속에
> 치욕의 시간이 곁들며,
> (중략)
> 오욕의 유역(流域)을 향해
> 오욕을 뱉아 버리는 회귀에
> 종말은 없고,
> 종말의 단서를 잉태한 임부의 신음
> 소리 없이 흐른다
> 서울의 저변을.
>
> ──「서울」4장 부분

앞서 살펴본 장시들과 마찬가지로 첫 장의 도입 부분이 마지막 장의 마무리 부분에 반복되며 상응하는 것을 볼 수 있는데, 이 시에서 반복되는 것은 "청계천"이다. 그 흐름은 시간을 뜻하기도 하며 세종로에 덮여 있는 "서울의 저변"이기도 하다. 시인은 이를 통해 서울의 역사, 더 나아가 한국 근대화의 역사를 "흐르는 권모 속에/ 치욕의 시간"과 원한을 갚는 시간이 곁들여진 "오욕의 유역"이라고 부른다. 오욕을 향해 오욕을 뱉아내는 "회귀"는 끝이 없고 "종말의 단서를 잉태한 임부"의 신음만이 소리없이 서울의 저변을 흐른다고 말하고 있다. "종말"을 말하고 있지만, 여기에서 종말은 벤야민 등의 비판 미학에서 말하는 근대 문명의 종말이나 역사의 파국과는 다소 거리가 있음을 볼 수 있다. 다시 말해 서울과 한국의 근대화 과정에서 일어난 정치적 권모술수와 역사적인 치욕에 대한 구체적인 비판 의식을 보여 주고 있다는 것이다. 한국 전쟁과 그 상흔, 차관 도입과 굴욕적인 외교, 식민지에 방불한 종속적인 구조, 사회에 만연한 부패와 타락상을 질타하는 지성의 경고였던 것이다. 이러한 점에서, 형태 면에서는 모더니즘 계열의 장시로서 1930년대 김기림과 오장환이나 1950년대 박인환의 계보를 이으면서도 내용 면에서는 1960년대 한국 사회의 현실 비판이라는 구체성을 획득함으로써 시사적인 위치를 획득하고 있다고 할 수 있는 것이다.

5 결론

김종문의 왕성한 문단 활동과 지속적인 창작에 비해 본다면, 그의 시 세계에 대한 문학사적 조명과 연구는 소홀하다 여겨질 만큼 거의 이루어지지 않고 있다. 전후 시인으로서 그가 보여 준 현대 문명의 불안과 허무에 대한 토로와 형상화는 현대성에 대한 시적 대응이라는 점에서 재조명될 필요가 있다. 본고에서는 그가 전후 현대사의 비극과 더불어 세계적 동시성으로서 겪은 현대의 불안을 투시하며 한국 모더니즘 장시의 계보를 잇고 있음을 살펴보았다. 그의 모더니스트로서의 자의식은 언어적 기교와 실험을 넘어 현대 문명으로 인한 불안과 실존의 위기의식을 포착하려는 고뇌로 나타났다. 사고와 서정의 간극을 벌리며 그 상처를 드러냄으로써 현대성의 불안을 투사하려 한 그의 시어들은 때로는 지나치게 난해하고 혼란스러웠지만 그 자체로 전후의 붕괴된 질서와 불안한 현대 문명에 대한 증언이 될 것이다.

참고 문헌

김종문, 『벽』, 문헌사, 1952

_____, 『불안한 토요일』, 백조사, 1953 (재판, 보문각, 1955)

_____, 『시사 시대』, 보문각, 1955

_____, 『인간 조형』, 보문각, 1958

_____, 『신시집』, 계명문화사, 1965

_____ 외, 『장시·시극·서사시』, 을유문화사, 1967

_____, 『강신제』, 마음의 샘터사, 1977

권영민, 『한국 현대 문인 대사전』 상, 아세아문화사, 1991

김준오, 「순수 참여와 다극화 시대」, 김윤식 외, 『한국 현대 문학사』, 현대문학, 1998

민두식, 「1950년대 김종문 전쟁시 연구」, 경남대 교육대학원 석사 학위 논문, 2017

박태일, 「한국 전쟁기 정훈 문학 연구」, 한국연구재단 연구 성과물, 2011

박현수, 「현대 장시의 본질과 범주에 대한 재고찰」, 《한국 현대 문학 연구》 52, 한국현대문학회, 2017

여지선, 「한국 장시와 역사적 상상력의 다층성」, 《우리말글》 53, 2011

오윤정, 「이미지의 조형성과 공간의 시학 — 김종문론」, 김학동 외, 『한국 전후 문제 시인 연구 3』, 예림기획, 2005

이동순, 「한국 전쟁기의 순문예지 신문학 연구」, 『현대 문학 이론 연구』, 2010

한경희, 「종군시에 나타난 국가주의의 시선 — 김종문 「벽」을 중심으로」, 《국어국문학》 139, 국어국문학회, 2005

제2주제에 관한 토론문

전병준 / 인천대 교수

곽명숙 선생님의 발표문은 불안과 모더니즘이라는 키워드로 김종문의 시를 꼼꼼히 살핀 글입니다. 왕성하게, 또 지속적으로 문학 활동을 한 이력과는 달리 문학사적 조명과 연구가 소홀한 김종문의 시적 성과를 본격적으로 다루어 앞으로 이 분야 연구에 초석이 되리라 생각됩니다. 전쟁과 그 이후의 참혹과 혼돈을 현장에서 겪으면서도 새로운 희망을 찾아가는 김종문의 시적 여정은 그 자체로도 하나의 드라마이지만 그 전체를 한눈에 비평적으로 조감할 수 있게 해 준 선생님의 분석과 해석 덕분에 김종문은 한국 현대시 연구에서 중요한 시인으로 자리매김될 수 있지 않을까 생각하게 됩니다. 선생님의 발표를 통해 김종문의 시를 새로이 공부할 수 있게 되어 반가운 마음입니다. 이 분야에 대해 공부한 것이 많지 않아 송구스럽습니다만 몇 가지 질문을 드리는 것으로 토론자의 소임에 갈음하고자 합니다.

1 김종문의 생애와 시를 연관시켜 읽다 보면 프랑스 문학과 관계가 눈에 띕니다. 발표문에서도 이러한 이력에 대한 간략한 언급이 있는데 이에

대한 궁금함이 생깁니다. 전쟁이라는 비극을 겪고 또 견디며 김종문이 폐허 속에서도 새로운 희망을 노래할 수 있었던 데에는 김종문 본인이 젊은 시절 접했던 프랑스 문학을 위시하여 유럽의 문학, 혹은 지성과의 관련도 있지 않을까 하는 것입니다. 특히 김종문이 일본에서 '아테네 프랑세'를 졸업했고, 또 전역 후 프랑스 문학을 전공하여 이후 육사 교수와 대학 강사를 지냈다는 선생님의 말씀을 듣다 보면 이러한 궁금증이 더 커집니다. 물론 한 명의 시인 혹은 문학인이 탄생하는 데 무수히 많은 독서와 지적 편력이 작용하겠지만 김종문의 경우는 프랑스 문학과 문화에 대한 관심이 그를 시인으로 탄생하고 성장케 하는 데 적지 않은 영향을 끼치지 않았을까 하는 물음을 가지게 됩니다. 특히 프랑스에서 비롯한 전후 문학이나 참여 문학 같은 것이 한국 문단에 끼친 영향이 지대했으니 이러한 자장 안에서 김종문도 시작을 이어 갔던 것은 아닐까 하는 생각도 하게 됩니다.

2 김종문이 한국 현대시사에서 지니는 위치나 의미는 어떤 것일까요. 김종문이 한국 현대시사에서 전쟁시 혹은 전후시와 관련해서 논의될 수밖에 없다고 하셨는데 전쟁의 참상과 전후의 폐허를 시적 소재로 삼은 다른 시인들과 함께 살펴보면 김종문이 지니는 독특한 위치는 어떤 것일지 선생님의 말씀을 청해 듣고 싶습니다.

3 선생님께서는 김종문의 시에서 핵심적인 시어로 '불안'을 드셨습니다. 김종문의 두 번째 시집이 『불안한 토요일』이기도 하지만 그가 전쟁의 비극을 겪은 사람으로서 불안이라는 상황에서 벗어날 수 없기 때문이기도 해서 불안이라는 키워드로 살피신 것이 아닌가 생각됩니다. 선생님 말씀처럼 "불안이란 실존론적 의미에서 세계를 이해하고 자신의 존재를 깨닫게 되는 기분"일 텐데 김종문은 불안이라는 근본 기분(Grundstimmung)을 어떻게 극복할 수 있다고 생각했을까요. 시에 표현된 대로 "뚫아 가겠

다"는 다짐으로 불안의 상황을 과연 극복할 수 있었을까요. 어떤 의미에서는 이러한 다짐이 실제 전후의 상황과는 다소 거리가 있는, 관념적이고 추상적인 해결책이라는 생각도 듭니다. 선생님이 비중 있게 인용하신, 김종문의 표현을 따르자면, 천국을 향했던 나선 계단이 지옥으로 그 방향이 바뀌는 것은 희망과 구원에 대한 생각보다는 절망과 파국에 대한 생각이 더 강해서 그런 것이 아닐까 싶기도 합니다. 이러한 절망적 상황에서 과연 미래에 대한 회망이 가능하리라 생각되지는 않았을 것 같기 때문입니다. 희망이란 희망을 주는 것이 아니라 절망으로도 만족하지 못하게 하는 것이라고 누군가는 말했다지만, 또 절망 속에서야 의미를 지니는 것이 희망이겠지만 그럼에도 그 희망의 원리에 대한 물음을 좀 더 던져야 그에 대한 답을 구할 수 있지 않았을까 하는 생각이 듭니다.

이러한 물음은 네 번째 시집인 『신시집』에 대한 선생님의 분석과 해석을 접하게 되면 좀 더 커집니다. 물론 이 시집이 시보다는 오히려 시에 대한 생각을 밝힌 「『신시집』에 부치는 각서」라는 글 때문에 중요하게 받아들여질 수도 있겠지만 그가 시적으로 도달한 결론이 "중간 스테이션"에 불과하다고 한다면 아쉬움이 남습니다. 선생님께서는 이러한 시적 답변이 "청춘의 방황과 갈등을 겪던 앞선 시집에서 갈구하던 물음들에 김종문 시인이 시인으로서의 존재론적 응답을 구했음을 볼 수 있는 장면"이라 하셨지만 오히려 어떤 면에서는 기계적인 중립, 혹은 관념적이고 공허한 답변과 같이 여겨지기도 합니다.

아울러 김종문의 시에 대한 생각과 실제 그가 쓴 시 사이의 어떤 격차도 존재하는 것 같습니다. 시가 단순히 정서만을 담을 것이 아니라 지성과 사상을 담기도 해야 한다는 그의 문학론은 상당히 설득력 있습니다. 어떤 면에서는 한국 현대시사에서 감성과 지성을 결합하여 "전체시론"을 주장했던 김기림 시인의 문학적 작업과도 관련지어 생각할 수도 있지 않을까 하는 생각이 들기도 합니다. 그러나 김종문의 시적 성과는 선생님 표현대로 "추상화되고 설교조와 설명조의 언설"이 많은 것 같습니다. 이러한 시와 시론의 격차가 발생한 원인을 어디에서 찾을 수 있을까요. 추상적이고 관념적 사고에 몰두하고 그 구체적 방법에 대해서는 조금은 소홀한 데서 원인을 찾아야 할까요. 아니면 시적 성숙과 완성에는 차마 다 이르지 못했다고 해야 할까요.

4 모더니즘 장시 「서울」이 지니는 문학사적 의미는 적지 않을 것 같습니다. 한국현대시사에는 잘 찾을 수 없는 장시를 형식적으로 실험하면서 현대 문화, 도시 문명에 대한 응전을 시적으로 시도했다는 점은 중요하게 살펴야 하리라 생각되기 때문입니다. 여기에서도 김기림이 추구했던 모더니즘적 시적 지향과의 연관성을 살필 수 있을지 모르겠습니다. 어떻든 서울이라는 장소가 지니는 의미에 대한 비판적 접근은 논의를 달리해서 살펴도 그 문학적 의미와 의의를 찾기에 충분하지 않을까 생각됩니다. 이러한 관점에서 연구가 진행된다면, 문학의 탄생 장소를 문학 연구의 중요한 방법론으로 삼는 최근의 연구 흐름과 관련해서도 흥미로운 연구 결과를 도출할 수 있으리라는 기대도 하게 됩니다.

그런데 서울이라는 장소를 시적으로 형상화한 김종문의 시에 대한 선생님의 해석에 몇 가지 의문점이 생깁니다. 선생님께서 이 시에서 "서울은 난숙해 가는 근대화로 인한 오욕과 부패의 공간으로서 도덕적 윤리적 종말론에서 볼 때 파국을 맞이할 공간이라고 보는 것이 적절할 것"이라고 하시면서, 그런 까닭에 벤야민 미학과 달리 해석할 필요가 있다고 하셨는데 이에 대해 추가로 설명해 주시면 감사하겠습니다. 벤야민 미학의 핵심 주제 가운데 하나인 종말이 이 시에서 나타나는 종말과 어떤 면에서 다르다고 할 수 있을까요. 벤야민이 말하는 종말과 파국이 문명과 역사에 대한 것이고 이 시에 나타나는 종말은 사회에 만연한 부패와 타락에 대한 경고라고 그 차이를 밝히셨는데 어떤 면에서는 총체적인 것과 부분적인 것으로 살필 수도 있지 않을까요. 과문하여 벤야민 미학 전체에 대해서는 갈피 잡을 수 없지만, 그 대의를 파국의 확인과 구원에 대한 희망으로 새길

수 있을 듯한데, 그렇다면 이러한 벤야민 미학의 대의를 김종문 시와 관련시켜 살필 때 어떤 결론을 얻을 수 있을까요. 어떤 면에서는 김종문 시에서 발견되는 파국과 종말의 상상력을 굳이 벤야민의 미학을 통해서 살필 필요가 없는 것인지도 모르겠습니다. 왜냐하면 선생님 말씀처럼 당대의 사회상에 대한 비판이 핵심이라면 벤야민의 미학을 원용하지 않더라도 해석의 다양성은 충분히 확보될 수도 있으리라 생각되기 때문입니다.

선생님께서는 이 발표를 통해 그동안 잘 연구되지 않던 김종문을 한국 현대시사에서 중요하게 연구할 만한 시인이라고 논증하셨습니다. 선생님의 발표를 통해 김종문이 단지 문학사에 등장하는 한 시인이 아니라 자세히 읽고 공부해야 할 시인으로 등재되지 않았나 싶습니다. 저 또한 한국 현대시를 공부하는 사람으로서 선생님의 논지에 전적으로 동감합니다. 앞으로 읽고 또 공부해야 할 시인이 한 분 더 생겨서 기쁜 마음입니다. 위에서 제기했던 몇 가지 물음은 선생님의 발표로 촉발된 것이기에 저도 앞으로 공부하며 그 답변을 찾아야 할 과제같이 생각됩니다. 김종문뿐만 아니라 한국 현대시사를 공부하는 데 큰 자극과 길잡이가 되어 주셔서 감사합니다.

김종문 생애 연보

1919년(1세)	4월 22일, 평남 평양시 남산리 35번지에서 아버지 김서영(金瑞永)과 어머니 김신애(金信愛) 사이에서 4남 중 장남으로 출생함. 출생지는 김종문이 월남 후 작성한 호적에 기재된 것임.[1] 본관은 안산(安山). 동생들로 시인 종삼(宗三)을 비롯해 종린, 종수가 있음. 부친은 동아일보 평양지국장이었음. 가호적에 나타난 본적지는 서울 성북구 성북동 164-1번지임.
1926년(13세)	평양 광성보통학교를 졸업함.
1936년(18세)	평양 숭문중학을 졸업함.
1938년(20세)	3월, 일본 도쿄 와세다 대학, 부산 제일 고등학원을 수료함.
1942년(24세)	도쿄 아테네 프랑세를 졸업함.[2]

---

1) 김종문 시인의 생애와 작품 연보는 오윤정, 「이미지의 조형성과 공간의 시학 — 김종문론」, 김학동 외, 『한국 전후 문제 시인 연구 3』(예림기획, 2005)에 부기된 시인의 생애 연보와 작품 연보를 저자의 동의를 구해 옮겼다. 오윤정은 월남 후 김종문이 작성한 이북 도민 호적과 군의 인사 기록 카드를 근거로 하여 작성했는데, 기록된 연도들 가운데 일부 정확하지 않은 부분이 있다고 했다. 여기에는 기존 연보에서 날짜가 모호한 부분이나 특정할 수 없는 내용 중에서 일부를 생략하거나 수정하여 옮겨 적는다. 오윤정은 김종문이 황해도 은율에서 태어나 어려서 평양으로 이주한 것으로 보고 있는데, 그 근거로 그의 동생 김종삼 출생지를 황해도 은율이라고 한 점을 들었다. 그렇지만 이 부분은 확정 짓기 어렵고, 김종문과 김종삼 모두 『한국 전후 문제 시집』(신구문화사, 1961)에 실린 약력 소개에서 평남 평양 출생이라고 적은 바 있다. 아울러 기존 작품 연보 중 확인할 수 있었던 오기와 오류 부분은 수정했고, 일부 새로 찾은 내용들을 연보에 추가했다.

2) 학력 사항은 군에 근무할 당시의 인사 기록 카드에 기록된 것을 근거로 했으나 정확한 것을 알 수는 없다. 오윤정은 1938년 9월 '아테네 프랑세'를 수료한 것으로 적었으나 시집 『강신제』에 적힌 약력에는 1942년으로 되어 있다. 다른 학교들을 수료하면서 같은 해에

1944년(26세)	1월, 황해도 은율 출신의 부인 임선녀(이후 임미라(任馬利)로 개명)를 만나 결혼함.
1945년(27세)	해방 후 월남하여 군에 입대, 국방경비대 창군 멤버로 10여 년 동안 군에 몸담음. 통위부 보도과장과 정훈국장을 역임함.
1946년(28세)	3월, 장녀 경숙이 서울 용산구 남영동에서 출생함. 육군 대위로 승급함.
1947년(29세)	5월, 장남 대한 출생.
1948년(30세)	월간지 《백민》에 평론 「문학의 문화에 미치는 영향에 대하여」로 문단에 데뷔함. 육군 소령으로 승급함.
1949년(31세)	『선전전의 이론과 실제』를 정민문화사에서 간행함.
1950년(32세)	『한국 역대 장군』과 『한국 역대 명장전』 등을 국방부 정훈국에서 간행함. 차녀 영숙 출생. 9월 15일, 육군 대령으로 승급함. 연극인 이해랑의 연보에 따르면 당시 부산지구군정훈감이었던 김종문과 함께 문총구국대를 조직했다고 함.
1951년(33세)	편저 『전시 문학 독본』를 계몽사에서 간행함.
1952년(34세)	3월, 차남 영한이 부산시 동광동 1가 15번지에서 출생함. 3월, 첫 시집 『벽』을 문헌사에서 출간함. 편저 『한국전선의 영웅들』을 국방부에서 간행함.
1953년(35세)	8월, 제2시집 『불안한 토요일』을 백조사에서 출간함. 역서 『시와 극』(T. S. 엘리엇 원작)을 백조사에서 간행함.
1954년(36세)	국방부에서 『방미 이승만 대통령 연설집』(국문/영문)을, 국방부 정훈국에서 편저 『전시 한국 문학선』(소설집), 『국방부사』,

---

졸업하는 것은 가능해 보이지 않기 때문에 1942년으로 추정했다. 김종문이 「탕자의 전단」(《자유문학》, 1958)에서 밝힌 것에 따르면 일본에서 1930년대 말부터 1940년대 중반에 이르는 7년간을 살았다고 했지만 이 숫자가 부정확하다. 이 글에서 도쿄의 프랑스어 문학 교육 기관인 '아테네 프랑세'를 1943년에 졸업 예정이었지만 그 전해 7월에 일본 정부로부터 폐쇄 처분을 받게 되어 소급 졸업하고 귀국했다고 한 것으로 보아 1942년에 귀국했을 것으로 보인다.

편저 『독립운동사』, 『한국 문학선』(전 3권)을 간행함.

1955년(37세)   11월, 제3시집 『시사 시대』를 보문각에서 출간함. 이에 앞서 8월에 『불안한 토요일』 재판본을 보문각에서 출간함. 육군 준장으로 승급함. 성북구 성북동 164-1번지로 이사하여 사망할 때까지 거주함. 매우 큰 저택이어서 김종삼, 천상병, 이중섭 등이 자주 와서 기거했다고 함. 국방부 정훈국에서 『전시 한국 문학선』(시편), 『전시 한국 문학선』(소설편), 『한국 역대 명장전』 『자유인에게 전해 다오』, 『구월산』, 『국방의 당면과제』 등을 간행함.

1957년(39세)   6월 13일, 육군 소장으로 예편함.[3] 12월, 김종문, 김수영, 김춘수, 김경린 등 9인의 합동 시집 『평화에의 증언』이 삼중당에서 출간됨.

1958년(40세)   12월, 제4시집 『인간 조형』이 보문각에서 출간됨. 문총 사무국장으로 부임함.

1959년(41세)   시집 『인간 조형』으로 제1회 자유문학상 수상.

1961년(43세)   군사 쿠데타 이후 아프리카 아이보리코스트로 발령받았으나 가지 않고, 국영 기업체 사장 직책도 거부했다고 함. 이해에 출간된 책의 약력에 최고회의 기획위원이라고 밝히고 있음. 이와 함께 국제펜클럽 한국본부중앙위원, 자유문협중앙위원임이라고 적혀 있고, 주소는 서울특별시 성북구 성북동 164의 1로 되어 있음.

1962년(44세)   자유문학사 주간 취임. 아시아작가대회 정대표로 참가함.

1963년(45세)   기능올림픽 감사로 2년간 위촉됨.

1965년(47세)   9월, 제5시집 『신시집』을 계명문화사에서 출간함. 『신시집』으

---

3)   정훈장교는 대개 준장까지이지만 보병 출신이었기에 소장까지 승급할 수 있었다. 예편한 이유는 군대 내의 사형 문제에 대한 갈등도 있었다고 하고, 시작에 전념하고자 했기 때문으로 보인다.

로 제2회 한국문학상 수상.

1966년(48세) 6~7월, 베트남 방문. 《세대》에 시 「'다라트'로 가는 길」 등 발표.

1967년(49세) 파리 콜레주 드 프랑스에 수학하기 위해 프랑스로 감. 아비장
에서 열렸던 제35차 국제펜클럽대회 한국 정대표로 참가함.
아세아재단 국제 펜클럽 작가 기금을 받아 장시 「서울·베트
남 시초」를 써서 홍윤숙, 신동엽과 합동 시집 『장시·시극·서
사시』를 을유문화사에서 출간함. 부친 사망.

1968년(50세) 파리에서 귀국.

1970년(52세) 현대시인협회 부회장으로 선임됨. 아시아 문학 번역국 협의
위원으로 위촉됨.

1971년(53세) 더블린에서 열린 제38차 국제펜클럽대회 한국 대표로 참가.
한국현대시협 부회장으로 선임됨.

1973년(55세) 한국문협 이사로 선임됨.

1975년(57세) 비엔나에서 열린 국제펜클럽대회 한국 대표로 참가.

1976년(58세) 동인 시집 『전환』을 한신출판사에서 출간함.

1977년(59세) 『좁은 문』(앙드레 지드 작), 『사랑의 요정』(조르주 상드 작), 『보
리 팰 무렵』(G. 콜레드 작), 『여자의 일생』(모파상 작) 등을 계
원출판사에서 번역 출간함. 12월, 제6시집 『강신제』를 『현대
예술 총서 1』(시와의식사판)로 마음의샘터사에서 출간함. 제4
대 한국현대시인협회장 선임.(1977~1978)

1978년(60세) 제1회 한국 펜문학상 수상. 공동 수필집 『바람 불면 생각나
는 사람들』이 한국문예사에서 출간됨. 동인 시집 『전환』 1권
을 한진출판사에서 출간함.

1979년(61세) 동인 시집 『전환』 2권을 한진출판사에서 출간함. 공동 산문
집 『하나의 창조를 위하여』를 도서출판 아카데미에서 출간
함. 여기에 수록된 「빈·빠리 간 급행열차」를 보면 문인들과
알프스 횡단한 체험이 나오고, 「우이동 야화」에 우이동의 자

기 집에 모이던 문우들을 프랑스의 칠성시파에 빗댄 이야기
가 나옴. 제5대 한국현대시인협회장 선임.(1980년)

1981년(63세) 1월 7일, 심근경색증으로 성북동 자택에서 사망함. 국립묘지
장군묘역에 묻힘. 묘비에 소장이라는 계급이 새겨져 있음.

1988년 8월 20일, 경기도 파주 장곡에 시비가 건립됨. 시비에는「소
망」일부가 새겨져 있음.

김종문 작품 연보

발표일	분류	제목	발표지
1948	평론	문학의 문화에 미치는 영향에 대하여	백민
1949	군사학	선전전의 이론과 실제	정민문화사
1949. 5	산문	「보초」의 정신	국방
1950	편저	구월산	국방부 정훈국
1950	편저	한국 역대 장군	국방부 정훈국
1950	편저	한국 역대 명장전	국방부 정훈국
1950. 6	평론	문화의 선전성	문학
1951	편저	전시 문학 독본	계몽사
1951. 6	평론	전시 문화 인론	신조
1952	편저	한국 전선의 영웅들	국방부
1952. 1	시	두 유령의 대화	문예
1952. 3	시집	벽	문헌사
1952. 4	시	화강암에	전선문학
1952. 5	시	RESISTANCE	신천지
1952. 7	시	1952년에	신문학
1952. 12	시	길	한국시단
1953	시집	불안한 토요일	백조사
1953	역서	시와 극(T. S. 엘리엇 저)	백조사

발표일	분류	제목	발표지
1953. 7	시	파잎	신태양
1953. 9	시	진공계	신인간
1953. 11	시	나의 정위치에서	영문
1954	기타	방미 이승만 대통령 연설집	국방부
1954	기타	국방부사	국방부
1954	편저	독립운동사	국방부
1954	기타	한국 문학선 1~3	국방부
1954. 10	산문	현대전과 문화선전	별
1954. 12	편저	전시 한국 문학선(소설 선집)	국방부 정훈국
1955	편저	전시 한국 문학선(시편)	국방부 정훈국
1955	편저	한국 역대 명장전	국방부 정훈국
1955	편저	자유인에게 전해 다오	국방부
1955	편저	한국 문학 선집	국방부 정훈국
1955	편저	각국 대표 연설집: 제네바 정치의회	국방부
1955. 3	산문	교통과 전쟁	교통
1955. 3	시	파이프: 이영순에게	사상계
1955. 5	평론	현대시의 위치	시작
1955. 7. 24	산문	국산 방공 영화의 맹점: 「피아골」과 「죽음의 상자」에 대해서	한국일보
1955. 8	산문	현하 정세와 국방의 과제	재정
1955. 8	시집	불안한 토요일(재판)	보문각
1955. 11	시집	시사 시대	보문각
1955. 11	시	개막전	영문
1955. 12	시	파이프·8	펜

발표일	분류	제목	발표지
1956. 1	기타	4288년도 정훈 업무의 회고	정훈연구
1956. 8	번역시	칵텔 파아티(T. S. 엘리엇 작)	시와 비평
1956. 8	시	파이프·11	시와 비평
1956. 11	시	파이프·17	영문
1957. 3	시	파이프·19	문학예술
1957. 4	평론	37도의 미온 상태: 3월의 작품평	문학예술
1957. 5	시	파이프·121	사상계
1957. 6	평론	현대시와 매스커뮤니케이션	자유문학
1957. 6	평론	T. S. 엘리오트의 전통 정신	문학예술
1957. 8	시	파이프·24	자유문학
1957. 10	시	나의 부호를 위한 시론	현대시
1957. 11	번역시	나의 어깨 위의 머리 (J. 잉갈스 작)	영문(嶺文)
1957. 12	공동 시집	평화에의 증언	삼중당
1958. 4	번역시	언젠가(J. 프레베르 작)	자유문학
1958. 5	시	잔조	자유문학
1958. 6	시	독	현대문학
1958. 7	평론	파운드 엘리옷트파와 현대시	자유문학
1958. 8	번역시	칵텔 파아티 (T. S. 엘리엇 작)	자유문학
1958. 10	산문	탕자의 전단: 문단 진출기	자유문학
1958. 11	평론	「뒷문」의 정해 —자작시와 그 해설	자유문학
1958. 12	시	서적	사상계

발표일	분류	제목	발표지
1958. 12	시	오리 공화국	지성
1958. 12	시집	인간 조형	보문각
1959. 1	시	완구점	자유문학
1959. 2. 10	산문	시인이 된 동기와 이유	세계일보
1959. 3	시	창	신태양
1959. 4	시	CUPIDO	자유문학
1959. 7	시	태양의 무덤	자유문학
1959. 8/9	평론	값싼 낭만의 세계: 소월의 시를 말한다	신문예
1959. 10	평론	김소월의 작품 비평: 시는 감상을 음폐하며 시작한다	자유문학
1960. 1	시	패배의 시인	문예
1960. 2	평론	시의 구조·시의 낭독	방송
1960. 11	시	만추	현대문학
1961. 2	시	만가	자유문학
1961. 2	산문	군인에의 의견	미사일
1961. 6	시	초풍	현대문학
1961. 8	시	원초에의 문	자유문학
1961. 8	시	소곡	자유문학
1961. 10	서평	땅과 하늘의 가교: 이인석 씨의「종이집과 하늘」	자유문학
1961. 10	시	인간 조형 1/인간 조형 2/ 완구점/아테네 프랑세/ 파이프 3/파이프 4/ 오리공화국/태양의 묘지/	한국 전후 문제 시집 (신구문화사)

발표일	분류	제목	발표지
		창/패각/만추/만가/초풍/	
		원초에의 문/소곡	
1961. 10	산문	시작에 있어서의 세 단계	한국 전후 문제 시집
1961. 11	평론	문학·예술 운동의 방향: 한국 민주주의 재건 운동의 방향	코메트
1962. 3	시	가사자	신사조
1962. 3	평론	한글 전용과 현대시: 어떤 시인의 소수 의견	자유문학
1962. 5	번역	시의 난해성과 효용성 (T. S. 엘리엇 저)	자유문학
1962. 5	번역	전달과 예술가 (I. 리처즈 저)	자유문학
1962. 5	번역시	로마/정원/묘비명 (에즈라 파운드 저)	자유문학
1962. 6	시	제2의 태양	현대문학
1962. 7	평론	비시적 시론	신사조
1962. 11	평론	「슈르레알리즘」에의 초대: 그들은 우리에게 무엇을 남겨 주었을까	신사조
1963. 1	시	백정	현대문학
1963. 2	시사 평론	비율빈(比律賓)에서 본 아시아의 표정	신사조
1963. 3	시	남풍	자유문학

발표일	분류	제목	발표지
1963. 5	시사 평론	무감각한 우리 지식인 (앙케이트)	자유문학
1963. 8	시	화폐에 대하여	현대문학
1963. 8	시사 평론	일본을 보라	최고회의보 23
1964. 5	시	시신	현대문학
1964. 7	시	한 발자귀	문학춘추
1964. 9	산문	현대의 갈등이 나로 하여금 시를 쓰게 한다: 나의 시의 정신과 방법	현대문학
1965	시집	신시집	계명문화사
1965. 1	시	워커 힐	문학춘추
1965. 3	평론	엘리오트와 현대시	현대문학
1965. 6	시	창경원식물원	현대문학
1965. 8	평론	'자유문학자협회'의 조직과 활동	현대문학
1965. 9	시	취가	신동아
1965. 11	평론	현대시의 난해성: 시의 난해성이 시의 결점이 될 수는 없다	문학춘추
1966. 2	시	아, 조국	시문학
1966. 4	시	꿈 이야기	자유공론
1966. 4	시	변신기	사상계
1966. 8~9	시	사이공 '투도' 가에서	현대시학
1966. 11	시	'다라트'로 가는 길	세대
1966. 11	시	'베트남'의 한국인	문학춘추

발표일	분류	제목	발표지
1966. 12	산문	베트남 수상	문학춘추
1967	기타	시인 만세(시낭송회)	한국일보사
1967	공동 시집	장시·시극·서사시 (「서울, 베트남 시초」)	을유문화사
1967. 12	시	부채에 대하여	현대문학
1967. 12	산문	에즈라 파운드 상	시문학
1968. 4	시	로마	사상계
1968. 8	시	이변기	현대문학
1969. 3	시	벽 외	한국시단
1969. 5	시	의자	현대문학
1969. 7	시	바위의 노래	월간문학
1970. 1	시	유혹	현대문학
1970. 5	시	신상발언 외	월간문학
1971. 5	시	파이프 종장 외	현대시학
1971. 5	시	장미	현대문학
1971. 5	시	인광	현대문학
1971. 9	산문	나의 시작 노우트: 의식의 작용	시문학
1972. 1	시	벵갈만	월간문학
1972. 4	시사 평론	북괴는 중고의 그림자 같았다	자유
1972. 5	시	바다/정자목	시문학
1972. 6	시	부엉이씨/ 빠리	현대문학
1972. 6	시사 평론	국제 문화 교류와 해외 홍보 활동	자유

발표일	분류	제목	발표지
1972. 8	산문	김수영의 회상: 그 시절 그 시인	풀과 별
1972. 12	평론	에즈라 파운드 상	시문학
1973. 1	평론	T. S. 엘리어트의 시극	심상
1973. 3	시	반향	현대문학
1973. 3	시	겨울 연가	현대문학
1973. 6	평론	프랑스와 비용 평전: 최초의 근대 시인	시문학
1973. 8	대담	해방 전후 문단의 회고와 반성	시문학
1973. 10	서평	철모에 꽃핀 시『한국 전쟁 시선』	심상
1973. 12	시	만가	월간문학
1974. 2 · 3 · 5	평론	샤를르 보들레르의 생애와 시 ―「악의 꽃」을 중심으로	현대문학
1974. 4	서평	서사시「영곡」(김봉룡 저)	시문학
1974. 4	시	수레바퀴	시문학
1974. 10	시	소리	월간문학
1974. 10	시	전서구/서울 바람	현대문학
1974. 11	평론	높은 격의 해학: 새타이어	심상
1974. 12	평론	추상에의 각서: 74년도 문학 총론(시)	월간문학
1975. 1	평론	T. S. 엘리어트의 시극: 서사시와 극시	심상
1975. 1	시	초적	시문학

발표일	분류	제목	발표지
1975. 2	시	시월장미	월간문학
1975. 4~5	평론	칠성시파와 프랑스 르네상스: 롱사르와 뒤벨레를 중심으로	시문학
1975. 6	기타	아시아 자유 수호와 한일의 역할	정훈
1975. 10	시	바위	월간문학
1976. 5	시	술잔 속의 항행	현대문학
1976. 10	시	태양의 오수(午睡)	월간문학
1977	역서	좁은 문(앙드레 지드 작)	계원출판사
1977	역서	사랑의 요정(조르주 상드 작)	계원출판사
1977	역서	보리 팰 무렵(G. 콜레드 작)	계원출판사
1977	역서	여자의 일생(모파상 작)	계원출판사
1977. 12	시집	강신제	마음의 샘터사
1977. 6	시	먼 통로에 기대고〔한국 시의 전모를 조감하는 사화집〕	한국문학
1977. 7	시	먼 통로에 기대고 〔정선 시인들의 정선 시편들〕	한국문학
1978	동인 시집	전환: 한국 시의 변모를 위한 합동 시집 1	한진출판사
1978	공동 수필집	바람 불면 생각나는 사연들	한국문예사
1978. 3	시	우수의 전망대	한국문학
1978. 8	시	환상 미술관	현대시학
1978. 9	시	나는 어느덧 소나무	월간문학
1979	동인 시집	전환: 한국시의 변모를 위한 합동시집 2	한진출판사

발표일	분류	제목	발표지
1979. 5	시	탈화기	한국문학
1979. 6	시	잠행기	현대시학
1979. 10	시	꿈	내륙문학
1979. 10	시	이상	문학사상
1979. 11	시	청계팔가	시문학
1980. 2	시	공허에의 연습곡	현대문학
1980. 4	시	날으는 나의 기하	현대시학
1980. 4	시	내 진화 이야기	한국문학
1980. 8	시	책방에서	현대시학
1980. 9	시평	박태진 시선집 해설	한국문학
1980. 10	시	중환자실	시문학
1980. 11	시	J. P. 샤르트르 씨의 파이프	시문학
1980	공저	한국 현대 수필 문학 전집 3	양우당
1981	동인 시집	전환·81	한진출판사
1982	동인 시집	전환·82	한진출판사

작성자 곽명숙 아주대 교수

극한의 시대, 폭발의 윤리[1]

김미현 / 이화여대 교수

1 1950년대 전후 소설과 극한의 파상력

김성한(1919~2000)은 기존 연구에서 손창섭이나 장용학과 더불어 1950년
대 신세대를 대표하는 작가이자,[2] 대표작인 「바비도」, 「오분간」, 「개구리」
를 중심으로 패배적 허무주의에 빠질 수밖에 없었던 전후의 실존주의를
대표하는 작가로 평가되었다.[3] 이런 기존의 평가들은 현재까지도 논리적
타당성과 문학사적 의의를 담보하고 있다. 하지만 2000년대 들어 이루어

---

1) 이 논문은 2019년 5월 2일 대산문화재단과 한국작가회의가 공동 주최한 '2019 탄생
   100주년 문학인 기념문학제 — 전후 휴머니즘의 발견, 자존과 구원'에서 발표한 글을 수
   정 보완하여 《현대소설연구》(2019. 6. 30)에 실은 논문 「김성한의 전후 소설과 폭발의 윤
   리」를 재수록한 것이다.
2) 김상선, 『신세대 작가론』(일신사, 1964), 37쪽 참조.
3) 김성한 소설에 대한 대략의 기존 연구 방향은 김봉군·이용남·한상무 공저, 『한국현대작
   가론』(민지사, 1997); 김진기, 『김성한』(보고사, 1994)을 참조하면 확인할 수 있다.

진 김성한 소설에 대한 논의들에서는 긍정적 정치성의 측면에 새롭게 주목하기 시작했다.[4] 그럼에도 이런 새로운 시도 속에서도 여전히 간과되는 측면이 남아 있을 가능성 또한 배제할 수 없다. 손창섭이나 장용학과 함께 논의되었기에 착종된 김성한만의 고유한 특성은 없는지, 대표 3부작에 대한 집중 논의로 인해 누락된 다른 소설들에서 보이는 중요한 다른 특성들은 없는지, 그의 소설 속 허무나 절망의 분위기가 이면에 숨기고 있는 긍정성의 기원은 무엇인지 등에 대한 원론적인 재고가 필요할 수 있다는 것이다.

이런 맥락에서 본 연구는 다음과 같은 김성한의 작가적 면모를 점검해 보려는 목적을 지닌다. 첫째, 김성한의 패배주의적 '체념'은 오히려 미래 지향적 '신념'과 동전의 양면을 이루기에 그의 소설들이 보여 주는 허무나 절망은 긍정적 미래를 추구하기 위한 문학적 윤리일 수 있다는 것이다.[5] 둘째로는 냉소적인 풍자가 중심이 된다는 기존 논의[6]에서 더 나아가 신념이 좌절되었을 때의 좌절과 분노가 그대로 드러나는 낭만주의적 경향이 내재해 있음을 새롭게 확인해 보려고 한다. 셋째로는 추상적 관념이 아닌 구체적 행위의 촉발을 촉구한다는 점에서 실천적 계몽주의의 측면 또

---

4) 2000년대 들어 새롭게 연구된 김성한 소설의 긍정적 정치성에 대한 연구로는 다음을 참고할 수 있다.
   김건우, 「김성한 소설에 나타난 시대 이념의 문제」, 김만수 외, 『한국 현대 문학의 분석적 읽기』(월인, 2004); 이부순, 『한국 전후 소설과 전도적 상상력』(새미, 2005); 정보람, 「1950년대 신세대 작가의 정치성 연구」, 이화여대 박사 학위 논문, 2014; 정보람, 「1950년대 독자의 요구와 작가 ─《사상계》와 김성한」, 《현대소설연구》, 68호, 2017. 12.
5) 김현은 김성한의 소설이 신념에 기반한 영웅주의적 면모를 보일지라도 결국에는 체념으로 귀결된다는 정반대의 해석을 내놓고 있다. 김현, 「신념과 체념의 인간상」, 『사회와 윤리』(일지사, 1974), 163~164쪽 참조.
6) 대부분의 논의들이 김성한 소설의 주지적이고 풍자적인 성격의 추상성을 한계로 지적한다. 그중 대표적 논의는 다음과 같다.
   김영화, 「김성한론」, 《현대문학》(1980. 11); 김한식, 「김성한 소설의 풍자성과 유우머」, 『한국 현대 소설의 서사와 형식 연구』(깊은샘, 2000); 전영태, 「냉소적 사회의식의 문학적 변용 ─ 김성한 문학과 몰의식의 세계」, 『문학과 사회의식』(국학자료원, 2009).

한 담보하고 있음을 확인하려고 한다. 이런 접근을 통해 꿈과 현실, 감정과 이성, 낭만과 계몽 등의 정반대되는 양상이 극과 극의 대립 속에서도 어떻게 김성한의 소설 속에서 함께 고려될 수 있는지 그 기원을 찾아보려는 것이다. 김성한은 좌절이나 풍자, 관념 그 자체가 아니라 그 '이후'를 문제 삼기에, 무조건적 비판이 아닌 책임 있는 대결을 불사(不辭)하는 양상을 보이기 때문이다.[7]

1950년 「무명로(無明路)」로 등단한 김성한은 1958년에 「학살」[8]을 발표하기까지 총 20여 편에 이르는 단편소설을 창작했고, 공백기를 거치고 난 후로는 『이성계』(1966년)를 필두로 장편 역사 소설 창작에 지속적으로 몰두한다.[9] 때문에 김성한이 집중적으로 단편 소설을 창작한 1950년대는 그의 문학과 시대의 연결 고리를 효과적으로 확인할 수 있는 시기에 해당한다. 해방 이후 전쟁과 휴전으로 이어지는 1950년대만의 고유한 역사 경험을 문학화하고 있기에 구세대에 대한 반발이나 혁신적 기법의 추구에 초점을 맞추었던 기존의 신세대 담론에만 한정 지을 수 없는 특수성을 발견할 수 있기 때문이다. 당대 유행했던 부조리나 자유 중심의 실존주의 담론을 수용하면서도 이전의 구세대와도 맥락을 같이하는 계몽 중심의 민족주의나 휴머니즘적 경향 또한 동시에 내포하고 있다는 것이다. "일정한

---

7) 김성한론에서 빠지지 않고 언급되는 그의 다음과 같은 문학관이 이를 증명해 준다. "우리는 스스로 自身을 세우고 自體를 整備해야 하겠다. 여기서 가장 根本問題는 작가로서의 使命觀이라고 믿는다. 文學이라는 것이 大衆에게 즐거움을 주는 娛樂에 그치지 않고 惡을 除去하고 美를 鼓吹하는 한 개 힘(power)으로서 보다 나은 世界의 創造에 參與하는 至重한 使命을 지니고 있을 진대 문학인은 이 길을 精進할 義務가 있다고 생각한다." (김성한, 「書生의 獨白」, 《서울신문》, 1956. 8. 24)

8) 김성한은 이 작품을 「광화문」으로 개제(改題)하여 《사상계》(통권 101호, 증간호, 1961. 11)에 재수록한다.

9) 단행본으로 출간된 시기를 기준으로 정리할 때 김성한은 『이성계』(1966) 이후로도 『이마(개제: 소설 이퇴계)』(1975), 『요하』(1980), 『왕건』(1990), 『임진왜란』(1992), 『진시황제』(1998) 등 영웅적 면모를 보이는 인물을 주인공으로 내세우는 장편 역사 소설을 꾸준히 집필했다.

심판자적 의지로써 시대 현실을 재단"10)하려 했던 작가적 태도와, 그가 초대 주간으로 활동했던(1955. 1~1958. 3) 잡지 《사상계》의 "계몽주의적이고 공리주의적인 토대"11) 등도 그의 문학적 경향을 결정하는 주요한 잣대로 작용했을 것이다.

본 연구에서는 김성한이 마주했던 1950년대의 전후 상황을 '극한의 시대'로 규정하면서 그의 문학적 윤리를 도출해 내려고 한다. 집단적 계몽과 개인적 감정 사이의 경계가 모호했고, 서구식 자유주의와 한국적 민족주의가 동의어처럼 혼용되었으며, 민주주의와 파시즘이 공존했기에 공적으로나 사적으로나 양극단을 동시에 체험할 수밖에 없었던 극한 체험의 시대가 바로 1950년대이기 때문이다. 이때의 '극한'은 양극단의 개념이 최고치의 대립을 이루는 첨예한 긴장 상태를 의미한다. 하지만 이와 동시에 이런 갈등이 극에 다다름으로써 다른 국면으로의 전환에 대한 갈망 또한 궁극에 이른 상황을 의미하기도 한다. 정반대의 욕망이 동시에 상승함으로써 어느 쪽으로든 폭발을 일으키기 일보 직전의 최고 긴장 상태가 바로 '극한의 시대'로서의 1950년대적 특수 상황이라면, 김성한의 문학은 이에 대한 윤리적 응전에 해당한다는 것이다.

이런 김성한의 작가 의식에 '파상력(破像力)'12)의 개념이 유의미하게 다가올 수 있다. 파상력은 기존의 가치와 열망의 체계들[像]을 부수는[破] 역동적 힘[力]을 의미한다. 즉 질서나 동일성을 추구하면서 부재하는 대상을 허구적으로 현존시키는 부정적 힘인 '상상력'과 대립되는 개념으로서, 현존하는 대상의 비실체성이나 환각성을 거부하는 긍정적인 힘을 발생시

---

10) 천이두, 『한국 현대 소설론』(형설출판사, 1983), 102쪽.

11) 김건우, 《사상계》와 1950년대 문학』(소명출판, 2003), 100쪽.

12) 파상력은 벤야민이 신문에 발표한 짧은 에세이 「파괴적 성격」(1931)에 등장하는 파괴자의 이미지에 토대를 둔 신조어로서, 김홍중이 『마음의 사회학』(문학동네, 2009) 6장인 「파상력이란 무엇인가」에서 제시한 것이기에 본 연구에서는 김홍중의 논의를 중심으로 정리한다. 그리고 그 후속 작업인 『사회학적 파상력』(문학동네, 2016)의 서문도 함께 참고한다.

킨다. 때문에 "파상의 장소는 과거의 몽상이 파괴되는 곳일 뿐 아니라 아직 우리가 인지하지 못하는 미래의 꿈이 태동하는 곳"[13]이다. 신/구, 친일/반일, 좌익/우익, 순수/참여, 보수/진보, 자유/계몽 등의 이데올로기적 대립이 극한에 다다른 1950년대 상황에서 파상력 자체가 김성한에게 최고조의 문학적 에너지를 제공했다고 할 수 있다. 이런 맥락에서 본 연구는 극한의 대립과 파상력을 통해 가능했던 김성한의 문학적 윤리를 규명해 보려고 한다.

2 역사의 잔해와 파괴의 구축

"과거의 꿈들이 부서진 잔해"[14]가 바로 파상(破像)이라면 김성한에게는 바로 친일의 잔재가 이런 파상에 해당한다. 해방이 진정한 해방이 아니었다는 좌절감 때문이다. 1919년생 김성한과 같은 신세대 작가가 4·19 세대나 그 이후의 세대와 다른 점은 일본 제국주의에 대한 부정적 기억이 있다는 점이고, 선배 작가의 변절에 대한 실망으로 세대론적 대결 감각을 가질 수밖에 없었다는 점이다.[15] 그런데도 의외로 김성한의 친일 문제를 다룬 소설들은 본격적으로 주목받지 못했다. 김성한은 등단작인 「무명로」에서부터 「김가성론」, 「암야행」, 「달팽이」, 「폭소」, 「24시」 등의 작품에서 친일파 문제를 중점적으로 다룬다. 이들 소설에서 김성한은 현재의 부정부패나 권력 비리, 속물주의의 기원을 친일 문제를 제대로 청산하지 못한 과거의 역사에서 찾고 있다. 그 대표적 작품이 「김가성론」이다.

"가성이란 놈, 죽일 놈이야. 지난 초열흘날 결혼했다는데 청첩장 하나 없잖아. 그 며칠 전에 길에서 만났는데두 아무말 없구, 관호한테 물으니 동창

---

13) 김홍중(2016), 앞의 책, 10쪽.
14) 위의 책, 6쪽.
15) 김건우(2003), 앞의 책, 199쪽 참조.

이라고 부른 건 두민이밖에 없대."

"두민인 의살 해서 돈냥 벌었겠다, 그럴 법하지 뭐야."

"고거 큰일 났어. 뻔질뻔질 돌아만 댕기구…… 게다가 제깐엔 큰 권위자
루 자처한다지."

"흥, 왜놈 덕을 단단히 봤지. 무호동중에 이작호(無虎洞中狸作虎)야."

"일종의 새치기지."

"새치기 권위잔가 하하……."

"새치길수록 껍데기는 점잖구 한다는 소리는 크거든."

"그 무슨 책인가 한 권 내구 꽤 벌었다지, 더 점잖아지겠군."

모두들 가성의 진짜 동창인 모양이다.

── 가성이가 그럴 리 있나? 그 일람 청기하던 가성이가, 다른 가성이겠지.
나는 변명하고 싶었다. 적어도 내가 아는 김가성은 절대 그렇지 않다는
소이연을 똑똑히 가르쳐 주고 싶었으나 아는 것이 없는 데다가 말주변까지
없으니 가슴만 답답하였다.(「김가성론」, 36쪽)[16]

「김가성론」은 친일파였지만 해방 후에도 오히려 더 승승장구하는 친구
김가성에 대해 1인칭 화자인 '나'(강일만)가 '론(論)'의 형식으로 찬양하는
소설이다. '나'에게 김가성은 27살의 어린 나이임에도 벌써 대학교수인 데
다가 화학 교과서나 참고서의 저자로서 학계의 권위자가 된 일본 유학파
출신의 천재이다. 그런 김가성과 '나'는 어릴 적 글방에 잠시나마 함께 다
닌 사이였지만 현재의 '나'는 신문 배달을 하는 초라한 처지이다. 그래서
인지 예문에서처럼 김가성의 행적이 허위와 사기, 위선에 찬 것임이 밝혀
진 후에도 그에 대한 '나'의 시각은 바뀌지 않는다. 일본 책을 베낀 표절
행위나 현실적 이익만 챙기는 교우 관계, 심지어 무역 회사 중역 자리까지
겸직하는 김가성의 속물성을 절대 인정하지 않기 때문이다.

---

16) 앞으로 김성한 소설의 직접 인용은 『김성한 중단편 전집』(책세상, 1988)에 의거해 쪽수
　　만 제시하도록 한다.

특히 발표 당시에는 "해방 덕"이었던 것이 단행본에 실릴 때는 예문에서처럼 "왜놈 덕"으로 수정된 것에서 김성한의 비판적 역사의식을 재확인할 수 있다. 1950년대 전후 상황에서의 혼란과 파탄이 과거의 친일 문제에 그 기원을 두고 있다는 점이 재강조되고 있는 것이다. 작가에게는 친일 행위가 그 자체로 역사의 부정적 잔해를 대표하는 상징적 사건이다. 파괴되어야 할 이런 일제의 잔재가 바로 김가성과 같은 인물이고, 그것을 파괴하지 못한 무책임한 현재의 세대가 바로 '나'라는 것이다. 이런 '나'의 언술에 대해 일부러 모르는 척하기를 통해 김가성과 같은 부정적 인물을 더욱 풍자하기 위한 기법이라고 분석하는 기존 논의가 많지만,[17] '나' 또한 김가성의 덕을 보려는 부정적 인물임을 강조할 필요가 있다. 김가성의 과오를 모르는 것이 아니라 오히려 적극적으로 눈을 감고 있다면, 이런 '나'의 "속물 근성과 소인배적 기질"[18]이 당대적 관점에서 보았을 때 더 문제일 수 있기 때문이다.

이런 작가의 역사의식은 친일 문제를 직접적으로 다루지는 않지만 과거의 또 다른 역사적 사건을 소설화한 「바비도」에서도 유사하게 드러난다. 기존 논의에서는 「바비도」를 추상적인 알레고리로 절대적인 권력을 풍자하는 이념 소설 혹은 관념 소설로 평가했다.[19] 중세 시대에 라틴어가 아닌 영어로 쓰인 성서를 읽었다는 이유로 이단으로 몰려 사형에 처해진 재봉 직공 바비도를 통해 도그마에 빠진 교회의 권력을 비판했다는 것이다. 그러나 더 중요한 것은 소설의 결말에서 태자(太子)가 오히려 바비도에

---

17) 박유희, 『1950년대 소설과 반어의 수사학』(월인, 2003), 167쪽 참조.

18) 구수경, 『한국 전후 소설의 서사 기법과 주제론』(역락, 2013), 152쪽.

19) 《사상계》에서 제정한 동인문학상 1회(1956) 수상작이 바로 「바비도」이다. 이때 심사기준으로 '이념'을 우선시했기에 이 작품의 주제를 당시 자유당의 정치적 전횡에 대해 비판한 것으로 파악했다.(김건우(2003), 앞의 책, 90쪽 참조) 이와는 반대로 「바비도」가 "역사적 소재에 근거하고 있지만 역사를 위장한 현대인의 심리극에 지나지 않는다."라는 비판도 제기된다.(권영민, 「김성한의 「바비도」 — 역사적 상상력의 문제」, 이재선·조동일(책임편집), 『한국 현대 소설 작품론』(문장, 1981), 320쪽)

게 회개를 애원하는 전도 현상이 일어나고 있다는 점이다. 바비도는 처음에는 냉소적 인물이었다가 소설의 후반부로 갈수록 저항적인 민중의 모습으로 변화하는 입체적 인물이다. 이런 바비도의 성격 변화를 통해 작가는 중세가 아닌 1950년대의 부정적 현실과 그에 대한 저항의 중요성을 투영한 것이라고 할 수 있다. 알레고리 소설의 정치성을 확인하게 되는 것도 이 때문이다.

　태자는 불티 묻은 옷을 털면서 연기에 거멓게 된 바비도를 달래기 시작하였다.

　"바비도, 누가 옳고 그른 것은 논하지 말자, 하여간 네 목숨이 아깝구나."

　"감사합니다."

　"마음을 돌렸느냐?"

　"그 뜻을 잘 알겠습니다마는 내 스스로 이 방에서 저 방으로 가는 심사로 떠나는 길이니 염려할 건 없습니다. 이미 동정으로 해결될 문제는 아닌가 합니다."

　땅에 주저앉은 바비도는 한마디 한마디 고요한 어조로 말하고 나서 맑게 개인 하늘을 쳐다보았다.

　"도저히 안 되겠느냐."

　바비도는 말없이 고개를 옆으로 흔들었다.

　"할 수 없구나, 잘 가거라. 나는 오늘날까지 양심이라는 것은 비겁한 놈들의 겉치장이요, 정의는 권력의 버섯인 줄로만 알았더니 그것들이 진짜로 존재한다는 것을 내 눈으로 보았다. 네가 무섭구나, 네가……."

　스미스피일드의 창공에는 다시 연기가 오르고, 장작더미는 불을 토하였다. 이따금 일어나는 군중의 고함 소리에 섞여서 한결 높은 폭소도 들려왔다.

　한 생명은 연기와 더불어 사라지고, 구경에 도취한 군중이 흩어진 뒤에도 하늘은 여전히 푸르렀다.(「바비도」, 241~242쪽)

이미 자신을 죽이고 살리는 것이 "동정"의 문제는 아니라며 태자의 회유를 거절하는 바비도에게 태자는 "도저히 안 되겠느냐?"라며 다시 한번 아쉬움과 미련을 표한다. 사라진 줄 알았던 진정한 인간성이 바비도에게 남아 있다는 사실에 감동했기 때문이다. "양심이라는 것은 비겁한 놈들의 겉치장이요, 정의는 권력의 버섯인 줄로만 알았"다는 태자의 고백이 바비도를 더욱 진정한 바비도로 격상시킨다.[20] 즉 이런 결말은 지배 권력을 변화시킬 수 있는 강력한 힘이 바로 주권자로부터 나온다는 사실을 강조한 것이다. 「김가성론」에서 김가성이 행하지 못한 반성을 태자는 하고 있고, '나'가 했어야 실천을 바비도가 하고 있는 셈이다. 양심과 정의라는 사회적 윤리가 개인의 윤리와 만나면서 충돌하고 있는 1950년대적 현실을 반영한 결과이다.

김성한에게 중요했던 것은 「김가성론」의 '나'가 보여 주는 상상력이 아닌, 「바비도」의 바비도가 보여 주는 파상력이다. 역사의 타락은 의식의 조작에서 기인하는 부정적 상상력 때문이기에 그것을 파괴하기 위해서는 긍정적 파상력에 토대를 둔 각성이 중요하다는 것이다. '추상적 미래'를 향하기보다는 '열린 과거'를 향해야 한다는 것이기도 하다. 이것이 바로 벤야민의 "뒷걸음질 치면서 진보하는" '역사의 천사'가 지닌 파상력의 힘이다. 역사의 천사는 "산산히 부서진 것을 모아서 다시 결합하고 싶어 한다."[21] 이와 비슷한 맥락에서 '파괴를 위한 파괴'가 아니라 '파괴를 파괴' 하기 위해 김성한이 중시한 '문학의 천사'가 해야 할 일이었다고도 볼 수 있다. 그렇다면 김성한의 소설에 드러나는 역사의 파괴 행위를 폐허를 양산하는 허무주의적 파괴 자체가 아니라, 그 안에 "유토피아적 특성이 음

---

20) 「창세기」에서 속물적 현실주의자가 된 자신을 비판하던 양심적 지식인 현준의 갑작스러운 죽음에 대해 '나'가 "괴물이면서도 없어서는 안 될 괴물이었다."(105쪽)라며 애석함을 느끼는 것도 이런 맥락과 통한다.

21) 발터 벤야민, 최성만 옮김, 『역사의 개념에 대하여/폭력 비판을 위하여/초현실주의 외』 (도서출판 길, 2008), 339쪽.

미되어야만 하는 미래로의 지침"[22]을 담보한 건설적 구축 행위로 볼 수 있을 것이다.

3 인용의 수집, 수집의 인용

과거는 파괴되었고, 그로 인해 현재는 폐허의 잔해 위에 서 있다. 즉 부서진 것들이 파편이나 조각으로 쌓여 있는 형국이다. 작가는 폐허 속에서 길을 찾기 위해 이런 잔해들을 수집한다. 벤야민이 「수집가이자 역사가 에두아르드 푹스」[23]에서 강조하는 것은 '산책자'의 시선이 아니라 '수집가'의 촉각이다. 거리의 산책자는 대상과의 일정한 거리를 유지한 채 시각의 즐거움에 빠져 군중 속에서 피난처를 찾으려고 한다. 때문에 이미지나 스펙터클의 유혹에 약하다. 반면 수집가는 대상에 대한 직접적이고도 생생한 감각 중심의 촉각(만지기)을 통해 그것을 제어하고 변형시킨다. 역사의 전환기에서 이런 수집가의 촉각적 수용은 시각적 산책만으로는 해결할 수 없는 해방의 잠재력을 발산하게 된다.[24] 또한 이런 수집 행위를 통해 잔해의 조각들은 새로운 맥락 속에 배치될 수 있고, 능동적으로 현실에 개입할 수도 있게 된다.

이처럼 산책자가 아닌 수집가로서의 면모를 중시하는 작가가 문학 속에서 행할 수 있는 유용한 전략이 바로 '인용'일 수 있다. 김성한 소설에는 대립 중인 인물들의 대화를 직접 인용하는 서술이 많다. 때문에 소설 전체가 첨예한 논쟁을 직접 중계하는 것 같은 분위기를 강하게 전달한다. 이런 논쟁적 대화가 작품 전체로 확대된 것이 바로 기존의 논의에서 몽타주

---

22) 최문규, 『파편과 형세: 발터 벤야민의 미학』(서강대 출판부, 2012), 530쪽.
23) 발터 벤야민, 「수집가이자 역사가 에두아르드 푹스」, 발터 벤야민(2008), 앞의 책, 253~325쪽 참조.
24) 강재호, 「모더니티의 스펙터클: 발터 벤야민과 문화 비판」, 홍준기 엮음, 『발터 벤야민: 모더니티와 도시』(라움, 2010), 120~124쪽 참조.

나 콜라주 기법, 모자이크식 구성, 파노라마식 전개 등으로 분석되었던 기법들이다. 이런 기존의 기법들을 종합하면서 대화에서부터 플롯에 이르기까지 전체 텍스트를 포괄하는 광의(廣義)의 문학적 장치가 바로 인용이다. 조각난 파편들이 하나의 거대한 조형물을 이루고 있는 파리의 에펠탑처럼, 김성한은 하나의 소설을 구축하기 위해 대화나 플롯 차원에서 혼재해 있는 파편들을 구조적으로 수집하고 인용한다.

이런 맥락에서 수집가로서의 작가 김성한이 자신의 인용 능력을 극대화시킨 소설이 바로 「개구리」이다. 이 소설은 신과 인간, 자유와 종속, 파멸과 구원 등의 이념적 대립 자체보다는 그것에 대한 인간의 윤리적 책임을 강조한다. 그리고 이런 주제를 촉각적으로 전달하기 위해 제우스 신과 초록 개구리는 서로의 말을 인용하고, 다른 개구리들이나 이 소설을 읽는 독자들은 이들의 말을 두 번 이상 수집하면서 텍스트를 팽창시킨다. 심지어 제우스 신은 인간들이 행하는 의식의 조작을 중단시키기 위해 신의 위치에서 스스로 내려온다. 이 소설의 개제(改題) 전 제목이 '제우스의 자살'인 것도 이 때문이다.

　"아 제우스 신이여 헬라스의 주시여, 저희들의 운명은 결국 어찌 된다는 말씀이십니까?"

　초록의 목소리는 애통하였다. 제우스 신은 일어서면서 건너편 산을 가리켰다.

　"저 산에 핀 노란 꽃을 보아라. 지금 시름 없이 꽃잎이 지고 있다. 저것이 만물의 운명이다."

　돌아선 초록이의 눈에서는 눈물이 한 방울 떨어졌다.

　"그러나 제우스 신은 만물의 조물주요 그 운명을 맡으신 분 아니십니까?"

　"아니다. 만물은 만든 것이 아니라 시간과 공간의 어떤 교차점에서 저절로 태어났다가 때가 오면 저렇게 저절로 지는 것이다."

"저희들은 제우스 신을 저희들의 주, 전지전능의 신으로 알았습니다."

"비극의 근원은 의식에 있다. 내가 어찌 전지전능의 신일 수 있겠느냐? 나는 오히려 의식의 세계에 돋은 버섯이다. 의식과 더불어 운명을 같이하는 존재다."(「개구리」, 121쪽)

위의 예문에서 제우스 신은 초록 개구리와 소크라테스식 대화를 나누고 있다. 제우스 신을 "전지전능의 신"으로 여기며 앞으로 나아갈 길을 의탁하려는 초록 개구리에게 제우스신은 "나는 오히려 의식의 세계에 돋은 버섯이다. 의식과 더불어 운명을 같이하는 존재다."라며 반박한다. 의문형의 종결어미와 부정형의 접속사를 통해 긴박하게 전달되는 초록 개구리의 질문은 그 자체로 신의 답변을 이미 내장하고 있는 인간들의 자문자답(自問自答)일 수 있다. 우상을 파괴해야 한다는 인간 내면의 목소리가 구조적으로 반복되고 있기 때문이다. 진정한 인용자는 원래의 문맥에서 축출된 문장을 다른 문맥에 배치함으로써 새로운 의미를 부여하는 창조적 구성자이기도 하다. 이 소설 속의 인용 또한 인물들의 수동적인 대화(conversation)가 아닌 적극적인 대화(dialog)의 수집에 해당한다. 또한 이런 대화의 수집 자체가 단순히 언어의 차원이 아니라 세계관의 차원에서 일어나는 사상의 전유까지 포함하고 있기에 더욱 문제적이다.

신과 인간의 논쟁적이고도 생산적인 대화가 작품 전체에서 구조적으로 드러나고 있는 또 다른 작품이 바로 「오분간」이다. 다만 이 소설의 초점이 신이 아닌 프로메테우스의 말에 있는 것은, 「개구리」에서와는 달리 신이 부정적 모습으로 등장해 인간과 더욱 첨예한 갈등을 보인다는 차이점 때문이다. 즉 「오분간」에서 인간을 대표하는 프로메테우스는 신에게 불경하며, 신 또한 아인슈타인이나 간디와 같은 위대한 인간을 잡아먹는 폭군에 불과하다. 중립 지대에서 이루어진 이들의 대화가 단 '오분간'만 가능했던 것도 이 두 세계 사이의 조화나 타협이 불가능했기 때문이다.

프로메테우스는 못마땅해서 옆을 향하여 휘파람을 불었다. 신이 일찍이 이렇게 무엄한 놈은 본 일이 없었다. 화가 치밀어서 온몸이 떨렸으나 참을 수밖에 없었다. 침을 꿀걱 삼키고 억지로 웃음까지 띠웠다.

"저걸 좀 내려다보아라. 과거는 잊어버리자. 저걸 수습해야 할 거 아니냐? 요컨대 너와 나의 싸움이니 적절히 타협하잔 말이다."

프로메테우스는 머리를 흔들었다.

"그게 역사죠. 역사는 당신과 나의 투쟁의 기록이니까."

"그러나 이건 진전이 아니라 말세."

"당신의 종말이 가까웠으니까……."

"내 종말은 즉 세상의 종말이 아니냐?"

"흥, 그거 괴상한 얘기로군."(「오분간」, 129쪽)

예문에서 확인되듯이 대화의 시작부터 이들은 서로를 못마땅해하거나 무엄하다고 비난한다. 타협하자는 신의 말에 프로메테우스는 역사 자체가 "당신과 나의 투쟁의 기록"이라며 거절한다. "진전"이나 "말세"를 바라보는 시각 또한 서로 평행을 이룬다. 신은 프로메테우스가 오만에 빠져 있음을 경고한다. 그럼에도 프로메테우스는 '너는 너, 나는 나'라는 태도를 견지한다. 해결책을 위해 "제삼존재의 출현"(135쪽)을 기다릴 수밖에 없는 이유도 이런 극한적 대립 때문이다. 이처럼 이 소설에서는 양극단에서의 대립을 보이는 신과 인간의 대화가 상호 텍스트적으로 인용됨으로써 신과 인간의 역사에 대한 대립적 인식의 전방위적인 수집이 이루어지고 있다.

또한 「오분간」에서는 대화 차원에서 더 나아간, 대조적이거나 병렬적인 플롯 차원에서의 인용 또한 구조적으로 이루어지고 있다. 중심 플롯은 신과 인간 사이의 대화가 중심이지만 소설의 중간중간 다양한 시공간에서 다양한 인물들이 벌이는 서로 다른 사건들이 아무런 연관성 없이 자주 삽입되고 있기 때문이다. 중세의 교황(피오 2세)이나 일본의 정치인(히로히토), 스트라우스(원자력 위원장)부터 정신분열증 환자(이정민)까지 20여 명에 이르는 등장인물들이 일본, 중국, 월남, 한국에서 각각 자신들의 죄업을 쌓고 있음을 강조하려는 것이다. 이런 다층적 플롯을 통해 동서고금이나 남녀노소, 지위고하를 불문하고 신과 프로메테우스의 갈등과 대립을 확대 재생산하고 있음을 가시화하고 있다. 마치 만화경(萬華鏡) 속에서 부유하는 이미지들처럼 각각의 플롯들은 극단적으로 연결되고 순식간에 해체된다. 파편화된 플롯들이 구조적으로 인용됨으로써 새롭게 만들어진 구도인 것이다.

이런 플롯 차원에서의 인용과 수집 양상을 집약적으로 보여 주는 또다른 작품이 바로 「24시」이다. 서로 다른 인물들이 행하는 독립적 에피소드들이 동시다발적으로 수집·인용됨으로써 논리적 인과 관계로는 설명될 수 없는 현실의 극단적 파행성이 효과적으로 제시되고 있다.

반백 머리칼에 바람을 나부끼면서 김 총무는 힘없이 발길을 옮겼다. 강만기는 또다시 실신하였다. 두루마기들은 나까자와 앞에서 싹싹 빌었다. 삼돌이의 맏딸은 밥을 달라고 어머니를 졸라 댔다. 미까사노미야 부처는 아마디〔熱海〕로 차를 달렸다. 학만은 산봉우리 숲속에서 마을 동정을 살피고 김 총무는 걸으면서 피신할 곳을 궁리했다. 순사들은 다가오고 있었다. 삼십 리걸은 값은 없는 죄라도 큼직하게 꾸며 한몫 볼 생각을 하면서. (「24시」, 158쪽)

예문에서처럼 「24시」에서는 「오분간」보다 더 본격적으로 소설 전체가 여러 개의 독립된 에피소드들이 동시다발적으로 서술되고 있다. 예문속에 등장하는 "김 총무", "강만기", "나까자와", "삼돌이", "미까사노미야" 등의 인물들은 서로 아무런 연관이 없다. 개제 전의 제목이 「난경(亂景): 1940년대초 농촌의 일삽화(一揷話)」인 것에서 드러나듯이 중심 서사는 일제 아래 어느 농촌을 배경으로 학교 예산을 유용한 일본인 교장과 그에 대항하는 한국인 기성회 김 총무와의 갈등이다. 하지만 개제한 제목인 「24시」에서 드러나듯이 소설의 플롯은 '밤~아침~낮'의 24시간을 관통하는 난맥상을 형상화하는 데에 주안점을 두고 있다. 작가가 '곤란한 상황(難境)'이 아니라 '어지러운 풍경(亂景)'의 제시에 공을 더 들인 작품으로 볼 수 있는 이유이기도 하다.[25] 이러한 플롯은 "인간 전략의 인과적 논리라든가 문제 해결의 전망이 개입될 여지가 없는 인간 상황의 극단적 파행성을 효과적으로 제시"[26]하는 장치이다. 무한 증식하듯이 반복적으로 나열되는 에피소드들은 서로가 서로의 상황을 인용함으로써 연속적 사유를 중단시키고, 그로 인해 새로운 우회로를 제시한다. 진보를 추구하는 연속적 시간관을 거부하기 위해서는 "가짜 총체성과 동일성의 철학에 결박당하지 않고 사고의 비약을 통해 인식론적 전회를 꾀"[27]해야 하기 때문이다.

이처럼 수집가로서의 작가 김성한은 과거를 수집하는 역사가처럼 파편화된 대화나 더 큰 구조인 플롯들을 구조적으로 인용하면서 수집한다. 그리고 이때의 수집된 인용들은 서로를 비추며 만났다가 흩어지고, 다시 만나기도 한다. 1950년대의 현실 속에서는 사회나 개인 모두 총체성과 연속성의 확보 자체가 불가능하기에 파편으로 존재할 수밖에 없지만, 이런 파편들은 부재하는 것이 아니라 움직이는 현실의 알레고리이다. 이런 수집과 인용 자체가 "유실된 변혁의 기회를 복구하는 일"[28]을 최종 목표로 삼기 때문이다. 수집가로의 작가 김성한에게 가장 두려웠던 것은 놓쳐 버린 과거의 기회만큼이나 현재에서의 지나친 허무주의나 패배주의였을 수 있다. 그래서 잘 잡히지 않는 유동적 현재를 수집하는 문학적 장치가 바로 대화나 플롯의 인용인 것이다. 소설 속에 난무하는 대화와 플롯들의 수집 혹은 인용이 단순한 형식 실험이 아니라 현실을 직시하려는 문학적 결단인 이유가 여기에 있다.

---

25) 이보다는 좀 더 약화된 형태이지만 「귀환」에서도 주인공 경석이 참전해서 전투를 벌이는 전방(前方)의 상황과 그의 아내 혜란이 어려움을 겪는 후방(後方)이 교차되는 플롯도 등장한다.

26) 이부순, 『한국 전후 소설과 전도적 상상력』(새미, 2005), 164쪽.

27) 권용선, 『세계와 역사의 몽타주, 벤야민의 아케이드 프로젝트』(그린비, 2009), 72쪽.

28) 강수미, 『아이스테시스: 발터 벤야민과 사유하는 미학』(글항아리, 2011), 139쪽.

4 '소실점 희망' 혹은 미래의 문학

김성한은 흔히 「바비도」나 「개구리」, 「오분간」을 자신의 대표작으로 뽑는 논의들에 대해 자신이 가장 공들인 작품은 「방황」이라고 직접 밝히고 있다.[29] 왜 자선 대표작이 「방황」일까에 대해 주목하면 작가의 (무)의식을 보다 직접적으로 파악할 수 있다. 비판적 풍자나 허무주의적 냉소 중심으로만 파악될 수 없는 '희망에 대한 희망'을 강조하는 현실주의자이자 계몽주의자로서의 작가의 면모가 재확인되는 소설이기 때문이다. 김성한은 "물구나무선 이상주의자"[30]로서 '소실점 희망'[31]을 보여 주는 작가이다. 이때의 '소실점 희망'은 희망의 소실과 동시에 새로운 희망이 구성된다는 개념으로서, 연속성이 파괴됨과 동시에 새로운 형세가 구성되는 시공성과 연관된다. 벤야민에 따르면 단순한 시간의 흐름을 의미하는 '크로노스(chnos)'가 아니라 극적인 순간 중심인 '카이로스(Kairos)'의 개념에 가깝다.[32]

보다 구체적으로 살펴보면, 김성한은 파편화된 역사 속에서도 새로운 것을 발견할 수 있는 비약적이고도 순간적인 '소실점 희망'으로서의 시공성을 중시한다. 미래가 그다지 낙관적이지 못했을 때 김성한에게 가능한 것이 바로 구원의 개념과 방법의 재구성이었기 때문이다. 앞의 논의들에서 살펴보았듯이 인간의 이성이 극에 달해서 초래된 악몽이 바로 인간의 역사이다. 그렇다면 김성한의 문학 자체가 진보에 대한 과신을 비판하는 패러디일 수도 있다. 이런 맥락에서 김성한은 인간성에 대한 맹신과 유토피아의 도래에 대한 꿈을 좌절시킴으로써 오히려 미래를 도모하려 한다.

29) 김성한, 「「오분간」의 세계」, 《문학사상》(1973. 12), 200쪽.
30) 김유동, 「파괴, 구성 그리고 복원 — 발터 벤야민의 역사관과 그 현재성」, 《문학과 사회》 2006년 여름, 435쪽.
31) 벤야민이 1931년 「칼 크라우스」라는 에세이에서 제시한 '소실점 희망'의 개념은 김홍중(2006, 200~207쪽)의 논의를 참조했다.
32) 테리 이글턴, 김정아 옮김, 『발터 벤야민 또는 혁명의 비평을 위하여』(이앤플러스, 2012), 135쪽 참조.

즉 잃어버린 과거로 인한 구원의 불가능성 속에서 폐허에서의 구축 작업처럼 소실점으로 작용하는 희망을 재구성하려는 것이다.

이런 '소실점 희망'을 보다 극단적이고 폭력적으로 보여 주는 소설인 「폭소」를 자선 대표작인 「방황」보다 먼저 살펴볼 필요가 있다. 충격적인 결말을 통해 구원의 문제를 비약적으로 소설화하고 있기 때문이다. 「폭소」에서 우편배달부 송명은 30년 근속 표창식을 끝으로 일을 그만두게 된다. 표창식에서 지난 30년을 회고하던 송명은 축사를 하는 "XXX장 한필선 각하"(330쪽)로 호명되는 사람을 보고 충격을 받는다. 송명이 과거에 조선인을 괴롭히던 일본인 교무처장을 죽이려 했다가 살인 미수 혐의로 잡혀갔을 때 모진 고문을 행한 악질 형사가 바로 한필선이었기 때문이다. 30년이 지나 비로소 원수를 만난 송명과 가해자인 한필선이 나누는 대화가 다음의 예문이다.

"자라는 나무를 꺾어 길가에 팽개치면 어떻게 되죠? 말라 죽죠? 꽃두 씨두 없이 말이죠. 사람두 매한가지란 말입니다. 당신이 단종까지 시킨 이후에야 이 후데이센징은 씨두 없이 삼십 년 길가에서 썩다가 오늘 그 고마운 주인을 만났다는 이 말입니다. 당신이 가리킨 그대로의 길을 걸어서 내게는 가정도 씨도 없오. 죽은 몸이 까닭없이 삼십 년 길가에서 뒹굴었는데 지금 생각하니 당신을 만나는 이 순간을 위해 무념무사(無念無思)의 행진을 했나 보구려. 무어라든 한 말씀이 있어야 하지 않겠오?"

각하는 연거푸 담배를 빨았다.

"왜 말이 없으신가요?"

"허어, 이 사람아. 기왕은 막급이라 지난 일을 가지구 왜 그러는가?"

"천만에, 당신이 현재 디디고 선 그 각하대(臺)에는 내 고기, 내 뼈, 내 피가 엉켜 있다는 것을 잊었오? 난 그걸 찾아야겠오."(「폭소」, 332쪽)

고문 중에 단종(斷種)까지 당해서 가족도 없이 죽은 듯 살아 온 송명에게 한필선은 반어적 의미에서 "고마운 주인"으로 불린다. 지금의 재회를 위해 자신이 "무념무사의 행진"을 해 왔음을 깨달았기 때문이다. "폭탄은 단 한 번의 폭발을 위해서 갖은 정성을 간직"(332쪽)한다는 비유를 들며 송명은 한필선을 칼로 찔러 죽인다. 제목인 '폭소'는 송명이 한필선을 죽인 후에 웃는 '폭발적[暴] 웃음[笑]'을 의미한다. 폭발적 살인처럼 폭발적 웃음은 그 자체로 응징을 통한 해한(解恨)의 행위이기에 폭력적이지만 해방적 행위이기도 하다. 송명을 잘못된 역사를 바로잡는 '과거를 향한 예언자'로 본다면, 이때의 폭력적 행위는 파괴할 만한 가치가 있는 것에 주목한 결과로 볼 수 있다. 파괴를 다시 파괴하는 해한(解恨)과 징벌을 통해 가능해지는 미래의 희망을 엿볼 수 있기 때문이다. 평행을 달리던 송명과 한필선이라는 두 선(線)이 만나 한순간에 점(點)이 되어 사라짐으로써 도달하게 된 역설적 윤리를 확인할 수 있다는 것이다.

「폭소」의 결말보다 좀 더 현실적이고도 실현 가능한 희망을 제시하는 작품이 바로 작가의 자선 대표작인 「방황」이다. 주인공 홍만식의 다음 예문에서와 같은 성격 묘사로 시작하는 이 소설은 결말에 이르기까지 그의 기행과 자유분방함을 긍정의 에너지로 승화시키는 쪽으로 서사가 진행된다.[33]

세상 사람들은 그를 가리켜 할 수 없는 건달이라고 하였다. 그러나 그에게는 두 가지 직업이 있었다. 그 하나는 정거장에서 석탄을 상습적으로 훔쳐 내는 일이니, 그의 명명에 의하면 석탄 반출 작업이었다. 또 하나는 공상이었다. 이것도 그가 붙인 명칭이 있으니, 그것은 사고 구축 작업(思考構築作業)이라 하였다. 반출 작업은 작업 개시로부터 판매 처분에 이르기까지 세 시간이면 족하였다. 이로써 일금 팔백 환의 수입을 얻으면 우선 이틀을 살게

---

33) 김건우 또한 이 작품이 지식인 엘리트주의를 보여 준다는 점을 부정할 수는 없으나, 이런 자기 긍정의 힘이 손창섭 소설에 드러나는 냉소나 자기모멸과는 확연히 다르다고 지적한다.
김건우(2003), 앞의 책, 181~192쪽 참조.

마련이었다. 그 외의 시간은 구축 작업에 바치는 것이었다. 만식으로서는 이 것은 일생일대의 중요한 사업이었다. 구축이 완료되는 날이면 원자탄이 완료 된 것과 마찬가지로 이 강토에 큰 폭발을 일으킬 것이요, 그로써 미증유의 역사적 변혁을 이룩하리라는 굳은 신념을 가지고 있었다.(「방황」, 263쪽)

위의 예문에서 드러나듯이 홍만식의 두 가지 직업 중 하나는 "석탄을 상습적으로 훔쳐 내는 일"이다. 그는 이 일을 "석탄 반출 작업"이라고 명 명함으로써 적법한 행위로 치환시킨다. 실제로도 그는 이로 인해 절도죄 로 잡혀 가지만, 이 일 자체가 자신과 같은 사람을 '인간'이 아닌 '생물'로 간주하는 '도덕'에 대해 생존 '본능'으로 대항하려는 필요악이라고 강변한 다. 절도가 아닌 반출이라는 것이다. 악에는 악으로 대응한다는 논리이 기도 하다. 두 번째 직업인 "공상"을 "사고 구축 작업"이라고 하는 이유는 자신의 이러한 작업이 미래를 위한 "폭발"이나 "변혁"을 일으킬 것으로 확 신하기 때문이다. 홍만식이 보기에 현실은 "정의, 인성, 조국애, 체면 따위 가 조각조각 부서져서 뒹굴"(266쪽)고 있다. 이런 현실을 타파하기 위한 생 존술이 바로 공상이라는 것이다. 마치 오랑캐로 오랑캐를 무찌르는 이이 제이(以夷制夷)의 논리처럼 악과 또 다른 악을 극단적으로 대립시키는 폭 발의 윤리가 홍만식의 신념을 구성하고 있는 형국이다.

그런데 이러한 홍만식의 신념에 보다 근본적인 변화를 가져오는 인물 이 바로 애꾸눈 처녀인 '미스 김'이다. 전쟁으로 인해 부모와 남동생을 모 두 잃은 고아인 그녀는 홍만식을 다시 태어나게 한다. 홍만식에게 미스 김 은 자신과 달리 "떠내려가는 존재가 아니라 활기 있게 헤엄치는 생명"(269 쪽) 혹은 꺾일지라도 굽히지는 않는 "강철대"(278쪽)와 같은 존재이다. 그 녀는 홍만식의 객기나 치기를 비판하면서 자신만의 무대를 만들어 스스 로의 정체성을 찾으라고 충고한다. 이런 미스 김의 당부는 홍만식의 새로 운 출발과 함께 "어쩌면 무슨 변동이 있을 듯도 하였다."(282쪽)라는 소설 의 마지막 문장으로 귀결된다. 소실점 자체가 모든 상이 사라지는 파상의 지점임과 동시에 새로운 상이 맺히는 '영도(zero)'의 지점이기도 하다는 것을 확인시켜 주는 결말인 것이다. 이런 긍정적 결말이 주는 여지(餘地)가 바로 이 작품을 작가가 대표작으로 뽑은 이유일 수 있다.

물론 「방황」에서 작가는 인간의 편을 전적으로 들어주지는 않는다. 인간들이 자신을 생물 혹은 동물과 구별하기 위해 고안해 낸 도덕이나 정의가 모두 "인간 연극"(271쪽)에 불과함을 간파했기 때문이다. 이것은 작가의 희망적 미래가 추상적 관념에서 도출된 것이 아니라, 2장과 3장에서 살펴본 바와 같이 파편의 수집을 통한 파괴의 구축이라는 극한의 과정을 겪었기 때문에 가능한 현실적 인식에 다름 아니다. 기존 가치관에 대한 '현실 풍자'와 더불어 인물들의 '자기 풍자'가 동시에 일어나는 "이중 풍자"[34]가 중심인 것도 이런 반성이나 성찰과 통하는 특성이다. 관객이자 배우인 인간의 삶 자체가 연극이고, 전후 상황에서의 인간도 이런 풍자로부터 자유로울 수 없다는 것이기도 하다. 이때 중요한 것이 스스로를 폭발시킴으로써 현실도 변혁시킬 수 있다는 작가 의식이다.

이런 이중의 풍자를 통한 '소실점 희망'은 변증법의 새로운 의미를 구축한다. 벤야민의 역사의식에서 보이는 변증법은 헤겔식의 '정(正)-반(反)-합(合)'의 연속적 단계를 통한 모순의 극복 과정이 아니다. 오히려 이분법적 대립을 유지한 채 부정적 요소 속에서 긍정적인 가치를 발견하는 것이다. 때문에 "변증법 아닌 변증법, 변증법을 정지시키는 것으로서의 변증법"[35]에 해당한다. 즉 단순히 부정적인 것과 긍정적인 것의 결합을 추구하지 않고 "부정적인 것에 대한 긍정적인 시각의 고찰을 무한대로 하는 것"[36]이 중요하다는 것이다. 이것은 '긍정의 부정성' 혹은 '부정의 긍정성'이 아니라, '부정(不正)의 부정성(否定性)' 혹은 '부정(否定)의 부정성(不定性)'을 강조해야만 가능한 윤리이다. 「폭소」나 「방황」에서 보이는 부정적인 현실을

---

34) 나은진, 『1950년대 우리 소설의 세 시야』(한국학술정보, 2008), 237~248쪽 참조.
35) 권용선(2009), 앞의 책, 86쪽.
36) 강수미(2011), 앞의 책, 133쪽.

제거하지 않은 채 그 속에서 작가가 힘들게 미래의 시간을 제시하는 것도 이 때문일 것이다. 희망처럼 보이지 않는 희망 속에서 마지막 희망을 발견하려는 극단적이고도 처절한 윤리적 행위인 것이다.

5 김성한의 역사의식과 폭발의 윤리

김성한은 1950년대가 개구리의 커다란 도약을 위한 순간의 움츠러듦, 즉 발전적 미래를 위한 과정으로서의 수축과 응축의 시기가 되기를 바랐을 것이다. 꿈을 꾸지 않는 작가가 아니라 상실된 꿈을 포기하지 못하는 작가에 더 가까운 면모를 보이고 있기 때문이다. 이 점이 바로 벤야민의 '역사의 천사'가 과거와 미래의 단절을 중심으로 하는 "과거로의 호랑이의 도약"[37]을 통해 현재에만 집중하는 것과 김성한 소설이 다른 지점이다. 1950년대 전후 소설에서 벤야민의 역사 개념을 한국적이고도 당대적으로 전유한 김성한이 계몽과 진보에 대한 신념과 의무를 포기하지 못했기 때문일 수도 있다. 이처럼 김성한은 1950년대 작가 중에서도 강한 긍정의 세계를 담보한 작가이다. 그래서 김성한은 발터 벤야민이 그토록 거부했던 미래에 대한 유토피아적 꿈을 오히려 가장 중요한 문학의 윤리로 간주한다. 이러한 이유로 김성한의 문학은 거대 서사를 거대 서사인 줄도 모르고 탐식(貪食)하는 거대 서사로서의 일관성을 보인다. 김성한에게는 모든 문학이 거대서사이(어야 하)기에 "결을 거슬러 역사를 솔질하는 것"[38]이 가장 중요한 문학의 윤리였을 수 있기 때문이다. 전혀 결합할 수 없어 보이는 계몽주의와 낭만주의를 동시에 문제 삼을 수 있었던 이유이기도 하다.

이런 맥락에서 본 연구는 폐허가 된 '과거'의 잔해들을 '위'에서 내려다보는 작가(2장), '현재'의 절망과 구원을 '옆'에서 동시에 수집하는 작가(3장),

---

37) 발터 벤야민(2008), 앞의 책, 345쪽.
38) 위의 책, 336쪽.

희망적 '미래'의 불씨를 폐허의 잿더미 '아래'에서 끌어올리는 작가(4장)로서 김성한이 보여 주는 면모에 주목해 보았다. 김성한을 엘리트주의자나 허무주의자, 관념론자라고 비판하기는 쉽다. 그러나 김성한은 과거를 낭만화하지 않았고, 현재를 합리화하지 않았으며, 미래를 추상화하지 않았다. 그럼에도 피할 수 없었던 자신의 소설에 대한 오해와 이해의 극한적 대립 속에서 김성한 소설의 '폭발의 윤리'는 과거와 현재, 미래를 관통하면서 공히 폭발한다.

김성한은 신의 입을 빌려 인간들에게 다음처럼 말한다. "지(知)라는 것은 다양성, 분열, 대립성이 있어서 폭발은 되어도 용해는 안 된다는 것을 알아야 한다. 이제 너두 극한에 가까운 듯하구나."(「오분간」, 131~133쪽) 1950년대라는 극한의 시대 속에서는 어중간한 중립 자체가 불가능하고 서로 대립되는 것들의 용해를 통해서는 세상의 변혁을 이룰 수 없다는 것이다. 그래서 김성한의 전후 소설이 선택했던 윤리는 용해가 아닌 폭발 속에 존재한다. 꿈과 현실, 감정과 이성, 낭만과 계몽 등의 정반대되는 양상이 "모순적 가능성들의 분산이 아니라 반대로 최대한의 집중"[39]으로 수렴되는 것이 바로 폭발이기 때문이다. 1950년대라는 시대 자체가 그토록 뜨거웠고, 김성한의 소설 또한 그런 시대에 적극적으로 반응하는 문학적 뜨거움을 보여 준다. 그런 뜨거움 자체가 자신의 문학을 폭발(爆發)시킬 수밖에 없었던 작가 김성한이 보인 폭발(暴發)의 윤리라고 할 수 있다.

---

39) 김수환, 『사유하는 구조: 유리 로트만의 기호학 연구』(문학과 지성사, 2011), 415쪽. 이런 김성한의 '폭발의 윤리'는 문화기호학자 유리 로트만(Yuri M. Lotman)의 '폭발' 개념과 연결되는 측면이 많다. 이에 대한 논의는 추후 별도의 작업에서 심화 확대시킬 예정이다.

참고 문헌

기본 자료

김성한, 『김성한 중단편 전집』, 책세상, 1988

＿＿＿, 「書生의 獨白」, 《서울신문》, 1956. 8. 24

＿＿＿, 「「오분간」의 세계」, 《문학사상》, 1973, 12

논문

강재호, 홍준기 엮음, 「모더니티의 스펙터클: 발터 벤야민과 문화 비판」, 『발터 벤야민: 모더니티와 도시』, 라움, 2010, 91~125쪽

권영민, 「김성한의 「바비도」 ─ 역사적 상상력의 문제」, 이재선·조동일 책임 편집, 『한국 현대 소설 작품론』, 문장, 1981, 317~323쪽

김건우, 「김성한 소설에 나타난 시대 이념의 문제」, 김만수 외, 『한국 현대 문학의 분석적 읽기』, 월인, 2004, 139~156쪽

김봉군·이용남·한상무 공저, 『한국 현대 작가론』, 민지사, 1997, 704~715쪽

김영화, 「김성한론」, 《현대문학》, 1980. 11, 36~42쪽

김유동, 「파괴, 구성 그리고 복원 ─ 발터 벤야민의 역사관과 그 현재성」, 《문학과 사회》, 2006. 여름, 411~435쪽

김한식, 「김성한 소설의 풍자성과 유우머」, 『한국 현대 소설의 서사와 형식 연구』, 깊은샘, 2000, 159~186쪽

김현, 「신념과 체념의 인간상」, 『사회와 윤리』, 일지사, 1974, 162~168쪽

전영태, 「냉소적 사회의식의 문학적 변용 ─ 김성한 문학과 몰의식의 세계」, 『문학과 사회의식』, 국학자료원, 2009, 296~312쪽

정보람, 「1950년대 신세대 작가의 정치성 연구」, 이화여대 박사 학위 논문, 2014

_____, 「1950년대 독자의 요구와 작가 ─《사상계》와 김성한」, 《현대소설연구》, 68호, 2017, 12, 133~162쪽

단행본

강수미, 『아이스테시스: 발터 벤야민과 사유하는 미학』, 글항아리, 2011

구수경, 『한국 전후 소설의 서사 기법과 주제론』, 역락, 2013

권용선, 『세계와 역사의 몽타주, 벤야민의 아케이드 프로젝트』, 그린비, 2009

김건우, 『사상계와 1950년대 문학』, 소명출판, 2003

김상선, 『신세대 작가론』, 일신사, 1964

김수환, 『사유하는 구조: 유리 로트만의 기호학 연구』, 문학과 지성사, 2011

김진기, 『김성한』, 보고사, 1994

김홍중, 『마음의 사회학』, 문학동네, 2009

『사회학적 파상력』, 문학동네. 2016

나은진, 『1950년대 우리 소설의 세 시야』, 한국학술정보, 2008

박유희, 『1950년대 소설과 반어의 수사학』, 월인, 2003

이부순, 『한국 전후 소설과 전도적 상상력』, 새미, 2005

천이두, 『한국 현대 소설론』, 형설출판사, 1983

최문규, 『파편과 형세: 발터 벤야민의 미학』, 서강대 출판부, 2012

발터 벤야민, 최성만 옮김, 『역사의 개념에 대하여/폭력 비판을 위하여/초현실주의 외』, 도서출판 길, 2008

테리 이글턴, 김정아 옮김, 『발터 벤야민 또는 혁명의 비평을 위하여』, 이앤플러스, 2012

제3주제에 관한 토론문

박진 / 국민대 교수

김미현 선생님의 발제문을 잘 읽었습니다. 이 글은 기존의 반복적인 논의들과는 다른 관점에서 김성한 소설의 지향점과 의의를 새롭게 조명한 의미 있는 논문이라 생각됩니다. 서론에서 언급하신 대로 기존 논의들은 김성한을 손창섭·장용학과 묶어서 1950년대의 '신세대 작가'로 규정하고, 그의 소설을 관념적이며 실존주의적인 경향의 작품으로 다루어 왔습니다. 허무와 절망, 냉소와 풍자, 지적인 아이러니 등과 같은 용어들도 김성한 소설을 따라다니는 오랜 수식어로 자리 잡았습니다. 이와 달리 이 글은 기존의 익숙한 논의들로는 포섭할 수 없는 김성한 소설의 고유한 특성과 작가 의식에 대해 원론적인 재고를 시도한, 매우 의욕적인 연구라고 하겠습니다.

이 글에서는 김성한이 마주했던 1950년대를 "양극단의 개념이 최고치의 대립을 이루는 첨예한 긴장 상태"이자 "다른 국면으로의 전환에 대한 갈망 또한 궁극에 이른 상황"이라는 점에서 '극한의 시대'로 명명합니다. 또한 이러한 시대를 체감한 김성한의 작가 의식을 벤야민의 언급에 기초한 '파상력'(김홍중)과 연결 지어 설명합니다. 선생님께서 조리 있게 정리하셨듯이 파상력이란 "기존의 가치와 열망의 체계들[像]을 부수는[破] 역동적 힘[力]"을 뜻하는 말로, "현존하는 대상의 비실체성이나 환각성을 거부하는" 힘인 동시에 부정적 과거를 파괴함으로써 미래를 향해 나아갈 수 있는 동력이기도 합니다. 자신의 문학을 통해 1950년대라는 극한의 시대는 물론이고, 그 이후 시대로까지 이어지는 혼돈과 맞부딪혔던 김성한의 작가 의식을 파상력이라는 폭발적 파괴와 쇄신의 힘으로 바라보는 이 글의 기본 논지에 어느 정도 공감할 수 있었습니다. 이 같은 전제 아래 저는 세부적인 언급이나 분석 면에서 다소 의문이 생기거나 선생님의 보충 설명을 듣고 싶은 내용에 대해 질문을 드리는 것으로 토론을 대신하고자 합니다.

첫째, 선생님께서는 이 글의 서론에서 김성한 소설이 "추상적 관념이 아닌 구체적 행위의 촉발을 촉구한다는 점에서 실천적 계몽주의의 측면"을 "담보하고 있음을 확인하려고 한다."라고 쓰셨습니다. 또한 그의 소설은 "당대 유행했던 부조리나 자유 중심의 실존주의 담론을 수용하면서도 이전의 구세대와도 맥락을 같이하는 이념이나 계몽 중심의 민족주의나 휴머니즘적 경향"을 내포하고 있다고도 말씀하셨습니다. 그런데 저의 얕은 이해로는 파상력을 포함한 벤야민의 사유와 계몽주의적 사유 또는 지향은 근본적으로 상당히 이질적인 것이 아닌가 하는 의문이 생깁니다.

파상력의 체험은 죽은 이미지, 우상으로서의 이미지를 파괴하는 역동적 이미지의 현현과 관련되고, 디오니소스적인 분출이나 감각적 직관, 또는 이미지로서의 사유와 통하며, 이는 비판적 이성과 개념의 질서가 억압해 온 영상적 사유나 무의지적 기억으로도 이어집니다. 그렇다면 파상력을 중심으로 김성한 소설의 특징과 작가 의식을 탐구하는 이 글의 방향성과 계몽주의자로서의 김성한의 면모를 밝히는 작업은 어떻게 하나로 만날 수 있을는지요? 개인적으로는 계몽주의뿐 아니라 실존주의, 민족주의, 휴머니즘 등의 개념어들(김성한 소설만이 아니라 우리 문학사를 재단해 온) 또한 선생님이 주목하신 파상력이라는 폭발적 힘 또는 작가 김성한의 "폭발(暴發)의 윤리"를 가두고 규정하기에는 다소 어울리지 않는 인위적인 틀(일종의 우상)이 아닌가 생각되지만, 특히 계몽주의자라는 용어가 마음에 걸립니다. 이에 대해 선생님의 구체적인 설명을 들어보고 싶습니다.

둘째는 3장 "인용의 수집, 수집의 인용" 부분과 관련된 질문입니다. 이 장에서는 "'산책자'의 시선이 아니라 '수집가'의 촉각"을 강조하는 벤야민의 논의를 통해, "잔해의 조각들"을 수집하여 "새로운 맥락 속에 배치"함으로써 "능동적으로 현실에 개입"하는 김성한의 작가적 행위가 지닌 의의를 설명합니다. 이어서 "산책자가 아닌 수집가로서의 …… 작가가 문학 속에서 행할 수 있는 유용한 전략"인 '인용'의 방식이 김성한 소설에 어떻게 나타나는지를 꼼꼼히 분석하셨습니다. 「오분간」과 「24시」 등에서, 기존에 "몽타주나 콜라주 기법, 모자이크식 구성, 파노라마식 전개 등으로 분석되었던" 병렬 혹은 대조의 플롯들을 '인용'과 '수집'으로 재조명하고, 이것을 김성한의 "전체 텍스트를 포괄하는 광의(廣義)의 문학적 장치"라고 보신 것은 무척 인상 깊었습니다.

그런데 「개구리」와 「오분간」 등에서 인물들의 대화를 "수동적인 대화(conversation)가 아닌 적극적인 대화(dialog)"라 규정하고, 이들의 대화를 그대로 인용하는 서술들까지 벤야민이 말하는 '인용'의 방식으로 보신 것은 혹시 과도한 분석은 아닐는지요? 선생님께서 말씀하신 대로 대화의 직접 인용이 논쟁을 중계하는 듯한 인상을 주고, 때로는 서로의 말을 서로가 인용하는 방식으로 나타나는 것은 사실입니다. 그런데 인물의 발화에 대한 이 같은 인용을, 원래의 문장을 절취하고 폭파하여 문맥을 손상시키고 의미 구조의 파손을 적극적으로 실행하는 벤야민 식의 '인용'으로 보는 것이 과연 적절한지 의문이 듭니다. 이들의 말을 독자가 '수집'하게 된다는 표현 역시 조금 모호해 보입니다. '인용 부호 없는 인용'을 통해 총체성을 상실한 단편들을 조합하고 배열하는 몽타주 작업과. 부서진 파편들을 재

배치함으로써 새 성좌를 구축하는 몽타주적 주체(파괴자이자 창조적 구성자로서의 글쓰기 주체)에 관한 벤야민의 논의가 위의 분석과 연결되기에는 다소 무리가 있지 않을까 하는 우려 때문입니다. 이 점에 관해서도 선생님의 의견과 보충 설명을 부탁드립니다.

셋째는 4장 "'소실점 희망' 혹은 미래의 문학"에 중요하게 언급된 '소실점'에 관한 질문입니다. 선생님께서는 김성한 소설이 "잃어버린 과거로 인한 구원의 불가능성 속에서 폐허에서의 구축 작업처럼 소실점으로 작용하는 희망을 재구성하려" 한다고 언급하시면서, "'소실점 희망'을 보다 극단적이고 폭력적으로 보여 주는 소설"로 「폭소」를 꼽으셨습니다. 특히 송명이 한필선을 칼로 찔러 죽이는 행위를 "파괴를 다시 파괴하는 해한(解恨)과 징벌을 통해 …… 미래의 희망을 엿볼 수 있"는 장면이라 해석하시고, "평행을 달리던 송명과 한필선이라는 두 선(線)이 만나 한순간에 점(點)이 되어 모든 것이 사라"지는 "역설의 윤리"에서 '소실점 희망'의 가능성을 찾으셨습니다. 그런데 이 같은 설명, 특히 하나의 '점'이라는 표현은 원근법적으로 정립되는 비-벤야민적인 소실점 개념을 떠올리게 합니다. 벤야민에게 소실점은 원근법적 중심과는 무관하게, 파상력을 통해 '몽타주-파노라마'로서 구현되는 것이라면, 위와 같은 표현이 혹시 벤야민적 사유에 대한 오해를 불러오지는 않을까 하는 생각을 해 보았습니다. 사실 벤야민의 이미지적 사유는 근대적 사유 틀과 지각 틀에 익숙한 우리에게 개념적으로나 인지적으로 쉽게 다가오지 않는 경향이 있습니다. 절대적 타자성 속에 머무는 구원자이자 부재로서 현존하는 '몽타주-파노라마'라는 벤야민 식의 '소설점'은 제게도 잘 와닿지 않는 것이 사실입니다. 벤야민의 '소실점 희망' 또는 '소실점 구원'에 대해 한 번 더 설명해 주시고, 이러한 지향 또는 모색이 「폭소」나 「방황」 같은 김성한 소설에 어떻게 나타나는지 좀 더 부연해 주실 수 있을까요? 「방황」에서도 "스스로를 폭발시킴으로써 현실도 변혁시킬 수 있다는 작가 의식"을 "변증법 아닌 변증법,

변증법을 정지시키는 것으로서의 변증법"으로 보면서 '소실점 희망'과 연결하시는 선생님의 해석에는 보다 정교한 논리가 보충되어야 할 것으로 보입니다.

김성한 생애 연보*

1919년	1월 17일, 함남 풍산 출생, 호는 하남(霞南). 함남중학교를 거쳐 일본 야마구치(山口) 고교 졸업.
1944년(25세)	동경제대 법학부 중퇴.
1950년(31세)	서울신문 신춘문예에 단편「무명로」당선.
1955~1958년 (36~39세)	《사상계》 주간.
1956년(37세)	「바비도」로 제1회 동인문학상 수상.
1956~1957년 (37~38세)	미 국무성 초청으로 미국의 문단과 학계, 언론계 시찰.
1957년(38세)	「귀환」으로 제5회 아시아 자유문학상 수상.
1958년(39세)	동아일보 논설위원 취임.
1964년(45세)	동아일보 주영 특파원.
1965년(46세)	영국 맨체스터 대학원 사학과에서 영국 근대사회사로 석사 학위 받음.
1973년(54세)	동아일보 편집국장.
1977년(58세)	동아일보 논설 주간.
1978년(59세)	대한민국 문화예술상 (언론 부문) 수상.
1981년(62세)	동아일보 사임.
1986년(67세)	예술원 회원 임명.

---

* 김성한의 생애 연보와 작품 연보는 기존 자료들의 오류들을 수정·보완하는 과정에서 김성한 작가의 유족을 통해 최종적으로 확인한 것이다.

1987년(68세)	보관문화훈장 수상.
1989년(70세)	인촌문화상 수상.
1995년(76세)	대한민국 예술원상 수상.
2001년(82세)	1월부터 2003년 12월까지 월간 《에세이》에 「하남야화」 연재.
2007년(88세)	4월부터 2009년 5월까지 월간 《한글＋한자문화》에 「야화동서」 연재.
2010년(91세)	9월 6일, 작고.

김성한 작품 연보

발표일	분류	제목	발표지
1950. 1	소설	무명로	서울신문
1950. 3	소설	김가성론	학풍 11
1950. 4	소설	자유인	문학 1
1954. 1	소설	암야행	신천지 59
1954. 1	소설	선인장의 항의	문화세계
		(후에 「로오자」로) 개제	
1954. 3	단편집	암야행	양문사
		(미발표된 「전회」, 「박쥐」, 「매체」,	
		「난경」(후에 「24시」로 개제) 수록)	
		→ 암야행	사상계사(1958)
1954. 9	소설	속 암야행	신천지 67
1954. 11	소설	골짜구니의 정적	신태양 27
1955. 1	소설	제우스의 자살	사상계 18
		(후에 「개구리」로 개제)	
1955. 1	소설	창세기	청춘
1955. 6	소설	오분간	사상계 23
1955. 10	소설	개마고지의 전설	문학예술 7
1956. 5	소설	극한	문학예술 14
1956. 5	소설	바비도	사상계 34

발표일	분류	제목	발표지
1957. 4	소설	방황	새벽 4
1957. 6	소설	달팽이	신태양 6권 3호
1957. 8. 29	소설	풍파	중앙일보
1957. 9	소설	귀환	문학예술 30
1957. 10	단편집	오분간(미발표된 「중생」 수록)	을유문화사
1958. 2	소설	폭소	자유문학 3권 1호
1958. 9	소설	학살(「광화문」으로 개제하여 《사상계》 통권 101호, 증간호, 1961. 11에 재수록)	지성 2
1966	장편소설	이성계	지문각(전 3권)
		→ 이성계	교문사 (전 3권, 1979)
		→ 이성계	지성과사상사 (전 3권, 1992)
		→ (고려 태조 이성계의) 대업	해와비 (전 3권, 2007)
		→ 이성계	산천재 (전 3권, 2014)
1975	장편소설	이마	탐구당
		→ 이마	동아일보사(1979)
		→ 소설 이퇴계	예음(1993)
		→ 퇴계 이황	가람기획(2005)
1980	장편소설	요하(1968. 6. 29~1969. 7. 31. 동아일보에 연재(336회))	홍성사(전 5권)
		→ 四國志	홍성사(전 4권,

발표일	분류	제목	발표지
			1986)
		→ 요하	인의(전 4권, 1991)
		→ 요하	나남(전 3권, 2011)
1981	단편집	개구리(김성한 단편집 상)	홍성사
1982	단편집	바비도(김성한 단편집 하)	홍성사
1983	역사 기행	길 따라 발 따라 (1982. 3. 5~1983. 12. 24. 조선일보에 연재(89회))	사회발전연구소 출판부
1985	역사 기행	일본 속의 한국 (1984. 1. 1~1984. 7. 3. 경향신문에 연재(26회))	사회발전연구소 출판부
1986	역사소품집	인물	어문각
1988	중단편 전집	바비도	책세상
1990	장편소설	왕건(1981. 1. 12~1983. 8. 22. 동아일보에 연재(806회))	동아일보사 (전 5권)
		→ 왕건	포도원 (전 5권, 1992)
		→ 왕건	행림출판 (전 6권, 1999)
		→ 왕건	산천재 (전 5권, 2016)
1992	장편소설	임진왜란 (1984. 1. 1. 『칠년 전쟁』이라는 제목으로 동아일보에 연재 시작~1985. 4.	행림출판사(전 7권)

발표일	분류	제목	발표지
		『임진왜란』으로 개제하여 1989. 12. 23까지 연재(250회))	
		→ 시인과 사무라이 (『임진왜란』을 축약하여 1994년 일본에서 간행한 소설 「수길조선의 난」을 한글로 개편하여 출판)	행림출판사 (전 3권, 2003)
		→ 칠년 전쟁	산천재 (전 5권, 2012)
1998	장편소설	진시황제	조선일보사 (전 3권)
		→ 시황제	달궁(전 2권, 2003)
2010	작품집	김성한 작품집	지식을만드는지식
2011	역사 에세이	거인들의 시대	동아일보사

작성자 김미현 이화여대 교수

월남민으로서의 자의식과 모멸감의 정체

김종욱 / 서울대 교수

1

전광용(全光鏞, 1919~1988)은 1939년 1월《동아일보》신춘문예 동화 부문에「별나라 공주와 토끼」가 당선되었다. 그렇지만 이 시기는 일본 제국주의의 식민지 정책이 '내선일체'로 전환되면서 민족어에 대한 탄압을 본격화하던 시기였기 때문에 신인 작가가 자신의 문학적 열정을 펼칠 자리를 찾기가 쉽지 않았다. 해방 후 경성경제전문학교를 거쳐 서울대 국어국문학과에 입학한 뒤에 정한모(鄭漢模), 정한숙(鄭漢淑) 등과 함께《주막》(1948) 동인을 결성하고《대학신문》에 단편「압록강」(1949)을 발표하기도 했지만, 문단과의 거리는 여전했다.

전광용이 문단에 정식으로 이름을 올린 것은 1955년이다. 1954년 9월 서울대학교와 국립박물관이 주최한 학술 답사를 통해 접하게 된 흑산도 주민의 삶을 토속성 짙은 방언, 민요 등과 결합시켜 형상화한「흑산도」가

《조선일보》 신춘문예에 당선되었던 것이다. 새로운 민족국가를 건설하리라는 낙관적인 분위기가 남한 단독 정부 수립과 3년 동안의 동족상잔의 비극으로 이어지면서 일본 제국주의로부터 해방된 지 10년이 지나서야 비로소 신춘문예가 부활된 덕분이다. 그때 나이가 30대 후반이었으니 「당선 소감」에서 작가 스스로 "지각생"이라고 표현할 만큼 늦은 나이에 소설가로서의 길을 걷기 시작한 셈이다.

이후 전광용은 「사수」, 「꺼삐딴 리」 등 30여 편의 단편과 「나신」(1963), 「태백산맥」(1963), 「젊은 소용돌이」(1966), 「창과 벽」(1967) 등 4편의 장편 소설을 발표한다. 1950년대에 발표한 소설들이 대체로 타인의 삶에 대한 관찰이나 조사를 통해서 다양한 인간 군상들을 창조해 냈다면, 4·19 혁명과 5·16 군사 정변으로 이어지는 격동의 현실을 거치면서 지식인의 나약성과 위선, 그리고 가치관의 혼란을 그려 내는 방향으로 작품 세계 또한 확장된다. 그렇지만 1970년대 이후에 발표한 「목단강행 열차」 등에서는 월남민으로서의 자의식을 바탕으로 고향과 어머니를 향한 그리움을 토로하는 데 머물고 만다. 이러한 모습은 전후 작가들의 문학적 궤적과 크게 다를 바 없다. 1960년대에 접어들면서 장편 소설을 창작하다가 1970년대 이후에는 4·19 세대에 밀려 창작 활동의 일선에서 물러나는 양상을 보여 주었던 손창섭, 장용학, 선우휘, 오상원 등과 닮아 있는 것이다.

2

일찍이 이형기는 한국 전후 문학을 정리하는 『현대 한국 문학 전집』의 해설에서 전광용을 "발로 쓰는 작가"[1]라고 말한 적이 있다. 작품의 소재를 앉아서 구하는 작가가 아니라 직접 현장을 찾아다닌다는 의미였다. 이후 여러 평론가들은 전광용 소설의 특성으로 작품 취재의 현장성에 주목

---

1) 이형기, 『인간 수호의 시선 ─ 전광용론』, 『현대 한국 문학 전집』 제5권(신구문화사, 1968), 457~467쪽)

한다. 작가 또한 다음과 같이 언급하기도 한다.

「충매화」는 '인공수정'이 처음으로 화제에 오르던 시기에 그에 따르는 모
럴에 대한 내 나름의 생각을 바탕으로 한 것이며, 「남궁 박사」는 5·16 군사
혁명 직후 대학교수의 정년이 65세에서 60세로 내려옴에 따라 예기치 않았
던 시기에 일시에 원로교수들이 본의 아니게 대량 축출되던 때, 그 퇴임식
장에서의 충격이 착상의 계기가 되었고, 「꺼삐딴 리」는 8·15 직후부터 줄
곧 머릿속에 감돌던 소재가 십수 년 만에 가락이 잡혀 완성된 것으로 작
중인물에 대한 모델 실재설(實在說)이 분분하던 작품이며, 또한 동인문학
상 수상작이기도 하다. 「곽서방」은 농촌과 도시의 자매결연이 유행처럼 붐
을 이룰 때 다도해의 조그마한 섬 경도(鏡島)의 현지답사에서 취재한 것이
며, 「바닷가에서」는 여름방학 원고지를 한 짐 지고 한 달 계획으로 동해안
을 찾아갔다가 끝내 한 장도 메꾸지 못하고 허탕으로 돌아오던 때의 바닷가
인상기 같은 것이고, 「모르모트의 반응」은 집의 막내둥이가 실지로 당한 의
외의 봉변에서 얻은 낙수첩(落穗帖)이다. 「초혼곡」은 친구의 체험담에서 실
마리를 잡았고, 「면허장」 및 「제삼자」는 각각 주변에서 일어났던 일들에 힌
트를 얻은 소품들이다."[2]

이에 따라 취재의 현장성은 오랫동안 전광용 소설의 특성으로 간주되
었다. 그의 단편들 속에서 섬, 탄광촌, 기지촌, 선술집 등에서 살아가는
하층 계급뿐 아니라 의사, 교수, 기자, 약사 등과 같은 다양한 계층의 인
물들이 폭넓게 발견되었기 때문이다. 자신의 경험 영역을 벗어나 타인에
대한 관찰이나 자료 조사를 통해 소설을 구상하는 창작 방법은 초기 소
설의 플롯을 단순화·유형화시킨다.

먼저 전광용 소설에 나타난 공간들은 외부와 연결되지 않은 고립적이

---

2) 전광용, 「후기」, 『꺼삐딴 리』(을유문화사, 1975), 305~306쪽.

고 폐쇄적인 성격을 띠고 있다. 뭍에서 멀리 떨어진 절해고도를 배경으로 한 등단작뿐 아니라 휴전선이 인접한 "금화와 철원의 갈림길을 끼고 앉은 쓰레기칸"(「진개권」)이나 "태백산맥의 큰 줄기를 머리에 이고 있는 험산 준봉의 뱃속을 가로질러 꿰뚫은 갱도"(「지층」), "이 땅의 동쪽 한끝에 팽개치듯 떨어져 있는 섬"(「해도초」)이 배경으로 설정되어 있는 것이다. 이 시기가 한국 전쟁 직후의 경제적 암흑기였다는 사실을 고려하면, 이러한 고립적인 공간은 극한적인 빈곤 상황을 의미하는 것이기도 했다. 「흑산도」에서 만삭의 몸에도 불구하고 보릿고개 때문에 부황이 들어 있는 인실 어머니라든가 「진개권」에서 미군 부대에서 흘러나온 꿀꿀이죽으로 연명하는 쌍과부는 그것을 잘 보여 준다.

이에 따라 소설 속에 등장하는 인물들은 '뭍'이나 '도시', '서울'로 향하는 강렬한 동경과 열망을 품는다. 「흑산도」에서 섬사람들은 "바다를 떠나서는 살 수 없으면서도 해마다 그 꼴로 되풀이되는 섬 살림이 이젠 진절머리"가 나서 뭍을 '향수'처럼 그리워하고, 「지층」에서 칠봉은 "아버지의 소원대로 이 두메산골에서 벗"어나고자 하며, 영희 역시 "서울이라면 무슨 짓을 해서라도 가고 싶"어 한다. 「해도초」에서 준구 역시 "80여 년 전 흉년을 만나 어쩔 수 없이 이 섬까지 이민해 왔다는 할아버지의 무능을 나무라고는 섬을 떠나려는 일념으로 이를 깨물고" 살아가는 것이다.

전광용의 초기 소설에서 자주 등장하는 '갑작스러운 죽음'은 이러한 공간적 특성과 등장인물의 성격 속에서 서사를 마무리 짓는 방법이었던 듯하다. 「흑산도」에서 변덕스러운 폭풍 때문에, 「지층」에서 사소한 부주의 때문에 죽음을 맞게 되면서 주인공이 오랫동안 품었던 희망은 좌절된다. 「영 1234」에서 룸바 아주머니가 교통사고로 사망한다거나 「퇴색된 훈장」에서 상이용사 형우가 아이가 죽고 아내마저 떠나자 자살을 결심한 것도 마찬가지이다. 부조리한 현실로부터 벗어나려는 주인공들의 탈출 시도는 모두 실패로 귀결되는 것이다.

그런데 가족들의 생계를 책임져야 하는 막중한 사명감 때문에 살아남은 자들은 죽은 자가 걸었던 길을 그대로 반복할 수밖에 없는 것 또한 사실이다. 「흑산도」에서 박 영감은 아들을 삼킨 바다에서 떠나지 못하며, 용바우도 고기잡이를 나섰다가 돌아오지 못한 아버지의 뒤를 이어 배를 탔다가 목숨을 잃고 만다. 바다에서 아버지와 연인을 잃은 북술이 역시 건착선 곱슬머리를 따라 가난과 절망의 섬을 떠나 뭍으로 향하고자 마음먹지만, 숙명처럼 발목을 잡는 흑산도를 떠나지 못한다. 「지층」에서 칠봉은 마음속에 품었던 영희의 아버지 권 노인의 죽음을 눈앞에서 목격한 뒤에도 또다시 "원수의 굴 속"으로 들어갈 수밖에 없었던 것이다.

전광용의 초기 소설에서 죽음은 살아남은 자들의 삶에 아무런 의미를 던져 주지 못한다. 등장인물들은 대부분 일상적인 삶의 현장으로 되돌아가며, 자신이 선택한 길에 대한 성찰이나 회의를 찾아볼 수 없는 것이다. 그런 점에서 '죽음'은 자기 자신의 가능성으로 경험되는 것이 아니라 '타인의 죽음'으로 경험된다고 말할 수 있다. 이런 점에서 전후 소설의 일반적 경향과는 다른 궤도에 전광용의 소설은 자리 잡고 있다고 여겨진다.

3

1960년을 전후하여 전광용의 소설 세계에 적지 않은 변화가 나타난다. 작가 개인의 경험과 그리 멀지 않은 지식인들이 소설 속에 등장하고, 공간적 배경 역시 서울로 옮겨 온 것이다. 그리고 내용적으로도 과거와 같이 체념적인 방식으로 삶에 순응하는 인물들을 그리기보다는 사회적인 약자들이 겪고 있는 고통이라든가 심리적인 갈등 등을 형상화하기 시작한다.

변화의 첫머리에 놓인 작품은 「사수」이다. 1959년 6월 《현대문학》에 발표된 이 작품은 표면적으로 친구들 간의 숙명적인 대결을 그리고 있다. 주인공 '나'는 어린 시절부터 친구 B와 자주 갈등을 경험한다. 그들이 "아무 근거도 없는 승부"에 빠지게 된 것은 우연적인 사건 때문이다. 두 사람은 '곰'이라는 별명을 가진 뚱뚱보 선생의 말버릇을 조롱하다 들켜서 상대방의 뺨을 때리는 벌을 받게 된 것이다. 처음에는 별다른 감정 없이 시작되었던 뺨 때리기는 점차 미묘한 감정의 전이를 초래한다. "곰에 대한 반감이 어느 사이엔지 B에게로 옮겨져 B에 대한 적의를 느끼면서 B를 후려갈겼"던 것이다. 이렇게 시작된 악연은 중학교 시절 경희를 사이에 둔 삼각관계로 확장되었고, 결국에는 전쟁의 와중에 B가 경희를 속이고 결혼하면서 "알 수 없는 적의"로 확대된다.

'나'와 B의 대결은 두 사람이 분신 내지 짝패와 같은 존재라는 점을 잘 보여 준다. 두 사람은 다르기 때문이 아니라 닮았기 때문에 서로 화해할 수 없다. '경희'라는 동일한 대상을 욕망하지만, 상대방과 다른 독자성을 획득하기 위해서는 욕망의 대상을 독점해야만 하기에 짝패와의 상호 폭력이 발생하는 것이다. 이 과정에서 '나'는 항상 B에게 패배한다. 따라서 B를 향한 적개심이나 복수심은 갈수록 증폭되어 결국 모반 혐의를 받고 총살대에 선 B를 향해 방아쇠를 당기는 것으로 이어진다. 하지만 '나'의 복수가 물리적으로는 성공했을지 몰라도 B의 죽음은 '나'에게 또 다른 정신적 상처를 남긴다. '나'는 "비굴하게 이긴 것만 같은" 모멸감에서 벗어나지 못하는 것이다.

흥미로운 것은 이러한 모멸감이 이 무렵 전광용의 소설에서 자주 발견된다는 사실이다. 「초혼곡」의 주인공은 서해안 작은 반도에 자리 잡고 있는 '구가곡'에서 태어나고 성장했던 까닭에 서울에 올라온 후에 심리적인 위축을 경험하게 된다. 이러한 열등의식은 과외 교사 자리를 구하는 과정에서 잘 나타난다. "어마어마한 저택 속의 보잘것없는 고용인이라는 자기 비굴이 더 거세게 자신의 몸뚱이를 휘어감"았던 것이다. 이 때문에 주인공은 영희와의 사랑에 적극적으로 나설 수 없었고, 영숙의 사랑을 받아들일 수도 없었다. 「세끼미」의 주인공 마리아 역시 자신의 이국적인 외모에 호기심을 갖는 사람들 때문에 많은 상처를 입고 있다. 그리고 아버지의 사업 실패로 가정이 위기에 처하면서 업둥이였다는 사실을 알게 된다. 「충매화」의 주인공 역시 산부인과 의사라는 안정된 지위에도 불구하고 사생아로 태어났다는 "혈통에 대한 비굴감"과 "육체적인 불구에서 오는 열등감"에서 벗어나지 못하고 있다.

이처럼 「사수」와 비슷한 시기에 발표된 「초혼곡」이나 「세끼미」 등에서 주인공은 물질적인 환경이나 신체적인 외양 때문에 열등감에 사로잡혀 있다. '혼혈'이나 '소아마비'와 같은 육체적인 차이, '업둥이'나 '사생아'와 같은 출생의 비밀 때문에 사회적으로 정상적인 대우를 받지 못한다는 자의식을 지니고 있는 것이다. 하지만 '비굴', '굴욕', '모욕' 등으로 표현되는 이러한 심리적인 열등의식은 자신을 모욕했다고 느낀 사람에 대해 경쟁심을 표출하는 「사수」와는 달리 타인과의 절연이라는 소극적인 방식으로 나타난다.

1962년 7월 《사상계》에 발표한 「꺼삐딴 리」는 전광용의 소설 세계에서 조금은 이질적인 듯하지만, 세속적인 가치를 통해서 모멸감을 극복하는 것이 얼마나 위험한 것인지를 보여 주는 작품이기도 하다. 이 작품은 이인국 박사가 수술을 마치고 잠시 병원에서 쉬는 대목에서 시작한다. 이어 딸 나미가 미국인 교수와 국제결혼을 하겠다는 편지를 보면서 분노를 느끼다가, 잠시 집에 들러 조선 백자를 선물로 챙겨 택시를 타고 미국 대사관으로 향한다. 미국 대사관에서 미스터 브라운을 만난 이인국 박사는 자신의 경력을 더욱 빛나게 해 줄 미국 국무성의 초청 건을 확인한 후 비행기표를 확인하기 위해 반도호텔로 향한다. 이렇듯 병원 → 집 → 택시 → 미국 대사관 → 택시로 이어지는 서사적 현재의 진행과 함께 각각의 사건들은 이인국 박사의 회상으로 이어지고, 여기에 서술자가 전지적 시점으로 과거의 사건들을 삽입한다.

과거와 현재가 이중 계열로 진행되는 이러한 구성 방법을 선택하면서 작가는 사건을 동기화하기 위해 반복적으로 '회중시계'를 등장시킨다. 식민지 치하였던 30년 전에 제국대학을 우수한 성적으로 마치면서 이인국 박사는 자신의 이름이 새겨져 있는 회중시계를 수상품으로 받았다. 그 후 이인국 박사의 삶은 탄탄대로를 걸었다. 그런데 평양에 소련군이 진주하자 이인국 박사는 과거의 행적 때문에 친일파라는 죄목으로 체포되면서 회중시계도 빼앗긴 채 감방에 갇히게 된다. 하지만 우연한 기회에 스텐코프 소좌의 수술을 성공리에 끝냄으로써 회중시계를 돌려받고 "꺼삐딴 리스바시보"라는 찬사와 함께 그의 아들을 소련에 유학 보내는 특권을 누리게 된다. 전쟁 중에 월남하여 서울에서 개인 병원을 운영하게 된 이인국 박사는 먼지 하나 찾아볼 수 없는 청결과 다른 병원에 비해 두 배나 되는 비싼 병원비 덕택에 종합 병원에 버금가는 명성과 수입을 올린다. 그리고 자신의 성가를 더욱 높여 줄 미국 방문 비자를 얻기 위해 대사관 직원 미스터 브라운을 찾아가면서 회중시계를 꺼내 본다. 이렇듯 미국제 월섬 17석(Waltham 17 Jewels) 회중시계는 이인국 박사의 성공과 몰락을 상징한다. 그가 회중시계를 손에 넣었을 때 그의 삶은 화려했고, 그가 회중시계를 빼앗겼을 때 그의 삶은 위기에 처한다. 그래서 이인국 박사는 여러 차례 목숨의 위기를 함께한 회중시계를 "등기 서류, 저금통장 등이 들어 있는 비상용 캐비닛 속에 넣고야 잠자리에 들 만큼" 소중하게 여긴다. 그에게 있어 이 회중시계는 세속적인 성공을 추구하는 이인국 박사의 "인생의 반려"였던 것이다.

　이인국 박사의 이러한 모습은 식민지인이라는 열등감을 벗어던지기 위한 심리적 방어 기제에서 비롯한 것이었다. 식민지 치하에서 그가 일본어를 사용하고 일본인처럼 행동한 것은 일본인과의 교제에서 모멸감을 벗어나기 위한 방편이었다. 이인국 박사는 내선일체를 통해서 식민지 지배자의 삶을 흉내 냄으로써 자신이 처해 있는 식민지 현실을 외면한다. 그는 제국주의 지배자를 모방함으로써 자신의 모국이었던 피지배자들보다 우월할 수 있었을 뿐, 결코 제국주의 지배자보다 우월할 수는 없었기 때문이다. 그가 누리고자 했던 심리적 우월감은 다만 식민지의 피지배자를 향하고 있었을 뿐이다. 이처럼 이인국 박사는 심리적 열등감에서 벗어난 인물이라고 믿었지만, 정작 독자들에게는 일제 치하, 해방, 한국 전쟁이라는 역사적 격동기를 겪으면서도 자기만을 위한 처세술로서 민족적 위기를 외면한 정신적 패배자로 비쳐지고 있을 뿐이었다.

「꺼삐딴 리」가 세속적인 가치를 통해서 열등의식을 이겨 내고자 했던 인물을 비판적으로 그려 내고 있다면, 「남궁 박사」(「의고당 실기」로 개제)는 자신의 내면에서 우러나오는 가치 기준에 따라 삶을 살아가는 인물을 바라보는 작가의 시선이 잘 나타나 있다. 남궁 박사는 돈이나 명예와 같은 세속적인 가치보다는 진리 탐구를 더욱 소중하게 생각하는 학자이다. 그런데, 육십 평생을 역사 연구에만 몰두해 왔던 남궁 박사는 갑작스럽게 정년퇴직을 당하면서 가족들은 생계를 걱정해야 할 만큼 경제적인 곤란을 경험하게 된다. 그래서 자신이 갖고 있는 고서를 팔 헌책방 '의고당'을 꾸민다. 남궁 박사가 사람들의 존경을 받을 수 있었던 것은 해방 직후의 혼란된 상황 속에서도 상아탑을 지키면서 학문 연구와 후진 양성에 매진했다는 점 때문이다. 그는 세속적인 명리를 쫓지 않고, 오직 자신이 옳다고 믿는 일을 끝까지 견지해 가는 인물인 것이다. 이에 따라 타인에 대한 열패감을 이겨 내기 위해서 세속적인 가치를 추구했던 이인국 박사가 자신을 파멸시키는 결과를 초래했던 것과 달리 현실에서 패배한 남궁 박사는 자신의 삶에 대한 자부심을 견지함으로써 정신적으로 승리하는 것이다.

이처럼 타락한 현실에 맞서 정신적인 가치를 추구하는 인물들에게 죽음은 더 이상 순응이나 체념, 혹은 도피의 대상이 아니다. 윤리적인 진정성을 유지하기 위해서는 현실적인 패배나 좌절, 더 나아가 죽음조차도 감내할 수밖에 없기 때문이다. 「죽음의 자세」에서 주인공 '덕수'는 부모를 잃고 동생처럼, 혹은 아들처럼 돌보아 주었던 처남이 간첩이 되어 나타나면서 갈등을 겪게 된다. 그런데 '차라리 윤식을 신고했더라면' 하는 덕수 자신의 이기심과 '당국에 신고하자'는 아내의 권고에도 불구하고 그는 끝내 윤식을 신고하지 않는다. 결국 불고지죄로 감옥에 간 덕수는 사형수를 바라보면서 자신의 삶을 되돌아보게 된다.

그는 어저께 사형 언도를 받았다. 그러나 언도 전의 그나, 그 후의 그의 모습에는 아무런 변화도 발견할 수 없다. 죽음을 체념하고 있는 것이 아니라 확정된 죽음을 의식하고 있다.

그를 대기하고 있는 죽음은 어쩌면 그의 자체 의사의 예정 코스대로 진행되고 있는 때문인지도 모른다.

어떤 경우에 처했든 저렇게 태연하게 죽음을 기다릴 수 있다는 것, 그것은 삶의 자세에 있어서 미덥고 거룩한 일면인지도 모른다는 생각이 덕수에게는 들기도 했다.

이러한 주인공 '덕수'는 '악착하게 살겠다'고 죽음 앞에서 도피하는 것이 아니라 '어떤 운명이 그에게 덮쳐 와도 달게 받을 수밖에 없다'라고 생각함으로써 죽음조차도 하나의 선택 가능성으로 받아들인다. 이로써 살아남기 위해 정신적인 비굴을 선택한 패배자가 아니라 정신적인 가치를 위해 죽음을 선택하는 승리자가 된다. 죽음은 좌절과 패배의 끝에 놓여 있는 것이 아니라 삶의 의미가 생산되는 지점으로 재구성되는 것이다.

1960년대에 발표된 전광용의 소설에서 죽음은 타락한 삶을 넘어설 수 있는 윤리적인 가능성으로 떠오른다. 사회적으로 배제된 약자의 위치에 있는 인물들이 세속적인 가치를 추구하는 세태를 비판하고, 죽음조차 두려워하지 않는 내적인 자부심을 지닌 인물들을 예찬하는 것이다. 그들은 현실과 타협하며 물질적인 이해 득실을 따지기보다는 인간적인 자존감을 소중히 여긴다. 타락한 삶이 가져다줄 영속성에 대한 환상 대신에 좌절과 패배의 운명 속에서도 진정한 가치를 추구하는 태도를 강조하는 것이다.

4

1960년대에 창작된 전광용의 장편 소설에서도 이러한 작가 의식이 나타나고 있다. 전광용은 등단한 지 얼마 지나지 않은 1959년 말에 「현란공석사」를 발표한 적이 있지만 초반부에 연재가 중단된 까닭에 소설적 성취를 논하기 쉽지 않다. 전광용이 본격적으로 장편에 도전한 것은 1963년 2월부터 이듬해 3월까지 《신세계》에 연재했던 「태백산맥」이라고 할 것이다. 이후 전광용은 단편 소설보다는 「나신」, 「젊은 소용돌이」, 「창과 벽」 등 장편 소설 창작에 집중한다. 4·19 혁명부터 5·16 군사 쿠데타로 이어지는 1960년대 초의 현실을 배경으로 당대의 시대상을 재현하는 한편 지식인의 현실 대응 양상을 집중적으로 탐구하고 있는 것이다.

전광용의 장편 소설은 기법적인 측면에서 볼 때 주인공을 중심으로 한 단선적이며 직선적인 구성을 취하고 있어서 단편 소설의 기계적 확장처럼 느껴지기도 한다. 기껏해야 「나신」에서 엿보이듯이 현재-과거-현재의 역전적인 시간 구성 정도가 소설적 기교의 전부라고 할 만큼 단순하며, 주인공을 둘러싼 대립 구도 역시 서로 다른 이념이나 생활 태도를 보여 주는 인물의 삼각형으로 쉽게 환원된다. 그런 점에서 장편 소설을 현실의 총체성을 재현하는 것으로 바라보는 루카치적인 관점에서는 부정적인 평가를 내릴 수밖에 없다. 한 시대의 단편적인 풍속 이상의 것을 발견하기 어려울 뿐더러 사회적이고 역사적인 계기가 인물들의 삶에 일회적인 영향만을 미칠 뿐이기 때문이다. 「창과 벽」에 이르러서야 비로소 현실의 다양성이 소설 속에 담기기 시작했으나 그는 더 이상 장편 소설을 창작하지 않았던 것도 큰 아쉬움이다.

그렇지만 전광용의 장편 소설을 살펴보다 보면 여성 수난 서사라고 할 수 있는 「나신」을 제외하고는 일종의 연작처럼 일관된 문제의식이 느껴지고 있어서 비록 미완이라고 할지라도 주의 깊게 살펴볼 필요가 있다. 가장 먼저 발표된 「태백산맥」은 군사 쿠데타 직후에 시작된 국토건설단을 모델로 하여 병역 기피자로 몰려 학교에서 쫓겨난 주인공 '한철'이 태백산맥 일대에서 이루어진 건설 사업에 동원되는 모습을 그리고 있다. 이어 「젊은 소용돌이」에서는 1960년 초 서울대학교 학생이었던 '한욱'을 주인공으로 하여 3·15 부정선거와 이에 맞서는 대학가의 풍경을 형상화한다. 그리고 「창과 벽」에서는 4·19 이후 미국에 건너갔다가 2년 만에 귀국한 대학교수

'한민'을 내세워 지식인의 현실 참여를 문제 삼는다.

세 편의 작품은 주인공이 유사한 이름을 가지고 있듯이 역사의식 또한 공유하고 있는데, 젊음의 창조적인 열정이 가장 아름답게 승화된 것이 4월 혁명이었으며, 군사 쿠데타는 그것을 왜곡했다는 점을 부각시킨다는 점에서 그러하다. 이것은 대학교수로서 젊은 세대들과 오랫동안 함께 호흡할 수 있었던 개인적인 경험에 바탕을 둔 것이겠지만, 관북 지역의 민족주의 요람이었던 북청 출신으로서의 역사의식과도 무관하지 않을 것이다. 정치적인 입장을 거의 표명하지 않았음에도 불구하고 1965년 6월 22일에 조인된 한일 협정에 대해 재경 대학교수들과 함께 반대 성명서(《동아일보》 1965. 7. 12.)를 발표한 것은 그것을 잘 보여 준다.

이와 함께 주인공의 내면 풍경 역시 단편 소설의 주인공들과 크게 다르지 않다. 장편 소설의 주인공들 또한 얼핏 보기에 현실과의 대결에서 좌절하고 패배한 것처럼 보인다. 예컨대 「태백산맥」에서 주인공 한철은 군사 쿠데타 직후 병역 기피자로 몰려 근무하던 학교에서 쫓겨나자 국토건설단에 자원하지만 그곳에서 또 다른 의미의 굴욕감을 경험한다. 「나신」이나 「젊은 소용돌이」, 「창과 벽」 등의 주인공들 역시 조금씩 모습을 달리하기는 하지만 모두 현실에서의 좌절을 경험하고 있다. 물론 그들이 세상의 질서를 변화시키려는 적극적인 행동을 취하는 것은 아니지만, 그렇다고 해도 세상의 질서에 쉽게 순응하거나 야합하는 것 또한 아니다. 그들은 자신들을 하찮은 존재로 바라보는 세상의 질서를 받아들이는 대신 자신들이 타락한 질서 때문에 정당한 대우를 받지 못하고 있다는 선명한 자의식을 간직하는 것이다.

이러한 자의식은 앞서 말했던 비굴감이나 굴욕감, 모욕감 등과 동일한 벡터 안에 놓여 있다. 굳이 헤겔이나 사르트르를 끌어들이지 않더라도 인간은 누구나 상대방과의 관계에서 주도적인 위치를 차지하려는 욕망을 가진다. 그렇지만 사회적인 관계에서 모두 주인의 지위를 차지할 수 있는 것은 아니다. 그래서 인정 투쟁에서 패배한 경우, 그것을 자신의 무능이나 잘못으로 돌려서 수치심으로 받아들이기도 하지만, 때로는 자신들이 차지해야 마땅한 지위를 빼앗아 간 세상을 부조리한 것으로 간주하는 모멸감을 느끼기도 한다. 이처럼 모멸감은 자신이 스스로 이 정도 대우를 받아야 한다거나 받을 수 있다고 믿었음에도 불구하고 상대방으로부터 그러한 대우를 받지 못한다고 느꼈을 때 발생한다. 따라서 모멸감은 상대방이 어떻게 대우하는가는 무관하다. 천대하는 경우는 물론이겠지만, 설명 우대하고 있다고 하더라도 주체가 천대받고 있다고 느끼면 모멸감이 발생하는 것이다. 전광용의 소설적 주인공들이 견뎌 내고 있는 내면의 풍경을 모멸감이라고 부는 것은 순전히 주인공의 자의식에서 파생된 감정이기 때문이다.

이처럼 주인공의 내면 풍경이 모멸감으로 수렴된다는 것은 작가 전광용의 내밀한 자의식을 보여 주는 징표이기 때문일 것이다. 그것은 월남 작가로서의 정체성과 관련되는 듯하다. 월남민의 경우 반공 매카시즘이 횡행하던 시절에 대한민국의 국민이면서도 온전한 국민으로 취급받지 못했음은 잘 알려진 사실이다. 그렇지만 자신이 소속되고자 하는 집단에 온전히 속할 수 없다는 훼손된 정체성, 혹은 자기 정체성에 대한 신뢰의 결여에도 불구하고 불평등하고 부조리한 상황에 대해 문제를 제기하게 될 때 사회로부터 받게 될 시선 또한 만만치 않았다. 결국 외면으로 발화하지 못한 채 내면을 통해서만 그것을 견뎌야 했던 월남민의 처지는 이 감정이 자라날 수 있는 터전이었으리라 짐작된다.

이러한 사회적인 원인뿐만 아니라 작가의 개인적인 경험도 눈여겨볼 만하다. 1960년대 이전의 초기 소설에서 소설적 대상에 대해 냉정한 거리를 유지할 수 있었던 것은 그것이 작가 자신의 경험과 철저히 무관했기 때문일 것이다. 하지만 1960년대 이후 서울이 소설 속의 세계로 편입되면서 무관심으로 가장된 심리적 거리는 유지될 수 없었다. 서울살이는 자본주의화의 물결 속에서 더이상 대학교수로서의 정신적 가치를 인정받지 못하는 타락한 세상이기도 했다. 이로써 영광스러웠던 '과거'로서의 북청 시절과 좌절된 '현재'로서의 서울살이 사이의 간극은 모멸감이 자라나는 또 다른 터전이 된다.

그런데 전광용의 경우 모멸감이 상대방과 관계 속에서 발생하는 감정이기는 하지만 자기를 높이 받들어 달라는 속물적인 감정과는 무관하다는 점을 잊어서는 안 된다. 속물들은 자신이 받을 수 있는 대우 이상을 원한다. 하지만 전광용의 경우 최고의 대우를 원하는 것이 아니라 최소의 대우를 원한다는 점에서 속물적인 성격을 전혀 지니지 않는다. 오히려 인간으로서의 최소한의 대우를 받지 못했다고 느껴질 때 발생하는 것이 대부분이다. 그래서 모멸감이 개인적인 차원을 넘어 파시즘적인 통제(「태백산맥」)라든가 관료주의(「창과 벽」)에서 빚어지는 인간 소외와 결부되어 나타날 때 매우 긍정적인 결과를 발휘하기도 한다. 그런 점에서는 그는 정신적인 가치가 무너져 내리는 세계를 안타까워하며 그것을 지키고자 했던 정신주의자였고 윤리주의자였으며 인간주의자였다.

제4주제에 관한 토론문

이경재 / 숭실대 교수

김종욱 선생님의 「월남민으로서의 자의식과 모멸감의 정체」는 1950년 대 대표적인 전후 작가 중 한 명인 전광용의 문학 세계 전반을 매우 간명하면서도 깊이 있게 정리한 논문입니다. 그동안 전광용의 문학 세계는 단편을 위주로 하여, "발로 쓰는 작가"(이형기), "전통적 수법에 의한 현장의 소설"(박동규), "리얼리티에의 투망"(조남현), "소설 구도의 치밀성과 묘사의 정확성"(권영민)과 같은 평가를 받았습니다. 정리하자면, 그동안 논의된 전광용의 소설은 리얼리즘 정신에 바탕하여 쓰인 고전적 소설 미학에 충실한 작품으로 정리해 볼 수 있을 것입니다.

김종욱 선생님의 이번 발표문은 단편은 물론이고 장편까지를 전부 포괄하여, 전광용이라는 작가의 고유한 문학적 세계를 매우 깊이 있게 탐색하고 있습니다. 이를 통해 전후 작가로서 전광용이 차지하는 유사성과 특수성이 일목요연하게 드러나고 있습니다. 우선 손창섭, 장용학, 선우휘, 오상원 등의 여타 전후 작가와 마찬가지로, 전광용이 1950년대 등단하여 문제적 단편들을 발표하다가 1960년대에 접어들면서 장편 소설을 창작하고, 1970년대 이후에는 4·19 세대에 밀려 창작 활동의 일선에서 물러났던 것을 밝혀내고 있습니다. 동시에 여타의 작가들과는 달리 전광용은 "정신적인 가치가 무너져 내리는 세계를 안타까워하며 그것을 지키고자 했던 정신주의자였고 윤리주의자였으며 인간주의자"였음을 치밀한 논증의 과정을 통해 증명하고 있습니다. 전광용의 작품 세계 전반을 대상으로 한 점, 나아가 이전에 언급된 바 없는 전광용의 심층적인 작가 의식의 본질에까지 다가간 점에서 그 연구사적 의의가 매우 높다고 판단됩니다. 두 가지 보충 설명을 요청하는 것으로 토론을 대신하고자 합니다.

1

2장에서는 전광용의 소설에 나타난 특이한 공간 의식을 해명하고 있습니다. 「흑산도」, 「진개권」, 「지층」, 「해도초」와 같은 작품을 바탕으로 전광용 소설에 나타난 공간들은 "외부와 연결되지 않은 고립적이고 폐쇄적인 성격"을 지니고 있다는 사실을 밝혀낸 것입니다. 이 고립된 공간에 사는 이들은 모두 뭍이나 도시, 서울로 가고자 하는 강렬한 동경과 열망을 품고 있지만, 결국 갑작스러운 죽음으로 그러한 욕망은 좌절된 채 소설은 마무리됩니다. 그 후에 살아남은 자들은 다시 그 폐쇄된 공간에서의 삶을 그대로 반복한다는 서사 문법까지 치밀하게 밝혀내고 있습니다. 그리하여 전광용 소설에 등장하는 죽음은 전후 소설에서의 죽음이 실존주의적인 문제의식과 연결되는 일반적인 양상과는 전혀 다른 의미를 지닌다는 것입니다.

물론 이러한 공간은 "극심한 빈곤 상황을 의미"한다는 지적에 동의합니다. 나아가서 이처럼 고립되고 폐쇄된 공간은 분단과 전쟁으로 인해 '섬이 아닌 섬'이 되어 버린 남한을 상징하는 것으로 해독할 가능성은 없는지 묻고 싶습니다. 육지나 도시로 가고 싶지만 운명처럼 벗어날 수 없는 상황은 강고한 반공 이념에 의해 외부와는 접촉하기가 어려워진 당대 상황을 드러내는 것으로 보이기도 하기 때문입니다. 이와 관련해 1958년 11월 《사조(思潮)》에 발표된 전광용의 「해도초」는 매우 인상적인 작품입니다. 이 소설은 독도 근처에서 40여 척의 어선들이 미군기의 공습을 받아 두 명의 어부만 살아남는다는 내용으로, 10년 전인 1948년 6월 8일 미군 B-29 폭격기들이 훈련하면서 독도 주위에서 고기잡이 하던 30여 척의 어선들을 공습해 16명의 어부가 죽고 10명이 다쳤던 실제 사건을 바탕으로 하고 있습니다. 특히 준구가 죽기 전에 마지막으로 남긴 "비행기, 아, 저기 양키 비행기가……."라는 외침은 매우 강렬한 인상을 주기에 충분합니다.

주지하다시피 전광용은 대표적인 월남민 작가로서 고향과 어머니를 향한 사무친 그리움을 토로하는 작품(대표적으로 「목단강행 열차」)은 물론이고, 분단과 관련한 많은 산문을 남겼습니다. 이러한 산문들에서는 통일을 간절히 바라는 문구들도 쉽게 발견됩니다. "여건 미비를 핑계로 그리고 지루함에 지친 나머지 조국 통일에 대한 노력을 포기하거나 시간을 미루어서는 안 되겠다. 그리고 주변 국가의 힘을 너무 믿지 말자."(《세대》, 1974. 11), "같은 겨레끼리 철천지원수처럼 되어 있는 이 마당에서 한쪽에서 모자라는 석탄을 가져다 쓰고, 그쪽 살림살이에 부족한 것이 있으면 가져가는 것이, 꼭 이적 행위로만 해석될 것인가 하는 의아심을 자문자답도 해 본다."(《한국일보》, 1979. 10. 7)와 같은 대목을 대표적으로 들 수 있습니다. 극도의 빈곤과 고통으로 가득한 폐쇄된 공간, 그리고 죽음을 통해서가 아니면 이곳을 벗어날 수 없다는 설정 등은 분단에 대한 작가의 비판 의식과 연결지어 바라볼 가능성도 존재하는지 묻고 싶습니다.

2

1950년대에는 대체로 타인의 삶에 대한 관찰이나 자료의 조사를 통해서 다양한 인간 군상들을 창조했던 전광용은, 1960년을 전후하여 작가 개인의 경험과 그리 멀지 않은 지식인들을 소설 속에 등장시키고 공간적 배경 역시 서울로 옮겨 왔다고 보고 있습니다. 특히 4·19와 5·16을 거치면서 지식인의 나약성과 위선, 그리고 가치관의 혼란을 그려 내는 방향으로 작품 세계 또한 확장되었다는 주장입니다.

일종의 연작 형태라고 할 수 있는 장편 소설(「태백산맥」, 「젊은 소용돌이」, 「창과 벽」)에서 주인공들은 단편 소설의 주인공들과 마찬가지로 현실과의 대결에서 좌절하고 패배한 경험을 가지고 있지만, 그들은 자신들을 하찮은 존재로 바라보는 세상의 질서를 받아들이는 대신 자신들이 타락한 질서 때문에 정당한 대우를 받지 못하고 있다는 자의식을 간직한다는 것입니다. 이들의 모습은 모멸감을 느낀 것으로 해석되고 있는데, 이때의 모멸감은 스스로 이 정도 대우를 받아야 한다거나 받을 수 있다고 믿었음에도 불구하고 상대방으로부터 그러한 대우를 받지 못한다고 느꼈을 때 발생하는 감정입니다. 문제적인 것은 주인공의 내면 풍경이 보여 주는 모멸감을 작가 전광용의 내밀한 작가 의식의 징표로 해석하는 대목입니다. 이러한 작가 의식은 월남 작가라는 정체성과 긴밀하게 연결되고 있습니다. 월남민의 경우 반공 매카시즘이 횡행하던 시절에 대한민국의 국민이면서도 온전한 국민으로 취급받지 못했고, 작가가 외면으로 발화하지 못한 채 견뎌야만 했던 월남민의 처지는 모멸감이 자라날 수 있는 터전이었으리라는 것입니다.

최근 연구에 따르면, 1945년에서 1953년 사이의 월남민 숫자는 대략 80만에서 120만 정도로서 남한 내 전체 인구와 비교해 그렇게 많은 것은 아니지만, "이승만 대통령을 비롯하여 당시 군과 경찰의 최고위 간부, 기독교 지도자, 정부, 언론 상층부에서 이들의 영향력은 수적 비중을 훨씬 능가"했다고 합니다. 나아가 "대한민국은 월남한 엘리트들이 자신의 고향을 짓밟은 공산주의를 물리치고 그 땅을 수복하기 위한 나라라는 성격"(김동춘, 「월남자들이 만든 대한민국」, 『대한민국은 왜』(사계절, 2015), 119쪽)을 갖고 있었다고도 이야기됩니다. 물론 '38 따라지'라는 말이나 이범선의 「오발탄」과 같은 작품이 증명하듯이 월남한 기층 민중의 삶은 매우 고단했던 것을 확인할 수 있습니다. 그러나 전광용이 이러한 기층 월남민의 범주에 해당될지는 보다 면밀한 고찰이 필요하지 않을까 생각합니다. 전광용은 1955년에는 「흑산도」로 신춘문예에 당선되었으며, 같은 해에 서울대학교 문리과대학 조교수에 취임하여 사회적 지위를 탄탄하게 구축했습니다. 1960년대 들어서도 전광용은 학계나 문단에서 더욱 확고한 입지를 단진 것으로 보이기 때문입니다.

전광용 생애 연보

1919년	3월 1일, 함남 북청군 거산면 하입석리 1011번지 성천촌에서 부친 전주협(全周協)과 모친 이녹춘(李氵彔春)의 2남 4녀 중 장남으로 출생.(호적과는 달리 실제 생년월일은 1918년 음력 9월 5일, 양력 10월 9일임.)
1925년(6세)	4월, 고향에 있는 우신학교(又新學校)에 입학.(1929년 3월 4학년으로 졸업)
1929년(10세)	4월, 양화공립보통학교(陽化公立普通學校) 5학년으로 편입 (1931년 3월 졸업)
1934년(15세)	4월, 북청공립농업학교(北靑公立農業學校) 입학.(1937 3월 졸업)
1939년(20세)	1월 1일, 동아일보 신춘문예에 「별나라 공주와 토끼」가 입선.
1944년(25세)	11월 23일, 한정자(韓貞子)와 결혼.
1945년(26세)	11월, 경성경제전문학교(경성고등상업학교, 후에 서울대학교 상과대) 경제학과에 입학.(1947년 7월 2년 수료)
1947년(28세)	9월, 서울대학교 문리과대학 국어국문학과에 입학. 11월, 김기영(金綺泳), 박암(朴巖) 등과 함께 '국립대학극장'을 결성.
1948년(29세)	6월, 서울대학교 문리대 강당에서 제1회 낙산문학회(駱山文學會) 작품발표회 개최. 11월, 정한숙(鄭漢淑), 남상규(南相圭), 김봉혁(金鳳赫) 등과 함께 《주막(酒幕)》 동인을 결성하고, 김기영(金綺泳), 박암(朴巖) 등과 함께 극단 '고려예술좌(高麗藝術座)'를 창립.
1949년(30세)	3월, 서울대학교 《대학신문》에 단편 「압록강」을 발표. 10월,

	《한성일보》 기자 생활.(~1950. 12)
1950년(31세)	6·25 전쟁으로 대구로 피난.
1951년(32세)	《항도신문》 기자 생활.(~1952. 3) 9월, 서울대학교 문리과대학 국어국문학과를 졸업하고 대학원에 입학.(1953년 9월 수료)
1952년(33세)	11월 1일, 임시수도 부산에서 양재연(梁在淵), 김민수(金敏洙), 장덕순(張德順), 정병욱(鄭炳昱), 허웅(許雄), 강한영(姜漢永), 김동욱(金東旭) 등 소장 국어국문학자들이 국어학과 국문학의 연구를 목적으로 한 학술지《국어국문학》 창산호(부산 박문출판사 발행, 4×6배판)을 발간하고, 12월 14일, 서울대학교 본부강당에서 국어국문학회 창립총회를 개최.
1953년(34세)	4월, 휘문고등학교 교사.(~1954. 6)
1954년(35세)	6월, 서울대학교 사범대학 부속고등학교 교사.(~1955. 3) 9월, 서울대학교와 국립박물관이 주최한 전라남도 신안군 흑산도 학술조사단에 참가. 학술조사를 통해 채록한 지명, 방언, 민요 등을 바탕으로 해서 단편「흑산도」 창작.
1955년(36세)	1월 1일,《조선일보》 신춘문예에 단편「흑산도」가 당선. 4월, 수도여자사범대학 교수로 취임.(현 세종대, ~1957. 3) 11월, 서울대학교 문리과대학 조교수로 취임. 10월부터 1년 동안《사상계》에「신소설 연구」를 연재.
1956년(37세)	4월, 학술 논문「설중매」로 사상계논문상 수상.
1957년(38세)	3월,「이인직 연구」로 서울대학교에서 문학 석사 학위 취득.
1959년(40세)	11월, 을유문화사에서 첫 번째 창작집『흑산도』 발간.
1962년(43세)	1월, 단편「꺼삐딴 리」로 사상계사에서 주관하는 제7회 동인문학상 수상.
1963년(44세)	11월, 한국펜클럽 사무국장.(~1964. 12)
1965년(46세)	10월, 휘문출판사에서 장편소설『나신』 발간.
1966년(47세)	한국펜클럽 중앙위원.

1967년(48세)	을유문화사에서 전작 장편 소설 『창과 벽』 제1부 발간.
1969년(50세)	6월, 국어국문학회 대표.(~1971. 5)
1970년(51세)	6월 27일 개최된 제37차 국제펜대회 준비 사무국장. 8월, 전남 신안군 흑산도·홍도 제2차 학술답사에 참가.
1971년(52세)	8월 23일부터 11월 18일까지 자유중국, 홍콩, 태국, 이스라엘, 그리스, 이탈리아, 일본 등의 교육 문화 시찰에 참가한 후 9월 12일부터 18일까지 더블린에서 열린 제36회 국제펜대회에 한국 대표로 참석.
1972년(53세)	3월, 서울대학교 문리과대학 문학부장.(~1974. 3)
1973년(54세)	2월, 「신소설 연구」로 서울대학교에서 문학 박사 학위 취득. 7월, 백령도·대청도 학술 답사에 참가.
1974년(55세)	1월 13일부터 2월 4일까지 대만, 홍콩, 일본 등 여러 나라의 교육 문화 시찰에 참가. 12월, 이스라엘 예루살렘에서 개최된 제39차 국제펜대회에 참석한 후 약 1개월간 인도, 그리스, 프랑스, 벨기에 등의 교육 문화 시찰에 참가.
1975년(56세)	4월, 서울대학교 교수협의회 회장.(~1976. 5)
1976년(57세)	4월, 타이페이에서 개최된 국제아세아작가대회 및 8월, 영국 런던에서 개최된 제41차 국제펜대회에 한국 대표로 참석.
1977년(58세)	2월, 한국펜클럽 부회장.
1978년(59세)	스웨덴 스톡홀름에서 개최된 제43차 국제펜대회에 참석. 12월, 한국현대문학연구회 회장.
1979년(60세)	3월 10일, 서울대학교 함춘원에서 『백사 전광용 박사 회갑 기념 논총』 봉정식 개최. 12월, 「곽서방」으로 대한민국문학상(흙의문학상 부문) 수상.
1980년(61세)	4월, 한국비교문학회 회장. 5월 한미 친선 관계로 미국 방문.
1981년(62세)	8월, 미국 피닉스에서 개최된 제15차 세계어문학대회 참석. 10월, 중국 타이페이에서 열린 제1차 한중작가회의 참석.

1982년(63세)	8월, 뉴욕에서 개최된 제10차 세계비교문학대회에 참석.
1983년(64세)	1월, 서울시 교육회 주관 해외교육연수단에 참가하여 남태평양 지역 교육 문화계를 시찰. 2월, 북청민속예술보존회 회장. 8월, 타이페이에서 개최된 비교문학대회에 참석.
1984년(65세)	8월, 서울대학교 교수를 정년퇴임 후 명예교수로 취임.(국민훈장 동백장 수훈) 9월, 세종대학교 초빙 교수.
1985년(66세)	3월 30일, 한국소설가협회 대표위원.
1988년(69세)	6월 21일, 오진 3시 50분 딩뇨병으로 타게.

전광용 작품 연보

발표일	분류	제목	발표지
1949. 3	소설	압록강	서울대 대학신문
1954. 7	논문	신소설 「소양정(昭陽亭)」고	국어국문학
1955. 1	논문	호소(呼訴)와 체관(諦觀)의 표백	사상계
1955. 1	소설	흑산도	조선일보
1955. 8	소설	진개권(塵芥圈)	문학예술
1955. 10	논문	설중매: 신소설 연구 1	사상계
1955. 11	논문	치악산: 신소설 연구 2	사상계
1956. 1	소설	동혈 인간(動血人間)	조선일보
1956. 1	논문	귀의 성: 신소설 연구 3	사상계
1956. 2	논문	은세계: 신소설 연구 4	사상계
1956. 3	논문	혈의 누: 신소설 연구 5	사상계
1956. 3	소설	경동맥(硬動脈)	문학예술
1956. 4	논문	모란봉: 신소설 연구 6	사상계
1956. 6	논문	화의 혈: 신소설 연구 7	사상계
1956. 7	논문	춘외춘: 신소설 연구 8	사상계
1956. 8	논문	자유종: 신소설 연구 9	사상계
1956. 9	논문	자유종(속): 신소설 연구 10	사상계
1956. 11	논문	추월색: 신소설 연구 11	사상계

발표일	분류	제목	발표지
1956. 12	논문	유산 계승과 창작의 방향	자유문학
1957	논문	이인직 연구	서울대 논문집
1957. 8	논문	현진건론	새벽
1958. 1	기타	상(賞)	자유문학
1958. 4	기타	훈장 박사(勳章博士)	사상계
1958. 6	소설	지층(地層)	사상계
1958. 8	기타	영주낙수(瀛州落穗)	자유문학
1958. 9	논문	장혁주의 조국과 문학	지성
1958. 10	기타	「빅타」 향연(饗宴)	사상계
1958. 11	소설	해도초(海圖抄)	사조
1958. 12	논문	소월과 그의 소설: 단편 「함박눈」	지성
1958. 12	소설	벽력(霹靂)	현대문학
1959	단편소설집	흑산도	을유문화사
1959. 1	소설	주봉씨	자유공론
1959. 2	소설	퇴색(褪色)된 훈장	자유문학
1959. 2	소설	G. M. C	사상계
1959. 3	소설	영 1234	신태양
1959. 6	소설	사수(射手)	현대문학
1959. 9	소설	크라운장(莊)	사상계
1959. 10 ~1960. 1	소설	현란공석사(玄蘭公碩士)	문예
1960. 8	논문	신소설과 최찬식(崔瓚植)	국어국문학
1960. 9	소설	충매화(蟲媒花)	사상계
1960. 12	소설	초혼곡(招魂哭)	현대문학

발표일	분류	제목	발표지
1961. 10	논문	희곡「병자삼인(病者三人)」과 조일재(趙一齋)	국어국문학
1962	논문	「안의 성」고	국어국문학
1962	기타	흑백론: 흑색의 수난과 USA의 이율배반	동아춘추
1962. 1	소설	면허장(免許狀)	미사일
1962. 1	소설	반편들	사상계
1962. 3	논문	학생과 문장	사상계
1962. 7	소설	꺼삐딴·리	사상계
1962. 8	소설	곽서방	주간새나라
1962. 12	기타	구슬이 서말이라도: 작가의 시각	사상계
1963. 1	소설	남궁 박사	자유문학
1963. 2 ~1964. 3	장편소설	태백산맥	신세계
1963. 5. ~1964. 9	장편소설	나신(裸身)	여원
1963. 7	소설	죽음의 자세	현대문학
1964. 5	소설	모르모트의 반응	사상계
1964. 7	소설	제3자	문학춘추
1965	장편소설집	나신	휘문출판사
1965. 4	소설	세끼미	사상계
1965. 7	기타	섬색씨의 눈동자: 흑산도 기행: 산과 바다에의 찬가	세대
1965. 11	소설	머루와 노인	사상계

발표일	분류	제목	발표지
1965. 11	기타	낙화유수적 이전투구: 팔도인(八道人) 기질의 재평가, 함경도	세대
1966. 6	논문	「상록수」 고(攷): 작가 의식을 중심으로	동아문화
1966. 6 ~1968. 2	장편소설	젊은 소용돌이	현대문학
1967	연구서	한국 소설 발달사	고려대민족문화 연구소
1967	장편소설집	창과 벽(1부)	을유문화사
1968. 7	논문	소설 60년의 문제들: 신문화 60년 기념 심포지움	신동아
1968. 12	기타	나의 창작 편력	세대
1969. 3	논문	사건 전개와 인물의 성격: 소설과 방법〔특집 작중인물론〕	월간문학
1969. 7	논문	이인직론	월간문학
1970. 3	논문	한국 작가의 사회적 지위: 사적 변천 과정을 중심으로	문화비평
1971. 1	논문	한국어 문장의 시대적 변모 〔특집 문장론〕	월간문학
1971. 7	기타	함경남도 북청: 두고 온 고향	신동아
1973	논문	신소설 연구	서울대 박사 학위 논문
1974	논문	이광수 연구 서설	동양학
1974. 6	논문	민족 문학의 의의와 그 방향: 문예 중흥과 민족 문학 심포지엄	월간문학

발표일	분류	제목	발표지
1974. 9	소설	목단강행 열차	북한
1974. 10	논문	강국에는 아첨 잘하고 약소국에는 잔인한 일본	자유교양
1975	단편소설집	꺼삐딴 리	을유문화사
1975. 10	논문	근대 초기 소설에 나타난 성윤리의 한계성	예술논문집
1976. 5	논문	「고목화」에 대하여	국어국문학
1976. 7	논문	조국 통일과 문학: 문학인의 입장에서 본 통일 문제	통일정책
1977	단편소설집	동혈 인간	삼중당
1977	논문	한국 현대 소설의 향방	관악어문연구
1977. 12	논문	국어와 현대 소설	월간문학
1978	단편소설집	목단강행 열차	태창문화사
1979. 6	소설	시계(時計)	서울대 동창회보
1979. 8	소설	표범과 쥐 이야기	한국문학
1980	논문	백년래 한중 문학 교류 고	비교문학
1980. 5	논문	호탕한 웃음의 남정	어문연구
1980. 10	논문	《독립신문》에 나타난 근대적 의식	국어국문학
1981. 3	대담	누가 문화의 옷을 입었는가?: 의식주 생활 속의 한국인의 의식과 가치관(전광용·김정자 대담)	동서문화
1983	연구서	한국 근대 소설의 이해 1·2	민음사
1983. 6	논문	소설의 소재와 작가 의식	심상
1983. 7	논문	소설의 소재와 작가 의식	한국PEN

발표일	분류	제목	발표지
1984	연구서	한국 현대 소설사 연구	민음사
1986	연구서	한국 현대 문학 논고	민음사
1986	연구서	신소설 연구	새문사

작성자 김종욱 서울대 교수

정태용 혹은 전후 절충파 비평의 성과와 한계

이명원 / 경희대 교수

1 절충파 비평가 정태용

문학평론가 정태용(1919~1972)은 서정주, 김동리, 조연현 등과 같은 일제 강점기 말 세대에 속하지만, 비평가로서의 실질적인 활동은 월간 《현대문학》(1955)의 창간 이후부터 본격화된 이른바 전후(前後) 세대 비평가로 보는 것이 타당해 보인다. 그의 전기적·문학적 행적을 검토한 연구들에 따르면,[1] 일제 강점기 말인 1938년에는 조연현 등과 동인지 《아(牙)》를, 1939년에는 조연현, 김경린, 김광섭 등과 동인지 《시림(詩林)》 등의 발간에 참여하고, 해방 직후에도 몇몇 평론을 발표했으나, 비평가로서의 본격적인 활동이 시작된 것은 전후 문단의 재건기인 1995년에 「김유정론」을 발

---

[1] 김승룡, 「정태용의 비평 문학」, 《동악어문학》, 21호, 1986; 강소연, 「주체성 기반의 문학 논리 구성과 비평적 실천」, 《한민족어문학》, 51호, 2007; 김유중 편, 『정태용 평론 선집』 (지식을만드는지식, 2015)에서의 「해설」 참조.

표하면서부터였다.[2]

이러한 행적으로부터 일단 우리가 확인할 수 있는 것은 정태용이 이른바 전문직 비평가로 활약하기 이전까지는 시 창작에 대한 강한 의욕을 갖고 있었지만 그것이 여의치 않았고, 일제 강점기 말부터 본격화된 문학 활동을 시도했지만, 해방과 전쟁, 이에 따른 남북 문단의 재편 과정 속에서 결국에는 남한의 문단이 본격적으로 재건되는 단계인 1955년에 이르러서야 본격화된 문학 활동을 시도하게 되었다는 점이다.

정태용의 비평을 통독하고 나서 일단 드는 생각은 그가 전후 문학의 주된 토픽이었던 실존주의, 휴머니즘, 전통, 민족 문학론, 순수/참여문학, 모더니즘 논쟁 등에 대해 두루 입론을 펼쳤음에도 불구하고, 그것이 어떤 명료한 '입장주의'로 귀결되지 않고 많은 경우 중도/절충론의 성격을 띠었기에, 동시대 문단에서의 비평적 파장은 상대적으로 크지 않았다는 점이다. 대개의 경우 비평 담론의 주체화와 비평가의 주체 정립 과정을 검토해 보면, 설사 논리적 오류, 정념의 과잉, 가치 판단의 모순이 드러난다고 할지라도, 특정한 진영에 속하면서 스스로의 입장을 명료하게 개진할 때, 문단과 독자 모두의 관심의 초점이 되는 경우가 크다. 그런데 정태용은 많은 경우 논리적 대립의 양 노선 모두를 비판하면서도, 그 안에서 흡수할 수 있는 장점과 시사점을 논리적으로 종합하는 식의 비평적 관점을 보여 주는 중도/절충론적 문학관을 드러냈다. 이것이 그의 문학의 명백한 특징이기는 하지만, 문단·문학사적 관점에서 보면 비평의 강렬한 개성과 특이성의 발산을 제약하는 요소로 작용한 것이 아닌가 하는 생각이 드는 것도 부정하기는 어렵다.

전후에 활동했던 비평가 최일수와도 유사한 측면이 있는 것이지만,[3] 그

---

2) 김윤중, 위의 책, 317쪽.
3) 최일수는 진보적 민족 문학론과 리얼리즘론의 주장자였으며, 분단 극복과 통일, 그리고 제3세계 문학 등에 대해 두루 관심을 보였지만, 기묘하게도 이념적으로는 거리가 있는 《현대문학》을 거점으로 활동했다. 이명원, 『종언 이후: 최일수와 전후 비평』(새움, 2006)

의 비평 활동의 주무대가 이른바 순수 문학의 아성인 《현대문학》을 중심으로 펼쳐졌던 것 역시, 《사상계》 등을 통해 전후 문학의 기린아로 등장했던 이어령이나 유종호, 혹은 당대 문단에서 원로의 지위를 점하고 있었던 백철 등의 선명하고도 새로운 이론적 논의에 비해 일정한 제약 혹은 모순을 보여 주었던 측면이 있는 게 아닌가 하는 생각도 든다. 냉정하게 판단하면, 정태용의 문학관은 이른바 문협 정통파의 기관지를 자임했던 조연현 중심의 《현대문학》의 순수문학론과는 이념적 거리가 있었다. 그럼에도 불구하고 조연현과의 힉연 등을 포함한 사적 인간관계의 밀도, 그것의 연장으로서의 발표지면 혹은 문단 활동의 제약은 그를 명백한 순수문학론자도, 반대로 참여문학론자로도 아닌 절충/중도적 비평을 개진하게 만들었던 게 아닌가 하는 추측도 가능하다.[4]

이 논문에서는 정태용의 비평을 전후 문학이라는 개념적·시대적 구도 속에서 그 의미를 포착해 그의 비평의 비평사적 의미를 논의해 보고자 한다. 그의 비평적 활동이 비평사적 연구의 자리에서는 소수의 연구자들을 제외하면 아직까지 충분하게 논의된 바가 없기 때문에, 이 글 역시 불가피하게 정태용의 문학에 대한 보다 본격화된 논의를 촉진하는 시론(試論)적 성격을 띠게 된다는 점도 환기할 필요가 있다.[5]

참조.

4) 생전에 정태용은 단 한 권의 평론집도 출간하지 못했다. 그의 사후에 조연현이 원고를 수습해 『정태용 선집: 한국 현대시인 연구·기타』(1976, 어문각)를 출간했다. 조연현은 이 책의 「서문」에서 그 심경을 이렇게 표현하고 있다. "정태용 형은 1972년 1월 1일 이 세상을 떠났다. 30년 동안 이 나라 문단에서 활동해 왔고, 그동안 발표해 온 글들이 4, 5권의 저서가 될 만한 분량이었지만 한 권의 저서도 남겨 놓지 못하고 가 버린 것이 늘 마음에 걸렸다. 그가 발표한 글들을 정리하여 이를 책으로 남겨 놓아야 하겠다는 것은 그가 가 버린 이후 이 3년 동안의 나의 변함없는 숙제였다. 이것은 고인에 대한 나의 우정인 동시에 또한 우리 문단의 한 책무이기도 했다."(5쪽)

5) 이 논문에서 정태용 평론의 인용은 조연현 편, 『정태용 선집: 한국 현대시인 연구·기타』(1976, 어문각, 인용 시 『정태용 선집 a』로 표기)와 김유중 엮음, 『정태용 평론 선집』(지식을 만드는지식, 2015, 인용 시 『정태용 선집 b』로 표기)를 텍스트로 하기로 한다. 논문의 끝에는 인용된 평론의 출전을 연대기 순으로 밝히도록 하겠다.

2 한국 현대시사의 구성에의 의욕

문학평론가 정태용의 비평가로서의 활동에서 가장 눈에 띄는 작업은 그가 한국의 현대시사(詩史)의 사적 체계화와 검토에 매우 깊은 관심을 기울였다는 사실이다. 그의 사후 조연현에 의해 출간된 평론 선집의 제목이 『한국 현대시인 연구·기타』(1976)라는 점에서도 알 수 있듯, 그 자신은 물론 동료 비평가의 입장에서, 그는 적어도 시(詩) 장르를 중심으로 비평을 전개했던 문학사가로서의 성격이 인상적이었다.

연구자들 역시 이 점에 주목하고 있다. 정태용의 비평을 대상으로 한 실증적·선구적 논의에서 김승룡은 "정태용의 실제 비평에서 특히 주목되고 있는 것은 앞에서 언급하였던 「현대시인 연구」이다."라고 말하면서, "논의되었던 시인들을 '사회', '인생', '자연'"이라는 토픽을 중심으로 그의 시 비평을 간략하게 언급하고 있다.[6] 그의 말처럼 정태용은 1957, 1958, 1967, 1970년의 4개년에 단속적으로 시인론을 30여 편 이상 연재하는데, 이것은 그의 비평의 전 생애 동안 그가 얼마나 현대 시사의 기술에 큰 관심을 갖고 있었는가를 보여 준다. 김승룡 이후 정태용의 비평을 종합적으로 섬세하게 검토했던 강소연 역시 "그의 소설가론이 막연한 인상 비평을 넘어 감상적인 어휘를 배제하고 논리적 해석을 시도한 자취는 확연하나 양적으로 빈약했고 그 고찰 내용이 범상한 수준에서 벗어나지 못한 것에 반해, 시인론에 집중된 정태용의 비평적 실천의 범위는 방대하기까지 하다."라며 적극적으로 평가하고 있다.[7]

실제로 정태용의 여러 비평들은 많은 경우에 실제 비평이 생략된 이론적 논의로 시종하는 경향이 많지만, 예외적으로 시사(詩史)적 견지에서 쓰인 시인론은 구체적인 작품들을 거론하면서 분석적 논의를 가하고 있기 때문에, 문학사적 가치 평가는 물론 정태용의 비평적 역량 역시 확인하게 되는 대목이다. 그런 점에서 비평가로서의 정태용의 비평사적 의미는 일

---

6) 김승룡, 앞의 논문, 416~417쪽.
7) 강소연, 앞의 논문, 604쪽.

차적으로는 한국 현대시사의 체계적 검토와 가치 평가라는 측면에서 보아야 한다.

그렇다면 그는 어떤 시인들을 비평적 대상으로 조명하고 있는가. 『정태용 선집 a』에 수록된 시인들을 무순으로 거론하면 다음과 같다.

최남선, 이광수, 주요한, 오상순, 한용운, 이상화, 양주동, 이장희, 김동환, 백기만, 김소월, 박종화, 김해강, 김동명, 김영랑, 박용철, 이육사, 김광섭, 신석정, 모윤숙, 노천명, 유치환, 신석조, 김광균, 소지훈, 박두진, 이실주, 김용호, 김현승.

일단 위에 거론된 시인들을 보면, 신문학 초기의 최남선, 이광수, 주요한 등을 거쳐, 한국적 저항시의 전통을 이루는 한용운, 이육사, 이상화는 물론 김영랑과 박용철 같은 이른바 '시문학파'와 조지훈, 박두진과 같은 '생명파'까지를 모두 포괄해서 논의하고 있음을 확인할 수 있다. 다만 일제하의 이른바 카프 계열의 시인들과 재북/월북 시인들에 대한 논의는 정지용 등의 간헐적 언급을 제외하면 완전히 생략되어 있는데, 이는 정태용이 비평 활동을 전개하던 시기의 반공·냉전주의의 압력 탓이었을 것으로 판단된다.

시사적 견지에서 시인론을 전개하면서 정태용이 주목한 것은 무엇일까. 필자의 판단으로는 시의 현대성의 근거와 전통 혹은 시사적 연속성을 찾는 작업을 통해, 당대 문단에서 비평적 논쟁의 주된 토픽이었던 문학사적 '전통'의 의미를 추출하고자 하는 의도가 아니었나 판단된다. 가령 육당과 춘원의 신체시 혹은 신시를 거론하면서 그는 다음과 같은 평가를 내리고 있다.

한편 육당과 춘원은 모두 시조에 새로운 음수(音數)의 변형과 함께 신시대적인 내용을 시도한 바가 있으나 3·4조의 정형시조는 아무래도 이 시대의 격동을 소화할 수 없는 것으로서 오히려 그것은 현대시의 발전을 저해했을 뿐이 아니었던가고 보여진다. 그러나 다른 한 면으로 보자면 우리 시의 서정성이란 것은 무엇보다도 시조적인 격조(格調)가 아닌가고 생각된다. 지금까지 시조를 쓰고 있는 시인들의 작품이나 오늘날 가장 서정 정신이 깊은 시인들의 작품들을 비교해 볼 때 그것은 맑고 깨끗하고 고요하고 가냘프고 자연적인 애상이 그 깊은 바탕이 되어 있다. 자유시와 시조(時調)시 사이에 형식상의 현격한 차이가 있음에도 불구하고 이러한 공통성을 발견한다는 것은 결국 우리 민족의 서정의 근원이 어디에 있음을 말해 주는 것이 아닌가 싶다.[8]

위의 진술은 최남선의 『신체시』와 시조집 『시조』, 『백팔번뇌』와 이광수의 시집 『춘원 시가집』, 『3인 시조집』을 대상으로 논의한 평론의 결론이다. 시사적 견지에서 한국 현대시의 출발을 어떻게 볼 것인가. 또한 신체시를 통해 서구적 개화 계몽을 역설했던 최남선이 이후 시조 창작으로 나아간 것을 어떻게 이해할 것인가의 문제는 결국 한국 현대시의 기원을 묻는 문제이다. 이것은 한국의 근대 문학 혹은 현대 문학의 기원이 전통 문학과의 단절에 있느냐 혹은 연속성이 있느냐 하는 물음과도 유사한 것인데, 정태용은 형식상으로 보면 현대시와 전통 시가 양식인 시조 사이에는 현격한 형식상의 '차이'가 있음에도 불구하고, "시조적인 격조"가 현대시에 계승되어 있다는 점에서 그 연속성을 확인할 수 있다고 주장하고 있는 것이다. 즉 "자유시와 시조시" 사이에서 "공통성" 혹은 연속성의 근거를 발견하고 있는 것이다. 이러한 시각은 신체시를 서구의 현대시에 영향 받은 일본 신체시의 기계적 이식 혹은 모방 등으로 보고, 최남선과 이육사의 시조 창작으로의 이행을 문학사적 퇴행으로 보는 일각의 비판적 시각과는 결을 달리하는 것이다.

---

8)   정태용, 「육당과 춘원」, 『정태용 선집 a』, 18~19쪽.

한편, 위에서의 정태용의 논의는, 가령 한국 근대 문학의 본격적인 출발을 1919년 3·1 운동 이후의 시민 문학 전통에서 찾은 '근대로의 이행기 문학'의 문학사적 인식과의 유사성을 내포하면서도, 조동일이 "신체시의 유산은 근대시를 방황하게 하고 좌절하게 하는 상처에 지나지 않았다."[9] 라며 과감하게 비판한 것과는 달리, 정태용은 춘원과 육당에 대해 "이러한 새 시대는 그에 알맞은 새로운 어법과 문법을 찾아 일상 속어의 적극적인 활용으로서 표현의 다양성과 비속성과 그 구체성을 자랑으로 삼았으며, 이것은 국어 국문체의 발전을 초래하였다."라는 식의 적극적인 평가를 이끌어 낸다.[10] 정태용은 전통 문학과 현대 문학의 연속성의 문제를 완전히 새로운 형식/내용의 도입 문제로만 보지는 않았다. 시조는 낡은 양식이고, 신체시는 과도적 어법으로 시를 현대적으로 양식화하는 데는 실패했지만, 낡은 시조 양식 속의 새로운 개화계몽에의 의지, 신체시라는 새로운 어법의 도입을 통한 전통적 일상 속어의 계승이라는 내용/형식 안의 근대적 성격을 적극적으로 평가함으로써, 한국 현대 시사의 단절/계승의 아포리아를 극복하고자 했던 것이다.

그러나 역시 정태용이 시인론의 기술에서 가장 심혈을 기울인 것은 이육사, 한용운, 김소월과 같은 민족시인의 계보에 드는 시인들이었다.

1) 현대시는 극히 분석적이요 시각적이다. 현대시는 모든 감각적인 언어를 동원하여 분석적인 표현으로 개성을 나타내었다. 그러나 그것은 너무 감각적이고 분석적인 표현에 열중한 나머지 웅심(雄深)한 도량과 호장(豪長)한 기상을 잃어버리고 세공적인 장인바치로 떨어지고 말았다. 말하자면 사물을 분석하고 꾸미고 다듬기는 하지만, 커다랗게 창조하는 데에는 소홀하였다. 소홀했다기보다는 능력이 없었다. 그래서 항상 세공적인 창조였다.

그러나 육사는 분석적인 표현을 쓰면서도, 그것은 이미지의 선명성, 구체

9) 조동일, 『한국 문학 통사 5』, 2판(지식산업사, 1989), 61쪽.
10) 정태용, 앞의 글, 13쪽.

화를 위한 것이요, 의식의 분열증과 같은 세공으로는 떨어지지 않았다. 그는 분석을 하면서도 언제나 우렁찬 코러스와 같이 종합되고 통일된 힘으로 세계를 창조하였다.[11]

2) 그런데 결론적으로 말한다면 만해나 요한의 시어들은 우리 시문학사에서 본다면 지용의 좀 더 현대적인 감각성에서 오는 시편 이전에는 가장 새로운 것이라고 할 수 있지 않을까 싶다. 그리고 초기의 신석정의 목가적 시경(詩境)이나 조지훈의 동양적 아취 같은 것도, 그 발아 상태는 이미 만해에서 준비되어 있는 것으로 생각된다. 만해의 시어나 알레고리, 이미저리는 어디까지나 동양적인 감각성에서 잉태되고 있다. 어쩌면 그것은 그의 지식이나 교양의 취미적·보수적 위치에서 오는 불가피한 사정이라고 말할 수도 있겠지만 그 이유야 무엇이든 간에 신문학 이전의 문학에서는 볼 수 없었던 새로움으로써 등장된 것만은 그의 공적으로 돌려도 좋을 것이다.[12]

3) 이러한 소월의 민요시는 근대적인 과도기에서, 사회의식과 자의식의 교체기에 특수하게 있을 수 있었던 한 시기의 산물로서, 어느 시기에나 구할 수 있었던 것은 아니라 생각된다. 이 사회의식과 자의식이 분열하기 직전의 감동으로서 통일된 짧은 기간에, 한 사람의 개성이, 공동체의 보편적인 감각으로서, 자아의 감동 세계를 형성하는 일이 가능하였던 것은 아닐까 한다. 소월도 시대도 발전에 따라 그 이성의 성장이나, 감동의 파산이 오고, 그리하여 이러한 통일과 균형은 깨어지고 만다. 나이보다는 꽤 이지적으로 사고하는 한 인간이, 인간적 시대적으로 감동이 가장 발랄한 시기에, 공동체적인 감동이 개인의 취미나 기질, 감정으로서 무의식적으로 형성된 것─이것이 소월의 민요시가 생길 수 있는 그 정신적인 바탕이라고 우리들은 말

---

11) 정태용, 「이육사론」, 『정태용 선집 a』, 144쪽.
12) 정태용, 「한용운론」, 위의 책, 40쪽.

할 수 없는 것일까.[13]

위의 인용문은 1) 이육사, 2) 한용운, 3) 김소월의 시적 성취를 분석하고 있는 부분이다. 이육사의 시에서는 "분석적인 표현", "이미지의 선명성", "종합되고 통일된 힘"을 읽어 낸다. 한용운의 시에서는 "현대적인 감각성"과 동시에 "동양적인 감각성"을 가능케 하는 "알레고리"와 "이미지" 등을 읽어 내면서, 이것이 이후 정지용, 신석정, 조지훈의 시적 실천으로 계승된 측면이 있음을 역설하고 있다. 한편 김소월의 민요시에서는 개인의식으로 "분열하기 직전의 감동"을 표현하면서, "공동체의 보편적인 감각"과 "자아의 감동 세계"를 동시에 표현하고 있다고 평가한다.

정태용은 시인론이라는 비평의 목표, 즉 한 시인의 시 세계의 특이성을 형식적·사상적·사회 문화적인 맥락 안에서 복합적으로 이해하고 분석적으로 논의하는 특징을 보여 준다. 개별 시인의 시적 성취는 한국의 현대시사의 전개 과정 속에서 어떤 시적 특이성을 후대로 계승시키며, 이것이 궁극적으로는 시사적 전통을 형성한다는 시각이 여기에는 담겨 있다. 시의 분석에 있어서도 형식 편향적이거나 내용 편향적으로만 치우치지 않고, 형식과 내용 양면에 대한 분석적 논의를 진행했다.

정태용의 시 비평에서 또 한 가지 중요한 관점은 그가 시어의 구체성, 즉 이미지의 구체적 육화와 지성을 강조한 비평가였다는 점에 있다. 정태용은 구체성이 결여된 관념적 진술이나 지성이 부재하는 막연한 난해시를 비판적으로 인식했다. 김기림과 이상의 시를 논의하면서 이들이 참으로 현대성의 문제를 예리하게 사유하지는 못했다는 비판을 던졌을 뿐 아니라.[14] 이른바 전후 모더니즘 시의 난해성 역시 서구 모더니즘 시에 대한 일종의 포즈 혹은 흉내 내기에 불과한 것에 불과하다는 비판적 시각을 드러냈다. 정태용이 현대시의 이론적 준거로 삼은 것은 T. S. 엘리엇이나 그

---

13) 정태용, 「김소월론」, 『정태용 선집 a』, 108쪽.
14) 정태용, 「한국 시의 반성 — 난해성과 새로운 시」, 『정태용 선집 a』 참조.

의 후배 세대 격에 속하는 C. D. 루이스와 같은 영미 모더니즘 계열의 시와 시인이었는데, 엘리엇의 문명 비판의 감각을 동반한 주지주의나 오든 그룹에 속하는 루이스의 사회적 모더니즘의 사상성에 기반한 현대시의 시작 행위를 한국의 현대시인들은 그저 '난해시' 일반으로 해소해 버렸다고 비판한다.

현대시가 애매하고 복잡하고 난해한 소이를 이것으로 짐작할 수 있다. 그러나 이것은 하나의 결과로서의 판단이지만 이것을 선입관으로서 준비하는 곳에 한국 시의 미숙한 자기기만이 있다. 바꾸어 말하면 추상어의 경우와 같이 무언가 애매하고 복잡하지 않고 명확하기만 하면 그것은 현대시가 되지 않는다는 관념이다. 여기에서 시 이전 언어 이전의 문제에서조차 현대를 현대답게 느끼지 못하는 사람들까지도 이 애매와 복잡의 연막 속으로 자신을 위장하려는 것이다. 시를 쓰려는 젊은 학생들이 나는 왜 애매한 것을 쓰지 못하는가고 번민하며 그런 것을 쓰려고 애쓰고 있다.[15]

위의 인용문을 간략하게 요약하면, 한국의 이른바 모더니즘 시 혹은 난해시는 서구 현대시가 배태된 사상적·역사적·미학적 맥락에 대한 이해 없이, 그저 시어가 애매하고 복잡하면 된다는 식의 시적 미숙 혹은 자기기만에 근거한 난해성을 보여 주고 있는데, 이는 시에 대한 허위의식의 산물이라는 주장이다. 물론 전후의 모더니즘 시는 그것을 가능케 한 위기의 산물이기는 했다. 한국 전쟁을 통한 극한 체험은 시의 서정성의 기반을 완전히 파괴해 버렸기 때문에, 엘리엇과 루이스가 1차 대전 직후 직면했던 문명의 붕괴감, 이를 통한 새로운 세계에의 강렬한 열망 등을 공유할 수 있는 심리적 근거는 존재했다. 문제는 이것을 사상적으로, 이론적으로 체계화하지 않은 상황에서의 일종의 새것 콤플렉스라고 할 수 있을 형태

15) 위의 글, 467쪽.

의 흉내 내기만을 한국의 시인들이 하고 있는 게 아니냐는 것이 정태용의 난해시 비판의 근거이다.

그러나 정태용의 난해시 비판은 가령 동시대의 김규동,[16] 이봉래,[17] 최일수[18]와 같은 시인·비평가들에게서 보이는 사회·역사적 행동성과 모더니즘을 결합하는 식의 이해로까지는 나아가지 않았다는 점에서 보면, 그 자신 역시 모더니즘에 기반한 한국 현대시 이해에 있어 일정한 인식상의 한계를 내포하고 있었다는 점도 지적될 필요가 있다. 리얼리즘과 모더니즘의 절충 혹은 그 중간에서 비평의식을 보여 주었던 정태용 비평의 특징 혹은 한계일 것이다.

3 이른바 '입법 비평' 구축의 양면성

그가 가장 정력적인 비평적 실천을 했던 시인론과는 반대로, 현장 비평의 영역에서 정태용은 크게 두각을 나타내지 않았다. 왜 이런 현상이 나타난 것일까? 몇 가지 원인을 추측해 볼 수는 있다.

---

16) "시인도 역시 참혹한 현실 사회의 비극과 그 경사의 한 지점에 위치하여 스스로의 절망과 피곤을 면치 못하면서 생을 영위해 가는 한 사회의 적은 멤버에 지나지 않는다. 그러므로 그의 정신은 항상 그가 위치하고 있는 역사적 사회 현실에 대하여 강약의 차는 있을지언정 어떤 저항을 가지게 되는 것이며 그러한 저항의 저류에는 그만이 가질 수 있는 이상의 미적 세계가 숨어 있을 것이 분명하다." 김규동, 『새로운 시론』(산호장, 1955), 8~9쪽.

17) "일체를 추상화하고 요소에 환원하고 법칙에 이르기까지 단순화하여야 한다는 과거의 시론에 비해서, 이들은 오늘날의 시정신이 문명 비평의 최후 형식으로서 또는 인식 수단의 기본 방법으로서 존재해야 한다는 시인의 사회적 공감에서 출발한 논리였다." 이봉래, 「언어의 개혁(상)」, 《조선일보》, 1955. 9. 28.

18) "그런데 여기서 우리의 현대시를 비판해야 할 문제의 초점은 이와 같이 새로움을 짓는 현대주의, 즉 모더니즘의 정신이 그 자체로서 진보적 경향이지만 그것이 어떠한 요인 때문에 새로운 감각 표현에만 젖어 지성의 통일을 잃고 또는 그것에 편향하면서 진정 새로운 현실을 왜 파악하지 못하고 있는 점에 있는 것이다." 최일수, 「현대시와 언어 개혁」, 《조선일보》, 1955. 3. 15.

첫째, 세대론적 측면에서 한 원인을 찾을 수 있다. 정태용뿐 아니라 전후에 활동을 시작한 비평가들은 전후 대학을 중심으로 새롭게 등장한 신진 비평가들에 의해 빠른 속도로 문단의 중심에서 멀어졌다. 가령 정태용이 비평 활동을 다시 시작했던 시기에 이어령과 유종호 같은 신세대 비평가들이 출현하여 평단의 이슈를 끝없이 제출했으며, 1960년대가 되면 4·19 혁명의 사회 문화적 세례를 받은 더 젊은 신세대 비평가들이 출현하여, 전후 문학 일반에 대한 극복 의지를 보여 준다.

둘째, 문학의 장르 선택상의 문제도 정태용의 활동을 상대적으로 제약하게 만든 요소가 아닌가 판단된다. 앞에서도 언급했듯이 정태용은 주로 시사(詩史)적 관점에서 시류와 무관하게 시인론을 쓰거나 탐구하는 데 열중하고 있었다. 반면 전후의 한국 문단은 일시적으로 전후 모더니즘 문학에 대한 논의가 있었던 것이 사실이지만, 문학의 중심축은 소설에 있었고 특히 전후의 실존주의와 휴머니즘, 그리고 이어지는 문학의 순수/참여 논쟁, 전통의 단절/계승 논쟁 등이 결국은 소설이라는 장르를 중심으로 전개되었다. 그러므로 시 장르에 집중했던 정태용이 각종의 논쟁에 개입한다고 할지라도, 구체적인 소설 작품을 중심으로 예각적인 논의를 펼치는 것은 어려웠다.

셋째, 이러한 사실과 함께 정태용 비평의 전형적인 특징, 즉 그 자신의 용어로 규정하자면 학문적 성격이 강한 '입법 비평'에 머문 것 역시 비평가로서의 그의 자취가 미약해지는 데 일조한 것으로 보인다.[19] 이러한 입법 비평적 태도는 문학 현장에 직접적으로 개입하는 과정에서조차 용어와 개념에 대한 원론적 혹은 개념사적 탐구를 통해, 비평계 현장에서 쓰

---

19) 정태용이 명명한 입법 비평이란 "문학의 학문적 체계를 세우는 일"을 의미한다. 이를 위해서는 첫째, 문학 이론의 체계적 통일, 둘째, 합리성과 체계성이 있는 통일된 세계관, 셋째, 문학적 용어의 정의와 해석, 넷째, 문학 양식의 발견을 통한 문학사와 창작방법론의 구성이 중요하다고 그는 보았다. 정태용, 「비평의 본질과 그 기능(하)」, 『정태용 선집 b』 참조.

이는 개념의 오용을 바로잡는 등의 행위로 흔히 나타나는데, 필요한 작업이기는 하되 그것이 빠르게 전개되는 비평계의 논쟁 구도 속에서 강한 인상과 효과와 반응를 초래하기는 어려웠다.

이런 입법 비평의 사례를 「현대와 휴머니즘 ─ 실존주의와의 관련에서」(1961)를 중심으로 잠시 살펴보기로 하자. 일단 이 평론을 쓰게 된 동기를 정태용은 전년의 4·19 혁명과 관련해 학생들이 개최한 문학좌담회의 인상 때문이었다며 다음과 같이 비평의 도입부에서 밝히고 있다.

> 지난해 1년간의 우리 문학을 검토하는 어느 학생 주최의 좌담회에 나갔을 때 '현대와 휴머니즘'이란 것이 한 의제로 상정되어 있었다. 참석자 중의 한 분이 이것을 의제로 채택한 동기가 무엇이냐? 4월 혁명 이후 학생들이 이것을 문제로 삼는 이유를 알고 싶다고 말했으나 신통한 대답은 없었다. 생각건대, 학생들은 4월 혁명을 일으키고 수행한 주체적 세력이 자신들이라고 생각하면서, 그것을 밀고 나간 원동력이라고도 할 정신은 무엇일까라고 자문할 때, 그들이 상도한 것은 결국 이 휴머니즘이 아니었던가 싶다. 그러한 측면에서 4월 혁명을 생각해 보기를 기성인들에게 요구한 것이 아닐까 싶어진다.[20]

비평의 도입부에서 학생들의 4·19 혁명이 '휴머니즘'의 문제를 다시 생각할 계기를 주었다고 밝히고 있는 부분을 읽을 때, 자연히 독자인 우리들은 4·19 혁명이 한국 사회와 문학에 미친 영향 및 향후 전망에 대한 진술이 이어질 것이라고 예측하게 된다. 사실 현장 비평가들이 하고 있는 작업들은 대개 이런 것이다. 그런데 정태용은 이러한 우리의 예상과는 완전히 다르게, 돌연 휴머니즘 개념에 대한 계보학적 탐구로 그의 글쓰기를 이동시킨다.

---

20) 정태용, 「현대와 휴머니즘 ─ 실존주의와의 관계에서」, 『정태용 선집 a』, 283쪽.

가령 한국에서의 휴머니즘 논의는 어떻게 전개되었는가를 묻고, 1) 1935년 프로 문학 퇴조기에 등장한 백철, 안함광, 임화 등의 휴머니즘 논의를 소개한 후, 2) 해방 직후 김동리에 의해 제창된 제3 휴머니즘 논의를 제시하고, 3) 이것이 한국 전쟁 이후에는 소설에서의 실존주의 논의로 전개되었지만, "'저항'이니 '한계 상황'이니 '초극'이니 하는 몇 가지 숙어만을 우리들의 기억에 남겨 놓고는, 그들의 이야기는 들을 수 없었다."라며, 한국 문학에서의 휴머니즘 논의가 비생산적이었다는 식으로 마치고 있다.[21]

　여기까지 읽었으니 다시 독자 입장에서는, 그렇다면 4·19 혁명 이후의 한국 문학을 휴머니즘과 연계해서 논의하는 현재적 관점이 등장하리라고 예상하겠지만, 정태용은 이제는 시선을 더 먼 곳의 서양으로 돌려 휴머니즘과 관련된 유럽의 사상사적 흐름을 끈질기고 유장하게 검토하기 시작한다. 고대 희랍이나 로마의 휴머니즘, 르네상스기를 거치면서 등장한 인간 중심주의에 기반한 휴머니즘, 근대에 이르러 T. S. 엘리엇에 의한 문명 비판까지도 휴머니즘의 자장 속에서 논의된다. 거기서 그치지 않고, 셰익스피어, 몽테뉴, 데카르트, 프랑스의 계몽주의, 독일의 괴테, 그리고 고전주의와 낭만주의 등에 대한 분석이 끝없이 이어진 끝에, 다소는 허망하게도 이 비평은 다음과 같은 결론에 도달하게 된다.

　　본문은 처음 간소하게 실존주의와 현대적인 휴머니즘의 관계를 고찰해 보고자 했으나, 시작해 놓고 보니 적어도 근대 이후의 휴머니즘의 양상을 말하지 않고는 이야기가 편견적으로 흐를 염려가 있어서 휴머니즘의 사적 (史的)인 전개를 더듬어 보려고 하였다. 그러나 휴머니즘은 원래 광범하고 막연한 것이어서 간단하게는 되지 않았다. 휴머니즘의 두 가지 경향, 즉 "인간이란 무엇인가" 하는 인간성의 탐구와 "어떻게 살 것이냐" 하는 인도적인 문제는 역사와 더불어 여러 가지 문학 운동과 사회 사조와 그 운동을 통하

---

21)　위의 글, 283~288쪽.

여 서로 결부되고 반영되면서 전개되어 왔다. 나는 그중에 문학 운동을 중심으로 한 인간성의 탐구의 면면이라도 고찰해 보고자 했으나 자료와 시간의 부족 등으로 잡지사와의 처음 약속과는 달리 너무 오래 끌게 되었다. 잡지사에 미안하고 또 나 자신이 이것만이 자료 모집과 정리에 매일 수 없는 관계로 이상으로서 본문을 일단 중단하고 전체를 집필 완료한 뒤에 다시 발표하기로 하였다.[22]

결국 이 평문은 "휴머니즘의 사적인 전개를 더듬"는 데서 멈췄다. 평론의 도입부에서 스스로 제기했던 4·19 혁명과 휴머니즘의 관계에 대해서는 어떠한 진술도 존재하지 않는다. 학생들이 기성세대의 의견을 물었다는 가정 아래 논의를 전개했음에도 불구하고, 한국과 유럽에서의 휴머니즘 논의에 대한 문학사적 혹은 사상사적 기술과 분석에 시종함으로써, 애초에 그 자신이 비평의 목적으로 삼았던 논점으로부터는 멀어진 것이다.

시인론을 제외하고 쓰인 정태용의 비평들은 대개 이러한 형식으로 쓰인 것이 많아서, 좋게 보면 학구적이고 비판적으로 생각하면 현장의 쟁점과는 거리가 먼 원론적 글쓰기 방식으로 판단된다. 이러한 결과가 초래된 것은 그가 감상 비평(해석 비평)이나 지도 비평(메타 비평) 쪽보다는 개인적으로 문학 혹은 문학 사조에 대한 학적(學的)·사적(史的) 체계화 쪽에 더 많은 관심을 피력하면서 '입법 비평'의 구축에 힘썼기 때문일 것이다.

물론 정태용 식의 입법 비평은 장점도 존재한다. 비평 현장에서 다만 수사적으로 혹은 선동적 구호의 형식으로 제기된 표현들을 일종의 고고학적 시선 혹은 개념사적 견지에서 체계적으로 재정의하는 한편 의미화·맥락화하는 것은 비평 본연의 주요한 기능 중의 하나이기 때문이다. 문제는 이를 통해서 결국 돌아와야 할 현장은 '지금-이곳'의 문학계라는 점인데,

---

22) 위의 글, 303~304쪽.

체계화에 대한 이론적 욕망이 너무 승하다 보니, '과거-저곳'의 자료의 숲속에서 길을 잃는 모습이 종종 나타났던 것이다.

물론 정태용은 동시대적 쟁점에 논쟁적으로 개입하는 면모도 보여 주었다. 그것이 가장 극단적으로 돌출된 것은 「사이비 지성의 결산」(1963)일 텐데, 이 평문에서 그는 "오늘의 비평 문학의 수준은 30년 전 최재서 씨가 활약하던 시대보다도 저급해졌다."라는 세간의 평가를 인용한 후에, "이 말은 바로 그런 사태를 가져오게 한 원인의 8할 이상을 차지하고 있는 장본인 이어령 씨의 입에서 나왔다."[23]라고 이어령을 지목한다. 이 평론은 이어령이 발표한 「현대 예술은 왜 고독한가」(『현대인 강좌』(박영사, 1962)에 수록), 「한국 소설의 맹점」(《사상계》 문예 특별 증간호(1962)에 수록) 등을 거론하면서, 원색적으로 이어령을 비난한다. 이 두 글에서 이어령이 진술한 것을 간단히 요약하면 이렇다. 1) 공리주의만을 강조하는 산업 사회에서 환상을 추구하는 예술은 고립될 수밖에 없다.(「현대예술은 왜 고독한가」) 2) 유명한 염상섭의 「표본실의 청개구리」에서의 개구리 해부 장면은 전혀 비과학적이다. 냉혈 동물인 개구리를 해부하는데, 김이 모락모락 날 리가 없다(「한국 소설의 맹점」)라는 주장이 그것이다.

1)에 대해서 정태용은 예술과 생활 현실의 관련성에 대해 역설하고, 2)에 대해서는 예술적 묘사는 극적 효과를 위한 것인데, 그것을 실증과학과 동일시하는 것은 타당하지 않다는 주장을 논리적으로 차분하게 진술해도 될 일인데, 다음과 같이 인신공격에 가까운 격렬한 비난을 가함으로써, 비평의 설득력을 완전히 상실하게 만들고 있다.

이상으로 우리는 이 씨의 구체적인 작품 비평이 얼마나 거짓투성인가를 보아 왔다. 그리고 「현대 예술은 왜 고독한가」는 문학과 예술의, 「한국 소설의 맹점」은 예술과 문학의 극히 초보적인, 아니 초보의, 의, 의, 의, 의……

---

23) 정태용, 「사이비 지성의 결산」, 『정태용 선집 a』, 413쪽.

의 초보적인 이야기라는 것도 알 수 있다. 그만치 그것은 기초적인 문제에 속한다. 이러한 기초도 역사적 의식도 없는 위인이 현대를 논하고 문학을 논하고 불안이나 고독, 사회 참여, 분노를 논하고 하는 단식광대를 우리는 보아 왔다. 이런 무식한 거짓말쟁이가 대《사상계》지에 글을 쓰고 일본 것을 모방한『현대인 강좌』에 편집위원인가 뭔가를 하면서 대학에 교직을 잡고 있다니, 그 독자, 그 학생들이 무엇을 배우고 있을 것인가는 불문가지다. 이만하면 오늘의 비평 수준이 30년 전보다 얼마나 못한가를 가히 짐작할 수 있을 것이다.[24]

이어령을 "무식한 거짓말쟁이"로 격렬하게 비난하는 정념의 경우는 사실 후대의 비평가나 연구자의 입장에서는 논리적으로 이해하기 힘든, 이른바 당대의 '문단정치학'(이를테면《현대문학》과《사상계》의 대립 구도 같은 것)이 개입된 문제가 아닌가 싶다. 이른바 입법 비평의 구축을 주된 특징으로 했던 이의 원색적 비난이기 때문에 더욱 그렇다.

정태용은 1960년대 전통 논의와 관련해서도 백철이나 유종호의 주장 등을 비판한 바 있다.《사상계》1962년 11월호에 게재된 백철의「한국 문학과 세계 문학」과 유종호의「한국적인 것」이 그 대상이었다. 정태용은「한국적인 것과 문학 — 백, 유 양 씨의 소론에 대하여」(《현대문학》1963년 2월호)를 통해 백철과 유종호의 소론을 비판한다.

사실 1960년대의 한국 문단에서 이른바 한국 문학의 계승할 만한 전통이란 무엇인가라는 물음이 등장한 것은 오늘의 관점에서 보자면, 다소는 이해하기 힘든 정국의 변화와 관련되어 있었다. 1961년 박정희 등 군부 세력에 의해 5 · 16 쿠데타가 일어났는데, 이런 상황의 급변 속에서 구세대 문인 격에 속하는 평론가 백철이『중앙대 논문집』에「전통론을 위한 서설」(1961. 12)을 발표했다. 이 글에서 백철은 "이제 우리 앞에 놓인 시대 현실

---

24) 위의 글, 419~420쪽.

에 눈을 돌릴 때에 신정부 이후 그 과감한 정책과 실천에 대하여 그 현실이 급격한 변성을 보이고 있는 사실에 대하여 우리 문학 분야에서도 실은 큰 관심을 가지고 그 방면으로 가고 있는 것이 사실이다."라고 변화된 정치 현실 속에서 문학도 변화를 준비해야 한다고 말한다.[25] 그렇다면 어떤 준비인가? 한국 문학의 르네상스 운동이 필요하다는 것이 백철의 주장이다. 백철은 이 글에서 한국 문학에는 과거 두 차례의 르네상스(문예부흥)의 기회가 있었다고 말한다. 첫 번째는 해방 직후인데 민족 문화·민족 문학을 메인 타이틀로 한 르네상스의 기운이 있었는데 정치 혼란과 문화 운동의 주체 의식이 빈약해 실패했다는 것이다. 두 번째 기회는 4·19 직후였는데, 이 시기에도 사건의 주체적인 의미가 강조되어 르네상스의 기운이 있었지만, 역시 이후의 정치적 혼란 탓에 실패했다는 것이다.

그러던 것이 "다시 이번 5·16 정변과 더불어 이제 우리 문학은 일전한 신정세 속에서 문화 예술 운동의 과제와 직면하게 된 것"이라면서, 이른바 세 번째의 르네상스의 기회를 맞이했다면서 다음과 같이 역설한다.

처음에 직언한 바와 같이 오늘의 문화 예술을 하는 데 있어서 직접 그 정치 현실과의 반영을 목표하는 대신에 그 현실 방면의 주체성의 의미와 그 정신을 문화 운동의 뜻을 개역하여 우리 고전과 전통에 대한 부활, 계승, 발전의 방향을 취해 보는 것이다. 그것은 가령 르네상스 운동 운운의 언사로 과장하지 않더라도 하여튼 이 기회에 한번 우리 과거 문학 운동사의 과정들을 일차 총비판하면서 이번 기회야말로 우리가 자기의 주체성을 찾아서 새출발을 하기 위한 확실한 자세를 찾아 앉아야 한다고 생각한다.[26]

사실, 이런 백철의 상황 인식은 5·16 쿠데타를 적극적으로 승인한 데서 더 나아가, 적극적으로 그것을 추인하고 있을 뿐만 아니라 제3의 르네상

25) 백철, 「전통론을 위한 서설」, 『중앙대 논문집』 6집, 1961. 12, 1쪽.
26) 위의 글, 43쪽.

스의 기회라는 오도된 인식에 기반해 있었다. 정치적으로는 5·16을 통한 주체화된 정치혁명이 이루어졌으니, 문학 방면에서도 주체성의 의미와 그 정신을 실현하는 방법의 하나로 "고전과 전통에 대한 부활, 계승, 발전"을 시도하자는 것이 백철의 주장이었다. 백철의 이런 주장은 쿠데타 세력과의 사실상의 정치적 야합이란 관점에서, 1960년대의 신세대 비평가들, 가령 『비평 작업』 동인들에 의해 '위장된 전통론'이라는 격렬한 비판을 받게 되는 것이지만,[27] 다른 한편에서는 한국 문학의 전통 혹은 주체성이란 무엇인가라는 질문을 낳게 한 것도 사실이다.

앞에서 언급한 《사상계》에서의 백철과 유종호의 '한국적인 것'에 대한 논의 역시 이러한 시대의 정치적 상황이 촉발한 문학적 질문의 연장선상에 있었다. 한국적이라거나 한국 문학의 전통이란 무엇일까? 백철의 「한국 문학과 세계 문학」은 이에 대한 근본적인 검토를 진행하는 대신, 일본의 노벨문학상 후보 작가인 가와바타 야스나리의 『설국』과 같은 한국 특유의 "특산품의 문학"을 해야 한다고 역설한다. 정태용은 이러한 백철의 주장이 "서구인의 이국 취미나 동양 취미에 영합하여 쓰는 소설이 과연 우리 문학의 질적 향상을 가져올 수 있느냐"라는 정당한 비판을 던진다.[28] 사실 백철은 전통론을 촉발한 사람이긴 하지만, 한국 문학의 전통이 무엇인가에 대해서는 어떠한 생산적인 논의도 담고 있지 않았고, 노벨문학상 수상이나 한국 문학 발전 5개년 계획 등의 허황된 수사로 시종했기에, 정태용에 의해 간단하게 논파될 수 있는 수준이었다.

유종호의 경우는 달랐다. 그는 「한국적인 것」에서 '운명의 영탄, 애수의 가락(이태준, 정지용)', '농촌 배경의 애니미즘과 샤머니즘', '토속적 제습속(김유정, 김동리)' 등을 거론하면서, 이것은 한국 문학의 지도 이념이 될 수

---

27) 백철의 전통론에 대한 이들 신세대 비평가들의 맹렬한 비판에 대해서는 이명원, 「1960년대 신세대 비평가의 등장과 참여문학론 ─ 『비평 작업』의 비평사적 의의」, 민족 문학연구소편, 『영구 혁명의 문학'들』(국학자료원, 2012) 참조.
28) 정태용, 「한국적인 것과 문학 ─ 백·유 양 씨 소론에 대하여」, 『정태용 선집 a』, 430쪽.

없기 때문에, 당분간 한국적인 것은 거론할 필요가 없다는 강렬한 주장을 펼쳤는데, 이는 정태용의 관점에서 진지한 비판의 대상이 될 수 있었다.

그러나 정태용의 비평을 읽어 보면, "전통이란 과거의 가치가 아니라 현대의 시대정신과 그 이념 속에서 유용한 가치로 자각되고 선택된 과거의 것에 대한 현대적 가치다."라며 적절한 정의를 하고 있음에도 불구하고,[29] 아쉽게도 그렇다면 과연 '한국적인 것'은 무엇인가에 대해서는 다음과 같은 당위적인 진술에서 멈추고 있다.

> 나도 한국식이란 말을 간간이 써 온 사람이다. 물론 백 씨나 유 씨나 또는 전통에 대한 것 같은 관심에서 써 온 것은 아니다. 내가 한국적인 것을 강조한 때에는 이미 전술한 바에서 대강 짐작되었겠지만 작가나 비평가가 한국의 현실을 알고 주체적으로 문학 작업을 하도록 자각시키기 위해서였다.
>
> 한국의 현실은 보지 않고 외국의 실존주의를 읽으면 그저 극한 상황이니 불안이니 사회 참여니 하고 맹목적으로 앵무새처럼 떠드는 이른바 비평가나, 작중인물이 실존을 의식한다고 지껄이기만 하면 한국적 실존주의 작품이 되었다고 믿는 작가들 때문에 나는 한국적인 것을 강조해 왔다.[30]

사실 결론 부분에서의 이러한 진술은 '한국적인 것'이라든가 '전통' 문제에 대하여 정태용이 명료한 실례를 제시하지 않은 채 방법적으로 전후 문단의 이른바 '새것 콤플렉스'에 대한 평소의 비판적 의식을 드러낸 것에 불과하다. 오히려 유종호의 '한국적인 것'에 대한 예각적이고 강렬한 비판 논리는 재일(在日) 비평가인 장일우에 의해 제출되었다.[31] 그는 김소월의 한의 세계가 개인적 기질의 표현이 아닌 고려가요의 발성법을 계승한 것,

---

29) 위의 글, 436쪽.
30) 위의 글, 444쪽.
31) 장일우와 김순남의 전통 논의에 대해서는, 조현일, 「《한양》 지의 장일우, 김순남 평론에 나타난 민족주의 연구」,《한국 문학 이론과 비평》, 43호, 2009. 6을 참조할 것.

동시에 그것은 애국적 우국 감정으로 창신한 점이라는 것을 들어 유종호를 비판한다. 정태용에 대해서도 오늘의 시대정신이 무엇인가를 묻고 "오늘의 한국 문학이 체득하는 시대정신은 4·19가 열어 놓은 자유의 깃발, 제정신으로 제힘으로 구속 없이 살아가려는 지향, 즉 인간 주체의 정신-민족 주체의 정신"이라며, 정태용이 백철과 동일하게 5·16 쿠데타에서 새로운 시대정신을 찾고 있는 점을 강하게 비판하는데,[32] 이는 매우 타당한 비판이라고 판단된다.

결론적으로 정태용의 '입법 비평'에의 지향은 비평적 개념에 대한 문학사적 혹은 문예 이론적 관점에서는 검토될 필요성이 있는 정의와 맥락 등을 잘 짚어 낸 것으로 보이지만, 문학 현장에서의 비평적 이슈에 대한 예각적 대응에는 일정한 한계를 보여 준 것으로 판단된다. 이런 점에서 비평가 정태용의 득의의 영역이자 역량은 역시 한국 현대시사에 대한 기술과 분석에 있었다고 보는 것이 타당할 것 같다.

4 절충파 비평의 한계

마지막으로 정태용 비평의 전형적인 특징과 한계를 논의하고 이 글을 마치고자 한다. 정태용의 비평적 사고와 태도를 한마디로 규정한다면, 문학상의 절충주의 혹은 중도주의로 볼 수 있다. 가령 그는 1950~1960년대의 비평계의 주요 논쟁적 의제임이 분명했던 순수 문학/참여 문학이라는 분류 체계 속에서, 그 자신이 순수 문학을 옹호한다거나, 반대로 참여 문학을 옹호한다는 식의 견해를 전개하지 않는다. 그 둘을 절충해야 한다는 게 정태용의 논법이었다. 하지만 그것이 긍정적인 결과만을 낳은 것은 아니다.

가령, 「순수문학론」(1957)에서의 그의 주장을 간략하게 요약하자면, 특

---

32) 위의 글, 557쪽.

히 소설과 관련해서는 완전한 순수 문학은 존재할 수 없지만, 그렇다고 해서 경향성을 노골적으로 강조해서도 안 된다는 절충적 주장을 펼친다. 문학의 순수성을 지나치게 강조할 경우 그것은 "중세기의 신부(神父)와 같은 완고한 보수주의자가 될 것이요, 천편일률적인 매너리즘에 빠지게 될 것"[33]이라고 그는 비판한다. 그러나 동시에 "지나친 사상성 시대성에 편중"하게 되면 "예술의 분야에 머무르고 있어야 할 문학을 자살케"[34] 한다는 참여 문학에 대한 경고도 동시에 제기한다.

이것은 일견 일리 있는 주장처럼 보이지만, 실상은 순수/참여라는 개념을 모두 희석시킨 자리에서, 작품성과 사상성, 예술성과 시대성을 잘 조화시켜야 한다는 원론적인 수준의 주장에 머물게 되는 한계를 드러내고 있다. 가장 큰 문제는 자신의 주장을 뒷받침할 한국 문학 작품은 전혀 제시되지 않고 있다는 점이다. 논거가 생략되어 있는 것이다.

한편, 정태용의 비평사적 의의를 논의했던 평가 가운데는 그의 「민족 문학론」(1955)을 중요하게 언급한 연구가 많은데,[35] 이 부분 역시 얼마간의 평가의 수정이 필요해 보인다. 아마도 이것은 1970년대에 와서 활기찬 논의가 시작되는 이른바《창작과비평》진영의 진보적 민족 문학론과의 연속성의 근거를 제공할 수 있으리라는 연구자들의 기대 때문이었을 것이다. 그런데 막상 그의 민족 문학론에 대한 주장을 꼼꼼하게 읽어 보면, 식민지기와 해방, 한국 전쟁과 분단의 체험과 같은 약소 민족의 '체험'을 강조하는 것은 중요해 보이지만, 결국은 이 역시 다음과 같은 원론적인 주장으로 끝을 맺는다는 점에서는 앞에서, 우리가 앞에서 거론한 정태용 특유의 입법 비평의 한계를 반복하고 있다.

---

33) 정태용, 「순수문학론」, 『정태용 선집 a』, 390쪽.
34) 위의 글, 391쪽.
35) 박헌호, 「50년대 비평의 성격과 민족 문학론으로의 도정」, 조건상 편, 『한국 전후 문학 연구』(성균관대 출판부, 1993); 한수영, 「1950년대 한국 문예 비평론 연구」(연세대 박사 학위 논문, 1995); 전승주, 「1950년대 한국 문학 비평 연구」(서울대 박사 학위 논문, 2002); 김세령, 「1950년대 비평의 독립성과 전문화 연구」(이화여대 박사 학위 논문, 2005) 등 참조.

무엇이나 다 민족 문학이 될 수 없다. 우리 문제를 주체적으로 행동하고 체험하고 사상하고 해결해 가는 산 인간의 감정과 이성과 지성의 바탕을 옳게 조직하고 형상한 작품만이 민족 문학일 것이요, 또 그것이 우리 문학자가 수행해야 할 문학상 임무가 아니고 다른 어디에 있을까?[36]

문제는 이 "문학상 임무"를 유추하게 만들거나 설득력 있는 사례를 제시할 만한 준거, 즉 한국 문학 작품은 역시 단 한 편도 거론되고 있지 않다는 점이다. 실제 작품에 대한 논의가 완전히 부재한 상태에서의 이론적인 순수 문학/참여 문학/민족 문학 논의는 결국 형식논리학적인 차원에서의 절충이나 종합으로 나타날 수밖에 없는데, 어쩌면 바로 이 점이 정태용 비평이 노정했던 뚜렷한 한계이자, 그의 비평을 대중들의 기억 속에서 망각하게 만들었던 원인 중의 하나였는지 모른다.

정태용의 민족 문학론이 1955년에 제기된 이후 결코 심화되지 못했음은 가령, 1960년대를 거치면서 한국 문단에서 중요한 성과로 기록될 신동엽이나 김수영의 시에 대한 논의가 전혀 등장하지 않고, 혹은 최인훈의 『광장』(1960)과 같은 작품에 대한 논의가 부재한다는 점에서도 알 수 있다. 오히려 정태용은 박정희 등 군부 세력의 5·16 쿠데타를 적극적으로 긍정하는 위치에 있었다. 민족 문학이나 전통이라는 개념 역시 이런 정치적 관점, 이를테면 쿠데타 세력의 '한국적 민주주의'와 같은 담론과 결부시켜 해석되지 않는다면, 정태용의 민족 문학론이 진보적인 성격을 띤 것으로 오인될 수 있다. 가령 「전통과 주체적 정신」(1963)에서의 다음과 같은 진술은 쿠데타 세력에 대한 정태용의 적극적 긍정을 보여 준다.

이러한 비판 정신에 입각해서 혁명 정부는 민주주의의 이식을 위한 두 가지 정책을 썼다. 하나는 민주주의를 배양시킬 수 있는 토질 개량으로서

---

36) 「민족 문학론」, 『정태용 선집 a』, 460쪽.

의 경제5개년계획과 인간 개조이며, 하나는 민주주의를 우리 토질에 최소한 착근할 수 있도록 변질시키는 것으로서의 헌법, 정당법, 선거법 등의 개정, 제정이다. 이것은 민주주의 이식 공작의 10여 년간의 활동의 결과로 얻은 우리들의 지혜이거니와, 이 건전한 이식의 가능성을 찾고자 적극적으로 노력하는 것과, 어떻게 되든 그 형식만 유지하면서 특권 계급으로서의 이익만을 추구해 보고자 하는 것이 정계의 신구 세대 간의 정신적 이념적 차이라고 한다면 지나친 말이 되는 것일까? 방치해 두면, 외래 문화도 우리 생활도 한가지로 망하는 것임은 위의 여러 가지 예에서 넉넉히 짐작할 수 있는 것이며, 이 중에서도 가장 중요한 것이 토질 개량이다.[37]

위에서 정태용은 5·16 쿠데타 세력이 추진한 정치와 경제 양면에서의 조처를 외래적인 것의 주체화 과정이라는 관점에서 "건전한 이식"으로 간주하고 있다. 이러한 태도는 그가 비평 활동을 종결할 때까지 변하지 않았던 정치적 현실 인식이었다. 진영론적 입장의 절충/종합이 긍정적일 때, 그것은 일종의 '균형 감각'으로 이어지겠지만, 위와 같이 쿠데타 세력을 적극적으로 지지하는 보수적 정치성과 문학적 절충주의가 무갈등의 상태로 결합되면, 문학적 지성의 쇠퇴를 초래할 수밖에 없다.

정태용이 현장 비평에 적극적으로 개입하지 않았던 것이나, 현실의 구체적인 역사성의 문제와 재현, 사상성을 조망할 수 있는 소설에 대한 논의를 거의 진행하지 않은 데에는 이러한 현실 인식의 한계도 작용하고 있었을 것이다. 동시에 순수 문학의 아성인 《현대문학》을 활동 거점으로 했던 전후 세대 비평의 모순된 성격도 이러한 구속성을 탈피하기 어렵게 만들었던 것으로 판단된다.

---

37) 「전통과 주체적 정신」, 『정태용 선집 a』, 334쪽.

참고 문헌

기본 자료

김유중 편, 『정태용 평론 선집』, 지식을만드는지식, 2015

조연현 편, 『정태용 선집: 한국 현대시인 연구·기타』, 어문각, 1976

참고 자료

강소연, 「주체성 기반의 문학 논리 구성과 비평적 실천」, 《한민족어문학》, 51
　　호, 2007

김규동, 《새로운 시론》, 산호장, 1955

김세령, 「1950년대 비평의 독립성과 전문화 연구」, 이화여대 박사 논문, 2005

김승룡, 「정태용의 비평 문학」, 《동악어문학》, 21호, 1986

김유중, 「해설」, 김유중 편, 『정태용 평론 선집』, 지식을만드는지식, 2015

박헌호, 「50년대 비평의 성격과 민족 문학론으로의 도정」, 조건상 편, 『한국
　　전후 문학 연구』, 성균관대 출판부, 1993

백철, 「전통론을 위한 서설」, 《중앙대 논문집》, 6집, 1961. 12

이명원, 「1960년대 신세대 비평가의 등장과 참여문학론 —『비평 작업』의 비평
　　사적 의의」, 민족 문학연구소편, 『영구 혁명의 문학'들'』, 국학자료원, 2012

＿＿＿, 『종언 이후: 최일수와 전후 비평』, 새움, 2006

이봉래, 「언어의 개혁 (상)」, 《조선일보》, 1955. 9. 28.

전승주, 「1950년대 한국 문학 비평 연구」, 서울대 박사 논문, 2002

조동일, 『한국 문학 통사 5』, 2판, 지식산업사, 1989

조연현, 「서문」, 『정태용 선집: 한국 현대시인 연구·기타』, 어문각, 1976

조현일, 「《한양》지의 장일우, 김순남 평론에 나타난 민족주의 연구」,《한국문학이론과 비평》, 43호, 2009. 6

최일수, 「현대시와 언어 개혁」,《조선일보》, 1955. 3. 15

한수영, 「1950년대 한국 문예 비평론 연구」, 연세대 박사 논문, 1995

제5주제에 관한 토론문

서영인 / 국민대 강사

1919년생인 정태용은 1950년대 본격적인 비평 활동을 펼친 비평가로 그간 비평사에서는 그의 '민족 문학론'을 중심으로 비평사적 평가가 이루어져 왔다. 발표자는 정태용 비평 세계 전반을 점검하면서 그의 비평이 남긴 성과는 "한국 현대시사에 대한 기술과 분석"이었다고 정리하는 한편 그의 비평의 특징을 '입법 비평', 혹은 '절충주의'로 정의하고 있다. 문학 원론적인 학문적 분석과 체계를 만드는 것을 목표로 하는 '입법 비평'은 당대의 문학 현장에 대한 적극적 개입을 어렵게 만들었으며 이는 '절충주의'라는 한계를 낳았다는 것이 발표자의 판단이다. 정태용 비평 세계 전반을 논할 처지가 못되는 형편에서 발제문을 읽으면서 가졌던 몇 가지의 의문을 제시하는 것으로 토론자의 역할을 하고자 한다.

1 민족 문학론

이어령, 유종호 등의 전후 세대 비평가와 김현, 염무웅 등의 4·19 세대 비평가 사이에서 양쪽 어디에도 속하지 않는 정태용의 비평 활동은 특별한 정체성을 갖지 않는 것처럼 보이고, 그래서 비평사에서 크게 주목받지 못한 비평가에 속한다. 정태용의 비평이 문학사에서 거론된 것은 민족 문학론의 전통을 복원하고자 하는 연구자들에 의해 '발견'되면서였다고 할 수 있다. 해방 후의 민족 문학론과 1970년대 민족 문학론 사이의 공백을 잇는 '민족 문학론'의 거점으로 1956년에 발표한「민족 문학론」이 주목받았던 것이다. 발표자는 정태용의「민족 문학론」이 원론적 주장으로 귀결된다는 점, 실제 작품에 대한 논의가 부재하다는 점을 한계로 보고 있다.「민족 문학론」에 대한 평가가 과장되어 있다고 보는 입장인 것처럼 읽히기도 한다. 이에 대한 보충 설명을 좀 더 듣고 싶다.

「민족 문학론」이 원론적 주장으로 귀결된다고 하더라도 그 논의의 전개에서 확인되는 현실에 대한 문제의식은 좀 더 적극적으로 평가해야 하는 것은 아닌가 하는 의문 때문이다. 정태용의「민족 문학론」은 당대의 비평가들이 논의했던 '전통', '민족'에 대한 논의와 확실히 다르다. 기존의 '민족'에 대한 논의가 '혈통주의'에서 비롯된 국수주의적 성격을 띠거나 과거로 되돌아가는 복고주의적 성격을 띠는 것을 비판하면서 세계 문학적 범위 내에서 민족 문학을 사유하고 있다는 점이나, 그러한 세계 문학적 시야가 일종의 사대주의에 빠지지 않기 위해서 민족이 겪은 역사적 체험과 현재적 과제로부터 논의를 시작해야 한다고 보는 점에서 그렇다. 또한 식민지적 체험과 분단의 현실을 민족 문학의 적극적 과제로 표방하고 있다는 점 역시 당시의 보수적인 문단에서 제출되기 힘든 인식이다. 이러한 논의가 당대 현실의 과제를 전통의 문제와 적극적으로 결부시키면서 고민한 증거라고 본다면 원론적 주장으로 귀결된다 하더라도 충분히 현실적 문제의식을 가졌다고 볼 수 있다. 아울러 전후 현실을 과거의 전통을 완전히 말소한 곳에서 시작되는 실존 의식으로 보는 전통 부정론의 관점, 보수적 민족주의에 입각한 민족 정체성 주장으로 시종했던 전통 옹호론으로 대별되던 당시 비평의 전통 논의에 대한 개입으로서도 의미를 지닌다. 그렇다면 그의「민족 문학론」이 지닌 현실 대응 논리를 '원론적'이라는 말로 단순히 축약할 수는 없지 않을까.

아울러 「민족 문학론」을 단독적으로 완결된 글이 아니라 그가 발표했던 다른 글들과의 연관 속에서 읽을 수는 없는가 하는 의문도 생긴다. 발표자도 지적했다시피 정태용은 「민족 문학론」이나 「비평문학론」 같은 원론적 성격의 글 외에도 30여 편 이상의 시인론을 남겼다. 이 시인론은 정태용의 비평 업적을 대표한다고 해도 과언이 아니다. 그렇다면 이 '현대시인 연구'로 묶일 수 있는 글들이 그의 원론적 성격의 글들을 보완하거나 보충한다고 볼 수는 없을까. 「민족 문학론」이나 「비평문학론」에서 개진된 '입법 비평'적 성격의 글들에서 그가 주력한 구체적 작가론의 흔적이나 논리적 연관성을 찾을 수는 없는지 궁금하다. 원론과 작가론의 사이, 개별적 비평들의 적극적 연관을 찾는 것이 정태용 비평의 종합적 특징을 정리하거나, 혹은 균열과 모순을 통해 그 비평의 심층을 이해하는 데 도움이 될 수도 있을 것 같아 드리는 질문이다.

2 절충주의의 재해석

발표자는 정태용이 당대 문단의 주요 토픽에 두루 관여하면서도 명료한 '입장'을 펼치지 못하고 중도/절충론을 띤 것에 아쉬움을 표하고 있다. 이는 발표자가 지적한 바와 같이 정태용이 그가 주로 활동했던 《현대문학》 중심의 순수주의와 이념적 거리를 가짐에도 불구하고 문단 지형적 관계 때문에 명확한 이론을 펼칠 수 없었다는 사정에도 연유한다고 볼 수 있다. 전체적으로 정태용이 어떤 입장을 선택하고 그것을 바탕으로 비평적 영향력을 발휘하지 못했다는 점에는 동의하지만 이에 대해 좀 더 세부적인 이해가 필요한 것은 아닌가 하는 의문을 갖게 된다.

앞서의 질문에서 언급했다시피 그의 「민족 문학론」은 표면상 원론적인 성격을 보이지만 그것이 어떤 입장 없음이나 모호한 인식에서 비롯된 것이라고 판단할 수는 없다. 당대 문학의 역사적 상황이나 문단적 구도를 모두 의식하고 그 기반 아래서 논의가 펼쳐졌기 때문이다. 그의 이러한 논의가 추상적이고 중도적인 인식의 결과가 아니라는 것은 다른 논의에서도 드러난다. 예컨대 1962년에 발표된 「백 씨와 한국적인 것」의 경우 당시 회자되고 있던 '한국적인 것', '전통'에 대한 논의를 과거 회귀적이거나, 혹은 기계적 국가주의가 아니라 당대 현실의 필요와 요구에 근거한 것으로 돌려놓고 있다. 구세대의 대표 격인 백철과 신세대의 대표 격인 유종호의 전통론을 공히 비판하고 있는 것 역시 당대 문학의 담론 구조를 의식하면서 논의를 진행한 결과이다. 즉 그는 문학이 당대를 반영하고 거기에서 역사적 지향점을 찾아야 한다는 의미에서의 현실성과 그것이 문학적으로 담론화된 지형을 의식하고 거기에서 비평의 입지를 세운다는 의미에서의 현실 감각을 모두 갖고 있었다고 볼 수 있다.

그렇다면 그의 '절충주의'는 신구 세대가 펼치고 있었던 전통론의 한계를 돌파하려는 '제3의 길'의 모색으로 볼 수도 있지 않을까. 물론 그가 찾고자 한 '제3의 길'이 어떤 것인지 분명하지는 않다. 그러나 그것을 '절충주의'로 요약하는 순간, '제3의 길'이 무엇인지, 그리고 그것이 불가능했다면 그것은 어떤 이유인지를 더 묻는 과정이 차단될 우려가 있다. 이에 대한 발표자의 견해를 듣고 싶다.

3 세대적 특징

세대론적 견지에서 본다면 정태용의 문학적 입지는 매우 애매하다. 발표문에서도 보았다시피 김동리, 조연현, 서정주 등과 함께 일제 강점기 말 세대에 속하지만 비평 활동을 본격적으로 시작한 시기는 1950년대이다. 일제 강점기 말의 가혹한 압박을 청년 시절에 겪었고, 해방기와 전쟁을 모두 성인으로 체험한 세대로서 전통에 대해 매우 복잡한 인식을 가질 수밖에 없었다. 김동리 등이 해방 전 이미 문단에서 일정한 위치를 확보하고 있었던 것과 달리 그는 1950년대에 이르러 신진의 위치에서 문단 활동을 시작했다. 1950년대에 등장한 이봉래나 이어령 등의 전후 세대와는 다른 체험의 기반 위에서 인정 투쟁을 벌일 수밖에 없는 처지였다. 그렇다고 해서 보수적 입장에서 자신의 체험을 기반으로 전통을 주장했던 백철 등의 견해에 쉽게 동조할 수도 없었을 것이다.

전후 세대의 비평이란 비단 정태용뿐 아니라 전체적으로 관념적이었고, 당대에 대한 현실 인식이나 문학 작품에 대한 비평 의식 등이 명확히 드러나지 않는 경우가 많다. 정태용에 국한해서 말하자면 그의 비평이 지닌 절충주의적 성격이나 원론적 성격이 그의 세대적 특징으로 볼 수 있을지에 대해서 의문이 생긴다. 이런 생각을 하게 된 것은 세부적 차이는 차치하고 예컨대 정태용과 비슷한 세대로 같은 문제의식을 보인 최일수에게서도 유사한 특징이 발견된다고 생각하기 때문이다. 꼼꼼히 살피지는 못했지만 최일수의 비평을 읽다 보면 그의 문학론이 가진 진보적 성격에도 불구하고 지나치게 장황하고 원론적인 논의가 당대에 대한 개입과 비판의 효력을 얻는 일에 장애로 작용한다는 생각이 든다. 세대적 체험을 주장하면 보수주의자로 낙인찍히기 십상이고, 그렇다고 해서 새로운 이론을 받아들이면서 그것을 자신의 문학적 입론으로 주장할 수도 없는(체험으로부터 비롯된 문학적 입장이 그것을 허용할 수 없었으므로) 데서 오는 문학적 입지의 애매성이 논지를 원론으로부터 확보하고자 하는 방향과 연관되어 있다고 볼 수 있는지 궁금하다. 그렇지 않다면 1950년대에 민족 문학론적 진보성을 견지한 비평가들이 보이는 관념성을 어떻게 이해할 수 있는지, 발표자의 견해를 듣고 싶다.

1919년	경남 진양군(현 진주시) 대평면 마동에서 출생. 본관은 해주 (海州), 본명은 태(泰).
1937년(18세)	진주공립농업학교 재학 중 시「분노」를 본명인 정태(鄭泰)라 는 이름으로《조선일보》(1938. 7. 11)에 발표. 이 무렵부터 배 재고보에 재학 중이던 조연현(趙演鉉) 등과 교유.
1938년(19세)	조연현 등과 동인지《아(牙)》발간에 참여.
1939년(20세)	진주공립농업학교 졸업. 시「농촌하정시초(農村夏情詩抄)」를 《조선일보》(1939. 9. 4)에 발표. 조연현, 최재형, 유동준, 김광 섭, 김경린 등과 동인지《시림(詩林)》발간에 참여. 서울의 명 진학교(1940년 혜화전문학교로 개칭) 진학. 조연현, 조지훈 등 과 교유, 시와 소설 습작.
1943년(24세)	혜화전문학교(현 동국대학교 전신) 졸업. 해방까지 고향인 진 양 군청에서 서기로 근무.
1945년(26세)	12월,《신건설》 2호에「문화통일 전선론 — 임화 씨의「문화 운동의 당면 임무」를 읽고」발표.
1946년(27세)	《예술부락》동인으로 활동. 조연현, 서정주, 김용호, 박목월, 박두진, 조지훈, 이정호, 김달진 등 문단의 우파 순수 문인들 과 폭넓은 교유.
1949년(30세)	평론 활동 본격화. 각종 지면과 일간지에 10여 편의 글을 연 달아 게재함.
1952년(33세)	피난지 부산에서 신문 기자, 교사 생활.

1957년(38세)	합동통신 출판부 근무.
1960년(41세)	동대신문(東大新聞) 주간.
1967년(48세)	한국문인협회 주관의 제4회 한국문학상 수상.
1968년(49세)	동국대학교 도서관 근무.
1969년(50세)	서라벌예술대학교, 숙명여자대학교 강사.
1970년(51세)	동국대 도서관 정년 퇴임.
1972년(53세)	1월 1일, 사망.
1976년	친우 조연현 등의 노력으로 유고집『정태용 선집: 한국 현대 시인 연구·기타』(어문각) 출간.
2015년	김유중이 엮은『정태용 평론 선집』(지식을만드는지식) 출간.

정태용 작품 연보

발표일	분류	제목	발표지
1938. 7. 11	시	분노	조선일보
1939. 9. 4	시	농촌하정시초 (農村夏情詩抄)	조선일보
1945. 12	평론	문화통일 전선론 ― 임화 씨의 「문화 운동의 당면 임무를 읽고	신건설 2
1946	좌담	문학 좌담 ―방담	예술부락 2
1949	평론	현금 창작단의 동향	신천지 32
1949	평론	시의 현대 정신	무궁화 18
1949. 1. 19 ~1. 22	평론	문학의 자유 ― 백철, 염상섭 양 씨를 말함	조선중앙일보
1955. 2	평론	김유정론	예술집단 1권 2호
1956. 11	평론	민족 문학론	현대문학 2권 11호
1957. 5	평론	문학과 정치	중앙정치 2권 5호
1957. 3~12	평론	현대시인 연구 ― 시사적 견지에서 기일(期一)~기팔(基八)	현대문학 3권, 3~12호
1958. 6	평론	비평가의 위치	자유문학 3권 6호
1958. 6	평론	김영랑론	현대문학 4권 6호

발표일	분류	제목	발표지
1958. 9	평론	실존주의와 불안 — 불안의 심리적 형상과 극복	현대문학 4권 9호
1959	평론	무능력자의 형이상학	예술원보 3호
1959. 7	평론	문학에 관한 단상	신문예 2권 7호
1960. 1	평론	한국 시의 반성	현대문학 6권 1호
1960. 4	평론	신문 소설의 새로운 영역	사상계 8권 4호
1961. 5~8	평론	현대와 휴머니즘 (상, 중, 삼, 완)	현대문학 7권 5~8호
1961	평론	역사와 역사 소설	예술원보 6호
1963	평론	비극미와 성격미	예술원 논문집 3집
1963. 2	평론	한국적인 것과 문학	현대문학 9권 2호
1963. 3	평론	문학자의 윤리적 책무	현대문학 9권 3호
1963. 5	평론	사이비 지성의 결산	현대문학 9권 5호
1963. 8	평론	전통과 주체적 정신	현대문학 9권 8호
1964. 3	평론	재치와 인정의 맛	현대문학 12권 3호
1964. 7	평론	주체성과 비평 정신	현대문학 10권 7호
1964. 8	평론	작가와 주체 의식	한양 3권 8호
1966. 5	평론	구걸의 미학 보다 악의 미학을	현대문학 12권 5호
1966. 10	평론	전후 세대의 고독	현대문학 12권 10호
1966. 11	평론	비평 옹호론	현대문학 12권 11호
1967. 1	평론	박용철론	현대문학 13권 1호
1967. 2	평론	이육사론	현대문학 13권 2호
1967. 3	평론	신석정론	현대문학 13권 3호
1967. 4	평론	김광섭론	현대문학 13권 4호

발표일	분류	제목	발표지
1967. 5	평론	모윤숙론	현대문학 13권 5호
1967. 8	평론	박종화론	현대문학 13권 8호
1967. 10	평론	노천명론	현대문학 13권 10호
1968. 2	평론	비평의 기능	현대문학 14권 2호
1968. 4	평론	비평의 자유	현대문학 14권 4호
1968. 5	평론	연령과 작품	현대문학 14권 5호
1968. 6	평론	고독한 축제	현대문학 14권 6호
1969	평론	한국 비평 문학의 반성	예술계 1호
1969. 1	평론	비평의 권위	현대문학 15권 1호
1969. 2	평론	참여론 시비	현대문학 15권 2호
1969. 3	평론	한글만 쓰기 운동	현대문학 15권 3호
1969. 5	평론	비평의 본질과 그 기능(상)	현대문학 15권 5호
1969. 6	평론	비평의 본질과 그 기능(하)	현대문학 15권 6호
1969. 11	평론	작가의 가치 의식	현대문학 15권 11호
1969. 12	평론	소설의 수법과 세계	현대문학 15권 12호
1970	평론	현대시의 이해	예술원 논문집 9집
1970	평론	문학과 문학 정신	청파문학 9집
1970. 3	평론	조지훈론	현대문학 16권 3호
1970. 4	평론	박두진론	현대문학 16권 4호
1970. 5	평론	박목월론	현대문학 16권 5호
1970. 7	평론	이설주론	현대문학 16권 7호
1970. 10	평론	김광규론	현대문학 16권 10호
1970. 11	평론	신석초론	현대문학 16권 11호

발표일	분류	제목	발표지
1970. 12	평론	김용호론	현대문학 16권 12호
1972. 12	소설(유고)	청담	현대문학 18권 12호
1973. 1	평론(유고)	문학의 역사적 반성	월간문학 6권 1호
1976	유고집	정태용 선집: 한국 현대 시인 연구·기타	어문각
2015	유고집	정태용 평론 선집 (김유중 엮음)	지식을만드는지식

작성자 이명원 경희대 교수

격조 높은 한국의 서정과 절묘한 율격의 완성

이지엽 / 경기대 교수

1

백수(白水) 정완영(鄭梡永)은 현대시조의 완성자라고 평가할 수 있는 시인 중의 한 사람이다. 주지하다시피 1960년대 이전의 시조 문학은 대개 이병기의 혁신성, 조운의 서정성, 이호우의 호연성, 이은상의 민족성, 김상옥의 서정성이라 특징지을 수 있는 선구적 노력이 있었음에도 온전하게 자리 잡지 못한 불완전한 시기였다고 할 수 있다. 현대시조는 비로소 백수 정완영에 와서야 앞서 시인들이 지니고 있었던 각각의 장점들을 아우르는 원숙하면서도 격조 높은 수준의 시조로 완성되었다고 볼 수 있다. 격조 높은 한국 고유의 서정과 시조가 가질 수 있는 절묘한 율격의 자연스러움이 동시에 그에 의해 온전하게 발현된 것이다.

그는 1919년 경북 금릉군 봉산동 예지동 65번지에서 태어났다. 1941년 시조 창작 관계로 일본 경찰에 끌려가 고문을 받은 것으로 보아 이 시기

이전부터 시조 창작을 한 것으로 추측할 수 있으나 향리 김천에 돌아와 '시문학구락부'를 발족하고(1946년) 동인지 《오동(梧桐)》을 출간한 1947년부터 작품 활동을 시작한 것으로 볼 수 있다. 그 후 1948년 「조국(祖國)」을 창작하고 1969년 첫 시조집 『채춘보(採春譜)』를 필두로 1972년 『묵로도(墨鷺圖)』, 1974년 『실일(失日)의 명(銘)』, 1976년 『산이 나를 따라와서』, 1979년 『꽃가지를 흔들듯이』, 『백수 시선(白水詩選)』, 1984년 『연(蓮)과 바람』, 1990년 『난(蘭)보다 푸른 돌』, 1994년 『오동잎 그늘에 서서』, 1998년 『엄마 목소리』, 2001년 『이승의 등불』, 『세월이 무엇입니까』, 2005년 『내 손녀 연정(然灯)에게』, 2006년 『정완영 시조 전집 — 노래는 아직 남아』 등의 시조집과 시조 전집을 발간했다.

확실히 그의 출현은 당시 시조단에 큰 충격을 주었다고 판단된다. 단아하고 잘 정제된 시상과 한국적 정한의 주제, 물이 흐르듯 자유로운 율격의 작품들은 당시의 시조단을 확실하게 사로잡았으며 빠른 시간에 전파되어 그 문체를 흉내 내는 수많은 시조시인들이 양산되기도 했다. 그러나 대개의 경우는 그를 흉내 내어 한두 편 정도는 비슷하게 쓸 수는 있었을지 모르지만 그를 결코 넘어서지는 못했다. 그의 작품은 어느 것을 놓고 보아도 잘 정제되어 있는 시상과 고아한 품격을 느낄 수 있다.

그의 시조는 전통 계승의 측면에서 바라본다면 너무 좁은 시각으로 재단하는 우를 범하기 쉽다. 오래된 관습의 세계이면서도 그러나 그는 지극히 중요하고 커다란 세계로 친근하게 우리를 안내하고 있다. 그의 시의 매력은 이 '친근함'에서 진가를 발휘하고 있다고 판단된다. 마치 오래되고 퇴화된 풍경이지만 물기를 엊어 살아 있는 풍광을 그려 보여 주기 때문이다. 이것은 앞서 얘기한 한국인의 고향에 대한 연민과 지극한 사랑 등으로 얘기되는 내용적인 면과는 또 다른 차원의 문제이다.

박경용은 "한 번도 스스로에게 지워진 멍에를 벗어 보려 타협하지 않는 철저한 순응의 자세, 고집스런 순교자적 상"을 보여 주고 있다고 평가하고 [1] 박재삼은 백수의 출현은 "한국 시조의 획기적 거사(擧事)"였으며, "시가 있는 시조, 가락이 있는 시조"[2]를 온전히 실현했다고 평가했다. 서벌은 시집 『난(蘭)보다 푸른 돌』 해설에서 그의 작품이 지극히 절제된 언어 체계와 호흡의 묘리를[3] 잘 살리고 있음에 주목했으며, 이숭원은 "시조 본래의 율조와 해조를 이루게 함으로써, 자유시를 훨씬 능가하는 아름다운 서정시의 경지를 열어 보였다."[4]라고 평가했다.

백수 정완영은 생전에 시조를 얘기하면서 "뚝배기에 장맛"이라는 표현을 즐겨 썼다. '뚝배기'가 형식이라면 '장맛'은 내용일 것이다. 그러나 '뚝배기'라고 해서 단순히 고정화되어 있는 시조의 형식만을 의미하는 깃이 아님을 우리는 그의 작품을 통해 확인해 볼 수 있다. 운율의 장·단·완·급 안배도, 강·약의 조절도 유의하여 살펴보면 그 절묘한 운용을 살필 수 있다. 아울러 내용의 차원이 아닌 수사적인 문제나 표현 기법에서 시인만의 독특한 운용이 시조의 활력에 적지 않은 영향을 미치고 있음을 알 수 있다. 서정 자아에 감정을 표시 나지 않게 이입시키는 것도, 살아 있는 비유도, 어미의 자유로운 활용과 변화도 새로운 서정성을 창출하는 데 기여하고 있다.

그러므로 이 글은 백수(白水) 시의 전모를 효과적으로 살피기 위해 우선 그가 지향하는 문학적 지향점의 측면과 운율의 활용, 표현 기법들의 형식적 운용, 이 두 가지 측면에서 살펴보고자 한다. 이를 통해 그가 한국 시조시단에 어떻게 현대시조의 완성자라고 자리매김 될 수 있는가를 보다 명징하게 밝혀낼 수 있으리라 판단한다.

1) 박경용, 「이 當代 시조의 순교자적 면모」, 『정완영 시조 전집 ─ 노래는 아직 남아』(토방, 2006), 794쪽.
2) 박재삼, 「白水, 그 인간과 문학」, 위의 책, 797쪽.
3) 서벌, 「장중한 新典의 의미」, 위의 책, 779~780쪽.
4) 이숭원, 「현대시조의 아름다움과 예술적 높이」, 『세월이 무엇입니까』, 『우리 시대 현대시조 100인선 22』(태학사, 2001), 163쪽.

2

그의 시는 한국인의 고향에 대한 연민과 지극한 사랑을 기저로 하고 있다. 한국인에게 고향은 속세의 현상적인 것들과는 늘 멀리 존재하는 것이어서 늘 자연과의 교감을 통해 문답하는 자세를 견지하고 있다고 볼 수 있다. 현실의 높은 파고를 전업 작가로 견디면서 고향과 자연 속에서 영원성을 찾고자 늘 마음에 꺼지지 않는 촛불을 켜고 있는 그의 노력은 차라리 신앙에 가깝다.

① 그것은 아무래도 태양의 권속은 아니다
두메산골 긴긴 밤을 달이 가다 머문 자리
그 둘레 달빛이 실려 꿈으로나 익은 자리

눈물로도 사랑으로도 다 못 달랠 회향(懷鄕)의 길목
산과 들 적시며 오는 핏빛 노을 다 마시고
돌담 위 시월 상천(上天)을 동불로나 밝힌 거다

초가집 까만 지붕 위 까마귀 서리를 날리고
한 톨 감 외로이 타는 한국 천년의 시장기여
세월도 팔짱을 끼고 정으로나 가는 거다.

—「감」(23)[5]

② 서리 까마귀 울고 간 북천(北天)은 아득하고
수척한 산과 들은 네 생각에 잠겼는데
내 마음 나무 가지에 깃 사린 새 한 마리.

---

5) 정완영, 『정완영 시조 전집 — 노래는 아직 남아』(토방, 2006)에 실린 쪽수를 이렇게 표시한다.

고독이 연륜(年輪)마냥 감겨 오는 둘레 가에
국화 향기 말라 시절은 또 저무는데
오늘은 어느 우물가 고달픔을 긷는가.

일찍이 너 더불어 푸르렀던 나의 산하
애석한 날과 달이 낙엽 지는 영(嶺) 마루에
불러도 대답 없어라 흘러만 간 강물이여.

─「애모(愛慕)」(35)

③ 하루는 비가 오고 하루는 바람이 불고
애타는 실개천이 풀렸다가 조였다가
진실로 한 봄 오기가 이대도록 고되고나.

일찍이 사랑으로 미쁘던 이 동산에
은혜는 피를 먹여 상처마다 꽃피우고
두견이 울음 터뜨릴 삼월이야 오리라고.

하루는 볕이 쬐고 또 하루는 눈이 날리고
마침내 문이 열릴 크낙한 무리 앞에
무서운 목숨을 안고 고목처럼 지켜 섰다.

─「대춘부(待春賦)」(92)

④ 한겨울 긴 고독을 사슴으로 길렀더니
강둑길 갈 적마다 제가 먼저 앞을 선다
암갈색, 동천(冬天)에 세우면 눈발자국 설렌다.

─「암갈색 고독」, 「산책길에서 4」 중 둘째 수(323)

①의 「감」과 ②의 「애모」는 1969년 첫 시조집 『채춘보』에 수록된 작품이고 ③의 「대춘부」는 『묵로도』, ④의 「암갈색 고독」은 『연과 바람』에 실린 작품이다. 「감」은 이미 필자가 다른 글에서 지적했듯이[6] "한 톨 감 외로이 타는/ 한국 천년의 시장기여"에 실리는 절구가 극치이다. 모든 심상을 한 군데로 집약하여 찰나에 끊어 버리는 듯한 시조에서만 느낄 수 있는 매력이 응축되어 있다. '감'이라는 자연의 매개물을 통해 눈물로도 사람으로 다 못 달랠 회향의 저린 심정을 담아내고 있는 것이 작품의 내용이다. '감'은 "태양의 권속"이 아닌 "달이 가다 머문 자리"이다. 부귀나 권세나 영광이 아니라 온유와 겸손과 절제의 지향이다. '눈물'과 '사랑'으로도 다 못 헤아릴 '정' 많은 존재이다. 말하자면 오롯한 한국인의 정신이자 꿈이라 할 수 있다.

②의 「애모」에 드러나는 가장 주된 정서는 '그리움'이다. 떠나간 대상에 대한 지극한 생각을 서정 자아는 물론 자아 밖의 세계까지 동시에 앓고 있음을 보여 준다. 서정 자아는 "내 마음 나무 가지에 깃 사린 새 한 마리"로 형상화된다. 자아 밖의 세계는 어떠한가. "서리 까마귀", "북천", "국화 향기", "낙엽" 등의 계절어 등에서 볼 수 있는 스산함과 "울고 간", "수척한", "말라", "애석한" 등의 수식어에서 감지되는 정한의 감정과 "북천은 아득하고", "흘러만 간 강물이여"에서 느껴지는 유장함이 잘 버무려지면서 그리움의 세미한 정서를 잘 보여 주고 있다.

③의 「대춘부」에는 생에 대한 진지함과 소중함이 잘 드러나고 있다. 그는 봄에 관한 여러 편의 작품들을 남겼는데 대개 그에게 있어 봄은 ①과 ②에서 보이는 가을-겨울의 "고달픔"이나 "고독"과는 다르게 "사랑으로 미쁘던 이 동산"이거나 "시루봉 깨치는 장끼"에서도 "새 솔 빛"이 돌고(「고향의 봄」, 54) "동불(童佛)"처럼 어여쁘거나 젖살 오른 손주(「봄 이발」, 286) 같은 봄이다. 그러나 그 봄은 그냥의 봄이 아니라 "은혜는 피를 먹여 상처

---

6) 이지엽, 「순수와 화해와 자존의 內面 풍경」, 『한국 현대시조 작가론 III』(태학사, 2007), 38쪽.

마다 꽃 피우고"에서 보듯 아픔을 견디어 낸 진지한 봄이다. "무서운 목숨을 안고 고목처럼 지켜" 선 소중한 봄이다.

④의 「암갈색 고독」은 제목에서도 드러나듯 '고독'에 대한 시인의 생각이 어떠한가를 잘 보여 주는 작품이다. '고독'은 그의 시적 정서를 지배하는 중요한 요소 중의 하나이다. 어느 시기에 잠시 있다가 사라지는 일시적인 존재가 아니라 시인의 심상 속에 길러지는 존재임을 "사슴"으로 비유하여 나타낸다. 긴 겨울 시인은 그것을 잘 갈무리하여 동행하게 되는데 그것이 먼저 앞서고 설레게 한다고 적고 있다. 대개의 사람들이 생각하는 '고독'의 속성이 아니다. 숨겨져 있는 은일함이 아니라 드러내는 당당함이 있다. 오히려 앞에 세우고 그것 때문에 설레는 것이니 그가 얼마나 '고독'과 친근한지를 보여 주는 대목이다. 말하자면 '고독'은 따로 존재하는 것이 아니라 같이 가는 존재임을 보여 주고 있다. 이 점은 「애모」에도 잘 나타나는데 "고독이 천륜마냥 감겨 오는 둘레 가"라고 표현하여 해가 지나도 그것은 더욱더 시인의 마음을 지배하는 심상임을 여실하게 보여 주고 있다.

결코 부귀나 권세나 영광이 아니라 온유와 겸손과 절제의 지향의 '정'이 지배하는 오롯한 한국인의 정신을 유장하면서도 세미하게 담아낸 그의 시 세계는 고독을 바탕으로 하면서도 생에 대한 진지함과 소중함이 잘 드러나 있다고 볼 수 있다. 유장한 정감은 물론 한국 얼의 품격과 아취를 갖추고 있어 격조 높은 한국의 서정이라고 말할 수 있는데 그의 시적 지향성은 여러 형태로 나타나고 있다.

「감」에서는 태양과는 반대편, 두메산골 긴긴 밤의 달이 가다 머문 자리이거나 돌담 혹은 초가집 까만 지붕 위이지만 「봄 이발(理髮)」에서는 일렁이는 꽃구름 밭이며, 「늦잠자리가 있는 풍경」에서는 막막한 바다나 외로운 섬의 자리이며 「밟히는 것」에서는 "고향"과 "둥근 종소리", "내 그림자"의 자리로 나타난다. 중요한 것은 시인의 지향하는 세계가 거의 동류항으로 묶일 수 있다는 점이다. 태양 지향의 도시적이며 물질적인 세계가 결코 아니며, 오히려 고향의 자연과 거기에서 느끼는 정신적 풍요와 외로움이라고 볼 수 있다. 정신적인 풍요는 일렁이는 "꽃구름 밭"이나 "둥근 종 소리"로, 외로움은 "감"이나 "섬"으로 상징화되고 있다.

⑤ 눈 감으면 섬이 잠기고, 눈을 뜨면 섬이 뜨고,
  갈매기 나래깃에는 한 바다가 다 실리고
  이런 날 외따로 앉으면 외따로인 나도 섬.
  ——「외따로 앉아」(「제주에 와서」 중, 426)

"섬"은 이렇듯 몸을 바꾸어 서정 자아가 되기도 한다. 때로는 "박토"이 거나 "칠십 년 목마른 천수답" 혹은 "무너진 절터", "이지러진 탑"(「무량심 초(無量心抄), 16」)이 되기도 하며, 마찬가지 측면에서 "감"이 되기도 하는 것이다. 그러므로 외로움은 서정 자아와 함께 가는 주요 심상이며 이들이 "꽃구름 밭"이나 "둥근 종소리"의 정신적 풍요, 다시 말해 휴머니즘의 회 복으로 도달하고자 하는 필연성을 갖게 되는 소이이기도 하다. 많은 경우 그의 시적 도달은 "감"이나 "섬"의 단계, 이를테면 외로움이라 명명되는 아픔 가운데 오롯할 수밖에 없지만 그는 "꽃구름 밭"이나 "둥근 종소리" 를 간절하게 희구하고 있다. 이에 대한 마땅한 답은 두 권의 동시조집 『꽃 가지를 흔들듯이』(1979년, 가람출판사), 『엄마 목소리』(1998년, 토방)에서 더 두드러지게 나타난다.

⑥ 까치가 깍 깍 울어야/ 아침 햇살이 몰려들고
  꽃가지를 흔들어야/ 하늘빛이 살아나듯이
  엄마가 빨래를 헹궈야/ 개울물이 환히 열린다
  ——「꽃가지를 흔들 듯이」(200)

⑦ 보리밭 건너오는 봄바람이 더 환하냐
  징검다리 건너오는 시냇물이 더 환하냐

아니다 엄마 목소리 목소리가 더 환하다.
혼자 핀 살구나무 꽃그늘이 더 환하냐
눈 감고도 찾아드는 골목길이 더 환하냐
아니다 엄마 목소리 그 목소리 더 환하다.

— 「엄마 목소리」(478)

까치의 울음 → 아침 햇살, 꽃가지 흔들림 → 하늘빛, 엄마의 빨래 →
개울물 열림의 시적 전개는 자연끼리의 소응과 그에 화답이라도 하듯이
자연과 인간의 교감이 선명하게 그려져 있다. 아울러 봄바람과 시냇물, 꽃
그늘과 골목길보다 더 환한 엄마 목소리가 탄력적으로 귀에 잡힐 듯이 들
려온다. 여기에서 우리는 어렵지 않게 엄마 목소리가 앞서의 "둥근 목소
리"와 일맥으로 통하고 있음을 알 수 있다. 시인에게 있어 "어머니"는 곧
고향이며 완전자이다. "둥근" 세계, 도덕경의 세계, 무량(無量)의 세계를
지향하고 있는 백수 시 전체를 떠받치고 있는 아주 중요한 실제적 기둥인
셈이다.

아무리 별빛이 빛난다 해도 엄마 목소리만큼 찬란할 수는 없고, 아무리
꽃이 아름답다 해도 엄마 목소리만큼 사무칠 수는 없다. 엄마 목소리는 구
원(久遠)의 소리이기 때문이다. 그렇기 때문에 엄마 목소리는 실상 저 별에
도, 꽃에도, 흐르는 구름결에도, 아니 이 하늘과 땅 사이 만물 속에 다 숨
어 있는 것이다.

위에 인용된 동시조집 『엄마 목소리』의 머리말은 다른 무엇보다 그가
평생 지녀 왔던 문학적 지향점을 다시 한번 여실하게 보여 준다. 엄마 목
소리는 구원(久遠)의 소리인 동시에 별, 꽃, 구름결…… 하늘과 땅 사이
만물 속에 스민 목소리이다. "어머니"란 존재가 인간의 완성형이라면 그것
은 대자연으로부터 모태된 것이라는 것이다. 오늘날 날로 거칠어 가고 황

폐해 가는 인간성을 그는 간접 화법을 통해 다시 회복해 보고자 하는 소망을 보여 주고 있는 것이다.

3

백수 정완영의 시편들은 '정'이 지배하는 오롯한 한국인의 정신을 유장하면서도 세미하게 담아내면서 생에 대한 진지함과 소중함이 잘 드러내고 있어 결국 따뜻한 인간성의 회복을 염원하고 있다고 볼 수 있다. 유장한 정감은 물론 한국 얼의 품격과 아취를 갖추고 있어 격조 높은 한국의 서정이라고 말할 수 있는데 사실 이러한 기저 자질은 다소 고전적이어서 새롭게 보이는 데는 미흡할 수 있다. 그러나 그의 시편들은 어느 작품을 살펴도 새로운 느낌을 받게 된다. 익숙한 풍경을 새롭게 보이려는 끊임없는 노력을 하고 있기 때문이라고 볼 수 있는데 여기에서 그의 독보적인 모습을 확인할 수 있게 된다. 그 노력의 구체적 모습은 대개 시적 형상화의 방법들에 해당된다고 볼 수 있는데 운율의 장·단·완·급 안배나 강·약의 조절에 유의하여 살펴보면 그 절묘한 운용이 돋보인다. 어미의 자유로운 활용 또한 주목되며 시적 대상과 서정 자아의 자유로운 교접 또한 시적 탄력을 확보하는 데 기여를 하고 있음이 주목된다.

⑧ 설사 저 장천(長天)에서 동아줄을 내려 준대도
이 강산(江山) 이 추심(愁心) 버리고 하늘에는 내사 안 갈래
풀피리 불자던 봄이 너 더불어 오잖는가
　　　　　　　　　　　　　　　　　　　—「겨울 추심가(愁心歌)」 마지막 수(294)

⑨ 곱기만 한 꽃이야 이젠 눈에 안 담기고
칠월 장마 끝에 높이 뜨는 목백일홍(木百日紅)
그 멀고 아득한 꽃빛이 내 가슴에 물을 댄다.

⑩ 그래서 목로주점(酒店)엔 대낮에도 등을 달고
흔들리는 흰 술 한 잔을 낙일(落日) 앞에 받아 놓면
갈매기 울음소리가 술잔에 와 떨어지데.

　　　　　　　　　　──「을숙도(乙淑島)」둘째 수(299)

⑪ 이 돌은 내 고향 직지사 서문 산의 타종(打鐘) 소리
연잎 같은 푸른 바람에 너울 너울 실려와서
천리 밖 만려(萬慮)의 창 아래 뚝 떨어진 쇠북 소리

　　　　　　──「직지사 범종소리」(「수석 3제(水石 3題)」중, 360)

⑧의 작품에서의 음보는 한 음보 안에서 자수로 기준해 볼 때 상당한 낙폭을 보여 준다. 초장 2·5·4·5, 중장 3·6·4·5, 종장 3·5·4·4로 얘기될 수 있겠는데 특히 중장에서 "이 강산이 추심 버리고"를 어떻게 율독하는가에 따라 사뭇 맛이 달라진다. 의미상으로 보면 6·3이 되지만 묘미로 볼 때는 3·6이 적절하다. 운율의 강·약과 완·급까지를 고려하면 한층 묘미를 느끼게 한다. 한 음절이나 어절에서 강·약·완·급의 개념은 우리나라 자유시의 시학에서는 거의 신경을 쓰지 않는 개념이지만 시조에서는 탄력성을 부여하는 역할과 관련되어 매우 중요하다. 시조의 각 장의 네 걸음 형식은 자칫하면 단조로움에 빠지기 십상이다. 이 형식 장치의 단조로움을 극복하는 방법은 강·약·완·급의 적절한 활용에 있다고 볼 수 있는데 다음을 주목해 보면 그가 이를 타개하는 방법으로 이를 어느 정도 잘 활용하고 있는지를 알 수 있다.

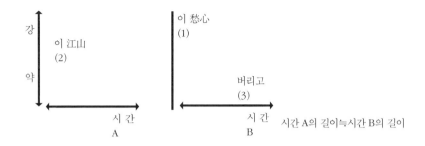

"이 강산"과 "이 추심 버리고"는 각각 율독하는 데 걸리는 시간이 비슷하므로 이에 따라 자연히 음의 강약이 생기게 마련이다. 강함을 (1), 보통을 (2), 약함을 (3)으로 보면 위에서 보듯 (2)-(1)-(3)의 높낮이를 갖게 된다고 볼 수 있다. 결과적으로 보아 이런 변화는 시조가 갖기 쉬운 평이한 구조를 깨뜨려 탄력을 가질 수 있도록 한다. 다음의 작품에서 초장 또한 이와 같은 구조를 갖는다.

⑫ 눈발도 우두령(牛頭嶺) 눈발은 휘몰이로 치는 건데
백매화 가지를 꺾어 두드리는 시늉도 하고
하룻밤 군불을 지펴도 한 백 년은 산 것 같더라.
　　　　　　　　　　　　　　　　—「관기리」 넷째 수(349)

언뜻 보면 형식을 이탈한 듯 보이지만 "눈발도"와 "우두령 눈발은"이 모두 한 음보의 시간적 등장성(等長性)을 가짐으로써 시조 가락의 유연성을 최대한 확보하고 있는 것으로 해석할 수 있다.[7] ⑪의 「직지사 범종소리」의 초장 "이 돌은 내 고향 직지사 저문 산의 타종 소리"에서도 똑같은 율

---

7) "바위를 밟고 웃는 꽃, 태상을 기대 조는 佛/ 노승은 무엇을 얻고저 헤아리는 염주인가/ 落落히 봄빛을 드리운 저 한 그루 蒼松 앞에"(「蒼松 앞에」(127),「待春 3題」 中 3)에서도 중장의 "무엇을 얻고저"에서 볼 수 있다. '뭘 얻고저'로 줄일 수 있었음에도 그렇게 하지 않은 이유는 가락의 유연성을 최대한 살리고자 한 의도라고 볼 수 있다.

독의 예를 볼 수 있다.

그런가 하면 ⑧, ⑨, ⑩의 작품들에서 보게 되는 어미의 활용 역시 아주 적절한 배치를 하고 있음을 보게 된다. ⑧의 ～에서 ～대도, ～(하)고 ～(할)래, ～이 ～잖는가, ⑨의 ～이야 ～(하)고, ～에(명사), ～이 ～(한)다, ⑩의 ～에는 ～(하)고, ～을 ～(하)면, ～(이)～(하)데 등의 어미 활용은 아무리 살펴보아도 유형화되거나 패턴화되어 나타나지 않는다. 그만큼 각 구와 각 수의 연결에 중복을 피하면서 새로움을 이입하려는 노력을 하고 있음을 알 수 있다. 이 점 역시 시조의 규칙적인 리듬을 보완하며, 동시에 시의 탄력과 긴장을 가져오는 데 기여를 하고 있는 것이다.

또한 시적 대상에 대한 묘사가 서정 자아의 내적 성찰 내지 진술이 되게 하는데 그는 이에 대해서도 노련함을 보여 준다. 시적 묘사와 시적 진술의 효과적인 안배는 현대시에서도 주요한 창작 원리가 된다. 그러나 그 연결 부위가 부자연스럽고 또 시인의 의도가 쉽게 드러나 보여 실패하기 십상이다. 가장 효과적인 방법은 어떤 시적 묘사 A와 어떤 시적 진술 B가 결합할 때 A와 B의 관계가 물이 위에서 아래로 흐르듯 자연스러워야 하며, B가 그 흐름에 녹아 있어 작위적이지 않아야 한다.

⑨에서 "목백일홍"에 대한 시적 묘사가 어떻게 시적 진술이 되는가를 주목해 보자. "그 멀고 아득한 꽃빛이 내 가슴에 물을 댄다."고 한다. 내 가슴에 물을 대는 것이 결코 이상스럽거나 부자연스럽지 않다. 이미 시인은 "목백일홍"을 묘사하면서 이러한 시적 진술로 옮겨 가기 위한 사전 포석을 했기 때문이다. "곱기만 한 꽃이야 이제 눈에 안 담기고"라든지 "칠월 장마 끝"이라는 표현들이 가슴에 물을 대는 합당한 이유를 표시가 나지 않게 미리서 제공하고 있기 때문이다.

⑩에서는 초장과 중장의 묘사가 하나의 전제 조건을 형성하면서 종장의 묘사를 묘사 이상의 감흥을 촉발하는 데 기여하고 있다. 대낮에도 등을 다는 목로주점과 흔들리는 흰 술 한 잔과 노을이 이루어 내는 장면은 "갈매기 울음소리가 술잔에 와 떨어"질 만큼의 배경이 되기에 충분한 것

이다. 그러나 "갈매기 울음소리"가 하필이면 서정 자아의 "흰 술 한 잔"에
와서 떨어져야 하는가의 배면에는 작가의 숨겨진 의도가 엄연하게 존재하
고 있는 것이다. 묘사 이상의 감흥을 느끼는 것은 이 숨겨진 의도를 읽어
내야 할 의무를 어느 정도 느끼는 독자라면 그 숨겨진 의도의 여러 가지
해석에서 오는 다의성의 묘미 때문에 그러하리라. 좋은 시일수록 독자가
해석할 수 있는 공간이 넓다. 그러나 정말 오늘날의 시조가 그러한 공간
을 독자에게 얼마만큼 제공하고 있는가를 숙고해 보면 백수의 시조 작품
이 펼치는 그 공간은 넓고도 깊음을 절감하게 한다. 마치 술잔에 떨어지
는 갈매기 울음소리가 거느리는 공간만큼 서늘하고 낙폭이 크다. 외롭기
도 하고 처절한 싸움 같기도 하고, 내 울음 같기도 하고, 내가 기러기 같
기도 한 여러 갈래의 길을 만들어 주며 다방향성의 상상력 공간을 만들
어 준다. ⑪의 "돌"에서 유추해 내는 상상력 또한 마찬가지이다. 시적 대
상이 거느리는 감각적 이미지까지도 뛰어넘고 있는 것이다. 그리하여 뻐
꾹 울음소리가 바위가 되기도 하고 그 바위의 돌들이 더러 쇠북소리도 되
기도 하는 시적 상상력을 통하여 긴장과 탄력의 시학을 연출해 보이고 있
는 것이다.

4

백수의 작품에는 자연을 대상으로 한 작품이 절대적으로 많다. 그러나
같은 대상을 그려 냄에도 그는 표현을 유사하게 창작하지 않는다. 동시에
시적 대상을 정태적으로 묘사하지 않고 동적 이미지를 창출해 낸다.

⑬ 산보다 큰 침묵이 숨어 사는 골짜기에
　초록은 피어올라 만장(萬丈)으로 불이 붙고
　뻐꾸기 잦추는 소리만 혼자 재를 넘누나.
　　　　　　　　　　　　　　　—「피아골 뻐꾸기」(340)

⑭ 뻐꾹 뻐꾹 뻐꾹 뻐꾹 이 산 저 산 바위 놓는다

뻐꾹 뻐꾹 뻐꾹 뻐꾹 골골마다 궁궐 짓는다

들찔레 하얀 꽃잎만 소복소복 지는 날에

　　　　　　──「뻐꾸기 울어」(「춘흥 3제(春興 3題)」 중, 356)

⑮ 청전(靑田)의 한국화 같은 보리누름 언덕 같은

한탄강(漢灘江) 푸른 물에서 건져 올린 늙은 수석(水石)

오늘은 뻐꾹새 소리로 흰 구름을 울고 있다.

　　　　　　　　　　　　──「구름을 우는 새」(360)

　인용 작품은 각각 「지리산 시초」, 「춘흥 3제」, 「수석 3제」 연작 중 한 편인데, 각 작품에는 '뻐꾸기'가 등장한다. 「피아골 뻐꾸기」에서 "뻐꾸기"는 아무런 소리가 들리지 않는 적막의 여름 산에 뻐꾸기 울음소리만 살아서 혼자서 재를 넘고 있다고 표현한다. 청각적 이미지를 시각적 이미지로 바꾸어 줌으로써 "혼자 재를 넘"는 모습에 집중하게 한다. 「뻐꾸기 울어」에서 역시 청각적 이미지가 시각적 이미지로 바뀌면서 소리를 "바위 놓는"것으로 집중하게 한다. 시각적 이미지는 집중의 효과를 나타내는 데 적합하고 청각적 이미지는 분산과 확산의 효과를 나타내는 데 적합하기 때문이다.[8] 그런데 좀 더 유의하여 살펴보면 이 두 작품 모두 시각적으로 바뀌면서 정태적 이미지를 사용하지 않고 동태적 이미지를 택하고 있는 것에 주목해 볼 필요가 있다. 뻐꾸기 소리가 "재를 넘"거나, 바위를 놓고 궁궐을 짓는 것은 시를 훨씬 탄력적이게 한다. 밋밋하게 진행되는 시상을 활기차게 바꾸는 역할을 수행한다. 「구름을 우는 새」는 "푸른 물에서 건져 올린 늙은 수석"을 "흰 구름을 울고 있"는 "뻐꾹새 소리"로 바꾸고 있다. 앞의 두 작품과는 다르게 시각을 청각으로 바꾼다. 울림의 확산에 더 의

---

8)　현대시 창작 강의 시선 집중에는 청각적 이미지보다는 시각적 이미지가 훨씬 효과적임을 밝히고 있다.

미를 두고 있다고 볼 수 있다. 이 점은 이미지 운용의 측면에서 거의 찾아 보기 힘든 시 창작 원리를 제공하고 있다고 생각된다. 시가 힘이 없이 나약하다면 시각적 이미지로 표출되는 동태적인 장면을 묘사해 볼 수도 있고 더 나아가 청각이나 후각, 근육 감각적인 이미지 등을 활용해 볼 수도 있기 때문이다. 백수는 이 점을 자신의 작품 창작에 최대한 활용했다. 그의 시가 독보적인 표현 기법을 구사하고 있다고 평가되고 있는 이유는 운율의 강·약·완·급과 적절한 어미의 활용과 다양한 어조, 이미지의 상호 교차적인 탄력적 사용 등 이러한 면면들을 최대한 활용하여 다른 어느 누구보다도 훨씬 더 탄력적이고 긴장감이 높은 시조를 창작했기 때문이다.

  세월은 저물었는데 노래는 아직 남아
  돌아온 옛 마을에 덮고 누운 하늘 한 장
  열무 씨 새로 뿌린 듯 별이 총총 돋는다.(3)

88세 미수에 발간한 『정완영 시조 전집』의 자서에 실려 있는 작품이다. 무산(霧山) 조오현(曺五鉉) 스님이 시조 전집에 선생의 시조를 "불권방할(拂拳棒喝) 같고 가불매조(呵佛罵祖)와 같다. 전기독로(全機獨露)한 해탈의 모습을 보여 주는 염화미소(拈華微笑)"[9]라고 평가하면서 방(棒) 30을 자청한 것을 두고 답글로 쓴 시조이다. 이 작품에서도 노래―하늘―별로 이어지는 관계가 유기적이면서도 자연스럽다. 나이가 들어 감에도 시에 대한 뜨거운 일념만은 남아 그걸 덮고 누운 "하늘 한 장"이 된다는 사실을 담고 있다.

유장하면서도 세미한 품격과 아취를 갖추고 있어 격조 높은 한국 서정의 진면목을 보여 준 백수의 시조는 한국 현대시조의 완성형이다. 다소 오

---

9)   정완영, 「노래는 아직 남아」, 『정완영 시조 전집 ― 노래는 아직 남아』, 3쪽.

래된 풍경일 수 있지만 그 풍경에 새로움을 얹어 빛깔의 다채로운 소리와 굴곡 있는 음악성을 보여 주었다.

운율의 강·약·완·급과 적절한 어미의 활용과 다양한 어조, 이미지의 상호 교차적인 탄력적 사용 등 독보적이고 자유자재한 표현 기법으로 탄력적이고 긴장감이 높은 독보적 시조 영역을 열어 주었다. 백수 시조의 가치는 오늘날 카오스의 뒤섞임과 다원주의와 탈중심주의 시대에도 엄연히 유효하고 새롭다.

이제 시조 문단은 백수의 시조 세계에 대해 엄정하게 반성의 답을 해야 한다. 백수를 시조의 큰 산으로 자유로이 놓아두라. 억지로 그를 흉내 내어 아류의 작은 봉우리를 양산하지 마라. 차라리 산을 넘어 미지의 들판에 주저앉는 논바닥, 논두렁길이 될지라도 이제쯤은 그를 자유롭게 날아가게 하라. 오늘 높이 솟아오른 산, 그 이마가 희고 서늘하다. 둥근 목소리의 원형을 찾고자 했던 백수 정완영은 격조 높은 한국의 서정과 절묘한 율격을 구현함으로써 한국 현대시조의 완성자로 평가될 수 있을 것이다.

제6주제에 관한 토론문

최현식 / 인하대 교수

　이 자리는 백수 정완영 선생의 시조 미학과 그것이 한국 시조사에 끼친 영향을 살펴봄으로써 그 문학적 의미를 새롭게 고구하고 남겨진 시편들의 미래로의 역사화 과정을 함께 묻고 답하기 위해 마련된 것으로 알고 있습니다. 나는 정완영 시조시인에 대해서는 거의 문외한인지라 몇몇 선행 연구를 참조하여 선생이 쌓고 끼친 바의 시조사적 문양과 정서적 회감을 간별한 다음 참석하는 것이 좋겠다고 마음먹었습니다.

　이지엽 선생님께서도 잘 정리해 주셨지만, 정완영 선생은 현대시조사에서 보기 드문 독보적 예술성을 득하고 구축한 시인으로 이름 높습니다. 과연 대개의 연구자는 그 심미적 폭과 깊이를 유려하면서도 그윽하게 톺아 내기 위해 그 내용과 정서에서 '한국적인 것'의 탐구와 발견, 기억과 환기에 각별히 정성을 들였으며, 결정적으로 거기서 우러나오는 정한의 미감과 그것을 받아 안고 펼치는 고전적 율격의 변주와 자기 나름의 개성화에 전력을 기울였다는 평가를 공통적으로 내리고 있습니다. 이것을 이지엽 선생님께서 정리한 가치 평가로 치환한다면,

유장하면서도 세미한 품격과 아취를 갖추고 있어 격조 높은 한국 서정의 진면목을 보여 준 백수의 시조는 한국 현대시조의 완성형이다. 다소 오래된 풍경일 수 있지만 그 풍경에 새로움을 얹어 빛깔의 다채로운 소리와 굴곡 있는 음악성을 보여 주었다.

운율의 강·약·완·급과 적절한 어미의 활용과 다양한 어조, 이미지의 상호 교차적인 탄력적 사용 등 독보적이고 자유자재한 표현 기법으로 탄력적이고 긴장감이 높은 독보적 시조 영역을 열어 주었다. 백수 시조의 가치는 오늘날 카오스의 뒤섞임과 다원주의와 탈중심주의 시대에도 엄연히 유효하고 새롭다.

라는 대목이 아닐까 합니다. 발표문의 제목이 보여 주듯이, 이지엽 선생님은 무엇보다 "격조 높은 한국의 서정"과 "절묘한 율격의 완성"이라는 항목에 정완영 시조의 미학적 의미와 문학사적 가치를 부여했습니다. 그럼으로써 그가 단순히 이병기, 조운, 이은상, 김상옥의 부분별 전수자가 아니라 그것 전체를 아우르는 현대시조의 거장으로 우뚝 솟음과 동시에 자신만의 고유하고 풍요로운 현대시조의 장을 열어젖힌 것으로 파악했습니다.

사실 본 토론의 제안을 받으면서 나는 두 가지 측면에서 고민을 했더랬습니다. 우선 내가 시조에 대해 깊은 관심을 가지고 글을 써 본 것은 최남선의 『조선유람가』(한성도서, 1928) 및 시조시인 이태극의 시편('2013 탄생 100주년 문학인 기념 문학제') 두 편에 지나지 않습니다. 그것도 문화민족주의와 국민국가론의 관점에서 두 시인의 새 나라(민족) 건설을 향한 계몽적 사유 및 보수적 민족 문학의 이념이 현대시조의 형식과 어떻게 결합하고 있는가를 살펴보는 매우 제한적인 글쓰기였습니다. 그래도 두 분의 시조는 전체를 일람했지만, 정완영 선생은 죄스럽게도 거의 처음 이름을 접하는 매우 생소한 분인지라, 과연 내가 토론자로의 역할을 감당할 수 있겠는가라는 고민을 지금 이 자리에서도 하고 있는 중입니다. 다음으로 그러다 보니 제가 특히 시조의 서정적 품격과 절묘한 율격에 초점을 맞추고 있는 이지엽 선생님의 글을 제대로 읽고 보다 생산적이며 발전적인 문제 제기를 할 수 있는가 하는 우려를 지우지 못한 채 이 자리에 나서게 되고야 말았습니다.

하여 저는 이지엽 선생님의 정완영 시조시인에 대한 정성스러운 읽기와 독해, 후학들이 고개를 끄덕일 것에 틀림없는 문학사적·미학적 가치 부여에 대해 충분한 동의를 먼저 표하는 것이 마땅한 순서라고 판단했습니다. 그렇지만 현대시조의 미학과 역사에 대해 거의 문외한인 현대시 전공자에게 한국 현대시조의 완성자이자 새로운 출발점으로 평가되는 정완영 시조시인에 대한 토론을 의뢰했다는 것은 현대시와 현대시조의 어떤 접점과 차이를 고구하고 성찰해 보라는 뜻은 아닌가라는 생각을 떠올리게 되었습니다. 다음은 그와 관련된 몇 가지 질의와 상념을 적어 본 것입니다.

첫째, 정완영 시조시인이 활동을 벌인 시대(시작을 1940년대로 보든, 1960년대로 보든)는 일제의 식민 지배, 한국 전쟁, 남북 분단, 군사 독재와 위로부터의 산업화, 그에 맞선 민주화-통일 운동, 계급 갈등과 투쟁, 1990년대 이후 형식적 민주화의 달성 및 개인적 욕망의 질주, IMF 사태로 대표되는 신자유주의 체제의 엄습과 한국적 근대화의 좌절 등 위기와 기회가 항상 함께 찾아오는 숨 가쁜 나날들이었습니다.

이런 역사 현실에 비춰 본다면, 정완영 선생은 민족적인 것, 구체적 삶의 기입보다는 관념화된 정서의 표출 등 흔히 현대시조에 제기되는 현실 초월론, 곧 구체적인 역사와 현실에 대한 '거리화'의 편향을 스스로 살아갔다는 느낌을 불식시키기 어렵습니다. 왜냐하면 이른바 유가적이며 도가적인 자연의 완상과 그곳에의 귀거래, '한국적인 것'을 대표하는 가난하되 아름다운 고향에의 기억과 그리움, 그리고 귀소 본능의 정한(情恨), 누군가는 '현실 공간'에의 뜨거운 관심이라 표현했지만 역사 현실의 모순성과 문제성에 대한 리얼리즘적 인식 및 성찰과는 거의 무관한 일상적 생활 정서의 표현 등에 당신의 시조 전편을 바쳐 왔기 때문입니다.

하지만 이런 판단은 정완영 시인의 시조를 잘 모르는 저의 편견일 수 있습니다. 그래서 이런 질문을 드려 봅니다. 정완영 시인은 자연과 고향의 본원성에 대한 일관된 관심과 표현 이외에 다른 주제와 방법으로 역사적 모순과 물질의 모더니티를 넘어서고자 했다면 그것은 무엇인가 하는 것입니다. 이 부분을 전해들을 수 있다면 정완영 시인과 시조에 대한 객관적 이해와 평가가 더욱 단단해질 듯합니다.

둘째, 다른 연구에서는 거의 언급되지 않은 부분인데요, 선생님께서는 동시조집 『엄마 목소리』의 가치와 의미를 매우 높게 평가하셨습니다. '엄마의 목소리'를 '구원의 소리'인 동시에 우주와 지연, 만물 속에 스민 '자연의 목소리'로 평가하신 부분이 그것이지요. 나를 비롯한 이 자리의 독자들은 '동시조집'이라는 개념에 대해 생소하다는 느낌을 가지고 있을 듯합니다. 이런 독자의 현실을 감안한다면, '동시조(童時調)'라는 장르의 본질과 방법에 대한 간단한 설명, 이러한 새로운 장르나 형식의 발명과 적용을 통해 정완영 시조시인이 추구한 가치와 미학에 대한 안내를 해 주신다면 현대시조의 장르 확산과 변주에 대한 이해가 더욱 깊어질 듯합니다.

셋째, 문학사적 견지에서 볼 때 정완영 시조시인에 대한 평가의 완성은 그의 시조가 성취한 여러 의미와 가치를 토대로 현재의 시조 활동에 나타나는 문제점이나 결핍을 날카롭게 파헤치는 한편 그 장점과 선한 영향력을 적극적으로 받아들일 수 있는 기회를 제공하는 것이라고 생각합니다. 현대시 평론을 업으로 삼는 나에게는 현대시조의 실상과 미래에 대한 예리하고도 친절한 안내가 매우 유의미하며 효율적인 거울로 쓰일지도 모르겠다는 긍정적인 기대를 가질 수밖에 없습니다. 앞서 말씀드린 정완영 시조의 미래화에 관련된 이런저런 평가와 조언을 다시 한번 요청 드리는 이유입니다.

1919년	경북 금릉군 봉산면 예지동 65번지에서 아버지 지용(知鎔), 어머니 연안 전씨 준생(俊生)의 4남 2녀 중 2남으로 태어남. 본관은 연일(延日).
1923년	문명이 경향에 들렀던 조부 염기(廉基)로부터 한학과 주학(朱學)을 배움.
1927년	봉계공립보통학교 입학. 4학년 여름 홍수로 말미암아 전답 5마지기가 유실되어 살길을 찾아 일본으로 건너감. 이후 3년 일본 각지를 찾아 유랑.
1932년	오사카 천왕사 야간부기학교 입학. 2년 수료 후 귀국.
1937년	향리로 돌아와 보통학교를 마침.
1939년	성산 전씨 주백(桂栢)의 장녀 덕행(德行)과 결혼.
1941년	시조 창작 관계로 일본 경찰에 끌려가 고문 받음.
1942년	7월, 상주에서 장녀 윤희(潤喜) 출생.
1945년	1월, 상주에서 장남 경화(慶和) 출생.
1946년	해방과 더불어 향리 김천에 돌아와 '시문학 구락부' 발족.
1947년	동인지 《오동(梧桐)》 출간.
1948년	작품 「조국」 창작. (후일 이 작품이 조선일보 신춘문예(1962년)에 당선되고, 고등학교 3학년 교과서에 수록)
1948년	12월, 2남 성화(星和) 출생.
1951년	2월, 3남 제화(濟和) 출생.
1954년	1월, 2녀 은희(恩喜) 출생.

1956년	6월, 4남 준화(俊和) 출생.
1960년	《국제신보》 신춘문예에 작품 「해바라기」로 당선. 《서울신문》 신춘문예에 동시 「골목길 담모롱이」 입선.
1962년	《조선일보》 신춘문예에 작품 「조국」 당선. 《현대문학》에 「애모」, 「강」, 「어제 오늘」로 추천 완료.
1965년	한국시조시인협회 부회장.
1966년	장녀 윤희 출가.
1966년	이호우와 더불어 영남시조문학회 창립.
1967년	《동아일보》 신춘문예에 동시 「해바라기처럼」 당선. ·제2회 금천시문학상 수상.
1969년	문화공보부 작가 창작 지원 기금 수령. 시집 『채춘보』 출간.
1972년	시집 『묵로도』 출간. 《동아일보》 창간 50주년 축시 「흔들면 깃발이 되고 두드리면 북이 되고」를 씀.
1974년	서울 이거.(서울시 동대문구 망우동207-33) 제3시집 『실일의 명』 출간. 제11회 한국문학상 수상.
1975년	장손 연우(然宇) 태어남.
1976년	시선집 『산이 나를 따라와서』 출간. 한국문인협회 이사.
1977년	둘째 자부 이영희 맞음.
1979년	동시조집 『꽃가지를 흔들 듯이』 출간. 회갑 기념 시사집 『백수 시선』 출간. 제1회 가람시조문학상 수상. 한국문인협회 시조분과 회장.
1980년	손녀 연정(然灯) 출생. 서울시 강남구 대치동 은마아파트 23동 105호로 이거. 수필집 『다홍치마에 씨받아라』 출간.
1981년	셋째 자부 권진순(權鎭淳) 맞음. 『시조 창작법』 출간.
1982년	『고시조 감상』 출간. 《중앙일보》 시조 강좌.(3년 8개월) 한국청소년연맹 시조 지도위원. 고향 김천의 남산공원에 고향 사람들의 손으로 시비가 세워짐.

1983년	차녀 은희 출가. 초등학교 5학년 교과서에 작품 「분이네 살구나무」 수록.
1984년	중학교 1학년 교과서에 작품 「부자상(父子像)」 수록. 제7시조집 『연과 바람』 출간. 제3회 중앙일보 시조대상 수상.
1985년	『시조 산책』 발간. 「고희 기념 사화집」 헌정 받음. 제5회 육당문학상 수상.
1990년	제8시조집 『난보다 푸른 돌』 출간. 넷째 자부 송귀완(宋貴婉) 맞음.
1992년	한국시조시인협회 회장. 수상집 『다 한잔의 갈증』 출간.
1994년	직지사 경내에 백수 시비 건립. 제9시집 『오동잎 그늘에 서서』 출간. 육당문학상 운영위원장 취임. 청주 가덕 노백산방으로 이거.
1995년	은관문화훈장 수훈. 수상집 『나비야 청산 가자』 출간. 서문집 『백수산고』 출간. 고향 마을에 어머님 추모 시비 건립.
1996년	제주도 명예시민증 받음.
1997년	서울시 관악구 남현동 1072-27 미성연립 101호로 돌아옴.
1998년	동시조집 『엄마 목소리』 출간.
1999년	제2회 만해시문학상 수상.
2000년	고향마을 봉계 동구에 시비 건립. 한국시조시인협회 상임 고문.
2001년	제11시집 『이승의 등불』 출간. 제12시집 『세월이 무엇입니까』 출간.
2003년	일기초 『하늘 구만리』 출간. 문화관광부 주관 '한국 근현대 예술사 증언 1차 년도 30인 채록 사업' 선정 및 완료.
2004년	제1회 육사문학상 수상. 백수 서간집 『기러기 엽신』 출간. 한국문인협회 고문.
2005년	경상북도 주관 '경상북도를 빛낸 100인' 선정. 『내 손녀 연정에게』 출간.

2006년	시 전집 『노래는 아직 남아』 출간. 한국문인협회 고문.
2007년	동시화집 『가랑비 가랑가랑』 출간. 만해문학상 유심특별상 수상.
2008년	백수문학관 개관. 제13회 현대불교문학상 수상.
2010년	중학교 1학년 교과서에 「배밭머리」 수록. 초등학교 4학년 1학기 국어 교과서에 「봄오는 소리」 수록. 제4회 백자예술상 수상.
2012년	제2회 설주문학상 수상.
2015년	(사)백수문화기념사업회에서 백수문학상을 제정하여 시행해 오고 있음.
2016년	8월 27일, 별세.

정완영 작품 연보

발표일	분류	제목	발표지
1960. 6	시조	雪嶺에서	시조문학
1966. 9	시조	塔	시조문학
1969	시조집	채춘보	동화출판공사
1970. 3	시조	賣巢記	시조문학
1971. 11	시조	平日	시조문학
1972	시조집	묵로도	월간문학사
1973. 12	시조	김정조춘/망우리 심초/천하추	낙강
1974	시조집	실일의 명	월간문학사
1974. 8	시조	雀舌茶 다리는 밤	시조문학
1974. 12	시조	귀근사/수수편편	낙강
1975. 3	시조	秋晴	시조문학
1975. 6	시조	春蘭 꽃피다	시조문학
1976	시조 선집	산이 나를 따라와서	대정출판사
1976. 12	시조	사향국/유강삼제	낙강
1978. 7	시조	회정/장다리 고향	김천시문학
1979	동시조집	꽃가지를 흔들 듯이	가람출판사
1979	시선집	백수시선	가람출판사
1979. 12	시조	首首片片 1/ 思母曲─한가위 고향에 와서	시조문학

발표일	분류	제목	발표지
1980. 12	시조	산책길에서/갈밭에 누워/ 경국사를 찾아서	낙강
1981	시조평론	시조 창작법	중앙일보사
1982		고시조 감상	중앙일보사
1982. 12	시조	비	낙강
1983. 11	시조	안경 9/안경 10	시조문학
1983. 12	시조	귀고	낙강
1984		연과 바람	가람출판사
1984. 9	시조	長夏二題	시조문학
1984. 12	시조	사춘 이제	낙강
1985		시조 산책	가람출판사
1985. 10	시조	귀고삼제/봉천동 로목/ 관악산 봄빛/과천땅 풀꽃	한국시조시인 협회 연간집
1985. 10	시조	귀고 3제	시조문학
1985. 12	시조	가을꽃을 심습니다	낙강
1985. 12	시조	山寺三題/桐華寺에서/ 竹露茶를 달이며/가을 答信	시조문학
1986. 10	시조	봄봄/봉천동 로목/ 관악산 봄빛/과천땅 풀꽃	한국시조시인 협회 연간집
1986. 11	시조	감은 눈 삼삼한 속에는	시조문학
1986. 12	시조	금강산 기행	낙강
1987. 9	시조	팔당에 와서	한국시조시인 협회 연간집
1987. 9	시조	秋雪岳에 들어	시조문학
1988. 3	시조	보문사에 올라	불교문학

발표일	분류	제목	발표지
1988. 9	시조	겨울나무	한국시조시인 협회 연간집
1988. 9	시조	百潭寺 물소리/大浦港에서/ 錦城壇―端宗義節의 錦城大君壇/宿水寺址/ 남가람/矗石樓/댓바람/ 元曉는 가고/般若經 尼僧	시조문학
1988. 12	시조	최춘보 1/여일/ 종달새와 할미꽃/환춘/ 불각춘/묵로도/ 산이 나를 따라와서/실일의 명/ 조국/고향 생각/무량심초 1/ 무량심초 2/무량심초 3/실솔/ 등불/백일홍 꽃빛/하늘을 보며	낙강
1989. 6	시조	무량심초 12	시조생활
1989. 7	시조	붕동 삼제	현대시조
1989. 9	시조	민초	시조생활
1989. 9	시조	一葉身/萬里心/無量心抄 9/ 耽羅섬 開闢/西歸浦 바다/ 우우빛 鄕愁	시조문학
1990		난보다 푸른 돌	신원문화사
1990. 2	시조	그 발자국 찍히리― 一石 李熙昇 先生을 哀悼하며	시조문학
1990. 6	시조	사모곡	개화
1990. 6	시조	무량심초 12	시조생활

발표일	분류	제목	발표지
1990. 6	시조	사모곡	개화
1990. 12	시조	秋雪岳 다녀와서	시조문학
1990. 6	시조	바람 부는 날	개화
1992		차 한잔의 갈증	햇빛출판사
1992. 9	시조	加德에 와서	시조문학
1993. 6	시조	작약 순 오르는 닐	시조생활
1993. 8	시조	가덕에 와서	한국시조시인 협회 연간집
1993. 12	시조	제주에 와서	시조생활
1994		오동잎 그늘에 서서	토방
1994. 3	시조	월령가	시조생활
1994. 9	동시조	동일/나무는/고향은 없고/밟히는 것/산다비	한국시조
1994. 10	시조	겨울이 오면	한국시조시인 협회 연간집
1997. 10	시조	은행잎 철새	개화
1997. 10	시조	시암의 봄	한국시조시인 협회 연간집
1998		엄마 목소리	토방
1998. 3	시조	회귀어족/떠나간 봄	다층
1998. 3	시조	춘한	시조생활
1998. 3	시조	춘소우	고향등불
1998. 5	시조	푸른 별밭 일으킬 돌—시조 문학 38주년에 부쳐	시조문학
1998. 6	시조	봄날	문예연구

발표일	분류	제목	발표지
1998. 9	동시조	설날 아침/개구리 울음소리/ 여름은 너무 더워/허수아비/ 엄마 생각/눈내리는 밤/ 꽃과 열매/3월/ 바람은 나무가 집이래/ 우리 할아버지는/고향의 봄/ 고향의 여름/고향의 가을/ 고향의 겨울	아동연구문학
1998. 9	시조	紹修書院	시조문학
1998. 10	시조	가을 여행	개화
1998. 12	시조	제주도 감귤밭도	낙강
1998. 12	시조	조국/감/산이 나를 따라와서/ 고향 생각/설화조/겨울 추심가/ 추정/연과 바람/울숙도/ 낮 귀뚜리 울음소리/ 가을은/전등사/난보다 푸른 돌/ 겨울 나무 7/겨울 관악/겨울 나무 2/ 팔당에 와서/겨울이 오면/시암의 봄/ 황악문답/하늘 아래 살고 싶다/ 떠내려가지 않는 섬/기러기 여생	열린시조
1999. 2	시조	내 별자리/낙엽을 보며/ 봄눈 내리는 밤/봄 나들이/민처기	시문학
1999. 3	시조	섬	시조생활
1999. 3	시조	한 팔십 산 후에야	문학사상
1999. 3	시조	산이 나를 따라와서/추정/	시와 시학

발표일	분류	제목	발표지
		연과 바람/겨울 수심가/을숙도/	
		내 마음이 있습니다/겨울관악/	
		시암의 봄	
1999. 6	시조	당신은 가고/엄마의 달	월간문학
1999. 9	시조	시인과 고욤나무	시와 시학
1999. 9	시조	강 긴너 마을	문예연구
1999. 9	동시조	여름은 즐거워/엄마 목소리/귀로/	아침햇살
1999. 10	시조	가을 3제/일귀하처	화백문학
1999. 10	시조	당신 가고 내가 남아	개화
1999. 12	시조	봄꽃. 가을꽃	다층
1999. 12	시조	귀로/봄꽃.가을꽃	문학마을
1999. 3	시조	감/부자상/애모/조그만 날의 곡조	시와 시학
2000. 3	시조	목련에게	열린시조
2000. 5	시조	선사고향/춘망제	시문학
2000. 9	시조	코트와 가로수와 낙엽이	시조시학
		있는 시/엉겅퀴꽃/패랭이꽃/	
		원추리꽃/봉분 앞에서	
2000. 9	시조	사하촌 이야기/백로가 있는 풍경	불교문예
2000. 9	시조	허일/공자동 '박수쟁이'	개화
2000. 10	시조	종후청산	개화
2000. 10	시조	비 젖은 날의 회억/	김천문학
		그리운 가을하늘 이품	
2000. 10	시조	구름 산방	개화
2000. 12	동시조	눈 내리는 밤	시와 동화
2000. 12	축시조	새로 터를 다진다	시조세계

발표일	분류	제목	발표지
2000. 12	시조	춘망제	한국시조시인 협회 연간집
2000. 1	시조	이승의 풍경화	문학사상
2001		이승의 등불	토방
2001		세월이 무엇입니까 (우리 시대 현대 시조 100인선)	태학사
2001. 10	시조	한가위 고향/꽃보다 고운 철을	개화
2001. 11	시조	까치/호박꽃을 바라보며/ 엄마의 아침	어린이문학
2002. 2	시조	연정에게/백제의 새/ 백두산 다녀와서/금강산 다녀와서	시문학
2002. 3	시조	봄이 온들 뭘 할까만	시조세계
2002. 5	시조	북경은 너무 크다/ 만리장성에 올라/ 불빛이 조용한 나라/ 백두산을 오르며/천지 앞에서/ 눈물 젖은 두만강/해란강 들국화/ 연변에서 만난 어머니/ 내가 만난 원형질/은익에 정을 싣고/ 다대포항을 뜨며/온정리 내려서서/ 옥류동 물빛/구룡폭포에서/ 상팔담 바라보며/만물상을 바라보며/ 유점사 옛터에서/만폭동 동천/ 해금강 바라보며/비로봉 못 오르고/ 통일을 기원하며/뱃머리를 돌리며/	시조월드

발표일	분류	제목	발표지
		시조가 있는 곳에/네바다 사막을 건너며/ 아리조나를 간다/그랜드 캐넌	
2002. 10	시조	비 젖은 날의 회억	개화
2002. 12	시조	설산 앞에서	한국시조시인 협회 연간집
2002. 12	시조	김포시초 4/코스모스	김포문학
2003		하늘 구만리	토방
2003. 3	동시조	그리운 고향집/가랑비/ 아무리 비행기가	한국동시문학
2003. 3	시조	패랭이꽃	청마문학
2003. 3	시조	나 사는 이야기	시조생활
2003. 3	시조	겨울 가면 봄 오느니	나래시조
2003. 5	시조	꿀 따라 가세	시조생활
2003. 5	시조	민들레 꽃빛깔 같은 것/P사형	시조월드
2003. 6	시조	12월에	나래시조
2003. 7	시조	천강에 천의 달 그림자/겨울 나무	문학과 창작
2003. 8	시조	허리 밟기	어린이문학
2003. 10	시조	가을 단상/뜬눈으로 새운 불빛/ 세월의 바다/기러기 별전	시문학
2003. 10	시조	그리운 가을하늘 2/ 그리운 가을하늘 3	개화
2003. 12	동시조	분이네 살구나무	한국동시문학
2003. 12	시조	자화상 둘/11월	문예중앙
2003. 12	시조	제주시조시인협회 창립 20주년을 축하하며	제주시조

발표일	분류	제목	발표지
2003. 12	시조	가을 한때/새와 황국	서정과 상상
2003. 12	시조	그리운 가을하늘/추정/ 시조의 삼원법	열린시학
2003. 12	시조	장마 갠 날	낙강
2004		기러기 엽신	알토란
2004. 3	시조	분이네 살구나무/오월금가/ 유월금가/칠월금가	한국동시조
2004. 4	시조	꽃과 바다/울지 않는 나무/갈대	광주문학
2004. 5	시조	그래도 봄은 오네/낙치	시문학
2004. 6	동시조	나무는	한국동시문학
2004. 10	시조	추갑사/무량심초 4/ 만냥 빛 갚은 하늘/가을 1/ 대륜국/한계령 단풍/ 홍천강 강자락부터/가을 2/ 코트와 가로수와 낙엽	불교신문
2004. 10	시조	북대암 다녀와서/허전한 날에	개화
2004. 11	시조	가을 소묘/철새 떼 바라보며	시문학
2004. 11	시조	감을 따 내리며/가을 산/ 밟히는 것/덧없는 사계/산심/ 가을은 강물처럼/고추장이/고가	불교신문
2004. 12	시조	삼경우 내리는 밤/용문사 은행나무	월간문학
2004. 12	시조	내 고향 징검다리/고향은 없고/ 선덕여왕 릉/구름 너머/고가/ 여일/난보다 푸른 돌/무인도	불교신문
2004. 12	시조	종주	낙강

발표일	분류	제목	발표지
2004. 3	시조	만행길/무일사	불교신문
2004. 4	시조	부처자리/동행/낙산사 소견	불교신문
2004. 5	시조	풍경소리/할머니 품속/관산곡	불교신문
2004. 7	시조	불달지 마라/백담사/한시름/무불행/보문사에 올라/호박꽃/전등사	불교신문
2004. 8	시조	연밭에서/양수리 연밭/염주대 구름/여름은 가고/법고/뻐꾸기 울어	불교신문
2004. 9	시조	무량심초 3/파초잎 꺾어 놓고/하늘 아래 살고 싶다/반야사 가는 길/쌍창월/데포항에서/풍경 1	불교신문
2005		내 손녀 연정에게	고요아침
2005. 1	시조	옥류동 물빛	한국시조시인협회연간집
2005. 3	동시조	초봄	한국동시문학
2005. 3	시조	겨울 빛	청마문학
2005. 3	시조	상원사 종소리	유심
2005. 3	시조	시암의 봄/봄이 찾아왔다는데	시조시학
2005. 4	시조	미소 이품	문학사상
2005. 4	시조	영춘삼제/목련꽃 바라보며	시문학
2005. 6	시조	봉두난발의 노래	문학시대
2005. 6	시조	고향마을 다녀와서/종각에서 만난 시인	시조세계

발표일	분류	제목	발표지
2005. 7	시조	진초록 타는 날에	유심
2005. 7	시조	그 이름 정좌에 앉혀/ 사종을 보내며	맥
2005. 10	시조	버들꽃 날리는 날	가람시조
2005. 10	시조	이수동 시인에게/한가위 단상	개화
2005. 11	시조	감꽃/부자상	가람시학
2005. 12	추모시	서벌이라 호곡한다	유심
2005. 12	시조	고향 가는 길/봄의 전령	김천문학
2005. 12	시조	또 한해를 보내며/이명	시조세계
2005. 12	시조	산방시초 삼품/허일	낙강
2005. 12	시조	고향 가는 길/봄의 전령	김천문학
2006	시전집	노래는 아직 남아	토방
2006. 3	시조	오는 밤 가는 겨울/적막한 봄	유심
2006. 4	시조	겨울판화	시문학
2006. 5	시조	고향눈발/야행 열차	월간문학
2006. 6	시조(3호)	추청	화중련
2006. 7	시조	고향산 바라보며 1	맥
2006. 9	시조	돌아온 뻐꾸기가	유심
2006. 10	시조	산방 시조 1/산방 시초 2	가람시조
2006. 12	시조	낙엽을 밟으며/돌아눕는 산/ 다시 세모에	영동문학
2006. 12	시조	겨울판화	한국시조시인 협회 연간집
2006. 7	시조	만해의 침묵	유심
2006. 12	시조	설일	김천문학

발표일	분류	제목	발표지
2007	동시화집	가랑비 가랑가랑	사계절
2007. 1	시조	낙엽을 밟으며/나무는	시문학
2007. 2	시조	낙엽을 밟으며	한국시조시인 협회 연간집
2007. 3	시조	적막한 봄	유심
2007. 6	시조	뻐꾸기 우는 날에/못다한 말	시문학
2007. 7	시조	여름도 떠나고 말면/장명등	맥
2007. 7	시조	그리운 날의 염곡	청마문학
2007. 10	시조	운문사/가을 밤	개화
2007. 10	시조	감꽃	월간문학
2007. 12	시조	장다리 고향/아버님 누우시다/ 귀고 1/귀고 2/귀고 3/봉분/ 달빛/남행열차/고추장이 쫓던 소년/ 고향은 없고/내 귀에는/ 암자로 살고 싶다	시와 시학
2007. 7	시조	향수 이품	유심
2008. 9	시조	선사 고향/아직도 고향 마을엔	화중련
2008. 9	시조	꽃 좀 보소	청마문학
2008. 10	시조	만고청	개화
2008. 12	시조	무제/가을 향기/가로등/ 눈 내리는 밤/굴렁쇠	김천문학
2009. 3	동시조	나무는/물, 수, 제, 비/ 외갓집 가는 날	창비어린이
2009. 7	시조	고향 산 바라보며/ 꽃보다 고운 철을/돌아눕는 산/	시조세계

발표일	분류	제목	발표지
		낮달/자문자답/나 예까지 왔네/	
		간이역 불빛/달 뜨는 소리	
2009. 9	시조	고향산 바라보며/	문학청춘
		고향마을 다녀와서	
2009. 12	시조	탐라 개벽	제주시조
2009. 12	시조	구름 나구네/무인도/감꽃/먹감/	
		나무는/구름 나그네/무인도	
		낙강	
2010	단수 시조집	구름산방	황금알
2010. 1	시조	시암의 봄/무공적	월간문학
2010. 2	시조	만리객	유심
2010. 3	동시조	새들이 물고 온 봄/우리 집 해님	창비어린이
2010. 5	동시조	가을 향기/가로등	어린이
			시조나라
2010. 9	시조	추풍령	시조 21
2010. 9	동시조	분이네 살구나무/고추잠자리/	서울문학
		봄 오는 소리 1/집 보는 감나무/	
		호박꽃 바라보며-어머니 생각/	
		송편 빚는 밤/봄비/참외/	
		엄마 목소리/비오리	
2010. 10	시조	사모곡	청마문학
2011	2수 연작 시조집	시암의 봄	황금알
2011	동시조집	사비약 눈	문학동네
2011	3수 시조집	세월이 무엇입니까	태학사

발표일	분류	제목	발표지
2011. 7	시조	목련심경	시조세계
2011. 7	동시조	사비약 시비약 사비약눈/ 동구 밖 느티나무/동시조 뻐꾸기 울어/할베 구름 손주 구름/ 은행나무와 새	나래시조
2011. 7	시조	가을 향기	청마문학
2011. 7	시조	날빛 잔치	문학청춘
2015	동시선집	정완영 동시선집	지식을만드는 지식
2015. 5	동시조	여름도 떠나고 말면/ 고향산 바라보며	어린이 시조나라

작성자 이지엽 경기대 교수, 유순덕 한국시조문학관 상주 작가

어린이의 노래는 어떻게 모두의 애창곡이 되었을까?

권오순의 「구슬비」와 박홍근의 「나뭇잎 배」를 중심으로

조은숙 / 춘천교대 교수

1 언제부터 이 노래는 시작되었나

언제 배웠는지 누가 지었는지도 모르면서 흥얼거리게 되는 노래가 있다. "송알송알 싸릿잎에 은구슬, 대롱대롱 거미줄에 옥구슬"로 시작하는 「구슬비」나 "낮에 놀다 두고 온 나뭇잎 배는 엄마 곁에 누워도 생각이 나요."로 시작하는 「나뭇잎 배」도 그런 노래 중 하나다. 숲을 지나 온 사람의 머리카락이 이슬에 젖고, 옷자락에 나뭇잎이 붙듯 어린 시절에 들었던 노래들은 자연스럽게 우리 삶에 스며들어 지금 여기까지 따라와 있다. 그렇지만 이 노래들도 처음이 있었을 텐데, 대체 언제 누가 만들어서 지금처럼 널리 불리게 된 것일까?

「구슬비」는 1938년 1월 잡지 《가톨릭소년》에 발표되었던 권오순의 동요[1]에 작곡가 안병원이 곡을 붙인 노래이다. 발표 당시에 노래로 만들어진 것은 아니고, 해방 직후 안병원이 결성한 '봉선화동요회'가 폭발적인

인기를 누리며 왕성하게 활동하게 되어 더 많은 레퍼토리가 필요하게 되자 곡을 붙여 새로 만들었다고 한다. 이 노래는 곧 라디오 어린이 프로그램에서 방송되고, 교과서에도 계속 수록됨으로써 그야말로 모든 사람이 아는 '국민 동요'가 되었다.[2] 「나뭇잎 배」(윤용하 곡)는 1950년대 후반에 서울중앙방송국 문예계에 근무하고 있던 장수철이 「이 주일의 동요」라는 어린이 프로그램을 위해 부탁하여 박홍근이 처음으로 써 본 동요라고 한다.[3] 애초부터 라디오 방송을 위해 쓴 동요였기 때문에 나중에 시집에 수록될 때도 「나뭇잎 배」의 출처는 신문이나 잡지가 아니라 "HLKA 라디오 동요"로 표시되었다.[4] 이처럼 두 노래는 해방기부터 1950년대 사이, 즉 각양의 동요회가 밝고 고운 새 노래들로 큰 인기를 누리고 라디오의 매체적 위상이 급증될 무렵 만들어졌다는 공통의 내력을 갖고 있다. 두 노래는 이후 초등 국어 교과서나 음악 교과서에 거듭해서 수록됨으로써 널리

---

1) '동시'와 '동요'의 구분, 동요 개념의 다층성 등은 아동 문학 비평사에서 매우 중요한 쟁점이다. 이들 용어의 개념은 시대에 따라 매우 다르게 구성되어 왔으며, 그것 자체가 아동 문학의 역사이기도 하다. 그러나 이 글은 장르 용어의 개념 구분이나 변천사를 고찰하는 데 목적이 있지 않으므로 동요·동시의 기본 개념을 현재에 일반적으로 통용되는 범박한 수준에서 사용하고자 하며, 편의상 곡이 붙어 가창되는 동요는 '노래'라는 용어로 구별하고자 한다. 1945년부터 1950년대의 아동 문학 개론서에서도 "동요는 어린이와 여러분들의 생활 속에서 어떤 광경을 노래로 부를 수 있도록 나타낸 것"이므로 행과 글자 수가 절마다 맞아야 부르기 편하다거나(김철수의 『동요 짓는 법』(고려서적, 1949), 6쪽) "동시는 노래하기보다는 생각하고 조용히 속삭이는 것"이므로 단정하게 가락을 다듬을 필요가 없다는 정도로 설명되기도 했다. '동요', '동시' 용어 사용의 시대적 변천에 관해서는 다음의 글 참조.
    박영기, 「일제 강점기 동시 및 동요 장르명의 통시적 고찰」, 《아동청소년문학연구》 4, 2009. 6; 김제곤, 「해방 후 아동 문학 '운문 장르' 명칭에 대한 사적 고찰」, 《아동청소년문학연구》 5, 2009. 12.
2) 「구슬비」 노래가 방송된 날짜는 정확히 확인되지 않았으나, 작곡자 안병원은 대략 1948년경이라고 말하고 있다. 안병원, 『음악으로 겨레를 울리다』(삶과 꿈, 2006), 55~56쪽.
3) 이때 '처음' 써 보았다는 것은 동시는 이전에도 많이 썼지만, 동요는 처음 써 보았다는 뜻이다. 박홍근의 회고에 따르면, 「나뭇잎 배」 동요가 창작된 시기는 대략 1955년부터 1957년경으로 추정된다.
4) 박홍근, 「나뭇잎 배」, 『날아간 빨간 풍선』(신교출판사, 1960), 97쪽.

알려졌다. 두 세대도 전에 만들어진 어린이 노래가 지금까지 오래 사랑받는 노래가 된 것이다.

흔히 아동 문학사에서는 방정환, 윤극영, 한정동, 윤석중, 정순철 등이 활동했던 1920~1930년대를 동요의 황금기라고 부르며, 1960년대 이후는 동요 시대를 벗어나 본격적인 동시의 시대로 옮겨 갔다고 서술한다. 일제 강점기에는 동요가 민족의 애환을 달래 주던 문학으로서 의미가 컸지만, 해방 후에는 시간의 흐름에 따라 자연스럽게 쇠퇴해 간, 혹은 의식적으로 지양된 장르로 보는 것이다. 문학사의 큰 흐름 속에서 흔히 1945년부터 1950년대까지는, 1920~1930년대의 눈부셨던 동요의 황금기에 비하면 지지부진하게 '위축'되었던 때이며, 1960년대의 이른바 '본격 동시' 운동은 아직 벌어지기 직전으로, 장르의 변화와 발전 방향을 찾지 못한 '혼돈' 속의 '과도' 상태였다고 평가될 때가 많다.[5]

그러나 가창되는 '노래'로서 동요를 보는 관점에서는 동요의 흥망성쇠 흐름을 다소 다르게 본다. 즉 1920년대의 개척기를 지나 1930년대에 황금기를 맞는 것으로 보는 것은 비슷하지만, 해방기로부터 1950년대를 동요의 '전성기'로 보고 있는 것이다. 즉 해방 직후에 오히려 각종 어린이 동요회가 설립되어 동요 공연과 창작 활동이 활발하게 이루어졌으며, 1950년대는 전후에는 사회 복구와 건설 의욕을 북돋는 밝고 긍정적인 분위기의 새로운 동요 보급이 필요하다는 인식에 많은 작곡가와 아동 문학가가 공

---

5) 이재철은 일제 강점기와는 달리 해방 이후에는 율문 문학이 위축되고 산문 문학이 번창하는 장르 우위의 교체 현상이 나타났다고 보았다. 그는 그 원인을 일제 강점기에는 동요가 민족의 울분을 감성적으로 보상해 주는 역할을 했지만, 해방 이후의 동요는 그러한 사회적 역할을 상실한 데다가 "재래 동요가 가지는 공식적인 형식화에서 오는 발상의 유형성, 관용적 사어(死語)의 구사, 아동의 재롱 묘사 등에서 탈피하지 못했으며, 게다가 스케일의 빈약, 안이한 소재 선택, 예리성의 결여 등은 율문 문학을 필연적으로 저급한 수준에 머무르게 하고 말았"기 때문이라고 했다. 이재철은 1950년대도 마찬가지로 양적으로나 질적으로 침체되었던 때로 보는데, 다만 이른바 '요(謠)적 동요'에서 '시(詩)적 동요'를 모색하는 등 1960년대의 본격 동시 시대를 준비하는 신인이 등장한 것에서 부분적인 의미를 찾았다. 이재철, 『한국 현대 아동 문학사』(일지사, 1978), 374~382, 507~511쪽.

명하여 창작 의욕이 넘쳤던 시기로 본다. 지금까지 애창되는 많은 명곡이 만들어진 "동요 창작의 일대 전환점"이자 동요의 "전성시대"였다고 평가하는 것이다.[6]

요컨대, 모두의 노래가 된 권오순의 「구슬비」와 박홍근의 「나뭇잎 배」는 '문학으로서의 동요 장르'는 답보 상태로 위축되어 갔지만, '가창되는 노래로서의 동요'는 오히려 활기를 띠었던 1945년부터 1950년대까지의 역사적 교차로에서 탄생했다. 이 노래들은 라디오 매체를 통해 대중적으로 알려지고 이후 교과서에 반복해서 수록됨으로써 세대를 넘어 공유될 수 있었다. 이들 작품을 "명작 탄생의 정통적 코스"[7]를 밟아 성공한 작품의 사례로서 조명할 수도 있겠고, 아동 문학 제재의 편향성과 고정성을 강화해 온 "정전화"[8] 제도의 대표적인 소산으로 비판하는 것도 가능할 것이다. 그러나 이 글에서 좀 더 관심을 두고자 하는 것은 아직 시가 노래가되는 것이 당연하고 자연스럽게 느껴졌던 어떤 시대를 관통했던, 1919년생 두 작가들의 같고도 다른 글쓰기 경험에 대해서이다.

2 1919년생 두 작가, 같으면서도 다른 여정

권오순(1919~1997)과 박홍근(1919~2006)의 개인적 이력에는 적지 않은

---

6) 한용희는 "우리나라 동요의 발전 과정에서 평가해 볼 때 1950년대는 동요 창작의 질과 양이 모두 풍요로운 시절이었다. '전성시대'로서의 추세는 계속 1960년대 전반기까지 지속된다. 사회에서나 또 가정에서도 동요의 가치를 높게 평가하고 어린이들이 마음껏 노래를 즐겼던 시절이 바로 1950년대가 아닌가 생각해 본다. 이것은 동요 창작에 관여하는 문학인이나 음악인의 열의와 매스커뮤니케이션(신문·잡지·방송)의 교육적 기능에 크게 힘입어 계몽이 잘 되었으며, 학교의 음악 교육이 정착되는 과정에서 동요 보급에 큰 힘을 쏟아 큰 성과를 이루어 냈다."라고 보았다. 한용희, 『창작 동요 80년』(한국음악교육연구회, 2004), 123~135쪽.
7) 최지훈, 「소설을 통해 본 소년 인간상」, 『한국 아동 문학 작가 작품론』(서문당, 1919), 590쪽.
8) 최은경, 「한국 동요·동시 정전화 연구」, 인하대 박사 논문, 2015.

공통점이 발견된다. 두 작가는 모두 1919년에 태어난 동갑내기이며, 공교롭게도 북한에서 월남한 문인들이며 독실한 가톨릭 신자이기도 했다. 권오순은 황해도 해주 출생으로 1948년 11월에 남한으로 내려왔으며, 함경북도 성진이 고향인 박홍근은 1950년 12월에 월남했다. 정부 수립 이전과 이후를 나누어 살피자면 두 사람 모두 2차 월남 문인들이라고 할 수 있다.[9] 다시 돌아갈 수 없는 고향을 평생토록 그리워했던 두 작가의 추모비는 고향에서 멀리 떨어진 곳에 세워졌다. 충북 충주댐에 세워진 권오순의 문학비에는 「구슬비」가, 경기도 포천 묘역에 세워진 박홍근의 문학비에는 「나뭇잎 배」가 새겨져 있다.

물론 두 작가는 서로 대비되는 점도 적지 않다. 권오순은 어려서 소아마비를 앓고 난 뒤 장애를 얻어 학교에 다니지 못했다. 독학으로 한글을 깨치고 책을 통해 문학을 공부하며 작가의 꿈을 키운 여성이었다. 박홍근은 간도 용정의 대성중학교를 거쳐 일본 고등음악학교 예과를 수료하고, 일본대학 전문부 예술과를 다녔다. 음악도로 꿈을 키웠지만 건강에 문제가 생겨 뒤늦게 문학으로 전향한 남성 작가였다. 두 작가의 문학 여정 또한 크게 다를 수밖에 없었다.

작품 활동 시기도 달랐다. 권오순은 15살이었던 1933년부터 아동 잡지에 동요를 투고하기 시작하여 1938년 무렵까지 여러 신문, 잡지에 적지 않은 작품을 발표했으니, 박홍근보다 창작 경력은 훨씬 앞선 셈이다. 그러나 월남 후에는 여러 형편상 한동안 글을 쓰지 못했다. 그가 다시 글을 쓸 기회를 얻은 것은 1976년에, 오래전에 발표했던 「구슬비」로 기대하지도 않았던 '새싹문학상'을 수상하면서부터이다. 그는 이를 계기로 '방울나귀', '충북숲속아동문학회' 등에서 활동하며 다시 창작에 몰입했다. 1980년에 새싹문

---

9) 원종찬은 해방과 한국 전쟁기에 아동 문학가 문인들의 이동을 '재북/재남, 1차 월북/월남, 2차 월북/월남'으로 나눠 조사했다. 이때 1, 2차는 정부 수립을 기준으로 한 것이다. 권오순과 박홍근 이외에도 2차 월남 아동 문학가에 강소천, 장수철, 박경종 등이 있다. 원종찬, 「산산이 부서지고 흩어진 이름들」, 《창비어린이》, 2017. 9, 170쪽.

학상 수상자들과 6인 공동 동시집 『가시랑비』를 낸 이후, 『구슬비』(1983), 『새벽숲 멧새소리』(1984), 『무지개 꿈밭』(1987), 『가을 호숫길』(1990)와 같은 개인 시집을 냈다. 권오순의 문학 활동은 사실상 그가 10대였던 1930년대와 60대였던 1980년대에 한정되었다고 할 수 있다.

박홍근은 해방 이후 북조선문학예술총동맹에서 활동할 무렵 동시를 창작하기 시작하여, 월남 이후 본격적으로 창작 활동을 시작했다. '아동문학회', '동요동인회'에서 활동했고, 문인협회 아동문학분과위원회 위원, '한국아동문학가협회' 회장을 역임했으며 마해송, 이원수, 장수철 등과 교유하면서 아동 문학 문단의 구심 역할을 했다. 첫 번째 시집 『날아간 빨간 풍선』(1960)을 낸 후, 『좋아 다시 울려라』(공저, 1964), 『바람개비』(1979), 『읍내로 가는 달구지』(1994) 등의 동요·동시집을 꾸준히 냈다. 박홍근의 본격적인 문학 활동은 월남 후 그가 30대였던 1950년대에 시작되었으며, 1960년대 이후에는 상대적으로 동화나 소년소설 창작에 기울어졌지만 말년까지 동요·동시도 꾸준히 발표했다.

권오순과 박홍근의 삶과 문학을 주목하고자 할 때, 첫 번째로 부딪히게 되는 문제는 대부분의 월남 문인들이 그렇듯, 두 사람도 남한에 내려오는 과정에서 자신들의 초기 작품과 관련 자료들을 제대로 챙겨 오지 못했다는 점이다. 그래도 다행인 것은 두 작가 모두 생전에 자신의 삶에 대한 기록을 성실하게 남겨 두었다. 권오순은 자신이 겪어 온 일에 대해 진솔하고 생생한 수기를 남겨 놓았다는 점이다.[10] 박홍근도 수필을 여러 편 발표했으며, 사후에는 자신의 장서와 함께 평소 스크랩해 두었던 여러 자료를 도서관에 기증하기도 했다.[11] 그러나 우리는 작가들의 회고담이 얼마나 부

---

10) 권오순의 수기는 1977년 여성 잡지 《여성동아》에 연재되어 많은 독자들의 호응을 받았으며, 이듬해에는 대한적십자사 공모에서 최우수상을 수상하기도 했다. 이후에는 단행본으로 발표되었다. 권오순, 『꽃숲 속의 오두막집』(가톨릭출판사, 1987); 권오순, 『조각달처럼』(분도출판사, 1990).

11) 박홍근의 장서와 스크랩북 27집은 2006년에 개관한 국립어린이청소년 도서관에 기증되어 개인 문고로 관리되고 있다.

정확하며 허술한가를 경험을 통해 알고 있다. 전쟁과 이산을 겪은 작가의 기록은 얼핏 생생하고 또렷해 보이더라도, 그것은 몇 겹의 자기 검열과 무의식적 편집을 거친 기억의 미로일 수 있다는 점을 염두에 두어야 한다. 일제 강점기나 한국 전쟁을 거치면서 결락되어 버려 실증이 불가능해진 상황의 한계를 껴안으면서, 한 시대에 시와 노래의 교차적 운명을 통과해 갔던 동갑내기 두 작가의 행로를 살펴보고자 한다.

3 권오순, 「구슬비」 시인의 우연한 숙명

권오순은 자신이 살아온 내력을 수기의 형식으로 밝힌 바 있는데, 굴곡진 역사와 함께 걸어온 그의 진솔한 인생 이야기는 많은 사람들에게 큰 감동을 주었다. 그는 자신이 지나온 삶을 "눈보라 어둠 속 가시덤불을 헤치며 살아온"[12] 일생이라고 요약했다. 아마도 그런 그의 일생에서 가장 환했던 시간은 동시를 쓰기 시작한 10대 시절이었을 것이다. 학교를 다니지 못했던 그에게 유일한 위안이 된 것은 잡지 《어린이》였다. 그는 매달 《어린이》가 나오기만 꼬박꼬박 기다렸던 기억, 누가 볼까 싶어 뒷방 구석에서 몰래 써서 투고한 동요가 《어린이》에 입선되어 처음 실렸던 때의 벅차오르던 기쁨을 생생하게 기억하고 있었다.

아! 눈물부터 왈칵 솟고 뜨거운 감격이 가슴을 꽉 메워 말을 할 수도 없었어요. 아아! 그 빛 없던, 그 외롭고 서럽던 내 이름이, 그 흙 묻은 봉투 속, 내 서툰 글들이 실려지다니요.

이때부터 나의 꿈은 실뿌리가 내리고 연두빛 떡잎이 뾰족이 내밀기 시작한 거여요. 밤을 새워 공부했어요.

동생을 업어 재우면서도, 바느질을 하면서도……. 반짇고리 안엔 반드시

12) 권오순, 『꽃숲 속의 오두막집』, 43쪽.

연필과 종이를 마련해 놓았어요.[13)]

　권오순은 이 순간의 감동을 생생히 떠올렸으나 《어린이》에 처음 뽑혔던 동요의 제목이 무엇이었는지는 정확히 밝히지 않았는데, 《어린이》를 찾아본 결과 1933년 5월호에 입선된 권오순의 동요는 「새일ㅅ군」과 「울언니처럼」 두 편이었음을 확인할 수 있었다. 일제 강점기에는 소년소녀 독자들이 투고 제도를 통해 작품을 발표하기 시작하여 자연스럽게 작가가 되는 경우가 많았다. 바로 같은 호에서 강소천도 「울엄마젓」이라는 동요로 입선되었는데, 1930년대 초에는 강소천 또한 《어린이》, 《아이생활》, 《신소년》과 같은 아동 잡지에 열심히 작품을 투고하며 평을 받던 소위 '소년 문사' 중 한 명이었음을 확인할 수 있다. 권오순이 이처럼 《어린이》의 동요 입선을 크게 기뻐하며 이를 계기로 습작에 매진했던 것은, 독자 투고 제도가 그의 처지에서는 작가의 꿈을 실현할 수 있는 유일하고도 실질적인 통로였기 때문이었을 것이다.

　당시에 《어린이》 편집자들은 독자들의 투고 작품에 간단한 심사평을 해주기도 했다. 권오순의 「새일ㅅ군」은 "어린동생/ 내동생/ 귀연내동생/ 반짝이는/ 새ㅅ별눈/ 영채가잇고"로 시작하여 "지금에는/ 연약한/ 어린애지만/ 이댐에는/ 조선의/ 새일꾼되네."로 맺는 7·5조의 동요였는데, 처음은 좋으나 끝에 "새 일꾼 되네"는 억지로 갖다가 붙인 것 같다는 야박한 평을 받았다. 이에 비해 「울언니처럼」은 지금 13살이면 앞으로 더 좋은 노래를 지을 수 있을 것이니 쉬는 틈틈이 노래를 생각하고 써 보라는 격려의 말을 들었다.[14)] 작품 평이라고 해도 한두 문장에 지나지 않았고 호의

---

13)　권오순, 『꽃숲 속의 오두막집』, 62쪽

14)　《어린이》 1933년 5월호 입선 동요의 평자 이름은 밝혀져 있지 않으나, 1933년 2월호에는 최영주로 밝혀져 있으며, 1933년도 3월호의 '독자담화실'에는 "최영주 선생은 아마 우리 독자 작품을 너무 홀대하는 것" 같다며 불만을 토로하는 한 독자의 글이 실리는데, 이에 대하여 최영주는 매달 독자 작품을 모았다가 책상 위에 쌓아 놓고 "이달에는 좋은 작품이 많읍소서." 하고 기도를 올리고 읽기 시작한다면서 모쪼록 좋은 작품을 많이 보내 달

적인 말만 들은 것은 아니었지만 자신의 재능을 확신하지 못했던 습작기의 권오순에게는 그러한 관심과 인정이 적지 않은 힘이 되었을 것이다.

그런데 1933년 5월호에는 이 두 편의 입선 동요만 실렸던 것이 아니다. 같은 호 '독자투고란'에는 권오순의 동요가 한 편 더 실려 있었다. 8·5조에 대구를 맞추어 쓴 동요 "봄이오면 봄이오면/ 나는조와요/ 들에나가 나물캐기/ 나는조와요/ 진달래꽃 방긋웃고/ 복사꽃피는/ 봄이오면 봄이오면/ 나는깃버요"가 제목도 없이 실려 있었고, 동요 뒤에는 "변변치 못한 작품이오나 재조가 업서서 몇일 밤을 새워 가며 써 보내오니 제발 책에 내여 주세요. 네 애원합니다."라며 간청하는 사연도 함께 소개되었다. 1933년 5월에 "그 빛 없던, 그 외롭고 서럽던 내 이름"이 활자화되는 기쁨을 처음으로 안겨 준 "내 서툰 글들"은 3편이나 되었던 셈이다.[15]

권오순은 첫 번째 동요 입선을 계기로 《어린이》에 적극적으로 투고하기 시작한다. 권오순이 정확하게 기억해 낸 투고작 제목은 동요 「하늘과 바다」와 산문 「눈오는 날」 2편에 불과했지만, 1933년 5월부터 그가 《어린이》가 폐간[16]되었다고 생각한 1934년 1월까지 거의 두 달에 한 번 꼴로 여러

라고 답했다. 당시에 최영주가 독자 작품을 뽑는 일을 담당하고 있었음을 알 수 있다. 특히 1933년 5월호의 경우에는, 편집 겸 발행인이었던 이정호가 병에 걸려 최영주 혼자 도맡아 일했다는 편집 후기가 실려 있어 그가 고선과 평 쓰는 일을 전담했을 가능성이 더욱 높다. 그러나 1933년 6월호부터는 윤석중이 《어린이》사에 입사하게 되어 그가 작품 선발을 담당하게 된다.

15) 3월 15일경에 보낸 앞의 두 입선 동요들과 이 동요를 함께 보낸 것인지 나중에 따로 보낸 것인지는 정확히 알 수 없다. 권오순은 밖에 나가는 것이 꺼려져 잡지사에 보낼 원고 봉투를 우체통에 넣는 일도 동생에게 부탁했는데, 동생이 뛰어가다 넘어지는 바람에 봉투가 눈이 녹아 질펀해진 흙물에 젖어서 속상했다고 회상했다. 입선 동요로 뽑힌 두 편의 동요 끝에는 '1933년 3월 15일'이라는 날짜가 표기되어 있었는데, 바로 이날이 눈이 녹아 길이 질펀해졌던 그날이었으리라는 추론이 가능하다. 원고를 보내 놓고 잡지에 실리기를 3, 4월 내내 기다렸으나 5월호에야 실렸다는 정황으로 보아, 세 작품을 한꺼번에 투고했을 가능성이 더 커 보인다.

16) 권오순은 자신이 쓴 산문 「눈오는 날」을 발표한 1934년 1월 이후 《어린이》가 영영 나오지 못하게 되었다고 술회했으나, 일제 강점기에 《어린이》는 1934년도 1월호부터 6월호까지

종류의 글을 싣게 되며, '독자담화실'에도 자주 글을 보내 편집자들과 소통했음을 찾아볼 수 있다. 현재까지 확인한 《어린이》 수록 권오순의 작품 목록은 다음과 같다.[17]

〔표 1〕 아동 잡지 《어린이》 소재 1930년대 권오순의 작품 목록

	발표 시기	제목	장르	비고(*동요·동시 첫 행)
1	1933. 05.	새ㅅ일군	동요	*어린동생
2	1933. 05.	울언니처럼	동요	*검푸른 하날에
3	1933. 05.	봄이 오면[18]	동요	*봄이오면 봄이오면
4	1933. 07.	알고 싶어요	동요	가작 입선, 제목만 수록
5	1933. 09.	3일간 일기	일기	
6	1933. 10.	하늘과 바다	동요	*하늘은 바다같고
7	1934. 01.	눈오는 날	작문	

권오순의 약력을 소개하는 글 중에는 간혹 「하늘과 바다」가 1933년 5월에 발표되었으며, 권오순의 등단작이라고 설명하는 경우도 있다.[19] 그러나 위의 표에서도 볼 수 있듯 「하늘과 바다」는 1933년 10월호에 실렸으며 첫 발표작도 아니다. 권오순은 수기에서 1933년 5월에 동요가 처음 입선되어 이때부터 본격적으로 동요를 공부하기 시작했으며, 이 무렵 《어린이》에 발표한 동요를 월남하면서 모두 잃어버렸지만 "그해 여름에 발표된" 「하늘과 바람」만은 기억할 수 있다면서 전문을 소개한 바 있다.[20] 발표 시기에

는 빠짐없이 나왔다가 1935년 3월호에 한 호를 더 내고 폐간된다.
　정용서, 「방정환과 잡지 《어린이》」, 《근대서지》, 2013. 12. 참조.
17) 잡지 《어린이》는 1976년에 처음으로 영인본이 나왔으나 1930년대에 발행된 호수는 많이 빠져 있었다. 최근 들어 근대서지학회 회원 김현식의 소장본 《어린이》 28개호가 추가로 영인되었으며, 이를 통해 1930년대 발표작을 확인하는 것이 가능해졌다. 『미공개 《어린이》 1~4』(소명출판, 2015).
18) 이 동요는 제목 없이 수록되었으나, 편의상 첫 구절을 제목으로 기재했다.
19) 전병호, 「권오순은」, 『권오순 동시선집』(지식을만드는지식, 2015), 169쪽.
20) 권오순, 『꽃숲 속의 오두막집』, 62쪽.

약간의 착오는 있으나, 작가가 「하늘과 바람」이 첫 작품이라거나 5월에 발표되었다고는 하지 않았음에도 불구하고 작가의 말이 오독되어 왔던 것이다. 1933년도 발표작 중 권오순이 유일하게 제목을 기억한 동요가 「하늘과 바다」였으므로 편의상 등단작이라고 소개해 왔던 것이 아닐까 싶기도 하지만, 오류가 분명하므로 수정될 필요가 있다.

권오순은 동요 「하늘과 바다」에 대해 "하도 하늘을 잘 쳐다본 탓으로 지은 것, 아직도 기억이 새롭다."라고 자신했지만, 《어린이》 발표작과 비교해 본 결과 첫 번째 연은 빼놓고 기억했으며 일부 시행은 순서를 바꾸어 떠올렸음을 확인할 수 있었다. 이 작품이 수록된 《어린이》 1933년 10월호가 몇 년 전에야 비로소 발굴되었기 때문에 그간 원문 대조가 정확히 이루어질 수 없었고, 이 때문에 1980년대 이후에 나온 그의 시집에는 작가의 회고에 기대어 다르게 복원된 시형이 계속 실리게 되었다.

〔표 2〕 동요 「하늘과 바다」의 텍스트 비교

잡지 《어린이》(1933. 10.) 수록 텍스트	동요집 『가시랑비』(1980) 수록 텍스트
하늘은 바다같고 바다는 하늘같다.	하늘에도 달이 뜨고 바다에도 달이 떴다.
하늘에도 달이뜨고 바다에도 달이떳다.	반달 같은 쪽배는 물 위에 둥둥……
쪽배같은반달은 하늘에둥둥 반달같은쪽배는 물우에둥둥	쪽배 같은 반달은 하늘에 둥둥……

처음 《어린이》에 발표된 「하늘과 바다」는 통사적 구조가 반복되는 두 행을 '하늘 : 바다'로 짝지은 연으로 구성되었다. 이는 하늘과 바다가 수평선을 경계로 잇닿아 있는 구도를 연상시키기도 한다. 각 시행은 어절과 무관하게 띄어쓰기를 한 번만 하여 크게 두 부분으로 묶어 제시되었는데, 1, 2연에 비해 3연의 시행이 두 배로 길게 처리되었다. 마지막 연의 시행을

길게 처리함으로써 시각적 안정감을 주는 한편, 다른 연과 마찬가지로 띄어쓰기는 한 번만 함으로써 호흡이 빠르고 경쾌해지는 리듬감의 변화가 나타나게 되었다. 사실 마지막 3연은 오른쪽 『가시랑비』 수록 텍스트처럼 두 연으로 나누어 쓰는 것도 가능했을 것이다. 그러나 만약 그랬다면 1, 2, 3, 4연이 모두 같은 모양, 같은 호흡으로 병렬적으로 제시되어 자칫 단조롭거나 평범한 느낌을 주기 쉬웠을 것이다.

1933년 처음 발표된 이후 약 50년 가까운 시간이 흐른 후, 작가의 기억에 의해 복원된 『가시랑비』 수록 「하늘과 바다」 텍스트는 원작의 1연이 누락되었으며 배치 순서가 바뀐 곳도 있었다. 그런데 결과적으로는 첫 연이 누락된 것이 오히려 '쪽배'와 '반달'이 둥둥 떠 있는 고요한 풍경을 이미지화하는 데 일조한 느낌을 준다. 즉 하늘과 바다 풍경의 유사성을 진술하는 1연이 빠짐으로써 3연을 둘로 나눌 수 있는 공간이 생겼고 "물 위에 둥둥……", "하늘에 둥둥……"이 한 행으로 여유롭게 자리 잡음으로써 반달이 뜬 하늘 아래 쪽배가 떠가는 넉넉한 여백의 풍경을 그릴 수 있게 된 것이다.

두 텍스트의 차이를 강조해 보자면, 1930년대 《어린이》의 원작 텍스트가 리드미컬한 '노래'에 더 가까워 보인다면, 1980년대에 복원한 『가시랑비』 수록 텍스트는 정형적 율격 뒤에 가려져 있던 고요하고 명징한 '이미지'가 좀 더 두드러져 보인다고 할 수 있다. 두 텍스트 간에 이와 같은 차이가 생겨난 원인은 무엇일까? 일단 오랜 시간이 지나 기억이 희미해진 것에서 찾는 것이 상식적이겠지만, 그 시간의 차이만큼 달라진 작가의 시에 대한 인식이나 감각이 은연중에 반영되어 나타난 결과로 볼 수도 있을 것이다. 또한 조심스럽기는 하지만 애초에 《어린이》에 수록된 「하늘과 바다」 시형이 작가가 아니라 《어린이》 편집자로서 이 동요를 뽑고 편집했던 윤석중이 다듬은 것이었기 때문에 작가가 오히려 정확하게 기억하지 못한 것은 아니었을까 하는 추측도 보태 볼 수 있을 것이다.[21]

이처럼 권오순은 그의 나이 15살이었던 1933년경부터 잡지 《어린이》를 모판으로 작가의 꿈을 키우기 시작했으며, 적극적인 노력으로 짧은 기간 괄목할 만한 작품 세계의 변화를 보였다. 그러나 《어린이》에 집중적으로 투고했던 1933년 무렵보다 더 많은 복원의 노력이 필요한 것은 권오순이 "내 최고의 해"였으며, "거지가 왕자 돼 본 것"처럼 아동문학가가 되는 꿈이 이루어지는가 싶었던 때였다고 회상한 1937년 무렵에 발표된 작품들이다.[22] 다음은 이번에 새롭게 찾은 권오순의 《매일신보》 발표 작품 목록이다.

〔표 3〕《매일신보》 소재 권오순의 작품 목록

	날짜	제목	장르	비고 (*동요·동시의 첫 행)
1	1936. 05. 31.	봄비	동요	*봄비-가 보슬보슬
2	1936. 09. 27.	무지개	동요	*아롱다롱 무지개 오색무지개
3	1936. 10. 11.	어대로가나요	동시	*저기-저 푸르고 노픈하눌에
4	1936. 11. 01.	그리운달빗	동시	*저- 푸른밤하눌 둥근달님을
5	1936. 12. 06.	잇처지지안는그밤	작문	
6	1937. 01. 22.	고양이와애기	동시	*애기는 고양이를 조와하면서도
7	1937. 02. 05.	고드름	동시	*조랑조랑 오그르 고드름 여러형제
8	1937. 03. 05.	빗방울	동요	*옥구슬 은구슬
9	1937. 03. 10.	연감 (1)	동화	

---

21) 「하늘과 바다」가 발표된 것은 1933년 10월이니 「새 시일군」이나 「울언니처럼」이 발표된 5월로부터 불과 5개월이 지났을 뿐이지만, 음수율에 매달려 경직되어 있던 전작에 비해 시형이나 리듬에 융통성이 나타난 것을 확인할 수 있다. 이는 당시에 권오순의 시 세계가 빠른 속도로 확장해 나갔던 것을 엿보게 한다. 한편 이러한 시의 변화가 권오순으로부터가 아니라 잡지에 수록되는 편집 과정에서 생겨났을 가능성도 생각해 볼 수 있다. 조심스러운 추정이기는 하지만 《어린이》 1933년 6월호부터는 윤석중이 새로운 편집자로 들어와서 독자들의 작품을 뽑아 실었는데 당시의 관행상 이러한 과정에서 수정이 이루어졌을 가능성도 무시할 수 없기 때문이다. 《어린이》 1933년 9월호에는 권오순의 일기문이 실렸는데, 곧바로 10월호 「어린이담화실」에서 권오순은 "尹 선생님 감사합니다. 제 日記를 잘 고쳐 주셔서."라고 했다. 당시의 아동 문학 잡지 편집자들은 독자의 글을 지도한다는 생각을 갖고 수정하는 경우가 종종 있었다. 윤석중이 조선일보사 《소년》에 강소천의 「닭」을 실으면서 뒷부분을 잘라 내고 실었다는 일화는 유명하다.

22) 권오순, 『꽃숲 속의 오두막』, 69쪽.

10	1937. 03. 11.	연감 (2)	동화	
11	1937. 03. 15.	첫봄	동요	*얼어붓튼 대지에도 봄소식 돌아서
12	1937. 03. 24.	봄 ·	동요	*짜스한 햇빗
13	1937. 03. 26.	피여나는 봄	일기	
14	1937. 03. 28.	아름다운 마음 (1)	소년소설	
15	1937. 03. 29.	아름다운 마음 (2)	소년소설	
16	1937. 04. 21.	봄	동시	*봄은봄은 웃는봄!
17	1937. 05. 05.	영석의 의기 (1)	소년소설	
18	1937. 05. 06.	영석의 의기 (2)	소년소설	
19	1937. 05. 07.	영석의 의기 (3)	소년소설	
20	1937. 06. 06.	오월바람	동시	*아카시아 초록가지 흔들어
21	1937. 06. 07.	써러진 꼿	동시	*어여쁜 어여쁜 백매화가
22	1937. 06. 19.	봄비	동요	*비가옵니다
23	1937. 06. 20.	만년필	동시	*사랑하는 언니가 사주신 만년필
24	1937. 07. 04.	앵도	동요	*샛빨간 앵도를 한가지꺽거
25	1937. 07. 06.	기다리든비	소품	
26	1937. 07. 07.	꼿밧	동요	*날마다 날마다
27	1937. 07. 09.	은구슬	동요	*보슬보슬 은실비가
28	1937. 07. 27.	별님	동시	*서쪽하늘에 밤마다 빗나는 저 별님!
29	1937. 08. 11.	여름하눌	동요	*햇빗이 쨍쨍
30	1937. 08. 13.	바람아	동요	*바람아!
31	1937. 08. 26.	하눌그림자	동요	*바다의 구름은 섬들이구요
32	1937. 08. 27.	하눌그림자[23]	동요	*달빗아래 귀뚤이 우는밤

　권오순은 1936년 5월부터 1937년 8월까지 약 1년 4개월 동안 《매일신보》에 총 32회에 걸쳐 동요 13편, 동시 9편, 동화 1편, 소년소설 2편, 일기 및 기타 산문 3편을 발표했다. 1937년 3월에는 무려 8회나 발표했을 정도로 많은 지면을 얻었다. 그런데 권오순이 특히 《매일신보》에 이렇게 집중적으로 발표할 수 있었던 것은 《어린이》 독자 시절 인연을 맺은 이정

---

23) 1937년 8월 26일에 발표된 동요와 8월 27일에 발표된 동요의 제목이 「하눌그림자」로 동일하게 되어 있는데, 본문의 내용을 살펴볼 때 8월 27일자 작품의 제목이 잘못 기재되었을 것으로 추정된다.

호(1906~1939)가 당시 《매일신보》의 '어린이와 가정'란을 맡았기 때문이었던 것으로 보인다.[24] 권오순은 이정호를 직접 만나지는 못했지만 편지를 주고받았으며 이정호의 적극적인 지원과 격려에 힘을 얻었다. 자신에게 관심을 갖고 지도해 주는 선생님을 만나게 됨으로써, 이 무렵 권오순의 창작 의욕은 최고조로 폭발했으며 작품 세계도 다양한 방향으로 확장되어 갔다.

그의 대표작 「구슬비」도 바로 이 무렵에 창작된 동요였다. 비 온 다음날 자기 집 마당에 있던 싸리나무 잎새에 이슬이 맺힌 풍경을 보고 「빗방울」, 「구슬비」 두 편의 동요를 지었는데, 그중 자신의 생각에 좀 더 잘 지었다고 생각한 「빗방울」을 이정호에게 보내고, 「구슬비」는 작품 청탁을 받은 《아동문예》 사에 보냈다고 한다.[25] 권오순의 인생에서 「구슬비」는 최고의 작품으로 남게 되지만, 창작 당시에는 작가가 상대적으로 부족함을 느꼈던 작품이었던 것이다.

---

24) 권오순은 자신이 충심으로 존경했던 이정호에게 누를 끼칠까 봐 《여성동아》에 발표했던 수기를 정리하여 단행본으로 출판할 때는 실명을 지우고, "그 ○선생님이 ××신문사 어린이난을 맡아 보시게 되"어 날마다 신문을 보내 주셨고 자신의 작품이 많이 실릴 수 있었다고만 했다. 그러나 실명이 없더라도 1937년경 권오순의 집중적으로 발표된 신문은 《매일신보》였으며, 이때 '어린이와 가정'란을 맡은 것은 이정호였다는 것은 어렵지 않게 확인할 수 있다. 또한 권오순은 『꽃숲 속의 오두막집』 수기에서 ○선생님이 애국 미담류를 많이 썼으며 《어린이》에 마지막까지 남았던 편집자였고, 1937년 가을에 병에 걸려 신문사를 그만두고 요양하다가 몇 년 후 사망했다고 했는데 이러한 정보들도 이정호에 부합된다. 권오순, 「불 밝은 언덕(상, 중, 하): 「구슬비」의 동요 작가 권 아주머니의 수기」, 《여성동아》, 1977. 1~3; 권오순, 『꽃숲 속의 오두막집』; 김영순, 「일제 강점기 시대의 아동 문학가 이정호」, 《아동청소년문학연구》, 2007. 12. 참조.
25) 권오순, 『꽃숲 속의 오두막집』, 74쪽.

〔표 4〕동요 「빗방울」과 「구슬비」

빗방울 《매일신보》, 1937. 03. 05.	구슬비 《가톨릭소년》, 1938. 01.
옥구슬 은구슬 대롱대롱 유리구슬 방울방울 구슬알이 조랑조랑 달려지는 비오는날 빨래줄은 자미도 잇서요 옥구슬 은구슬 송알송알 송이구슬 매화나무 가지마다 방울방울 구슬알로 꼿봉아리 매치여서 고읍고 이뻐요	송알송알 싸리잎에 은구슬 조롱조롱 거미줄에 옥구슬 대롱대롱 풀잎마다 촘촘촘 방긋웃는 꽃잎마다 송송송 공이공이 오색실에 께여서 달빛새는 창문가에 두라고 포슬포슬 구슬비는 온종일 에뿐구슬 매치면서 솔솔솔

　동요 『구슬비』는 권오순의 대표작으로 꼽히기도 하지만, 작가 개인의 인생에서도 매우 각별한 위치를 차지한다. 여기에는 그가 '숙명'으로 받아 안았던 드라마틱한 사연이 담겨 있다. 1937년 권오순은 서울의 《아동문예》라는 잡지사로부터 청탁을 받고 동요 「구슬비」, 「꽃나무 맘마」와 장편 소년소설 『희생』을 보냈는데, 중일 전쟁의 여파로 일본이 각종 잡지를 폐간시키는 바람에 《아동문예》도 문을 닫게 되었다고 한다. 그런데 뜻하지 않게 자신의 그 작품들이 간도 용정 지방에서 낸 잡지 《가톨릭소년》에 실렸다는 연락을 받게 되었다는 것이다.[26] 권오순은 자신의 소년소설 『희생』 1회분과 동요 「구슬비」, 「꽃나무 맘마」가 함께 실린 후 《가톨릭소년》도 곧 폐간되었다고 알고 있었지만, 실제로는 소년소설 『희생』은 《가톨릭소년》에 최소한 3회 연재되었으며, 동요 「구슬비」, 「꽃나무 맘마」 외에도

---

26) 권오순, 『꽃숲 속의 오두막집』, 74~76쪽; 권오순, 「구슬비는 내 생명의 구슬」, 『조각달처럼』(분도출판사, 1990), 95~99쪽 참조.

「노아주세요」가 각기 다른 호에 연달아 수록되었다.[27]

〔표 5〕 아동 잡지 《가톨릭소년》 소재 권오순 작품 목록

	발표 시기	제목	장르	비고(*동요·동시 첫 행)
1	1937. 11.	희생(1)	소년소설	
2	1937. 12.	노아주세요	동요	*어여쁜 파랑새를 가두지 마세요.
3	1937. 12.	희생(2)	소년소설	
4	1938. 01.	구슬비	동요	*송알송알 싸리잎에 은구슬
5	1938. 02.	꽃나무 맘마	동요	*꽃나무야 꽃나무야 아침맘마 너—
6	1938. 02.	희생(3)	소년소설	

동요 「구슬비」는 권오순이 "내 생명의 구슬"[28]이라고 부를 만큼 그의 인생에서 특별한 의미를 지녔다. 남한으로 내려와 가톨릭에 귀의한 권오순은 이 작품이 간도 용정까지 건너가 《가톨릭소년》에 수록된 것부터 특별한 일이라고 생각했다. 뿐만 아니라, 고향을 떠나 어머니와 헤어지더라도 북한을 탈출해야겠다고 결심을 하게 된 계기도 「구슬비」가 남한의 초등학교 교과서에 수록되었다는 소식을 들었기 때문이었다고 했다.

눈물겨운 그 가을도 저물 무렵, 용케도 밤중에 옹진 산맥을 넘어 넷째 언니가 왔어요. 죽음의 고개, 38선을 넘어서요. 그리고 그 언니 편에 보낸 서울 동생 편지에는 나의 동요 '구슬비'가 국민 학교 3학년 국어책에, 그리고 아름답게 작곡되어 역시 3학년 음악책에도 실렸으니 올 수만 있으면 어머님

---

27) 《가톨릭소년》에 장편 소년소설 『희생』은 1938년 2월호까지 3회 연재되었다. 1938년 3월호는 자료가 유실되어 알 수 없으며, 4월호부터는 연재되지 않았음을 확인할 수 있는데 4월호 편집 후기에는 별다른 이유는 설명하지 않은 채 『희생』을 연재하지 못하게 되어 섭섭하다는 말만 실렸다. 만약 『희생』이 1938년 3월호까지는 실렸다면 총 4회가 연재되었을 수도 있다. 《가톨릭소년》 수록 권오순의 작품은 아동 문학 연구자 박금숙 선생님의 후의로 확인할 수 있었다. 지면을 빌려 감사드린다.(박금숙, 「1930년대 《가톨릭소년》 지의 아동문학 양상 연구」, 《한국아동문학연구》, 2018. 6.)

28) 권오순, 『조각달처럼』, 95쪽.

이랑 다 오시도록 해보라는 반가운 소식이었어요.[29]

권오순은 1948년 11월 1일 자정에 목숨을 걸고 38선을 넘는 조각배를 탔다고 월남 날짜를 정확히 기억했다. 그렇다면 「구슬비」는 최소한 1948년 여름 무렵에는 교과서에 수록되었어야 할 것이다. 그런데 현재까지 확인한 바로는 미군정기의 초등학교 3학년 국어 교과서와 음악 교과서에 「구슬비」를 찾을 수 없었다. 해방 이후에는 미군정 문교부가 편찬한 국정 교과서 외에도 여러 민간 출판사에서 각종 교과서와 독본류가 쏟아져 나왔지만 중등과는 달리 학년별로 체계를 갖추어 나온 초등 국어 교과서는 거의 없었다.[30] 1945년부터 1948년 사이에 학년별로 2권씩 발행된 『초등국어』(미군정청 문교부, 1946. 10~1949. 12)가 유일하다. 일명 '바둑이와 철수' 교과서로 불리는 국어 교과서가 그것이다. 이 교과서 3학년 1학기, 2학기 두 권의 교과서에는 강소천의 「호박꽃」, 곽노엽의 「나팔꽃」, 서덕출의 「봄편지」, 윤석중의 「낮에 나온 반달」, 「그림자」, 「달마중」, 「줄넘기」, 이원수의 「어디만큼 오시나」 등이 실려 있지만 권오순의 「구슬비」는 찾을 수 없다. 물론 다른 학년 교과서에서도 찾을 수 없었다.

한편 미군정기에 발행된 음악 교과서 중 학년별로 나온 『초등노래책』 중 3학년용은 1948년 4월 27일에 나왔다. 여기에는 김사엽의 「가을」, 윤석중의 「달마중」, 「옥수수나무」, 유지영의 「자장가」, 김영일의 「방울새」, 홍난파의 「작은별」, 강소천의 「보슬비의 속사김」, 윤복진의 「바다 가에서」, 작자를 확인할 수 없는 「금실비 은실비」, 「종이 운다」 등 총 19개의 노래 악보가 수록되어 있었지만 역시 권오순의 「구슬비」는 들어 있지 않았다. 제목은 비슷해 보이지만 강소천의 「보슬비의 속사김」은 "나는 나는 갈 테

---

29) 권오순, 「입술 깨물며 피눈물 뿌리며」, 『꽃숲 속의 오두막집』, 123쪽.

30) 해방부터 1차 교육과정 전까지 발행된 각종 국어과 교재 및 독본류 목록은 다음을 참조. 윤여탁 외, 『국어교육 100년사 I』(서울대 출판부, 2006), 379~381쪽; 강진호 외, 『국어 교과서와 국가 이데올로기』(글누림, 2007), 353~354쪽.

야 연못으로 갈 테야."로 시작하고, 작자 미확인의 「금실비 은실비」는 "금시르비 은시르비 곱게곱게 나리라."로 시작하는 노래다. 「구슬비」와는 전혀 다른 작품이다.[31)]

그렇다면 서울에서 살던 권오순의 동생이 「구슬비」가 실린 남한의 초등 교과서를 보았다는 말은 어떻게 이해해야 할까. 일단 미군정기에 국정교과서만큼 널리 사용된 교과서는 아니지만 민간 단체가 만든 학년별 국어 교과서와 음악 교과서가 발간되었는데 아직 발굴되지 않았을 가능성을 생각해 볼 수 있다. 그러나 국어과와 음악과의 학년별 체제를 갖추어 발행되었다면 적게 잡아도 12권에서 24권 이상이 나와야 하는데 그렇게 큰 규모의 교과서가 기록도 남아 있지 않고 한 권도 전해지지 않았다는 것은 현실성이 없는 가정으로 느껴진다. 또 다른 가정으로 앞에서 확인했던 것처럼 비슷한 제목의 「보슬비의 속삭임」, 「금실비 은실비」와 같은 동요를 권오순의 「구슬비」로 착각했을 가능성을 생각해 볼 수 있다. 당시의 국어 교과서나 음악 교과서 작품에는 작가의 이름이 밝혀져 있지 않았다. 앞에서 밝힌 작가명은 교과서 연구자들이 일일이 대조하여 나중에 찾아낸 것들이다. 때문에 비슷한 제목이나 표현이 들어 있는 작품을 권오순의 것으로 착각했을 가능성이 크다.

물론 교과서에 수록되지 않았다고 하더라도, 해방기에 권오순의 「구슬비」가 노래로 만들어져 어린이 동요회에서 불리고 라디오 방송에 나왔던 것은 사실이므로, 그것만으로도 권오순이 월남을 결심하는 데는 부족하지 않았을 것이다. 또한 미군정기 교과서에서는 찾을 수 없었지만 「구슬비」는

---

31) 당시의 교과서에는 작가명이 밝혀져 있지 않았다. 교과서 수록 작품의 작가명은 다음의 선행 연구 성과들을 참조했으며, 특히 미군정기의 국어, 음악 교과서 수록 작품 열람 및 대조는 최은경 선생님의 도움을 얻었다. 최은경 선생님의 후의에 지면을 빌려 감사드린다. 김기복, 「해방 공간의 음악교육 연구」, 목원대 석사 논문, 2001; 김정미, 「미군정기 한국의 음악과 교육과정 및 교과서 연구(1945~1948)」, 한국교원대 석사 논문, 2002; 최은경, 「교과서 동요?동시 정전화 연구: 미군정기~교수요목기를 중심으로」, 《문학교육학》 45호, 2014.

1950년대부터는 곧 대표적인 교과서 정전이 되었다. 즉 「구슬비」는 한국 전쟁 이후 국정 『음악』 교과서에 수록되기 시작하여 지금까지 계속 수록되어 왔으며, 국어 교과서에도 제4차 교육과정(1981~1987)부터 2000년대까지 계속 수록되어 왔다. 특히 제5차 교육과정(1987~1992)부터 2009 개정 국어 교과서까지 통산 4회나 실려 윤석중의 「달」과 함께 국어 교과서에 가장 많이 실려 온 동요로 집계될 만큼 오랜 기간 꾸준히 사랑받아 왔다.[32] 그 인기는 지금도 여전해서 2019년 현재 사용하고 있는 2015 개정 초등 교과서에도, 국어과에서는 1학년 2학기 2단원 '소리와 모양을 흉내 내요'의 도입부에, 음악과에서는 '미래엔'과 '금성출판사' 등의 3학년 교과서에 실려 있다.

설혹 권오순의 「구슬비」가 미군정기 교과서에 실렸다는 것이 착오였다고 하더라도 권오순이 「구슬비」에서 작가로서의 숙명을 느꼈다는 사실 자체가 부정될 수는 없을 것이다. 오히려 여기에서 확인할 수 있는 중요한 사실은 어쩌면 단순한 우연이거나 오해일 수 있는 것조차도 희망이 절실한 누군가에게는 구원의 메시지로 읽힐 수 있다는 점이며, 그런 점에서 해방기에 만들어진 밝고 경쾌한 이 노래가 권오순 자신에게 "생명의 구슬"이 되었다는 사실은 확실한 필연이었다는 점일 것이다.

4 박홍근, 두고 온 것들에 가만히 닿는 마음

박홍근이 처음 동시를 발표한 것은 1946년 북한의 함북 문학동맹 출판부에 있을 때로 알려져 있다.[33] 문학청년 시절에는 주변에 아동 문학 하는 사람이 없어 자신도 역시 관심이 없었지만, 함북 문학동맹 출판부에서는 책임을 맡고 있던 R이라는 시인이 동요·동시를 쓰면서 무척 행복해하

---

32) 최은경, 「한국 동요·동시 정전화 연구: 초등 교과서 수록 작품을 중심으로」, 인하대 박사 논문, 2015, 81~91, 122쪽.

33) 박홍근의 월남 전후의 상황에 대해서는 다음을 참조. 김종헌, 「박홍근의 월남 동기와 월남 직후 동시의 주체 형성」, 《한국아동문학연구》, 2016. 12.

는 것을 보게 되어 자신도 써 본 것이 《새길신문》에 발표한 동시 「고무총」
이었다고 한다.

월남 후 박홍근은 '한국아동문학회'에 가입하는 등 아동문학가로서 본
격적인 생활을 시작한다. 한국아동문학회는 한국 전쟁 이후 남한의 아동
문학 문단을 재정비한 최초의 전국적인 규모의 단체로서 1954년 12월에
창립되었으며 초대 회장은 김영일이 맡았다. 한국아동문학회는 창립을 기
념하여 1955년 1월 『현대 아동 문학 선집』(동국문화사)을 편찬했는데, 목차
는 크게 '동화', '동요', '동극'로 나누었으며 장르별 작품은 작가의 등단 시
기를 따져서 순서대로 배치했다. 따라서 해방 직후에 북한에서 작품을 몇
편 낸 후 월남한 박홍근의 자리는 총 23명의 동요 작가 중 가장 마지막이
될 수밖에 없었다.[34] 그는 스스로를 '연착'을 거듭해 온 '인생 지각생'이라
고 생각했다. 20대 전반까지는 음악 학교를 다니며 음악가의 꿈을 키웠으
나 건강 문제로 중도 포기하게 되었고, 문학으로 방향을 틀어 시를 처음
발표한 것이 해방 이후 그의 나이 27살이 되었을 때니 여느 작가들에 비
하면 많이 늦은 편에 속했다. 그런데 그나마의 경력도 단절되어 남한에서
의 문단 생활은 새로 시작하는 것이나 다름없게 되었으므로 계속 뒤처지
는 듯한 느낌을 가지지 않을 수 없었을 것이다.[35]

그러나 출발은 다소 늦었어도 박홍근의 남한 아동 문학 문단 적응은 비
교적 빠르고 순탄했던 것으로 보인다. 여기에는 1953년 부산에서 해군 본
부 편수관으로 근무하면서 《어린이신보》를 편집할 때 김영일, 임인수, 박

---

34) 『현대 아동 문학 선집』은 '동요,' '동화', '동극'으로 나누어 작품을 수록했는데, 각 장르
   별 배치는 회원들의 등단 순서대로 수록했다. 동요 작품은 '한정동, 윤석중, 이원수, 이응
   창, 목일신, 김영일, 강소천, 박영종, 임인수, 박은종, 이태선, 장수철, 홍은순, 박경종, 한
   인현, 서정봉, 김원룡, 어효선, 이종기, 여운교, 최계락, 이종택, 박홍근'의 순서로 배치되
   었다. 박홍근은 한국아동문학회의 발기인 명단에도, 창립 기념 사진에도 들어 있지 않
   았다.

35) 박홍근, 「연착」, 《교육자료》, 1966. 9; 『한 편의 동화를 위하여』(배영사, 1979), 197~200쪽
   에서 재인용.

경종 등의 아동 문학가들과 만날 수 있었던 것도 중요했지만, 월남 전 평양의 《농민신문》 사에서 일할 때 알았던 장수철과의 각별한 인연도 크게 작용했을 것으로 보인다. 1955년 4월, 박홍근이 서울에서 이원수를 처음 만나게 된 것도 장수철의 주선 덕분이었다. 특히 장수철이 1956년 서울중앙방송국 문예계에 근무하게 되자, 박홍근은 방송국에서 이원수, 김영일, 박홍민 등과 자주 만나게 되었으며, 마침 네 사람이 모두 소속되어 있던 '자유문학자협회' 사무실도 방송국 바로 건너편의 문예총 건물 내에 있었으므로 문예총에도 자주 드나들게 되었다고 한다.[36]

그의 대표작 「나뭇잎 배」는 바로 이 시기에 장수철의 제안으로부터 탄생되었다. 서두에서 언급했듯 「나뭇잎 배」는 그의 첫 동요·동시집 『날아간 빨간 풍선』(1960)에 수록되기 전에 먼저 「이주일의 동요」라는 라디오 방송 코너에서 발표되었는데, 이를 부탁한 사람이 장수철이었다. 박홍근이 쓴 「나뭇잎 배」를 다시 방송국 PD였던 한용희가 윤용하에게 건네어 곡을 붙임으로써 드디어 「나뭇잎 배」 노래가 만들어졌다.[37] 이러한 사연은 박홍근이 여러 글에서 밝힌 바 있다. 그러나 박홍근은 「나뭇잎 배」를 쓰거나 발표한 정확한 날짜는 기억하지 못했고 연도도 조금씩 다르게 이야기해 왔다. 즉 수필 「처녀작 「나뭇잎 배」」에서는 1955년 무렵,[38] 「이원수 선생과 나」에서는 1956년경이라고 회고했지만,[39] 회갑 기념 아동 문학집 『나뭇잎 배』의 부록으로 들어 있던 작가 연보에는 1957년에 지었다고 되어 있다.[40]

그러나 어린이 방송 프로그램 내용에 대한 자료가 제대로 남아 있지 않아 현재로서는 「나뭇잎 배」가 정확히 언제 방송되었는지 확인하기 어렵

36) 박홍근, 「처녀작 「나뭇잎 배」」, 『한 편의 동화를 위하여』.
37) 한용희, 『창작 동요 80년』(한국음악교육연구회, 2004), 149쪽.
38) 박홍근, 『한 편의 동화를 위하여』.
39) 박홍근, 「이원수 선생과 나」, 《아동문예》, 1995. 5.
40) 박홍근 외, 「박홍근 선생님이 걸어오신 발자취」, 『나뭇잎 배』(기미문화사, 1979).

다. 다만 여러 관련 정보를 바탕으로 창작 시기를 좁혀 볼 수는 있다. 첫째, 박홍근에게 「나뭇잎 배」를 청탁한 장수철이 서울중앙방송국 문예부에 근무한 것은 1955년부터 1957년까지였고,[41] 둘째, 새로운 노래를 소개하는 「금주의 라디오 동요」(또는 「이주일의 동요」) 코너는 1956년 초에 신설된 것이었다.[42] 셋째, 박홍근은 1955년에는 서울의 '대한통신사'에서 편집부장으로 일했으나 1956년에는 부산 해군에 근무하면서 옹진고등학교 강사로 출강했고 1957년에 다시 서울로 올라와 해군 본부에 재직했다. 장수철 때문에 방송국에 드나들었던 때는 1955년과 1957년이었을 것으로 추정된다. 이와 같은 정황을 두루 종합해 보면, 「나뭇잎 배」가 창작된 것은 1957년경이었을 가능성이 가장 높다.

월남 이후 남한에서 본격적으로 시작된 그의 1950년대 창작 작업은 첫 번째 시집 『날아간 빨간 풍선』(신교출판사, 1960)에 묶였다. 이 시집에는 총 5부에 46편이 수록되어 있었는데 박홍근은 후기에서 여기에 실린 "동시와 동요는 1·4 후퇴 때에 내가 자유대한의 품에 안긴 이후 여러 신문과 잡지에 실린 것"과 "라디오에서 불리어진 것" 중에서 추려 냈다고 밝혔다. 『날아간 빨간 풍선』에 수록된 작품의 목록과 각 작품 하단에 밝힌 출처를 도표로 정리하면 다음과 같다.

---

41) 석용원에 따르면 1958년부터는 중앙방송국 내 장수철의 소속이 문예계에서 작가계로 옮겨져 실무적인 일을 하지 않게 되었다고 한다. 석용원, 「아동 문학가로서의 장수철」, 《아동문학평론》, 1985. 6, 39쪽.

42) 「금주의 라디오 동요(이주일의 동요)」 코너는 1956년에 시작되어 1959년 9월에 폐지되었으나 내용이 비슷한 코너는 계속되었을 가능성이 있다고 한다. 한편 박홍근의 동요를 받아 윤용하에게 작곡을 맡겼다는 한용희는 1958년 7월부터 1959년 7월 사이에 잠깐 방송국을 떠나 있었다. 따라서 「나뭇잎 배」는 1958년 7월 이전에 방송되었다고 볼 수 있다. 최미진, 「라디오방송 어린이 프로그램과 어린이 문학의 자리 (2)」, 《한국문학논총》 73집, 2016 참조.

〔표 6〕 박홍근의 동요·동시집 『날아간 빨간 풍선』(1960) 수록 작품 목록

	제목	발표 시기	출처	비고
1	바람개비	1957. 03.	어린이동산	
2	흐르는 별	1958. 04.	새벗	손대업 작곡
3	연못의 동구라미		제6회 HLKA 어린이음악콩쿨	한용희 작곡
4	보슬비	1953. 06.	어린이신보	
5	똑딱선	1955. 06.	소년세계	
6	세배 가는 길		HLKA 라디오 동요	윤용하 작곡
7	개미의 이사		HLKA 라디오 동요	박태현 작곡
8	늦가을 밤	1959. 11. 02.	어린이신문	
9	새식구	1957. 02.	새벗	
10	개골 개골 논두렁길	1960. 06. 26.	경향신문	
11	바람과 낙엽	1959. 12.	자유문학	
12	목마	1958. 09. 22.	동아일보	
13	해당화	1956. 06.	새벗	
14	쓰르람 쓰르람	1959. 08. 16.	동아일보	
15	솔솔바람 봄바람		HLKA 라디오 동요	이계석 작곡
16	오너라 폭폭 흰눈	1960. 01.	초등학교 어린이	
17	달밤	1958. 04.	새벗	
18	소근소근	1958. 02. 10.[43]	동아일보	
19	아침 바다	1958. 08.	새벗	
20	비맞은 아빠	1957. 06. 22.	동아일보	
21	낙엽	1958. 12. 03.	경향신문	
22	복덕방 간판	1957. 12. 16.	동아일보	
23	귀뚜리 피리	1958. 09.	만화학생	박홍수 작곡
24	도톨밤이 또루루	1956. 09.	세계일보	윤용하 작곡
25	별	1957. 10. 13.	국제신문	
26	골목길 새싹들	1958. 05. 26.	동아일보	
27	고무총	1956. 09.	평화신문	
28	푸른 6월	1958. 06.	방송	
29	소나기	1960. 09. 12.[44]	동아일보	손대업 작곡

---

43) 시집에는 연도가 1987년으로 되어 있으나 오타이므로 수정했다.

44) 시집에는 발표 시기가 월이 빠진 채 "1959. 21."로 되어 있으나 확인하여 바로잡았다.

30	섣달 그믐밤	1958. 12. 28.	동아일보	
31	해볕은 쨰앵쨍	1959. 08. 30.	한국일보	
32	개고리 밤학교	1956. 08.	평화신문, HLKA 라디오 동요	윤용하 작곡
33	등잔불 하나	1958. 04.	새벗	
34	벌레 소리 또르르	1959. 10. 18.	동아일보	
35	시골 가는 기차	1954. 02. 22.	세계일보	
36	이슬	1958. 04.	새벗	
37	나무잎 배		HLKA 라디오 동요	윤용하 작곡
38	구공탄	1958. 12. 28.	세계일보	
39	보슬보슬 꽃비	1960. 04. 03.	세계일보	
40	푸룩푸룩 참새들	1959. 03. 09.	동아일보	
41	걸려있는 연	1958. 08. 04.	새벗	
42	청소차		HLKA 라디오 동요	박홍수 작곡
43	딱딱이	1959. 04.	국민학교어린이	
44	안 보아도 알아요		HLKA 라디오 동요	박태현 작곡
45	늦가을	1957. 11. 17.	세계일보	
46	날아간 빨간 풍선	0000. 09. 17.[45]	소년한국일보	

위의 목록에서도 볼 수 있듯, 『날아간 빨간 풍선』에 수록된 총 46편의 동요·동시 중에서 노래로 작곡된 것이 12편이나 된다. 대략 4편 중 1편은 노래로 만들어졌던 셈인데, 이 중에는 「연못의 동구라미」, 「세배 가는 길」, 「개미의 이사」, 「솔솔바람 봄바람」, 「개고리 밤학교」, 「나무잎 배」, 「청소차」, 「늦가을」처럼 처음부터 HLKA '라디오 동요'라는 이름이 붙은 것도 8편이나 되었다.

이와 같은 라디오 동요의 첫 모습이 어떠했는가는 박홍근이 모아 놓은 스크랩 자료를 통해서도 엿볼 수 있다. 박홍근은 국립도서관에 자신이 발표한 글이나 신문 기사, 행사 팸플릿, 사진 자료 등을 수십 권의 스크랩북과 앨범에 정리하여, 소장 도서와 함께 기증했다. 총 27집에 달하는 방대한 스크랩북에는 작가가 신문, 잡지와 같은 대중 매체 지면에 발표한 글뿐

---

45) 시집에 발표 연도가 빠져 있는데 신문 자료를 구하지 못해 확인하지 못했다.

아니라, 라디오 방송용 동요 악보까지 꼼꼼하게 정리되어 있어 자료의 틈새를 메워 준다. 라디오 동요 악보들은 대부분 손으로 써서 프린트한 낱장의 형태였으며, 방송 날짜가 처음부터 기입되어 인쇄된 것도 있었지만 나중에 메모해 넣은 것도 있었다.

[표 7] 박홍근 스크랩북 소재 'HLKA 라디오 동요(악보)' 목록

	제목	방송 날짜	작곡	비고
1	안 보아도 나는 알아요	1958. 02. 03.	박태현	'금주의 라디오 동요'
2	개미의 이사	1958. 07. 12.	윤용하	첫 방송 날짜 육필 메모
3	세배 가는 눈길	1959. 01. 11.	윤용하	'이주일의 라디오 동요', 첫 방송 날짜 육필 메모
4	나비나비 봄나비	1959. 03.	–	작곡자 미상
5	솔솔바람 봄바람	1959. 03. 29.	이계석	첫 방송 날짜 육필 메모
6	해병아저씨	1959. 04	윤용하	첫 방송 날짜 육필 메모
7	개구리 밤학교	1959. 07. 27.	윤용하	7월 23일 녹음, 7월 27일 방송. 육필 메모
8	재미나는 라디오	1960. 2.	이은열	
9	봄맞이 노래	1960. 2. 14.	–	'이주일의 노래'(『주간방송』). 작곡자 미상
10	돌아온 제비	–	박대현	방송 날짜 미상
11	귀뚜리 피리	–	박홍수	방송 날짜 미상
12	농촌의 여름밤	–	김대현	방송 날짜 미상

라디오 방송을 위해 동요가 창작되는 이러한 현상은 라디오의 대중 매체적 위상이 급격히 높아졌던 1950년대 후반의 특수한 맥락에서 이해될 필요가 있다. 1927년 JODK 경성방송국이 개국한 이래 라디오의 영향력은 나날이 확산되어 갔지만, 일제 강점기에는 아직 사회적 매체라기보다는 새롭게 등장한 "경이적인 테크놀로지"에 가까웠다. 그러나 해방 이후 1950~1960년대를 거치면서 라디오는 일반인들의 일상에서 근대성을 경험하게 하는 사회적 매체로 자리 잡게 된다.[46] 정준희에 따르면 전쟁으로 인해 경제적·물질적 타격이 컸던 1950년대는, 일제 강점기에 비해 기술·기기

측면에서는 오히려 대중매체의 성장이 정체되거나 오히려 퇴보한 시기였다고 한다. 그러나 1950년대 중반부터는 라디오와 영화의 대중적 수용이 확대되었으며, 특히 라디오의 경우 해방 직후에는 인구 1,000명당 보급 대수가 7.83대 수준이었던 것이 1950년대 말에는 15.07대 수준으로 급증했다고한다. 1959년에는 라디오 보급 대수가 35만 대를 돌파하여, 전국 라디오 보급률이 20.8%, 서울은 61.5%에 이르게 된다. 당시 인구의 대다수를 차지했던 농어촌 거주민들은 여전히 소문이나 집회와 같은 구술적인 매체 환경에 있었지만, 대도시 거주민들의 일상에는 라디오나 신문과 같은 대중매체가 지배적인 힘을 가지게 된다.[47]

이와 같은 비동시적이며 중층적인 매체 상황 속에서 동요는 라디오라는 매체의 부상에 힘입어 일시적으로나마 창작에 활기를 띠는 현상이 나타났다. 1950년대 상황에서 라디오 매체를 배경으로 등장한 것이 이른바 '방송 동요'였다. 한용희는 "거칠어진 어린이의 마음을 아름답게 순화시켜 나가기 위해서는 시대에 알맞은 새로운 동요"가 필요하다는 데 공감하여 새 동요 제정에 박차를 가했던 것이 '방송 동요'의 배경이라고 설명했다. '밝은 노래 고운 노래 부르기' 캠페인의 영향 아래 박홍근의 「나뭇잎배」(윤용하 곡) 외에도 어효선의 「파란마음 하얀마음」(한용희 곡), 강소천의 「꼬마 눈사람」(한용희 곡), 윤석중의 「우산」, 「무궁화 행진곡」(이계석 곡), 박경종의 「초록 바다」(이계석 곡), 박목월의 「얼룩 송아지」(손대업 곡) 등의 많

---

46) 마동훈, 「초기 라디오와 근대성의 체험」, 『매체·역사·근대성』(나남출판, 2004).

47) 해방 직후 1945년 전화가입자 수는 약 7만 대 수준으로까지 확대되었지만 해방 직후 남한 지역 전화가이자 수는 4만대 이하로 한정되었고 한국 전쟁기에는 1~2만대 수준으로 떨어졌다가 1959년에 이르러서야 7만대를 약간 웃도는 수준으로 회복되었다고 하며, 신문이나 잡지의 경우에도 해방 직후에는 크게 늘었지만 한국 전쟁 이후 급격하게 축소되었으며 이승만 정부의 통제 정책으로 더 이상의 성장이 이루어지지 않았다고 한다. 이처럼 열악한 상태에서 다른 매체에 비해 라디오는 전후 재건과 미국의 원조경제와 국산 라디오 수신기 보급이 원활해진 영향으로, 1950년대 중후반에는 도시의 중심부 미디어 공동체를 형성하는 지위로 부상될 수 있었다고 한다.
정준희 외, 『미디어와 한국현대사』(대한민국역사박물관, 2016), 138~139쪽.

은 동요가 노래로 만들어졌다.[48] 1957년의 아동 문학계를 총평하며 최요
안은 "윤석중, 김영일, 이원수 제씨를 비롯해서 그밖의 몇 사람이 예나 지
금이나 다름없이 그들의 노래를 그들의 꽃을 다소곳이 피어 놓았다. 그
들의 노래는 곧 수많은 어린이들의 노래가 되어 라디오를 통하여 혹은 학
교에서 가정에서 불리워지고 있다. 작년에 비하여 금년은 훨씬 이 노래의
꽃동산이 화려했다고 본다. 가장 수입의 혜택이 적고 사회적인 보답도 적
은 그들의 노작들은 어린이들이 소리높이 불러 준다는 점에서 보답되고
있다고 할 것"[49]이라고 했다. 이 시기 동요들이 교과서에 재차 수록되면
서 소위 동심주의적 아동 문학이 정전화되는 편향을 초래한 문제점은 따
로 지면을 할애하여 짚어야 할 문제겠지만, 동요의 황금시대라고 불리는
1920~1930년대와는 또 다르게 1950년대에 라디오 매체의 문화적 파급력
을 배경으로 가창되는 '방송 동요'에 적합한 정형적 동요의 양식이 새삼스
럽게 요구되었던 맥락을 살필 수 있다.

앞에서 살펴본 권오순의 경우에는 1930년대 초 이른바 '동요와 동시의
내용·형식 논쟁'[50]의 자장 속에서도 여전히 어린이의 시는 노래로 불리는
것이라는 공통의 감각 속에서 동요 「구슬비」를 썼다면, 1950년대의 박홍
근은 자유로운 형식의 동시가 좀 더 문학적인 것이라는 인식 속에서도 노
래를 만들기 위해 7·5조 2절 형식의 동요 「나뭇잎 배」를 썼다. 박홍근이
처음 쓴 작품이라는 「고무총」[51]을 살펴보면, 또한 2행 4음보의 정형률이
두드러진다. 외형만 보아서는 동요로 소개해도 무방할 것 같지만 박홍근

48) 한용희 편, 『HLKA 방송동요곡집』(음악예술사, 1962).
   한용희, 『창작동요 80년』(한국음악교육연구회, 2004), 123면~135쪽.
49) 최요안, 「정유문화계총평: 아동문학(상)」, 《경향신문》, 1957. 12. 15.
50) 1930년을 전후하여 아동 문학계에서는 동요와 동시의 용어 및 개념 정립, 7.5, 8.5, 4.4,
   4.3 음수율에 갇혀 있는 동요의 형식을 비판하는 논쟁이 벌어졌다. 이때 참여한 논자로
   는 신고송, 이병기, 이동규, 박세영 등이 대표적이다.
51) 《새길신문》에 발표했다는 작품은 실물을 찾을 수 없어, 첫 번째 시집 『날아간 빨간 풍선』
   (1960)에 수록된 텍스트를 인용했다.

은 이를 동요라고 하지 않고 굳이 "리드미컬한 동시"라고 지칭했다.[52] 그는 「나뭇잎 배」를 쓰기 전까지는 한 번도 동요를 써 보지 못했다고 강조했는데, 그렇다면 그가 생각했던 동요는 어떤 것이었을까?

> 나는 「나뭇잎 배」를 짓기 이전에 이미 동시는 많이 지어 왔다. 그러면서도 작곡을 위한 동요는 한 편도 짓지를 않았다. …… 그 동시(「고무총」 — 인용자)를 지으면서 나도 R처럼 성인을 위한 시를 지을 때에 맛보지 못한 행복감 같은 것을 느꼈던 것이다. 그러나 그 당시나 1·4 후퇴로 부산에서 피난살이를 할 때에도 동시는 지었으나 동요는 지어 보지를 못했다. …… 동요를 써 보겠다고 약속은 했으나, 어떤 것을 쓰면 좋을지 퍽 망설여졌다. 처음 써 보는 동요이며, 글자 수를 맞추어야 하므로 자유시만 써 왔던 나에게는 어려운 작업이 아닐 수 없었다.[53]

"글자 수를 맞추어야 하"는 것 이외에 특별한 언급이 없는 것에서도 엿볼 수 있듯, 박홍근에게 동요는 외형적인 음수율을 맞추는 형식에 초점을 맞춰 인식되고 있었다. 실제로 「나뭇잎 배」도 1, 2절의 반복적인 형식에 7·5조 음수율이 확연하게 나타난다. 그의 첫 동요·동시집 『날아간 빨간 풍선』에 수록된 동시 「고무총」과 동요 「나뭇잎 배」를 비교해 보면 다음과 같다.

---

52) 박홍근, 「처녀작 『나뭇잎 배』」, 『한 편의 동화를 위하여』.
53) 위의 글.

〔표 8〕 박홍근의 동시 「고무총」과 동요 「나무잎 배」

「고무총」 《새길신문》, 1946.[54]/《평화신문》, 1956. 9.	「나무잎 배」 HLKA 라디오 동요
노오란 아카시아 참새가 째액 쩍. 울바자에 숨어서 사알짝 사악짝. 고무총 댕기어 화알짝 놓으니 쌔앵하고 날아서 맑은잎 바사삭. 참새떼가 푸르륵 포푸라로 가아네.	낮에 놀다 두고 온 나무잎배는 엄마곁에 누어도 생각이 나요. 푸른 달과 흰 구름 둥실 떠 가는 연못에서 사알살 떠다니겠지. 연못에다 띄어 논 나무잎배는 엄마곁에 누어도 생각이 나요. 살랑살랑 바람에 소근 거리는. 갈잎새를 혼자서 떠다니겠지.

「나뭇잎 배」는 동요에서 동시로의 장르 이동을 일방향적이며 소급 불가능한 것으로 바라보는 관점에서는 특별한 문학사적 가치를 인정하기 어려운 작품일 수 있다. 최지훈이 박홍근에 대하여 "동시인으로서 「나뭇잎 배」와 같은 명작을 남길 수 있었다는 점에서 볼 때 성공한 시인이라고 할 수도 있겠지만, 1960년대 이후 새롭게 변모한 동시 문학의 안목으로 볼 때 그의 동시는 이미 한 세대 이전의 낡은 작품으로 평가될 수밖에 없"다고 한 것도 이 때문일 것이다. 최지훈은 이 작품이 어느 정도 문학성을 갖

---

54) 이 작품이 처음 발표되었다는 《새길신문》은 소재를 파악할 수 없으므로, 첫 동요·동시집에 수록된 텍스트를 옮겼다. 작가의 기억에 의해 복원된 텍스트이므로 약간의 변형이 발생했을 수 있다.

쳤다는 점은 충분히 인정할 수 있지만 "그 작품이 갖는 객관적인 평가 수준"에 비하여 유명해진 것은 처음부터 라디오로 보급할 목적으로 노래가 만들어진 데다 교과서에 실리는 행운까지 얻었기 때문이라고 지적했다.[55] 그러나 최지훈도 지적했듯 「나뭇잎 배」는 처음부터 노래를 만들기 위해 쓴 것이었기 때문에 이 작품의 형식을 1960년대의 '본격 동시'의 문학적 모색들과 맞비교하는 것은 불공정해 보인다. 애초에 라디오 동요를 염두에 두고 쓴 것이었기 때문에 1, 2절의 반복이나 곡을 얹기 쉬운 정형적 음수율을 택할 수밖에 없었던 것은 작품의 문학적 한계라기보다 작품 생산의 조건이라고 할 수 있을 것이다.

한편 이 시집에는 수록되지 않았지만 박홍근의 또 다른 대표작 「모래성」도 「나뭇잎 배」와 거의 같은 시기에 지은 것이다. 「모래성」은 1957년에 그가 근무하던 해병본부에서 내던 잡지 《수병》 22호에 발표되었다. 그런데 이 잡지에 처음 선보인 「모래성」은 장르명이 '동요'가 아니라 '시'였으며 "모래성이 하나 둘/ 파도에 씻기워 갑니다"로 시작한다. 이후 1964년 임인수, 정상묵과 함께 낸 3인 공동 시집 『종아 다시 울려라』에도 일부만 수정한 동일 텍스트가 수록되었다. 우리에게 친숙한 "모래성이 차례로 허물어지면"으로 시작하는 노래 「모래성」은 작곡가 권길상이 곡을 붙였는데, 『권길상 동요 50곡집』(음악예술사, 1962)에 가사와 악보가 들어 있다. 그런데 시간이 흐르면서 노래 「모래성」이 음악 교과서에 수록되고[56] 일반 대중에게 더 친근해지자 박홍근은 두 번째 개인 시집인 『바람개비』(1979)부터는 원천 텍스트인 시 대신 노래 「모래성」의 가사를 수록한다. 시가 노래(동요)로 각색되고 정착된 변화를 볼 수 있는 사례여서 흥미롭다.

---

55) 최지훈, 「박홍근론: 소설을 통해 본 소년 인간상」, 『한국 아동 문학 작가 작품론』(서문당, 1991).
56) 「모래성」은 4차 교육과정의 초등 6학년 음악 교과서에 수록된다.

[표 9] 「모래성」의 '시'와 '동요' 텍스트 비교

모래성 잡지 《수병》 22호, 1957	모래성 동요집 『바람개비』, 1979
모래성이 하나 둘 파도에 씻기워 갑니다 바람 맞는 솔잎 소리처럼 쏴아 밀려 오가는 하얀 파도 소리 내가 만든 모래성도 끝끝내 자취없이 허물어지고야 말았습니다. 아무도 없는 바다가에 파도는 어둠과 외로움을 몰아오는데 바다 건너 저 산위에 저녁별이 반짝 마을에도 어느덧 호롱불이 하나 둘	모래성이 차례로 허물어지면 아이들도 하나 둘 집으로 가고 내가 만든 모래성이 사라져 가니 산 위에는 별이 홀로 반짝거려요 밀려오는 물결에 자취도 없이 모래성이 하나 둘 허물어지고 파도가 어두움을 실어 올 때에 마을에는 호롱불이 곱게 켜져요

『수병』에 처음 발표된 텍스트에서 모래성은 파도와 바람으로 쓸려 가는 허무함과 쓸쓸함을 강조해 주는 매개가 된다. 앞의 시에서는 시적 화자가 아무도 없는 적막한 바닷가의 어둠 속에 잠김으로써 닿을 수 없는 건너편 마을의 불빛과 나 사이의 격절된 공간 감각이 강조된다. 뒤의 동요에도 마찬가지의 쓸쓸함은 느껴지지만 놀이의 낮 공간이 휴식의 밤 시간으로 전환되는 순환과 연장의 시공간 감각이 두드러진다. "엄마 곁에 누워" 낮 시간에 가지고 놀던 나뭇잎 배를 떠올리는 「나뭇잎 배」의 시상 흐름과 흡사하다. 이 동요가 「나뭇잎 배」와 마찬가지로 1, 2절의 반복 형식과 7·5조의 음수율인 것은 이 또한 노래에 기반하여 만들어졌기 때문이었다.

사실 1950년대 박홍근의 이러한 시편들은 엇갈린 해석을 불러 일으켜 왔다. 월남 문인으로서 고향을 그리워하는 모습을 드러내고 있다는 견해와 혹독한 시련기에 쓰인 작품인데도 현실이 담겨 있지 않다는 해석으로 나뉘어 온 것이다.[57] 박홍근의 시적 지향이나 현실에 대한 태도도 때때로 충돌하는 면이 없지 않아 보인다. 그럼에도 불구하고 박홍근의 동요에 담긴 고향이 좁고 한정된 회귀적 심상에 사로잡혀 있지 않은 것은 분명해 보인다. 그의 동요가 오랫동안 사랑받아 온 것도 월남한 실향민이 아니더라도 우리 모두는 누구나 떠나온 곳이 있으며 그곳에 무언가 남겨 두고 온 것이 있기 때문이 아닐까. 두고 온 것들에 닿는 따뜻한 마음을 환기시킬 수 있다면 노래가 된 시만큼 힘이 센 것도 또 없을 것이다.

5 노래를 잃어버린 시대의 시 쓰기

권오순과 박홍근은 1919년생이라는 공통점에도 불구하고, 작가로서의 성장 과정과 작품 활동 시기가 다르기 때문에 오히려 흥미롭게 대비된다. 권오순은 학교 제도가 아니라 잡지의 독자 투고 제도를 통해 수련하여 작가가 되었다. 장애 여성으로서 학교 바깥에서 문학적인 것을 탐구해 나갔던 작가의 여정은 항상 객관적인 평가나 인정에 목마를 수밖에 없었고, 길이 보이지 않는 단절의 위기도 여러 차례 겪을 수밖에 없는 것이었다. 그의 습작은 초기에는 엄격한 음수율의 상투적인 표현에 갇혀 있었으나 곧 발상과 표현의 참신성을 보여 주며 다양화되어 갔으며 시형에 대한 전반적인 인식에도 변화가 생겼다. 작가 개인의 시적 역량이 최고조에 달했던 1930년대 후반에 발표된 「구슬비」는 해방 직후의 상황에서 작곡가들이 희망에 찬 밝고 고운 새로운 어린이 노래를 만들고자 했던 때에 재발견

---

57) 박종순의 연구는 박홍근의 초기 시에 월남 문인으로서 고향을 그리워하는 모습을 드러내고 있다고 해석한 대표적인 예이며, 김종헌의 연구는 전후 이산과 가난으로 인한 아픔이나 이데올로기의 갈등이 나타나지 않는다고 본 대표적인 예로 꼽을 수 있다. 박종순, 「박홍근 동시의 고향 의식과 자연의 상상력」, 《한국아동문학연구》, 2012. 12; 김종헌, 「박홍근의 월남 동기와 월남 직후 동시의 주체 형성」, 《한국아동문학연구》, 2016. 12.

됨으로써 한국 동요의 정전이 되었다.

박홍근은 일본 유학까지 다녀온 전형적인 엘리트 지식인으로서 아동 문학에 참여하게 된 작가이다. 그러나 전쟁과 분단은 그에게 안정적인 삶의 기반과 고향을 빼앗았으며, 시인으로서 평생 떠나온 무엇인가를 그리워할 수밖에 없는 숙명을 안겨 주었다. 그의 시 세계는 대상과의 관조적인 거리를 유지하고 있으며 정적인 이미지를 보여 주는 면이 있었지만 그 대상과의 거리가 닿지 못하는 것들에 미치는 따뜻한 시선을 강화시킴으로써 폭넓은 공감을 확보할 수 있었다. 「나뭇잎 배」는 동시만 쓰던 작가가 외적 요청에 의해 노래에 어울리는 동요적 형식을 찾아 쓴 경우로, 라디오의 대중매체적 영향력이 급속도로 성장해 나갔던 1950년대에 정형적인 동요 율격이 다시 요청되었던 정황을 엿보게 한다. 같은 시기에 발표된 「모래성」은 처음에는 시로 창작되었으나 어린이 노래로 각색되는 과정에서 동요로 재탄생한 흥미로운 예이다.

권오순의 「구슬비」와 박홍근의 「모래성」은 해방기부터 1950년대까지에 시대적 요구와 매체적 조건 속에서 노래로 만들어져서 언제인지부터 모두가 좋아하는 것이 되었다는 공통점이 있다. 물론 밝고 고운 이러한 노래들을 바라보는 시각은 복잡할 수 있다. 노래 불려진 시간만큼의 새로운 역사가 만들어지고, 시대마다 세대마다 떠올리는 공통의 이미지도 노래의 기능도 달라지기 때문이다. 어쩌면 이 노래들은 가난이나 폭력, 현실과 죽음 너머를 노래하는 것처럼 보일 수도 있다. 훼손되지 않은 유년의 아름다움을 낭만적으로 찬미하는 것처럼 보이기도 하고 복원할 수 없는 고향을 그리는 쓸쓸한 망향가 같기도 한다. 이 노래들이 누군가에게는 위로가 될 수도 있고 누군가에게는 허상처럼 보일 수도 있겠다. 이 시기에 만들어진 어린이 노래들이 유년기를 오염되지 않은 순수한 유토피아로 그리는 동심주의적 작품을 정전화하는 데 일조해 왔다는 비판도 적지 않게 제기되어 왔다.

그러나 이러한 평가들을 일단 접어 두고, 이 글에서 다시 생각해 보고자 했던 것은 노래를 상상하며 시를 쓰는 일에 대해서이다. 1919년생 동갑내기 두 시인은 구체적인 삶의 여정은 달랐고 시 세계에도 적지 않은 차이가 있었지만, 적어도 시가 노래가 되는 것이 자연스러웠던 시대에 동요를 썼던 어떤 공통의 감각을 갖고 있었다. 그러나 두 시인과는 달리 우리는 노래를 상상하며 시를 쓰기 어렵다. 물론 현재에도 '동시조', '동시요', '디카시' 등 동시와 노래와의 관계는 꾸준히 탐구되고 있으며, 새로운 미디어 문화 속에서 지금 여기의 리듬과 이미지를 찾고자 하는 시의 실험은 계속되고 있다고도 말할 수 있을 것이다.[58]

그럼에도 불구하고 지금의 시인들은 기본적으로 노래를 상상하는 기회와 능력을 잃어버리게 된 시대를 살고 있으며, 시가 노래라는 것을 생각하기 위해서는 새삼스러운 노력이 필요하게 된 것은 아닌지. 최근 함민복 시인은 권오순의 「구슬비」를 인용하며 「노래들은 최선을 다해 곡선」[59]이라는 동시를 썼다. 그가 생각한 것처럼 "너 공부 다 해 놓고 놀아라", "그러지 않으면 용돈 없을 줄 알아라" 따위가 직선의 말이고, 싸릿잎에 송알송알 맺히는 이슬 같고 구슬 같은 시가 곡선의 말이라면, 어쩌면 시도 노래를 상상할 때 최선을 다해 곡선이 될 수 있는 것은 아닐까. 이때의 노래가 반드시 악보와 음계를 가져야 하는 것은 아닐 것은 물론일 것이다. 다만 노래의 능력을 잃어버린 지금, 오늘의 시를 다시 생각해 본다.

---

58) 대표적으로 신민규 작가의 예를 들 수 있다. 신민규의 「넘어선, 안 될 선」, 「이런 신발」(『Z교시』, 문학동네) 등은 랩 형식에 기반을 두고 창작된 동시이며, 실제로 랩으로 만들어진 동영상을 유튜브에 올려 감상할 수 있게 함으로써 화제를 모았다. 『Z교시』 랩트레일러 「넘어선, 안 될 선」 https://youtu.be/G5U24ZaQkjQ; 『Z교시』 랩트레일러 「이런 신발」 ver1 https://youtu.be/X53dHOI6qTA

59) 함민복, 「노래들은 최선을 다해 곡선이다」, 『노래는 최선을 다해 곡선이다』(문학동네, 2019).

제7주제에 관한 토론문

김용희 / 경희대 객원교수

1

「어린이의 노래는 어떻게 모두의 애창곡이 되었을까?」는 널리 애창된 동요 「구슬비」와 「나뭇잎 배」를 중심으로 권오순과 박홍근의 삶과 문학을 살피면서 노래의 의미를 되짚어 본 연구물이다. 동요는 문학으로서의 동요와 음악으로써의 동요가 엄연히 상존하지만 아동 문학에서는 통상 문학적 측면으로만 다루어 왔다. 이 글은 권오순과 박홍근, 그 두 시인의 서로 다른 삶의 여정과 문학 세계 속에서도 "시가 노래가 되는 것이 자연스러웠던 시대에 동요를 썼던 어떤 공통의 감각을 갖고 있었다는 점"에 착안하여 동요의 음악적 측면도 고려하여 살펴보았다는 점에서 의미가 있다.

그보다 이 글의 연구 성과는 권오순의 문학적 연보의 오류를 바로잡아 주었다는 점에 있다. 권오순은 한 편의 드라마 같은 삶을 살다 간 동시인이다. 그러한 권오순의 문학적 연보는 실증적 자료에 의해 작성되기보다 『꽃숲 속의 오두막집』(1987) 등 그가 남긴 수기나 자전적 고백 등에 의존하여 기술되어 왔다. 그 수기는 해방 이전 여러 지면에 발표했던 글들을 고향 해주에 두고 1948년 월남하면서 다 잃어버린 탓에 재생된 기억의 소산이어서 그만큼 정확도가 떨어질 수밖에 없다. 그래도 아동 문학 연구자들은 해방 전 실증 자료를 찾아 직접 확인하지 않고 시인의 수기를 통한 손쉬운 방법으로 그의 문학적 연보를 정리했던 것이다. 그러다 보니 자연 선행 자료의 오류가 검증 없이 인용되어 오면서 오류의 오류를 낳았다. 그 것은 물론 손쉽게 남의 글을 베끼는 안일한 연구 자세에 기인한 것이기도 하지만 한편으로 부재한 아동 문학 자료 찾기의 어려움에 따른 방편이기도 했다. 그만큼 아동 문학 연구에서 가장 취약한 분야가 실증적 연구라 할 수 있는데 이 글은 그런 실증적 연구 분야의 결과물이라는 점에서 가 치가 크다.

특히 이 글은 권오순 수기의 세 가지 오류를 바로잡아 주고 있다. 첫째, 권오순이 《어린이》 지에 투고하여 처음 입선된 동요 작품이다. 시인은 1933년 5월호에 「하늘과 바다」가 입선 동요라고 밝히고 있다. 하지만 그 5월호에는 「새일ㅅ군」과 「울언니처럼」이 '입선 동요'란에 게재되어 있고, '독자담화실'란에 제목 없는 봄노래가 "제발 책에 내어 주세요"라는 간절한 부탁과 함께 실려 있다. 그가 말한 「하늘과 바다」는 그해 10월호에 게 재되었다. 또한 그 발표 작품도 권오순이 『꽃숲 속의 오두막집』에서 말한 작품과 차이가 있다는 사실을 지적해 냈다.

둘째, 권오순이 '내 생명의 구슬'이라고 한 대표 동요 「구슬비」가 창작된 시기인 1937년을 전후하여 《매일신보》에 발표한 동요, 동시, 동화, 소년소설, 일기, 소품 등 주요 자료를 찾아냈다. 그 작품들은 그가 월남하면서 잃어버린 것들이다.

셋째, 권오순이 "서울 동생 편지에는 나의 동요 「구슬비」가 국민학교 3학년 국어책에, 그리고 아름답게 작곡되어 역시 3학년 음악책에도 실렸으니 올 수만 있으면 어머님이랑 다 오시도록 해 보라는 반가운 소식"[1]을 받고 월남하게 되었다는 그 월남 동기가 된 「구슬비」의 교과서 수록 여부의

---

1) 권오순, 『꽃숲 속의 오두막집』, 123쪽.

확인이다. 이 세 가지는 권오순의 잘못된 연보를 바로잡아 주는 실증적 자료의 확인인 것이어서 그만큼 논문의 가치를 높여 준다.

그뿐 아니라 박홍근 연구 부문에 있어서도 그의 대표 동요 「나뭇잎 배」에 초점을 두고 그와 같은 연구 자세를 견지하고 있다. 바로 이 글은 "권오순의 「구슬비」와 박홍근의 「나뭇잎 배」가 해방기부터 1950년대까지에 시대적 요구와 매체적 조건 속에서 노래로 만들어져" 지금까지 애창된 공통점에서 출발하여 실증적 자료를 통해 두 시인에 연보를 바로잡아 주고 있는 실증적 연구물인 것이다. 자료를 발굴 정리하고 산재한 판본을 대조하여 원전을 확정하며, 작가의 생애를 재구하고 작품의 연보를 작성하는 작업은 실증적 문학 연구에서 선행되어야 할 기본 요건이다. 아동 문학 연구에서는 이런 기본 요건이 과거 자료의 부재 소실로 인해 용이하지 못하다는 점을 감안하면 이 논문은 그만큼 가치를 지니고 있는 것이다.

2

이 글은 이러한 연구의 가치를 지니면서도 한편으로 아쉬움도 크다. 100주년 탄생을 기해 마련된 귀중한 자리에 두 아동 문학가의 온전한 문학 세계를 드러내 주지 못한 점 때문이다. 권오순과 박홍근은 동요뿐 아니라 동시, 동화, 소년 소설 등 어느 한 분야에 국한하지 않고 폭넓게 창작 활동을 보인 아동 문학가이다. 물론 거기에는 일반 문인 연구처럼 한 작자의 문학 세계를 집중적으로 조명하지 못하고 두 아동 문학가를 동시에 연구해야 하는 주어진 과제에 의한 부득이한 일이기도 할 것이다.

권오순은 세 살 되던 해 발병한 소아마비로 장애인이 되었는데 절뚝발이라는 아이들의 놀림에 학교도 다니지 못한 아픔을 지니고 있고, 월남한 이후에는 재속 수녀가 되어 교회에서 세운 고아원에서 보모로 봉사하며 평생을 독신으로 가난과 함께 살았던 시인이다. 그런 그에게 문학은 어떤 염원이며 신앙이며 자신의 슬픈 신세를 극복하는 통로였다. 그의 동시는 두고 온 고향과 어머니에 대한 그리움을 담는 옹기였으며 고향을 떠나 절뚝거리며 홀로 버텨 온 위태로운 삶을 극복하게 해 주는 기도였던 것이다. 곧 그에게 동시는 순결한 삶이자 종교적 신앙과도 같은 것이었다. 그래서 우리가 무심히 불렀던 동요 「구슬비」(안병원 곡)에 고난의 가시밭길을 감내하고 살아온 시인의 고결한 영혼이 드리워져 있다는 것을 생각하면 그저 숙연해진다. 이 글은 그런 권오순의 문학 세계를 조명하지 못한 아쉬움을 남기고 있다.

그와 같은 아쉬움은 박홍근 문학과 삶 연구 부분에서 보다 더 크다. 박홍근은 동요보다 동시를, 동시보다 동화와 소년 소설을 더 많이 창작한 동화작가였기 때문이다.

아직도 박홍근 하면 동요 시인으로 알고 있는 이들이 많다. 그것은 그의 대표 동요 「나뭇잎 배」(윤용하 곡)가 워낙 일반에 널리 알려진 까닭이다. 사실 그는 1957년부터 「없어진 따리아꽃」, 「강남으로 가는 제비」 등 동화도 발표하기 시작하여 1960년 첫 동시집 『날아간 빨간 풍선』을 발간한 이후에는 동화와 소년 소설 창작에 주력한 동화 작가이다. 그는 1966년 동화 「광고하는 아저씨」로 제2회 소천아동문학상을 받았고, 1981년 동화 「야, 내 얼굴 봤다」로 제1회 이주홍문학상을, 1984년 동화 「이를 뽑기 싫어서」로 제6회 대한민국문학상 우수상을 수상했다. 1979년 가톨릭출판사에서 단행본으로 출간된 소년 소설 『해란강이 흐르는 땅』은 1992년 일본에서 일어로 번역 출간된 그의 대표작 중의 하나이다. 『해란강이 흐르는 땅』은 1919년 3·1 운동 이후 만주에서 무장 독립운동 단체가 조직되어 일본군에 항쟁하다 1921년 소련에 의해 무장 해제 당한 뒤 해산하기까지의 과정을 그린 장편 소년 소설이다. 이 소년 소설은 일본 신간사(新幹社)에서 일어로 번역되어 일본 독자와 만나게 했다는 점에서 큰 의의를 지닌다. 한국 독립운동사에서 일본군에 가장 강력하게 저항하며 통쾌한 승리를 거둔 홍범도 부대의 혜산진 습격, 삼둔자 전투, 봉오동 전투, 북로 군정서의 활동, 청산리 대첩 등 사실적 기록이 고스란히 담겨 있어서이다. 그만큼 그는 타계할 무렵까지 동화 창작에 더 몰입해 있었다. 그런 동화 작가의 삶의 여정을 동요 하나로 조명한다는 것은 일천한 아동 문학 연구사이긴 해도 너무 편협하다는 생각이 들게 한다.

그 외 지엽적인 문제 몇 가지 거론해 볼 수 있다. 하나는 박홍근이 몸담은 아동 문학 단체에 대한 정보의 정확성 여부이다. 처음 '한국아동문학회'가 발족했을 때 박홍근은 신인으로 말석의 미미한 존재에 불과했을 것이다. 그 '한국아동문학회'는 1953년 1월 창립되었으나 5·16 이후 해산되어 문인협회 아동문학분과에 소속되었다가 1971년 5월 '한국아동문학회'라는 이름으로 다시 발족되었다. 그 당시 회장으로 김영일이 추대되었다. 이보다 먼저 아동문학분과에서 분화된 아동 문학 단체로 '한국아동문학가협회'가 있다. '한국아동문학가협회'는 1971년 2월 창립했는데, 이원수가 창립 회장으로 추대되었고 박홍근은 이 단체에서 김성도, 박경종과 함께 부회장으로 활동했다. 박홍근은 1982년 이 단체에 회장으로 추대되었듯이 그가 활동했던 아동 문학 단체는 '한국아동문학가협회'였다.

또 하나는 박홍근의 대표 동요 「나뭇잎 배」에 편중한 연구 논문이면 대조 확인해 볼 필요가 있는 서지 사항이 있다. 그것은 1990년을 전후하여 「나뭇잎 배」와 일본 사이조 야소(西條八十)의 「완구(玩具)의 배」가 발상이 유사성하다는 이유로 제기된 표절 시비 논란이다.

마지막으로 이 글이 동요에 한정된 연구라는 점에서 좀 더 그 동요의 음악적인 부분을 살려 깊이 있게 분석했으면 하는 바람이다. 곧 권오순의 「빗방울」과 「구슬비」의 대조한 부분에서 그 둘의 운율도 함께 살펴어 분석했어야 했다. 가령 「빗방울」은 4·4조의 기본 음수율에 안정된 4음보의 율격을 지니고 있어 호흡이 길고 여유로운 느낌을 주고 있는 반면 「구슬비」는 3음보의 민요적 리듬을 갖고 있고 호흡이 빠르고 경쾌하며 발랄한 느낌을 준다는 비교 분석이다. 이 글이 동요 연구인 만큼 동요의 리듬 면으로도 고구되었더라면 연구 목적과 주제에 더 부합되었을 터이다.

이와 같이 이 글은 아동 문학에서 가장 취약한 실증적인 연구 분야의 성과를 보여 준 가치 있는 논문이면서도 그만큼 남는 아쉬움도 크다. 그것은 권오순과 박홍근를 알릴 수 있는 특별한 기회에, 그 두 아동 문학가의 문학 세계를 온전히 조명하지 못하고 결국 그들을 동요 시인으로 자리매김하는 결과를 가져다주지 않았나 하는 생각에서이다.

권오순 생애 연보*

1919년   황해 해주 출생.

1933년(15세)   《어린이》지 5월호에 동요 「새ㅅ일군」, 「울언니처럼」 입선.
                《어린이》가 폐간될 무렵인 1934년 1월까지 독자 투고로 동요,
                일기, 작문 등 발표.

1936년(18세)   《매일신보》에 5월 31일자에 동요 「봄비」 발표를 시작으로
                1937년 8월 27일자까지 30여 편의 동요, 동시, 소년 소설 등
                발표.

1937년(19세)   서울의 《아동문예》에 장편 소년 소설 『희생』, 동요 「구슬비」,
                「꽃나무 맘마」 등을 보냈으나 잡지 폐간으로 발표되지 못함.
                이후 이 작품들이 간도에서 발간되던 《가톨릭소년》 11월호부
                터 이듬해까지 몇 호에 걸쳐 실리게 됨.

1938년(20세)   《가톨릭소년》 1월호에 동요 「구슬비」가 실림.

1946년(28세)   토지 개혁으로 토지와 집 몰수당함. 문맹 퇴치 운동의 일환으
                로 자신의 집 사랑방에 '신촌여자성인학교'를 차리고 동네 여
                성들에게 한글을 가르침.

1948년(30세)   「구슬비」가 노래로 만들어져 라디오 방송을 통해 나오기 시
                작. 공산당 대의원 선서 명단에서 빠졌다는 이유로 감시와 탄
                압을 받던 중 「구슬비」가 남한 초등 국어 교과서에 실려 작가

---

*   연보 작성을 위해 권오순의 수기 「불 밝은 언덕(상, 중, 하): '구슬비'의 동요 작가 권 아주
     머니의 수기」(《여성동아》, 1977. 1~3) 및 『권오순 동시선집』(전병호 편, 지식을만드는지식,
     2015) 등을 참조했음.

를 찾는다는 소식을 듣고 11월 1일에 월남.

1951년(33세)	동요 「구슬비」가 초등 국어 교과서와 음악 교과서에 나란히 수록되고 이후에서도 꾸준히 수록되어 교과서 정전 텍스트로 자리 잡기 시작함.
1952년(34세)	서울에서 살아남은 후 약현성당에서 성세성사 받음. 영세명은 마리아임.
1955년(37세)	성모원에서 1961년까지 봉사 생활을 함.
1966년(48세)	재속 수녀회 '프란치스꼬 3회' 입회.
1976년(58세)	제4회 새싹문학상 수상.
1977년(59세)	대한적십자사 공모에 수기 「망향」으로 최우수상 수상.
1979년(61세)	충청북도 백운면 평동리 백운천주교회로 옮김.
1980년(62세)	새싹문학상 수상자 모임인 '방울나귀' 동인으로 활동.
1983년(65세)	첫 동요 동시집 『구슬비』(교육개발공사) 펴냄.
1988년(70세)	제1회 충북숲속아동문학상 수상.
1990년(72세)	수원 평화의 모후원으로 옮김.
1991년(73세)	동시집 『가을 호숫길』(아동문예)로 제11회 이주홍문학상 수상.
1995년(77세)	타계. 경기도 안성 미리내 성지에 묻힘.

권오순 작품 연보

발표일	분류	제목	발표지
1980	동시집(공저)	가시랑비	교학사
1983	동요 동시집	구슬비	교육개발공사
1984	동시선집	새벽숲 멧새소리	아동문예
1987	동요시집	무지개 꿈밭	아동문예
1987	동요 및 수기	꽃 숲 속의 오두막집	가톨릭출판사
1990	동시집	가을 호숫길	아동문예
1990	글모음집	조각달처럼	분도출판사

박홍근 생애 연보*

1919년(1세)	함북 성진시 쌍포동에서 출생.
1938년(20세)	용정 대성중학교를 거쳐 일본 고등음악학교 예과 입학.
1939년(21세)	일본 고등음악학교 예과 수료.
1940년(22세)	일본대학 전문부 예술과 중퇴.
1942년(24세)	성진 쌍화학교 교사로 근무.
1943년(25세)	일본 경찰에 습작 시 원고 60여 편과 문학 서적을 압수당함.
1944년(26세)	서울에서 연극 검열 대본을 일본어로 번역하는 일을 함.
1945년(27세)	4월 29일~6월 29일, 습작 시 원고를 압수했던 한국인 형사에게 체포되어 수감됨. 해방 후 성진예술협회 창립에 참여함. 11월, 성진광명여중교사로 근무. 잡지 《문화》에 「돌아온 기」를 발표하면서 본격적인 문학 활동 시작.
1946년(28세)	함북 예술총 출판부 근무. 《새길신문》에 시 「정다움」, 동시 「고무총」, 「일기」 발표.
1947년(29세)	평양 민주청년사 기자로 근무.
1948년(30세)	평양 농민신문사 편집 기자로 근무.
1949년(31세)	12월, 농민신문사에서 비조직원이라는 이유로 쫓겨남.
1950년(32세)	3월, 평양 국립출판사 기자로 근무. 9월 22일, 인민군 징집을 피해 평양 탈출. 12월, 군을 따라 부인과 함께 월남.

---

* 연표 작성을 위하여 「한국 아동 문학의 맥 ── 박홍근」(《한국아동문학》 1993. 여름)과 『박홍근 선생 추모 문집: 두고 온 나뭇잎 배』(박홍근 선생을 기리는 모임, 생명의 나무, 2008) 등을 참조했음.

1953년(35세)	부산 해군본부에서 편수관으로 근무.
1954년(36세)	서울로 이사.《대한통신사》편집부장으로 근무.
1956년(38세)	부산 해군본부 근무. 옹진고등학교 출강.
1957년(39세)	해군본부 이전으로 다시 서울로 이사. 중앙방송국(HLKA)에서「나뭇잎 배」(윤용하 곡)를 비롯한 라디오 동요 발표.「없어진 따리아꽃」(동아일보),「강남으로 가는 제비」(한국일보) 등 동화 발표 시작.
1959년(41세)	아동문학회 부회장. 해군 공로표창장 수상. 서울중앙방송국 문예계 근무.
1960년(42세)	월간《새사회》주간. 첫 동시집『날아간 빨간 풍선』(신교출판사) 발간.
1963년(45세)	월간《사랑》주간. 한국문인협회 아동문학분과 회장. 아동 문학 연간집《푸른동산》편찬. 석용원, 박송과 함께 3인 수필집『여심과 우정과 시심과』(협성문학사) 발간.
1964년(46세)	천주교 입교, 전업 작가의 길로 들어섬.
1966년(48세)	단편「죤」, 중편「비바람 속에」,「햇빛은 골고루」로 제2회 소천아동문학상 수상.
1976년(58세)	동아일보에서 교가 지어 주기 관련 감사패 받음.
1978년(60세)	한국동요동인회 회장.
1979년(61세)	회갑 기념 문집『나뭇잎 배』(기미문화사) 헌정받음.
1980년(62세)	장편 소년 소설『해란강이 흐르는 땅』(가톨릭출판사) 발간.
1981년(63세)	동화『야! 내 얼굴 봤다』로 제1회 이주홍아동문학상 수상.
1982년(64세)	한국아동문학가협회 회장.
1984년(66세)	동화집『이를 뽑기 싫어서』로 제5회 대한민국문학상 우수상 수상.
1989년(71세)	칠순 기념 문집『두고 온 고향바다』(아동문예사) 헌정받음.
1990년(72세)	제1회 박홍근아동문학상 시상.

1993년(75세)	천주교 대교구 유지재단으로부터 감사장을 받음.
1999년(81세)	은관문화훈장 서훈.
2006년(88세)	3월 28일, 타계.

박홍근 작품 연보

발표일	분류	제목	발표지
1980	동시집(공저)	날아간 빨간 풍선	신교출판사
1963	수필집(공저)	여심(旅心)과 우정과 시인과	협성문학사
1964	동시집(공저)	좋아 다시 울려라	교학사
1965	동시집	눈을 뜨고 꿈꾼 아이	인문각
1969	장편소년소설	해를 보며 별을 보며	대한기독교서회
1971	시집	입춘부(立春賦)	배영사
1972	장편소년소설	눈동자는 파래도	경학사
1972	수필집	한 편의 동화를 위하여	배영사
1974	장편소년소설	은행나무집 아이들	가톨릭출판사
1979	동화집	시계들이 본 꿈	백합출판사
1979	동화집	할아버지들이 없는 마을 (*월간《목회》별책부록)	월간목회사
1979	동화집	참 야단들이야	삼성당
1979	동화집	봄을 몰고가는 깡총이	삼성당
1979	수필집	새 생명의 탄생	배영사
1979	동시집	바람개비	서문당
1980	장편소년소설	해란강이 흐르는 땅	가톨릭출판사
1983	동화집	이를 뽑기 싫어서	꿈동산
1984	동극(공저)	노래주머니 외	금성출판사

발표일	분류	제목	발표지
1984	동화집(공저)	모습이 아련한 어머니지만 외	금성출판사
1984	동화집	아기여우의 꼬리	예문당
1985	동화집	은하수에 가지 않은 까치	웅진출판사
1985	동화집	봄을 기다리는 이쁜이	금성출판사
1987	학술서(공저)	북한의 문학	민족통일중앙협의회
1988	동화집	아기물새와 고동소리	삼덕출판사
1988	동화집	쪼르르와 깡충이	지경사
1988	동화집	새끼여우의 술래잡기	용진
1990	동화집	석호의 일기	삼익출판사
1990	동화집	동구는 친절 통반장	태양사
1991	동화집	정말 어디 간 거지	새남
1992	동화집	모두 함께 사는 세상	학원출판공사
1993	동화집	버찌가 익을 무렵	삼성출판사
1994	동시집	읍내로 가는 달구지	도서출판 곰
1994	동화집	빗속의 엄마 얼굴	한국독서지도회
1995	동화집	기러기 아빠	
1997	동화집	베란다의 하얀 자동차	민지사
1997	동화집(공저)	엄마! 정말 아빠가 미워	한국복지재단
1999	동화집	빗속의 엄마 얼굴	한국독서지도회
2001	동화집	방지거 신부님의 수염	지경사
2003	동화	초능력 소년	관일미디어

작성자 조은숙 춘천교대 교수

전후 휴머니즘의 발견,
자존과 구원

탄생 100주년 문학인 기념문학제 논문집 2019

1판 1쇄 찍음 2019년 12월 20일
1판 1쇄 펴냄 2019년 12월 31일

지은이 고형진·이지엽 외
펴낸이 박근섭, 박상준
펴낸곳 (주)민음사

출판등록 1966. 5. 19.(제16-490호)
주소 서울특별시 강남구 도산대로 1길 62(신사동)
　　　강남출판문화센터 5층(우편번호 06027)
대표전화 02-515-2000, 팩시밀리 02-515-2007

www.minumsa.com
www.daesan.org

이 논문집은 대산문화재단과 한국작가회의가 기획, 개최한
'탄생 100주년 문학인 기념문학제'의 일환으로 제작되었습니다.

ISBN 978-89-374-9090-3 03800